我的第一本
圖解泰語單字

THAI

全書音檔一次下載

9789864542475.zip

此為ZIP壓縮檔，請先安裝解壓縮程式或APP，
iOS系統請升級至iOS 13後再行下載，此為大型檔案，
建議使用WIFI連線下載，以免占用流量，並確認連線狀況，以利下載順暢。

十大主題下分不同地點與情境，
一次囊括生活中的各個面向。

泰籍母語人士親錄單字 MP3，道地泰語單字全部
收錄，清楚易學。QR 碼隨刷隨聽，便利學習。

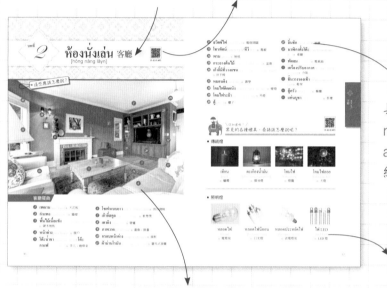

具有詳細的詞性標示，標有
n. 的為名詞、v. 為動詞、
adj. 為形容詞，ph. 則為詞
組，即為短句。

單字皆附參考音標，即使初
期泰文字閱讀困難，也能憑
著音標快速發音。

實景圖搭配清楚標號，生活中隨處可見的人事
時地物，輕鬆開口說！有更多未出現在情境圖中
的補充表現時，便會以━符號呈現。

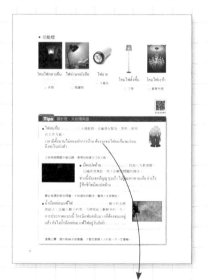

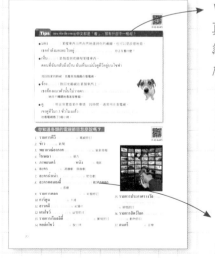

中文相似，但泰語的
真正意義卻大不同，
詳細解說讓你不再只學
皮毛。

一定要會的補充單
字，讓你一目了然，
瞬間學會。

除了各種情境裡會用到的單字片
語，常用的慣用語也幫你準備好。

就算連中文都不知道，只要看到圖就知道這個單字是什麼意思，學習更輕鬆。

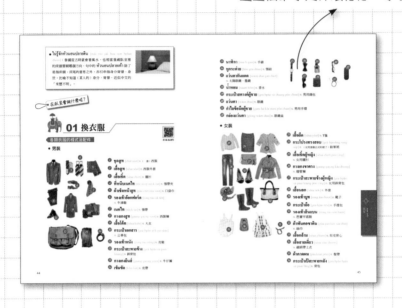

「你知道嗎？」單元補充著語多泰語的語言知識，讓你更細部地掌握詞彙使用時的差異，另外也會補充許多豐富的泰國相關文化。

除了各種情境裡會用到的單字片語之外，常用句子也會不時出現，讓您與不同對象談話時自然應用。

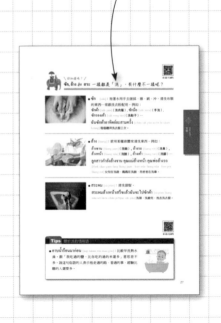

หมวดที่ 1

บ้าน [bâan] 居家

ครอบครัว 家庭
[krôp krua]

01-01-01.MP3

這些應該怎麼說？

家庭關係

1. **ปู่ย่าตายาย** [bpòo yâa dtaa yaai] n. 祖父母
2. **สามีภรรยา** [sǎa-mee pan-rá-yaa] n. 夫妻
3. **สามี** [sǎa-mee] n. 先生、老公
4. **ภรรยา** [pan-rá-yaa] n. 太太、老婆
5. **พ่อแม่** [pòr mâe] / **บิดามารดา** [bì-daa maan-daa] n. 父母
6. **พ่อ / บิดา** [pôr / bì-daa] n. 爸爸
7. **แม่ / มารดา** [mâe / maan-daa] n. 媽媽
8. **หลาน** [lǎan] n. 孫子
9. **หลานใน** [lǎan nai] n. 內孫
10. **หลานนอก** [lǎan nôk] n. 外孫
11. **ลูก / บุตร** [look / bùt] n. 孩子

12. **ลูกชาย** [lôok chaai] n. 兒子

13. **ลูกสาว** [lôok sǎao] n. 女兒

14. **พี่น้อง** [pêe nóng] n. 兄弟姊妹

15. **พี่ชาย** [pêe chaai] n. 哥哥

16. **น้องชาย** [nóng chaai] n. 弟弟

17. **พี่สาว** [pêe sǎao] n. 姊姊

18. **น้องสาว** [nóng sǎao] n. 妹妹

19. **พี่ชายคนโต** [pêe chaai kon dtoh] n. 大哥

20. **พี่สาวคนโต** [pêe sǎao kon dtoh] n. 大姊

21. **น้องเล็ก** [nóng lék] n. 么弟、么妹

22. **ลูกเขย** [lôok kǒie] n. 女婿

23. **ลูกสะใภ้** [lôok sà-pái] n. 媳婦

24. **ลูกแท้ ๆ** [lôok táe táe] n. 親生子

25. **ลูกบุญธรรม** [lôok bun tam] n. 養子

26. **ลูกคนเดียว** [lôok kon dieow] n. 獨生子

27. **ลูกคนโต** [lôok kon dtoh]
    n. 頭一胎（的孩子）

28. **พ่อบุญธรรม** [pôr bun tam] n. 繼父

29. **แม่บุญธรรม** [mâe bun tam] n. 繼母

30. **ลูกนอกสมรส** [lôok nôk sǒm rót]
    n. 私生子

31. **แฝด** [fáet] n. 雙胞胎

32. **ลูกครึ่ง** [lôok krêung] n. 混血兒

01 親戚

親戚的稱呼怎麼叫呢？

01-01-02.MP3

父系家族		母系家族	
1. **ปู่** [bpòo] n.	爺爺	**ตา** [dtaa] n.	外公
2. **ย่า** [yâa] n.	奶奶	**ยาย** [yaai] n.	外婆
3. **พ่อสามี** [pôr sǎa-mee] n.	公公	**พ่อตา** [pôr dtaa] n.	岳父

9

父系家族		母系家族	
4. **แม่สามี** [mâe săa-mee] n.	婆婆	**แม่ยาย** [mâe yaai] n.	岳母
5. **พี่ชายสามี** [pêe chaai săa-mee] n.	大伯	**พี่ชายภรรยา** [pêe chaai pan-rá-yaa] n.	大舅子
6. **พี่สาวสามี** [pêe săao săa-mee] n.	大姑	**พี่สาวภรรยา** [pêe săao pan-rá-yaa] n.	大姨子
7. **น้องสามี** [nóng săa-mee] n.	小叔、小姑	**น้องภรรยา** [nóng pan-rá-yaa] n.	小舅子、小姨子
8. **หลาน** [lăan] n.	姪子、姪女	**หลาน** [lăan] n.	外甥、外甥女
9. **พี่สะใภ้** [pêe sà-pái] n.	嫂嫂	**พี่เขย** [pêe kŏie] n.	姊夫
10. **น้องสะใภ้** [nóng sà-pái] n.	弟媳	**น้องเขย** [nóng kŏie] n.	妹夫
11. **ลุง** [lung] n.	伯父	**ลุง** [lung] n.	（媽媽的哥哥）舅舅
12. **ป้าสะใภ้** [bpâa sà-pái] n.	伯母	**ป้าสะใภ้** [bpâa sà-pái] n.	（媽媽的嫂嫂）舅媽
13. **อา** [aa] n.	叔叔	**น้า** [náa] n.	（媽媽的弟弟）舅舅
14. **อาสะใภ้** [aa sà-pái] n.	嬸嬸	**น้าสะใภ้** [náa sà-pái] n.	（媽媽的弟妹）舅媽
15. **ป้า** [bpâa] n.	（爸爸的姊姊）姑姑	**ป้า** [bpâa] n.	（媽媽的姊姊）阿姨
16. **ลุงเขย** [lung kŏie] n.	（爸爸的姊夫）姑丈	**ลุงเขย** [lung kŏie] n.	（媽媽的姊夫）姨丈
17. **อา** [aa] n.	（爸爸的妹妹）姑姑	**น้า** [náa] n.	（媽媽的妹妹）阿姨
18. **อาเขย** [aa kŏie] n.	（爸爸的妹夫）姑丈	**น้าเขย** [náa kŏie] n.	（媽媽的妹夫）姨丈
19. **ญาติพี่น้อง** [yâat pêe nóng] n.	堂兄弟姊妹	**ญาติพี่น้อง** [yâat pêe nóng] n.	表兄弟姊妹

02 婚姻

貼心小提醒 更多與婚姻相關的內容，請翻閱 344 頁，10-01【婚禮】。

01-01-03.MP3

家庭 unit 1 ★★★

婚姻相關的表現有哪些呢？

1. **โสด** [sòht] n. 單身

2. **คบหา** [kóp hǎa] v. 談戀愛

3. **เลิกคบ** [lêrk kóp] v. 分手

4. **แฟน** [faen] n. 男朋友、女朋友

5. **คนรัก** [kon rák] n. 情人

6. **คู่หมั้น** [kôo mân] n. 未婚夫、未婚妻

7. **ขอแต่งงาน** [kǒr dtàeng ngaan] ph. 提親

8. **แต่งงาน** [dtàeng ngaan] v. 娶、嫁、結婚

9. **หมั้น** [mân] v. 訂婚、文定

10. **งานหมั้น** [ngaan mân] / **พิธีหมั้น** [pí-tee mân] n. 訂婚典禮、訂婚儀式

11. **จดทะเบียนสมรส** [jòt tá-bian sǒm rót] ph. 登記結婚

12. **งานเลี้ยงฉลองแต่งงาน** [ngaan líang chà-lōng dtàeng ngaan] n. 喜酒、婚宴

13. **งานแต่งงาน** [ngaan dtàeng ngaan] n. 婚禮

14. **เจ้าบ่าว** [jâo bàao] n. 新郎

15. **เจ้าสาว** [jâo sǎao] n. 新娘

16. **ท้อง** [tóng] / **ตั้งครรภ์** [dtâng kan] ph. 懷孕

17. **คลอดลูก** [klôt lôok] ph. 生小孩

18. **รับเลี้ยงลูกบุญธรรม** [ráp líang lôok bun tam] ph. 領養孩子

19. **นอกใจ** [nôk jai] v. 外遇

20. **มือที่สาม** [meu têe sǎam] n. 小三

21. **แยกกันอยู่** [yâek gan yòo] v. 分居

22. **หย่า** [yàa] v. 離婚

01-01-04.MP3

Tips 跟兩性情感有關的慣用語

● **กิ๊ก** [gík] 指有著如戀人般情愫，但卻又沒有正式情侶關係的人。大致上有「曖昧對象、祕密情人、小三」等意思。

03 外表

外表的狀況有哪些呢？

01-01-05.MP3

สวย [sŭay] adj. 漂亮
น่าเกลียด [nâa glìat] adj. 醜陋

งดงาม [ngót ngaam] adj. 美麗
หล่อ [lòr] adj. 帥

น่ารัก [nâa rák] adj. 可愛

แก่ [gàe] adj. 老
วัยรุ่น [wai rûn] adj. 年輕

เตี้ย [dtîa] adj. 矮
สูง [sŏong] adj. 高

ผอม [pŏm] adj. 瘦
อ้วน [ûan] adj. 胖

แข็งแกร่ง [kăeng gràeng] adj. 強壯

ผอมเพรียว [pŏm prieow] adj. 苗條

ดำคล้ำ [dam klám] adj. 黝黑
ขาวสว่าง [kăo sà-wàang] adj. 白晰

หยักศก [yàk sòk] adj. 捲髮的
ตรง [dtrong] adj. 直髮的

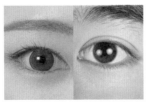

(ตา) ชั้นเดียว [(dtaa) chán dieow] adj. 單眼皮的
(ตา) สองชั้น [(dtaa) sŏng chán] adj. 雙眼皮的

(จมูก)แบน [jà-mòok baen] adj. 扁鼻子的
(จมูก)โด่ง [jà-mòok dòhng] adj. 高鼻子的

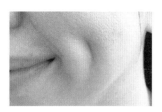

ลักยิ้ม
[lák yím]
n. 酒窩

หัวล้าน
[hŭa láan]
adj. 禿頭

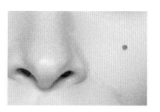

ไฝ
[făi]
n. 痣

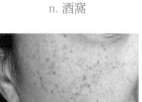

กระ
[grà]
n. 雀斑

ริ้วรอย
[ríw roi]
n. 皺紋

หนวด
[nùat]
n. 鬍子

01-01-06.MP3

Tips 與外表有關的慣用語

● สวยแต่รูปจูบไม่หอม [sŭay dtàe rôop jòop mâi hŏm] 長得好看，但親下去卻沒有香味。比喻人的外表雖然長得好看，但舉止不端莊、內心也不良善。

04 個性

一般有哪些種類的個性呢？

01-01-07.MP3

1. **ใจดี** [jai dee] adj. 慈祥、慈藹、好心
2. **ใจร้าย** [jai ráai] / **ใจดำ** [jai dam] adj. 壞心
3. **อ่อนโยน** [òn yohn] adj. 溫柔
4. **ดุร้าย** [dù ráai] adj. 兇惡
5. **เชื่อฟัง** [chêua fang] adj. 乖巧、聽話
6. **ดื้อ** [dêu] adj. 不聽話

7. **เจ้าเล่ห์** [jâo lây] adj. 狡猾

8. **ซุกซน** [súk son] adj. 調皮

9. **อาย** [aai] adj. 內向

10. **กล้าหาญ** [glâa hăan] adj. 外向、勇敢

11. **ฉลาด** [chà-làat] adj. 聰明

12. **โง่** [ngôh] adj. 愚笨

13. **ง่าย ๆ** [ngâai ngâai] adj. 隨和、溫厚

14. **เข้มงวด** [kâym ngûat] adj. 嚴格

15. **ใจเย็น** [jai yen] adj. 溫和

16. **ใจร้อน** [jai rón] adj. 性急的

17. **หงุดหงิดง่าย** [ngùt-ngit ngâai] adj. 暴躁

18. **ตั้งใจ** [dtâng jai] adj. 認真

19. **ขี้เกียจ** [kêe gìat] / **เกียจคร้าน** [gìat kráan]
adj. 懶惰

20. **ละเอียดอ่อน** [lá-ìat òn] adj. 細心

21. **สะเพร่า** [sà-prâo] adj. 粗心

22. **รอบคอบ** [rôp-kôp] adj. 慎重

23. **ประมาท** [bprà-màat] adj. 笨手笨腳

24. **ประหยัด** [bprà-yàt] adj. 節儉

25. **ฟุ่มเฟือย** [fûm-feuay] adj. 奢侈

26. **ใจกว้าง** [jai gwâang] adj. 大方

27. **ขี้งก** [kêe ngók] adj. 小氣

28. **เห็นแก่ตัว** [hĕn gàe dtua] adj. 自私

29. **โลภ** [lôhp] adj. 貪心

30. **ถ่อมตัว** [tòm dtua] adj. 謙虛

31. **อวดเก่ง** [ùat gàyng] adj. 誇耀、愛現

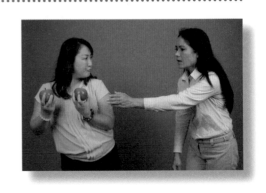

32. **หยิ่ง** [yìng] adj. 傲慢

33. **เป็นมิตร** [bpen mít] adj. 友善

34. **กระตือรือร้น** [grà-dteu-reu-rón] adj. 熱情

35. **กตัญญู** [gà-dtan-yoo] adj. 孝順

36. **อกตัญญู** [à-gà-dtan-yoo] adj. 不孝

37. **ขี้ขลาด** [kêe klàat] adj. 膽小

38. **เข้มแข็ง** [kâym kǎeng] adj. 堅強

39. **อ่อนแอ** [òn ae] adj. 軟弱

40. **ซื่อสัตย์** [sèu sàt] adj. 老實

41. **หลอกลวง** [lòk luang] adj. 虛偽

42. **มีความมั่นใจ** [mee kwaam mân jai] adj. 有自信

43. **ขาดความมั่นใจ** [kàat kwaam mân jai] adj. 自卑

44. **มองโลกในแง่ดี** [mong lôhk nai ngâe dee] adj. 樂觀

45. **มองโลกในแง่ร้าย** [mong lôhk nai ngâe ráai] adj. 悲觀

46. **มีอารมณ์ขัน** [mee aa-rom kǎn] adj. 幽默

47. **น่าเบื่อ** [nâa bèua] adj. 令人覺得無聊

48. **เย็นชา** [yen chaa] adj. 冷漠

49. **เงียบ** [ngîap] adj. 文靜

50. **ช่างพูด** [châang pôot] adj. 呱噪、愛講話

51. **มีมารยาท** [mee maa-rá-yâat] adj. 有禮

52. **ไร้มารยาท** [rái maa-rá-yâat] adj. 無禮、沒大沒小

53. **เรียบร้อย** [rìap rói] adj. 斯文

54. **หยาบคาย** [yàap kaai] adj. 粗魯

55. **มีความอดทน** [mee kwaam òt ton] adj. 有耐心

56. **เสมอต้นเสมอปลาย** [sà-měr dtôn sà-měr bplaai] adj. 始終如一

57. **มีระเบียบ** [mee rá-biap] adj. 有條理

บทที่ 2 ห้องนั่งเล่น 客廳
[hông nâng lâyn]

01-02-01.MP3

這些應該怎麼說？

客廳擺飾

1 เพดาน [pay-daan] n. 天花板

2 กำแพง [gam-paeng] n. 牆壁

3 พื้นไม้เนื้อแข็ง [péun mái néua kǎeng] n. 硬木地板

4 หน้าต่าง [nâa dtàang] n. 窗戶

5 โต๊ะน้ำชา [dtó náam chaa] / โต๊ะกาแฟ [dtó gaa-fae] n. 茶几；咖啡桌

6 โซฟาแบบยาว [soh-faa bàep yaao] n. 長沙發椅

7 เก้าอี้สตูล [gâo-êe sà-dtoon] n. 軟墊凳

8 เตาผิง [dtao pǐng] n. 壁爐

9 ภาพวาด [pâap wâat] n. 畫像；掛畫

10 กรอบหน้าต่าง [gròp nâa dtàang] n. 窗框

11 ผ้าม่านโรมัน [pâa mâan roh-man] n. 羅馬式窗簾

⑫ **สวิตช์ไฟ** [sà-wít fai] n. 電燈開關	㉑ **ลิ้นชัก** [lín chák] n. 抽屜
⑬ **โทรทัศน์** [toh-rá-tát] / **ทีวี** [TV] n. 電視	㉒ **นาฬิกาตั้งโต๊ะ** [naa-lí-gaa dtâng dtó] n. 桌鐘
⑭ **พรม** [prom] n. 地毯	⚊ **พัดลม** [pát lom] n. 電風扇
⑮ **กระถางต้นไม้** [grà-tăang dtôn mái] n. 盆栽	⚊ **เครื่องปรับอากาศ** [krêuang bpràp aa-gàat] n. 冷氣
⑯ **เก้าอี้มีที่วางแขน** [gâo-êe mee têe waang kǎen] n. 扶手椅	⚊ **ชั้นวางรองเท้า** [chán waang rong táo] n. 鞋架
⑰ **หมอนอิง** [mǒn ing] n. 靠墊	⚊ **ตู้ครัว** [dtôo krua] n. 櫥櫃
⑱ **โคมไฟติดผนัง** [kohm fai dtìt pà-nǎng] n. 壁燈	⚊ **แท่นบูชา** [tâen boo-chaa] n. 祭壇
⑲ **โคมไฟระย้า** [kohm fai rá-yáa] n. 吊燈	
⑳ **ตู้** [dtôo] n. 櫃子	

\ 你知道嗎？ /

常見的各種燈具，泰語該怎麼說呢？

01-02-02.MP3

● 傳統燈

เทียน
[tian]
n. 蠟燭

ตะเกียงน้ำมัน
[dtà-giang náam man]
n. 煤油燈

โคมไฟ
[kohm fai]
n. 燈籠

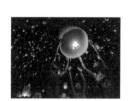

โคมไฟลอย
[kohm fai loi]
n. 天燈

● 照明燈

หลอดไฟ
[lòt fai]
n. 電燈泡

หลอดไฟนีออน
[lòt fai nee-on]
n. 日光燈

หลอดประหยัดไฟ
[lòt bprà-yàt fai]
n. 省電燈泡

ไฟ LED
[fai LED]
n. LED 燈

● 功能燈

โคมไฟกลางคืน
[kohm fai
glaang keun]
n. 夜燈

ไฟอ่านหนังสือ
[fai àan
nǎng-sěu]
n. 閱讀燈

ไฟฉาย
[fai chǎai]
n. 手電筒

โคมไฟตั้งพื้น
[kohm fai dtâng péun]
n. 立燈

โคมไฟระย้า
[kohm fai rá-yáa]
n. 豪華吊燈

01-02-03.MP3

Tips 關於燈、火的慣用語

● ไฟลนก้น [fai lon gôn]：火燒屁股。比喻情況緊急、突然，常用在工作方面。

เวลามีตั้งนานไม่ยอมทำการบ้าน ต้องรอจนไฟลนก้นซะก่อน
ถึงจะรีบเร่งทำ [way-laa mee dtâng naan mâi yom tam gaan bâan ·
dtông ror jon fai lon gôn sá gòn těung jà rêep râyng tam]
之前有時間都不做功課，要等到快要交了你才做。

● มืดแปดด้าน [mêut bpàet dâan]：四面八方都很暗。比喻非常無助、找不出解決問題的辦法。

ช่วงนี้ฉันเจอปัญญารุมเร้า ไม่รู้จะหาทางแก้อ ย่างไร
รู้สึกชีวิตมืดแปดด้าน [chûang née chǎn jer bpan-yaa rum ráo
· mâi róo jà hǎa taang gâe yàang rai · róo sèuk chee-wít mêut bpàet dâan]
最近我遇到很多問題，不知道如何解決，覺得人生很無助。

● น้ำน้อยย่อมแพ้ไฟ [náam nói yôm páe fai]：較少的水將敗給火。比喻人數少的那一方將敗給人數較多的一方。

การประกวดแบบนี้ ใครมีแฟนคลับมา ก็ต้องชนะอยู่
แล้ว ยังไงน้ำน้อยย่อมแพ้ไฟอยู่วันยังค่ำ [gaan bprà-gùat
bàep née · krai mee faen kláp mâak gôr dtông chá-ná yòo láew · yang ngai náam nói yôm
páe fai yòo wan yang kâm]
這種比賽，誰的粉絲多就會贏，不管怎麼樣人少的那一方一定會輸。

在客廳會做什麼呢?

01 看電視

01-02-04.MP3

與看電視時有關的用語

1. **ทีวีแอลซีดี** [TV LCD] n. 液晶電視
2. **ชั้นวางทีวี** [chán waang tee wee] n. 電視櫃
3. **เครื่องเสียง** [krêuang sĭang] n. 立體音響
4. **ลำโพง** [lam-pohng] n. 喇叭
5. **ไมโครโฟน** [mai-kroh-fohn] n. 麥克風
6. **รีโมทโทรทัศน์** [ree-môht toh-rá-tát] n. 電視遙控器
7. **เครื่องเล่น DVD** [krêuang lâyn DVD] n. DVD播放器
8. **เสาอากาศ** [săo aa-gàat] n. 天線
9. **เคเบิลทีวี** [kay-bêrn tee wee] n. 有線電視
10. **ช่อง** [chông] n. 頻道
11. **สัญญาณ** [săn-yaan] n. 訊號
12. **เล่นอีกครั้ง** [lâyn èek kráng] v. 重播
13. **คำบรรยาย** [kam ban-yaai] n. 字幕
14. **บรรยาย** [ban-yaai] v. 旁白
15. **พากย์เสียง** [pâak sĭang] v. 配音
16. **ถ่ายทอดสด** [tàai tôt sòt] adj. 直播
17. **ตอนจบ** [dton-jòp] n. 結局
18. **เรตติ้ง** [râyt-dtîng] n. 收視率
19. **ความละเอียด (ของภาพ)** [kwaam lá-iat (kŏng pâap)] 畫質
20. **รายการ** [raai gaan] n. 節目表

21. **ออกอากาศ** [òk aa-gàat] v. 播
22. **ตอน** [dton] n. 集數
23. **ตอนจบ** [dton-jòp] n. 完結篇
24. **ตอนแรก (ออกอากาศครั้งแรก)** [dton-râek (òk aa-gàat kráng râek)] n. 首播
25. **เปิดทีวี** [bpèrt tee wee] v. 開電視
26. **ปิดทีวี** [bpit tee wee] v. 關電視
27. **เพิ่มเสียง** [pêrm sĭang] v. 大聲點
28. **ลดเสียง** [lót sĭang] v. 小聲點
29. **ปิดเสียง** [bpit sĭang] v. 靜音
30. **เปลี่ยนช่อง** [bplian chông] v. 轉台

Tips มอง เห็น จ้อง และดู 中文都是「看」。那有什麼不一樣呢？

● **มอง** [mong]：某樣東西自然而然地進到你的視線，也可以是故意地看。

เธอกำลังมองอะไรอยู่ [ter gam-lang mong à-rai yòo] 你正在看什麼？

● **เห็น** [hĕn]：是指看到或發現某樣東西。

ตอนที่ฉันกลับถึงบ้าน ฉันเห็นแม่นั่งดูทีวีอยู่บนโซฟา

[dton-têe chăn glàp tĕung bâan · chăn hĕn mâe nâng doo tee wee yòo bon soh-faa]

我回到家的時候，我看見我媽媽在看電視。

● **จ้อง** [jôhng]：指目光凝視在某個東西上。

เธอจ้องแมวตัวนั้น ไม่วางตา [ter jôhng maew dtua nán mâi waang

dtaa] 她目不轉睛地看著那隻貓。

● **ดู** [doo]：用在刻意看某件事情一段時間，通常用在看電視。

เขาดูทีวีมา 3 ชั่วโมงแล้ว [kăo doo tee wee maa săam chûa mohng láew]

他看電視看了3個小時。

你知道各類的電視節目怎麼說嗎？

1. **รายการทีวี** [raai gaan TV] n. 電視節目
2. **ข่าว** [kàao] n. 新聞
3. **พยากรณ์อากาศ** [pá-yaa-gon aa-gàat] n. 氣象預報
4. **โฆษณา** [kôht-sà-naa] n. 廣告
5. **ภาพยนตร์** [pâap-pá-yo] / **หนัง** [năng] n. 電影
6. **ละคร** [lá-kon] n. 連續劇、偶像劇
7. **ละครน้ำเน่า** [lá-kon náam nâo] n. 肥皂劇
8. **ละครคอมเมดี้** [lá-kon kom may dêe] / **ละครตลก** [lá-kon dtà-lòk] n.喜劇
9. **รายการตลก** [raai gaan dtà-lòk] n. 綜藝節目
10. **การ์ตูน** [gaa-dtoon] n. 卡通
11. **สารคดี** [săa-rá-ká-dee] n. 紀錄片
12. **เกมโชว์** [gaym choh] n. 益智節目
13. **รายการเรียลลิตี้** [raai gaan rian-lí-dtêe] n. 實境節目
14. **ทอล์กโชว์** [tôk choh] n. 脫口秀

15. **รายการประกาศรางวัล** [raai gaan bprà-gàat raang-wan] n. 頒獎節目
16. **รายการสัตว์โลก** [raai gaan sàt lôhk] n. 動物節目
17. **ดนตรี** [don-dtree] n. 音樂

18. **เพลง** [playng] n. 歌

19. **กีฬา** [gee-laa] n. 體育

20. **รายการแนะนำสินค้า** [raai gaan náe nam sĭn káa] n. 購物頻道

看電視時會用到的句子

1. **รีโมทอยู่ไหน?** [ree môht yòo năi] 遙控器到哪去了？

2. **คุณช่วยฉันหยิบรีโมทได้ไหม?** [kun chûay chăn yìp ree-môht dâai măi]
你可以幫我拿遙控器嗎？

3. **ตอนนี้ช่อง Star Movie กำลังฉายหนังอะไรอยู่?** [dton-née chông Star Movie gam-lang chăai năng à-rai yòo] Star Movie 頻道現在在演什麼電影？

4. **คุณชอบดูรายการทีวีอะไร?** [kun chôp doo raai gaan TV à-rai] 你喜歡看什麼電視節目？

5. **ละครที่เธอกำลังตามอยู่ช่องไหน?** [lá-kon têe ter gam-lang dtaam yòo chông năi]
妳正在追的電視劇在哪一台？

6. **ใครแสดงหนังเรื่องนี้?** [krai sà-daeng năng rêuang née] 這部電影是誰演的？

7. **หนังเรื่องนี้มีคำบรรยายจีนไหม?** [năng rêuang née mee kam ban-yaai jeen măi] 這部電影有中文字幕嗎？

8. **คุณเคยดูหนังเรื่องนี้ไหม?** [kun koie doo năng rêuang née măi] 你看過這部電影嗎？

9. **ตอนที่เท่าไหร่แล้ว?** [ton-têe tâo rài láew] 現在第幾集了？

10. **ฉายซ้ำอีกแล้วหรือ?** [chăai sám èek láew rĕu] 又重播了嗎？

11. **รายการ American Idol ฉายซ้ำเมื่อไหร่?** [raai gaan American Idol chăai sám mêua rài]
American Idol 節目什麼時候重播？

12. **เรตติ้งไม่ดี** [râyt-dting mâi dee] 收視率不好。

02 聊天

01-02-07.MP3

1. **คุย** [kui] v. 閒談、聊天

2. **พูดถึง ~** [pôot tĕung] v. 談論～、談到～

3. **ทักทาย** [ták taai] v. 問候

4. **วิจารณ์** [wi-jaan] v. 評論

5. **ถามไถ่** [tăam tài] v. 小談一下、寒暄

6. **ปรับทุกข์** [bpráp túk] v. 講心事

7. **บอก** [bòk] v. 告訴、講

8. **ชม** [chom] v. 讚美、稱讚

9. ด่า [dàa] / ว่า [wâa] v. 罵

10. เล่า [lâo] v. 訴說（事情）

11. บ่น [bòn] v. 抱怨

12. ข่าวลือ [kàao leu] n. 謠言

13. นินทา [nin-taa] v. 說某人的壞話／閒話

14. ใส่ร้าย [sài ráai] v. 汙衊、詆毀

15. ซุบซิบ [súp-síp] ph. 講悄悄話

16. ระบาย [rá-baai] v. 發洩

17. โม้ [móh] v. 吹噓、吹牛

18. อวด [ùat] / โอ้อวด [ôh ùat] v. 炫耀

01-02-08.MP3

Tips 關於聊天的慣用語

● ขำ ๆ [kăm kăm]：是開玩笑、不要太認真的意思。

เขาแค่พูดขำ ๆ เธออย่าไปโกรธเขาเลยู่ [kăo kâe pôot kăm kăm ter yàa bpai gròht kăo loie] 他只是開個玩笑而已，妳不要生氣了。

聊天常說的句子

1. เกิดอะไรขึ้น [gèrt à-rai kêun] 發生什麼事？

2. คุณเป็นอะไร [kun bpen à-rai] 你怎麼了？

3. คุณมีเรื่องอะไรหรือเปล่า [kun mee rêuang à-rai rĕu bplào] 你有心事嗎？

4. คุณสบายดีไหม? [kun sà-baai dee măi] 你還好吧？

5. ฉันไม่เป็นอะไร [chăn mâi bpen à-rai] 我沒事。

6. ฉันเสียใจมากที่ได้ยินข่าวนี้ [chăn sĭa jai mâak têe dâai yin kàao née] 聽到這個消息我很難過。

7. ไม่ต้องห่วง ทุกอย่างจะดีขึ้นเอง [mâi dtông hùang túk yàang jà dee kêun ayng] 別擔心，一切都會好的。

8. คุณคิดมากเกินไป [kun kít mâak gern bpai] 你想太多了。

9. อย่าคิดมาก [yàa kít mâa] 不要想太多

10. ฉันเข้าใจคุณ [chăn kâo jai kun] 我能體會你的感受。

11. เรื่องมันยาว [rêuang man yaao] 說來話長；一言難盡。

12. เวลาจะเป็นคำตอบ [way-laa jà bpen kam dtòp] 時間會回答一切的。

13. ฉันคิดดูก่อน [chăn kít doo gòn] 我想一下。

14. ฉันลองดู [chăn long doo] 我試看看。

15. ลองคิดดูดี ๆ [long kít doo dee dee] 仔細考慮一下。

16. แล้วแต่คุณ [láew dtàe kun] 聽你的，你說的算。

17. ฉันจริงจัง [chăn jing jang] 我是認真的。

18. **แล้วแต่คุณจะพูด** [láew dtàe kun jà pôot] 隨便你怎麼說。

19. **คุณตัดสินใจเลย** [kun dtàt sĭn jai loie] 你決定就好。

20. **อย่างไรก็ได้** [yàang rai gôr dâai] 都可以、無所謂。

21. **พูดยาก** [pôot yâak] 這很難說。

22. **ใช้สมองหน่อย** [chái sà-mŏng nòi] 動動腦筋吧。

23. **ไม่ต้องสงสัย** [mâi dtông sŏng-săi] 無庸置疑。

24. **เข้าเรื่องเลยเถอะ** [kâo rêuang loie tùh] 直接談正事吧。

25. **พูดแล้วไม่คืนคำ** [pôot láew mâi keun kam] 說話算話。

03 做家事

01-02-09.MP3

กวาดบ้าน
[gwàat bâan]
ph. 掃地

ถูพื้น
[tŏo péun]
ph. 拖地

ดูดฝุ่น
[dòot fùn]
ph. 吸地

ขัดพื้น
[kàt péun]
ph. 刷地板

จัดเตียง [jàt dtiang]
ปูที่นอน [bpoo têe non]
ph. 鋪床

ตากผ้า
[dtàak pâa]
ph.曬衣服

อบผ้าแห้ง
[òp pâa hâeng]
ph. 烘衣服

จัดจาน
[jàt jaan]
ph. 擺盤

รีดผ้า
[rêet pâa]
ph. 燙衣服

หุงข้าว
[hŭng kâao]
ph. 煮飯

จัดจาน
[jàt jaan]
ph. 擺盤

เช็ดโต๊ะ
[chét dtó]
ph. 擦桌子

ล้างจาน
[láang jaan]
ph.洗碗

แยกขยะ
[yâek kà-yà]
ph. 垃圾分類

ทิ้งขยะ
[tíng kà-yà]
ph. 倒垃圾

ล้างรถ
[láang rót]
ph. 洗車

ถอนหญ้า
[tŏn yâa]
ph. 除草

รดน้ำ
[rót náam]
ph. 澆水

ไม้กวาด
[mái gwàat]
n. 掃把

ถังขยะ
[tǎng kà-yà]
n. 垃圾桶

ไม้ขนไก่
[mái kǒn gài]
n. 雞毛撢子

เครื่องดูดฝุ่น
[krêuang dòot fǔn]
n. 吸塵器

ที่ตักขยะ
[têe dtàk kà-yà]
n. 畚斗、畚箕

ไม้ถูพื้น
[mái tǒo péun]
n. 拖把

ถังขยะรีไซเคิล
[tǎng kà-yà ree sai kern]
n. 資源回收桶

เครื่องซักผ้า
[krêuang sák pâa]
n. 洗衣機

ผงซักฟอก
[pǒng sák fôk]
n. 洗衣粉

น้ำยาซักผ้า
[nám yaa sák pâa] /
น้ำยาทำความสะอาด
[nám yaa tam kwaam sà-àat]
n. 洗衣精；清潔劑

น้ำยาปรับผ้านุ่ม
[nám yaa bpràp pâa nûm]
n. 柔軟精

แปรง
[bpraeng]
n. 刷子

客廳 ★★★ บทที่ 2

ตะกร้า
[dtà-grâa]
n. 洗衣籃

เครื่องอบผ้า
[krêuang òp pâa]
n. 烘衣機

ไม้แขวนเสื้อ
[mái kwăen sêua]
n. 衣架

ตัวหนีบผ้า
[dtua nèep pâa]
n. 曬衣夾

เตารีด
[dtao rêet]
n. 熨斗

เชือกตากผ้า
[chêuak dtàak pâa]
n. 曬衣繩

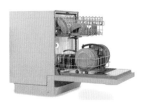

เครื่องล้างจาน
[krêuang láang jaan]
n. 洗碗機

น้ำยาล้างจาน
[nám yaa láang jaan]
n. 洗碗精

ฟองน้ำ (ล้างจาน)
[fong náam (láang jaan)]
n. 菜瓜布

ผ้าเช็ดโต๊ะ
[pâa chét dtó] /
ผ้าขี้ริ้ว
[pâa kêe ríw]
n. 擦桌子的布；抹布

น้ำยาฟอกขาว
[nám yaa fôk kăao]
n. 漂白劑

ผงแก้ท่อตัน
[pŏng gâe tôr dtan]
n. 水管疏通劑

\ 你知道嗎？ /

ซัก, ล้าง 和 สระ 一樣都是「洗」，有什麼不一樣呢？

● ซัก [sák]：泡著水用手去搓揉、擦、刷、沖，清洗布類的東西…常跟洗衣粉配用。例如：

ซักผ้า [sák pâa]（洗衣服），ซักมือ [sák meu]（手洗），ซักรองเท้า [sák rong táo]（洗鞋子）…

ฉันซักผ้าอาทิตย์ละสามครั้ง [chǎn sák pâa aa-tít lá sǎam kráng] 每個禮拜洗衣服三次。

● ล้าง [láang]：使用某種液體來清洗東西。例如：

ล้างจาน [láang jaan]（洗碗），ล้างรถ [láang rót]（洗車），ล้างหน้า [láang nâa]（洗臉），ล้างเท้า [láang táo]（洗腳）…

ลูกสาวกำลังล้างจาน คุณแม่ล้างหน้า คุณพ่อล้างรถ [lôok sǎao gam-lang láang jaan · kun mâe láang nâa · kun pòr láang rót] 女兒在洗碗，媽媽在洗臉，而爸爸在洗車。

● สระผม [sà pǒm]：清洗頭髮。

สระผมล้างหน้าเสร็จแล้วฉันจะไปซักผ้า [sà pǒm láang nâa sèt láew chǎn jà bpai sák pâa] 洗頭、洗臉完，我去洗衣服。

01-02-12.MP3

Tips　關於洗的慣用語

● อาบน้ำร้อนมาก่อน [àap náam rón maa gòn]：比較早洗熱水澡。跟「我吃過的鹽，比你吃的過的米還多」意思差不多。說這句俗語的人表示他走過的路、看過的事、經驗比聽的人還要多。

客廳 ★★★ unit 2

บทที่ 3 ห้องครัว 廚房
[hông krua]

01-03-01.MP3

這些應該怎麼說？

廚房擺設

1. **ตู้เย็น** [dtôo yen] n. 冰箱
2. **เครื่องดูดควัน** [krêuang dòot kwan] n. 抽油煙機
3. **เตาไฟฟ้า** [dtao fai fáa] n. 電爐
   เตาแก๊ส [dtao gáet] n. 瓦斯爐
4. **ไมโครเวฟ** [mai-kroh-wâyf] n. 微波爐
5. **เตาอบ** [dtao òp] n. 烤箱

6. **เคาน์เตอร์ครัว** [kao-dtêr krua] n. 流理台
7. **ตู้เก็บของ** [dtôo gèp kŏng] n. 碗櫃、食品櫥櫃
8. **เครื่องปรุง** [krêuang bprung] n. 調味料；佐料
9. **อ่างล้างจาน** [àang láang jaan] n. 水槽
10. **ก๊อกน้ำ** [gók náam] n. 水龍頭
11. **โต๊ะอาหาร** [dtó aa hăan] n. 飯桌
12. **แจกัน** [jae-gan] n. 花瓶

01-03-02.MP3

เครื่องปั่นน้ำผลไม้
[krêuang bpàn náam pŏn-lá-mái]

n. 果汁機；攪拌器

เครื่องสกัดน้ำผลไม้
[krêuang sà-gàt náam pŏn-lá-mái]

n. 蔬果榨汁機

เครื่องบดสับอาหาร
[krêuang bòt sàp aa-hăan]

n. 食物調理機

เครื่องปิ้งขนมปัง
[krêuang bpîng kà-nŏm bpang]

n. 烤麵包機

เครื่องทำขนมปัง
[krêuang tam kà-nŏm bpang]

n. 製麵包機

เครื่องชงกาแฟ
[krêuang chong gaa-fae]

n. 咖啡機

ตู้กดน้ำดื่ม
[dtôo gòt náam dèum]

n. 飲水機

ตู้แช่แข็ง
[dtôo châe kăeng]

n. 冷凍櫃

หม้อไฟฟ้า
[môr fai fáa]

n. 電鍋

เตาไฟฟ้า
[dtao fai fáa]

n. 電磁爐

กาต้มน้ำไฟฟ้า
[gaa dtôm náam fai fáa]

n. 快煮壺

เครื่องล้างจาน
[krêuang láang jaan]

n. 洗碗機

廚房 ★★★ unit 3

01-03-03.MP3

ผ้ากันเปื้อน
[pâa gan bpêuan]
n. 圍裙

กรรไกร
[gan-grai]
n. 剪刀

มีดทำครัว
[meet tam krua]
n. 菜刀

มีดปอกผลไม้
[mêet bpòk pŏn-lá-mái]
n. 削皮刀

ที่ลับมีด
[têe láp mêet]
n. 磨刀器

เขียง
[kĭang]
n. 砧板

ทัพพีตักข้าว
[táp pee dtàk kâao]
n. 飯匙

กระบวยตักแกง
[grà-buay dtàk gaeng]
n. 湯勺

ตะหลิว
[dtà-lĭw]
n. 鍋鏟

เตาแก๊ส
[dtao gáet]
n. 瓦斯爐

หม้อ
[môr]
n. 鍋子

หม้ออัดแรงดัน
[môr àt raeng dan]
n. 壓力鍋

กระทะก้นแบน
[grà-tá gôn baen]
n. 平底鍋

กระทะ
[grà-tá]
n. 炒菜鍋

กาต้มน้ำ
[gaa dtôm náam]
n. 熱水壺

กระติกน้ำเก็บความร้อน
[grà-dtìk náam gèp kwaam rón]
n. 保溫壺

ตะแกรงปิ้งย่าง
[dtà-graeng bpîng yâang]
n. 烤網

คีมคีบอาหาร
[keem kêep aa-hăan]
n. 夾子

ถุงมือกันความร้อน
[tŭng meu gan kwaam rón]
n. 隔熱手套

แผ่นรองจาน
[pàen rong jaan]
n. 隔熱墊

พลาสติกห่ออาหาร
[pláat-dtìk hòr aa-hăan]
n. 保鮮膜

กระดาษฟอยล์
[grà-dàat foi]
n. 鋁箔紙

ที่เปิดขวด
[têe bpèrt kùat]
n. 開瓶器

ที่เปิดจุกขวด
[têe bpèrt jùkkùat]
n. 軟木塞開瓶器

廚房 ★★★ บทที่ 3

31

ที่เปิดกระป๋อง
[têe bpèrt grà-bpŏng]
n. 開罐器

เครื่องบดพริกไทย
[krêuang bòt prík tai]
n. 研磨器

ค้อนทุบเนื้อ
[kón túp néua]
n. 肉錘

ที่คั้นน้ำผลไม้
[têe kán náam pŏn-lá-mái]
n. 榨汁器

สากและครก
[sàak láe krók]
n. 研磨棒及研磨缽

ชั้นวางจาน
[chán waang jaan]
n. 碗架

\ 你知道嗎？ /

泰國在烹調時，有哪些特色的調味料呢？

● 泰國每個地區的飲食口味及偏好稍有差異，依據地理環境、氣候的不同，亦形成不同的飲食習慣與文化。泰國北部的居民喜歡吃糯米飯搭配各種辣椒醬，菜色口味偏淡，除了帶有一點鹹之外，很少有重鹹、重辣的食物。當地的特產還有香腸及炸豬皮。（圖為泰國北部的辣椒醬）

● 泰國東北部受到高原地形及鄰國的影響，菜色味道較為獨特。烹調時喜歡加入魚露、乾辣椒、醃製魚。菜色裡辣味、鹹味、酸味都有，並以糯米飯為主食。（圖為泰國醃製魚）

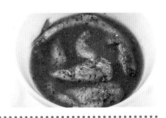

● 中部的飲食口味比較豐富，菜色裡通常都有酸、甜、鹹、辣的口味，相對其他地區來說食物口味偏甜。烹調咖哩時喜歡加入椰奶，以增加咖哩的濃厚口感。

● 泰國南部受鄰近的馬來西亞、印度的文化影響，喜歡在料理裡加入許多香料。相較於其他地區，南部人的飲食口味最重，喜歡吃重鹹、重辣、重酸的料理。

Tips 與廚房用具有關的慣用語

● ตกถังข้าวสาร [dtòk tăng kâao săan]：掉進米桶裡。形容家境較差的男性娶到富裕家庭的女兒，只用於形容男生。相當於中文的「金龜婿」、「少奮鬥二十年」。

● ทุบหม้อข้าว [túp môr kâao]：把（泰國古代用的陶瓷）飯鍋砸壞。比喻毀掉自己的職業生涯、人生。相當於中文的「自毀前程」。

● เข็นครกขึ้นเขา [kĕn krók kêun kăo]：推臼上山。山路陡，臼又沉重，推起來相當地困難，指做超出能力範圍的事。相當於中文的中文的「不自量力」、「螳臂擋車」。

在廚房會做什麼呢？

01 烹飪

各種烹飪的方式有哪些？

หุง	อุ่น	ตุ๋น	ต้ม
[hŭng]	[ùn]	[dtŭn]	[dtôm]
v. 煮（飯）	v. 加熱	v. 燉	v. 煮

นึ่ง	ลวก	ผัด	ทอด
[nêung]	[lûak]	[pàt]	[tôt]
v. 蒸	v. 汆燙	v. 炒	v. 煎

ทอด
[tôt]
v. 炸

ย่าง
[yâang]
v. 烤

อบ
[òp]
v. 烘培

ปรุงรส
[bprung rót]
v. 調味

01-03-06.MP3

Tips 與烹調及料理有關的慣用語

● **กว่าถั่วจะสุกงาก็ไหม้** [gwàa tùa jà sùk ngaa gôr mâi]：把豆子跟芝麻放在一起炒，等到豆子熟時，芝麻就已經燒焦了。比喻無法拿定主意，以至於太遲而失去機會。相當於「為時已晚」。

● **ข้าวแดงแกงร้อน** [kâao daeng gaeng rón]：**ข้าวแดง** 是
指還沒去殼的泰國紅米、**แกงร้อน** 指熱騰騰的湯，亦指熱騰騰的菜。**ข้าวแดงแกงร้อน** 的意思就是我們每天吃的飯菜。在泰國，古時候老人家常會說「**ข้าว
แดงแกงร้อน**」這句話來比喻「恩惠」，引申為「告知人們要懂得感恩給我們飯吃的人」的意思。

● **สุกเอาเผากิน** [sùk ao pǎo gin]：隨便煮的料理，只管把食物煮熟，不在乎其口味及美觀。比喻做事情時不注重細節，只想把事情趕快做完。相當於中文的「草草了事」。

● **เกลียดตัวกินไข่ เกลียดปลาไหลกินน้ำแกง** [gliat dtua gin
kài gliat bplaa lǎi gin náam gaeng]：討厭某種動物，卻吃牠的蛋；討厭鰻魚，卻喝鰻魚湯。比喻「厭惡對方，卻想要從對方得到好處」的意思。

01-03-07.MP3

ซาวข้าว [saao kâao] ph. 洗米	**ตราชั่ง** [dtraa châng] ph. 秤重	**ล้าง** [láang] v. 洗	**แช่น้ำ** [châe náam] v. 泡水

เด็ดผัก [dèt pàk] ph. 挑菜	**ปอกเปลือก** [bpòk bplèuak] v. 削皮	**แกะเปลือก** [gàe bplèuak] v. 剝皮	**ถอดก้างปลา** [tòt gâang bplaa] ph. 去除魚刺

หั่น [hàn] v. 切	**หมัก** [màk] v. 醃製	**ซับ** [sáp] v.（用紙巾）吸乾	**ตากแห้ง** [dtàak hâeng] v. 曬乾

ตอก (ไข่) [dtòk (kài)] v. 打（蛋）	**บด (เครื่องเทศ)** [bòt (krêuang tâyt)] v. 研磨（香料）	**บีบ** [bèep] v. 擠（檸檬）	**ทา** [taa] v. 抹、塗

โรย [roi] v. 撒	**ตำ** [dtam] v. 搗	**ห่อกระดาษฟอยด์** [hòr grà-dàat foi] ph. 包鋁箔紙	**ละลาย** [lá-laai] v. 解凍

廚房
★★★ unit 3

01-03-08.MP3

＼你知道嗎？／

一樣是都「炸」，但 เจียว 跟 ทอด 的「油量」及「食材」都有所不同。

在泰語中，**เจียว** 跟 **ทอด** 都是指「炸」，但炸的方式卻大不相同。

● **เจียว** [jieow] 是指用少油及小火去炸，也有「煎（蛋）」的意思，例如：煎蛋、爆香食材、炸豬油。

● **ทอด** [tôt] 是指將食物放入高溫的食用油中浸泡至熟透，例如：炸魚、炸雞肉…等。

各種切法的表達法

01-03-09.MP3

สับ
[sàp]
v. 切細、剁碎

หั่นเป็นลูกเต๋า
[hàn bpen lôok dtăo]
ph. 切丁

หั่นเป็นแว่น
[hàn bpen wâen]
ph. 切片

บด
[bòt]
v. 磨碎

ซอย
[soi]
v. 切絲

หั่นเป็นชิ้น
[hàn bpen chín]
v. 切塊

\ 你知道嗎？/
一樣都是「切」，但 หั่น 跟 สับ「切法」有所不同

● หั่น [hàn] 是指用刀子把食物切斷。
หั่นเนื้อ [hàn néua] （切肉），หั่นมะนาว [hàn má-naao] （切檸檬）…等等。

● สับ [sàp] 指把食材「切細、切碎」。
สับหัวหอม [sàp hŭa hŏm] （切碎洋蔥），สับกระเทียม [sàp grà-tiam] （切蒜末），สับหมู [sàp mŏo] （把豬肉切細）…等等。

廚房裡會用到的調味料有哪些？

เกลือ
[gleua]
n. 鹽

น้ำตาล
[nám dtaan]
n. 糖

ผงชูรส
[pŏng choo rót]
n. 味精

ผงปรุงรส
[pŏng bprung rót]
n. 調味料

พริกไทย
[prík tai]
n. 胡椒

พริก
[prík]
n. 辣椒

กระเทียม
[grà-tiam]
n. 大蒜

ตะไคร้
[dtà krái]
n. 香茅

มะนาว
[má-naao]
n. 檸檬

น้ำส้มสายชู
[náam sôm săai choo]
n. 醋

น้ำมัน
[náam man]
n. 油

น้ำมันมะกอก
[náam man má-gòk]
n. 橄欖油

廚房 ★★★ บทที่ 3

ซีอิ๊ว
[see eíw]
n.醬油

น้ำปลา
[náam bplaa]
n.魚露

คาราเมล
[kaa-raa-mayn]
n.焦糖醬

น้ำผึ้ง
[náam pêung]
n. 蜂蜜

各種味道的表達法

01-03-12.MP3

เค็ม
[kem]
adj. 鹹

หวาน
[wăan]
adj. 甜

ขม
[kŏm]
adj. 苦

เปรี้ยว
[bprîeow]
adj. 酸

เผ็ด
[pèt]
adj. 辣

เย็น
[yen]
adj. （味道）清涼

ฝาด
[fàat]
adj. 澀

เลี่ยน
[lîan]
adj. 油膩

คาว
[kaao]
adj.（魚、肉的）腥

烘焙時會用到什麼？

01-03-13.MP3

ตะแกรงร่อน
[dtà-graeng rôn]
n. 篩網

แป้ง
[bpâeng]
n. 麵粉

ผงฟู
[pŏng foo]
n. 小蘇打粉

นม
[nom]
n. 牛奶

ตำรับอาหาร
[dtam-ràp aa-hăan]
n. 食譜

วัตถุดิบ
[wát-tù dìp]
n. 原料

ตาชั่ง
[dtaa châng]
n. 磅秤

แม่พิมพ์อบขนม
[mâe pim òp kà-nŏm]
n. 烘培用的烤模

ถ้วยอบขนม
[tûay òp kà-nŏm]
n. 烘烤用的紙模

กระดาษรองอบ
[grà-dàat rong òp]
n. 烤盤紙

ถาดอบ
[tàat òp]
n. 烤盤

ที่ตีไข่
[têe dtee kài]
n. 打蛋器

เครื่องตัดไข่ต้ม
[krêuang dtàt kài dtôm]
n. 切蛋器

หัวบีบครีม
[hŭa beep kreem]
n. 擠花嘴

ชามคลุกสลัด
[chaam klúk sà-làt]
n. 攪拌碗

เครื่องผสมอาหาร
[krêuang pà-sŏm aa-hăan]
n. 攪拌器

廚房 ★★★ unit 3

ตะแกรงวางเค้ก
[dtà-graeng waang káyk]
n. 蛋糕架

ช้อนตักไอศกรีม
[chón dtàk ai-sà-greem]
n. 挖勺

ช้อนไม้
[chón mái]
n. 木勺

ถ้วยตวง
[tûay dtuang]
n. 量杯

ช้อนตวง
[chón dtuang]
n. 量匙

ไม้คลึงแป้ง
[mái kleung bpâeng]
n. 桿麵棍

กรวย
[gruay]
n. 漏斗

แปรง
[bpraeng]
n. 刷子

เนย
[noie]
n. 奶油

เข่งนึ่งติ่มซำ
[kàyng nêung dtìm-sam]
n. 蒸籠

ภาชนะ
[paa-chá-ná]
n. 容器

ยีสต์
[yêet]
n. 酵母

各種處理麵粉的方法有哪些？

01-03-14.MP3

บด
[bòt]
v. 磨

ร่อนแป้ง
[rôn bpâeng]
v. 篩粉

คลุก
[klúk]
v. 攪拌

นวด

[nûat]

v. 揉

หั่น

[hàn]

v. 切

คลึงแป้ง

[kleung bpâeng]

v. 擀麵

ปั้น

[bpân]

v. 搓

ห่อ

[hòr]

v. 包

พักแป้ง

[pák bpâeng]

v. 靜置發酵（麵團）

烘焙時用到的切刀有哪些呢？

01-03-15.MP3

มีดหั่นเนย

[meet hàn noie]

n. 奶油切刀

มีดลูกกลิ้ง

[meet lôok gling]

n. 滾輪刀

เครื่องผสมแป้ง

[krêuang pà-sŏm bpâeng]

n. 麵團攪拌機

ไม้พายซิลิโคน

[mái paai si li kohn]

n. 抹刀；刮刀

สปาตูล่า

[sà-bpaa dtoo lâa]

n. 蛋糕抹刀

แม่พิมพ์ตัดคุกกี้

[mâe pim dtàt kúk-gée]

n. 餅乾切模器

ห้องนอน 臥室
[hông non]

01-04-01.MP3

這些應該怎麼說？

客廳擺飾

① **เตียง** [dtiang] n. 床

② **ตู้ข้างเตียง** [dtôo kâang dtiang] n. 床頭櫃

③ **โคมไฟหัวเตียง** [kohm fai hŭa dtiang] n. 床頭燈

④ **โครงเตียง** [krohng dtiang] n. 床架；床框

⑤ **หมอน** [mŏn] n. 枕頭

⑥ **ผ้าห่ม** [pâa hòm] n. 被子

⑦ **ฟูก** [fôok] n. 床墊

⑧ **พรมปูพื้น** [prom bpoo péun] n. 地毯

⑨ **ตู้เสื้อผ้า** [dtôo sêua pâa] n. 衣櫥；衣櫃

⑩ **ตู้หนังสือ** [dtôo năng-sĕu] n. 書櫃

⑪ **กระจก** [grà-jòk] n. 鏡子

⑫ **โต๊ะเครื่องแป้ง** [dtó-krêuang-bpâeng] n. 化妝台

42

⑬ **เก้าอี้โต๊ะเครื่องแป้ง** [gâo-êe dtó-krêuang-bpâeng] n. 化妝椅

⑭ **น้ำหอม** [náam hŏm] n. 香水

⑮ **แจกัน** [jae-gan] n. 花瓶

⑯ **ผ้าคลุมเตียง** [pâa klum dtiang] n. 床罩

常見的寢具有哪些？

เตียงเดี่ยว
[dtiang dieow]
n. 單人床

เตียงคู่
[dtiang kôo]
n. 雙人床

เตียงสองชั้น
[dtiang sŏng chán]
n. 雙層床

เตียงไม้ไผ่
[dtiang mái pài]
n. 竹子床

เก้าอี้นอนพับได้
[gâo-êe non páp dâai]
n. 折疊躺椅

เปลนอน
[bplay non]
n. 吊床

臥室 ★★★ unit 4

Tips 與寢具相關的慣用語

● **ปลูกเรือนตามใจผู้อยู่ ผูกอู่ตามใจผู้นอน** [bplòok reuan dtaam jai pôo yòo pòok òo dtaam jai pôo non]：蓋房子要依照屋主的喜好，綁的吊床要讓睡的人覺得舒服。比喻決定一件事情之前，一定要先問當事人的意見。例如：買房子、買車、選擇交往對象，這些重要的事情都要讓當事人自己決定，父母只能給意見，而不是幫忙（干涉）決定。

- ไม่รู้จักหัวนอนปลายตีน [mâi róo jàk hŭa non bplaai dteen] : 泰國從古時就會看風水，也相當重視臥室裡的床頭要朝哪個方向，句中的 หัวนอนปลายเท้า 除了是指床頭、床尾的意思之外，亦引申指身分背景、身世。比喻不知道（某人的）身分、背景，近似中文的「來歷不明」。

在臥室會做什麼呢？

01 換衣服

各類衣服的樣式及配件

01-04-04.MP3

- 男裝

① **ชุดสูท** [chút sòot] n.（一套）西裝

② **เสื้อสูท** [sêua sòot] n. 西裝外套

③ **เสื้อเชิ้ต** [sêua chért] n. 襯衫

④ **ที่หนีบเนคไท** [têe nèep nâyk-tai] n. 領帶夾

⑤ **ผ้าเช็ดหน้าสูท** [pâa chét nâa sòot] n. 口袋巾

⑥ **รองเท้าอ๊อกฟอร์ด** [rong táo òk fôt] n. 牛津鞋

⑦ **เนคไท** [nâyk-tai] n. 領帶

⑧ **กางเกงสูท** [gaang-gayng sòot] n. 西裝褲

⑨ **เสื้อโค้ท** [sêua kóht] n. 大衣

⑩ **กระเป๋าเอกสาร** [grà-bpǎo àyk-gà-sǎan] n. 公事包

⑪ **รองเท้าหนัง** [rong táo nǎng] n. 皮鞋

⑫ **กระเป๋าสะพายข้าง** [grà-bpǎo sà-paai kâang] n. 斜背包

⑬ **กางเกงยีนส์** [gaang-gayng yeen] n. 牛仔褲

⑭ **เข็มขัด** [kěm kàt] n. 皮帶

15 **นาฬิกา** [naa-li-gaa] n. 手錶

16 **หูกระต่าย** [hǒo grà-dtàai] n. 領結

17 **แว่นตากันแดด** [wâen dtaa gan dàet]
n. 太陽眼鏡、墨鏡

18 **น้ำหอม** [náam hǒm] n. 香水

19 **กระเป๋าสตางค์ผู้ชาย** [grà-bpǎo sà-dtaang pôo chaai] n. 男用錢包

20 **แว่นตา** [wâen dtaa] n. 眼鏡

21 **กำไลข้อมือผู้ชาย** [gam-lai kôr meu pôo chaai] n. 男用手環

22 **กล่องแว่นตา** [glòng wâen dtaa] n. 眼鏡盒

● 女裝

23 **เสื้อยืด** [sêua yêut] n. T恤

24 **กระโปรงทรงสอบ** [grà-bprohng song sòp] n.（女用套裝正式的裙子）鉛筆裙

25 **เสื้อเชิ้ตผู้หญิง** [sêua chért pôo yǐng]
n. 女用襯衫

26 **กางเกงขาตรง** [gaang-gayng kǎa dtrong]
n. 煙管褲

27 **กระเป๋าสะพายข้างผู้หญิง** [grà-bpǎo sà-paai kâang pôo yǐng] n. 女用斜背包

28 **เสื้อนอก** [sêua nôk] n. 外套

29 **รองเท้าบูท** [rong-táo-bòot] n. 靴子

30 **กระเป๋าถือ** [grà-bpǎo těu] n. 手提包

31 **รองเท้าส้นแบน** [rong táo sôn baen]
n. 芭蕾平底鞋

32 **ผ้าพันคอซาติน** [pâa pan kor saa-dtin]
n. 絲巾

33 **เสื้อกล้าม** [sêua glâam] n. 坦克背心

34 **เสื้อสายเดี่ยว** [sêua sǎai dìeow]
n. 細肩帶上衣

35 **ผ้าคาดผม** [pâa kàat pǒm] n. 髮帶

36 **กระเป๋าเป้สะพายหลัง** [grà-bpǎo bpây sà-paai lǎng] n. 背包

臥室 ★★★ unit 4

㊲ **กางเกงยีนส์ขาสั้นผู้หญิง** [gaang-gayng yeen kǎa sân pôo yǐng] n. 女用牛仔短褲

㊳ **ลิปสติก** [líp-sà-dtik] n. 口紅

㊴ **กระเป๋าสตางค์ผู้หญิง** [grà-bpǎo sà-dtaang pòo yǐng] n. 女用錢包

㊵ **เดรสสายเดี่ยว** [dresssǎai dìeow] n. 細肩帶洋裝

㊶ **รองเท้ารัดส้น** [rong táo rát sôn] n. 涼鞋

㊷ **รองเท้าส้นสูง** [rong táo sôn sǒong] n. 高跟鞋

㊺ **กระโปรงสั้น** [grà-bprohng sân] n. 短裙

● 冬季服飾

㊹ **หมวกไหมพรม** [mùak mǎi prom] n. 毛線帽

㊺ **เสื้อกันหนาวขนเป็ด** [sêua gan nǎao kǒn bpèt] n. 羽絨外套

㊻ **เสื้อฮู้ด** [sêua hóot] n. 連帽T恤

㊼ **ผ้าพันคอ** [pâa pan kor] n. 圍巾

㊽ **กางเกงวอร์ม** [gaang-gayng wom] n. 運動褲

㊾ **เสื้อโปโล** [sêua bpoh-loh] n. polo衫

㊿ **ถุงมือ** [tǔng meu] n. 手套

51 **ถุงเท้า** [tǔng táo] n. 襪子

52 **รองเท้ากีฬา** [rong táo gee-la] n. 運動鞋

● 內衣

53 **กางเกงในผู้ชาย** [gaang-gayng nai pôo chaai] n. 男用內褲

54 **ยกทรง** [yók song] / **เสื้อใน** [sêua nai] n. 胸罩

55 **บิกินี่** [bì-gì-nêe] n. 比基尼

56 **กางเกงขาสั้น** [gaang-gayng kǎa sân] n. 短褲

57 **ชุดว่ายน้ำวันพีช** [chútwâai náam wan pêet] n. 連身泳衣

58 **กางเกงในผู้หญิง** [gaang-gayng nai pòo yǐng] n. 女用內褲

59 **กางเกงในแบบขาสั้น** [gaang-gayng nai bàep kǎa sǎn] n. 男用四角褲

60 **กางเกงว่ายน้ำชาย** [gaang-gayng wâai náam chaai] n. 男用泳褲

● 飾品

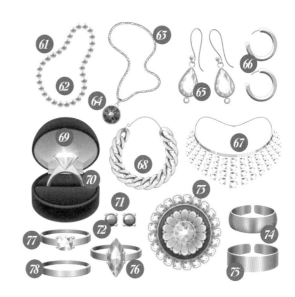

61 **มุก** [múk] / **ไข่มุก** [kài múk] n. 珍珠

62 **สร้อยมุก** [sôi múk] / **สร้อยไข่มุก**
[sôi kài múk] n. 珍珠項鍊

63 **สร้อยคอ** [sôi kor] n. 項鍊

64 **จี้** [jêe] n. 鍊墜

65 **ต่างหู** [dtàang hǒo] n. 耳環

66 **ต่างหูห่วง** [dtàang hǒo hùang]
n. 圓形耳環

67 **สร้อยพร้อมจี้** [sôi próm jêe]
n. 墜飾項鍊

68 **สร้อยข้อมือ** [sôi kôr meu] n. 手鍊

69 **เพชร** [pét] n. 鑽石

70 **แหวน** [wǎen] n. 戒指

71 **กระดุมติดแขนเสื้อ** [grà-dum dtit
kǎen] n. 袖扣

72 **หยก** [yòk] n. 翡翠

73 **เข็มกลัดติดเสื้อ** [kěm glàt dtit sêua]
n. 胸針

74 **กำไลข้อมือ** [gam-lai kôr meu] n. 手鐲

75 **ทองคำ** [tong kam] n. 黃金

76 **อัญมณี** [an-yá-má-nee] n. 寶石

77 **แหวนหมั้น** [wǎen mán] n. 訂婚戒指

78 **แหวนแต่งงาน** [wǎen dtàeng ngaan]
n. 結婚戒指

01-04-05.MP3

Tips 關於穿著的動詞

　　在泰語中，สวม、ใส่ 跟 นุ่ง 一樣都是指「穿」，但穿著上的用法也有所不同。

● **สวม** [sǔam] / **ใส่** [sài] / **สวมใส่** [sǔam sài]：是最常用的詞彙，幾乎可以用於所有物品。例如：**ใส่เสื้อผ้า** [sài sêua pâa]（穿衣服）、**ใส่รองเท้า** [sài rong táo]（穿鞋子）、**ใส่แหวน** [sài wǎen]（戴戒指）、**ใส่แว่นตา** [sài wâen dtaa]（戴眼鏡）等等。

● **นุ่ง** [nûng]：指穿褲子或裙子。例如：**นุ่งกางเกง** [nûng gaang-gayng]（穿褲子）、**นุ่งกระโปรง** [nûng grà-bprohng]（穿裙子）、**นุ่งโจงกระเบน** [nûng johng grà-bayn]（穿絆尾幔）等等。

01-04-06.MP3

Tips 與衣物有關的慣用語

● ขายผ้าเอาหน้ารอด [kăai pâa ao nâa rôt]：賣衣服是為了謀生。引申指為了自己的聲譽和面子，而割捨重要物品，近似中文的「萬不得已」、「壯士斷臂」。此外亦可比喻先利用現有的資源來解決眼前的問題。

● สวมหมวกหลายใบ [sŭam mùak lăai bai]：戴很多頂帽子。比喻同時擔任很多個職位。近似中文的「身兼多職」。

● ใส่หน้ากาก [sài nâa gàak]：戴面具。如同字面的意思，比喻對待別人不真誠、真心。相近於中文的「虛情假意」、「虛與委蛇」。

01-04-07.MP3

衣服的布料有哪些？

ผ้าฝ้าย
[pâa fâai]
n. 棉布

ผ้าไหม
[pâa măi]
n. 絲綢

ผ้าลินิน
[pâa li-nin]
n. 亞麻布

ขนแกะ
[kŏn gàe]
n. 羊毛

ผ้ายีนส์
[pâa yeen]
n. 牛仔布

ผ้ากากี
[pâa gaa-gee]
n. 卡其布

ผ้าไนล่อน
[pâa nai-lôn]
n. 尼龍布

ผ้าสักหลาด
[pâa sàk-làat]
n. 毛氈布

ผ้าลูกไม้
[pâa lôok mái]
n. 蕾絲

กำมะหยี่
[gam-mà-yèe]
n. 絲絨

ผ้าปัก
[pâa bpàk]
n. 織錦

หนังแท้
[năng táe]
n. 真皮

01-04-08.MP3

Tips｜與布有關的慣用語

- ผ้าขี้ริ้วห่อทอง [pâa kêe riw hòr tong]：抹布包著金子。比喻「相當有錢，但一般穿著寒酸的人」。

- ตามเนื้อผ้า [dtaam néua pâa]：依照衣服材質。比喻依照事實本身辦事，近似中文的「實事求是」的意思。

常見的顏色有哪些？

01-04-09.MP3

❶ สีขาว [sĕe kăao] n. 白色
❷ สีแดง [sĕe daeng] n. 紅色
❸ สีส้ม [sĕe sôm] n. 橘色
❹ สีเหลือง [sĕe lĕuang] n. 黃色
❺ สีน้ำเงิน [sĕe náam ngern] n. 海軍藍
❻ สีฟ้า [sĕe fáa] n. 藍色
❼ สีเหลืองอมเขียว [sĕe lĕuang om kĭeow]
　 n. 黃綠色
❽ สีเขียว [sĕe kĭeow] n. 綠色

❾ สีชมพู [sĕe chom-poo] n. 粉紅色
❿ สีม่วงอ่อน [sĕe mûang òn] n. 淺紫色
⓫ สีม่วงเข้ม [sĕe mûang kêm] n. 深紫色
⓬ สีม่วง [sĕe mûang] n. 紫色
⓭ สีน้ำตาล [sĕe nám dtaan] n. 棕色
⓮ สีช็อคโกแลต [sĕe chók-goh-láet]
　 n. 巧克力色
⓯ สีเทา [sĕe tao] n. 灰色
⓰ สีดำ [sĕe dam] n. 黑色

臥室 ★★★ unit 4

魅力四射的泰國傳統服飾

泰國傳統服飾的種類非常多，依據不同的時代、民族及地域，其穿著的呈現也都截然不同。穿著習慣的不同，依地區性分類明顯可以簡單分成北部、中部、東北部、南部的四大區塊。泰北曾經由 อาณาจักรล้านนา [aa-naa jàk láan naa]（蘭納王朝）統治的屬地，因此傳統服飾的風格自然也受蘭納王朝影響，穿著時其特徵是不戴**ผ้าโพกศรีษะ** [pâa pôhk sěe-sà]（頭巾），只戴簡單的花頭飾，披戴著不會過長的 ❶ **ผ้าพาดบ่า** [pâa pâat bàa]（披肩）。

　　泰國東北部的傳統服飾多半以棉或絲綢手工織成。這裡的男性喜歡穿著深色短袖的上衣、相同顏色的褲子，然後再用格紋布纏在腰上。女性的服飾則是以 ❷ **ผ้าซิ่น** [pâa sîn]（紗龍）製成，流行戴披肩以及 **เครื่องประดับ** [krêuang bprà-dàp]（首飾）。

在過去，泰國中部的男性上半身穿著 ❸ **ราชปะแตน** [râat bpà dtaen]（五顆鈕扣置中的立領硬挺白夾克），下半身則搭用一塊長布環繞腰際打結固定後，再把布的兩端捲拉過兩腿間並塞到腰背處，形成類似蓬鬆的燈籠褲造型配 ❹ **โจงกระเบน** [johng grà-bayn]（絆尾幔）。

　　泰國南部的穿著與馬來西亞和印尼相似，由於氣候較炎熱，南部人的穿著服飾以舒適為主，且多以棉料、蠟染布製成。

　　隨著社會的發展和外來的影響，泰國男子已

習慣穿襯衫、長褲、制服或西裝，而女性則喜愛西式裙裝或連身褲裝，至此所謂泰國「傳統服裝」已幾近西化，直到上個世紀60年代之後，拉瑪九世的妻子詩麗吉皇后為陪同蒲美蓬國王出訪國外時，有感於泰國衣著服飾無法與國際的審美觀接軌，感嘆女性沒有可穿著出席各種正式或非正式典禮、儀式、宴會或活動等場合的民族服裝，於是開始委託歷史學家及設計師研究各朝代傳統服裝

樣式，總共設計出八款女裝，並定名為「ชุดไทยพระราชนิยม」[chút-tai prá râat-chá-ní-yom]（泰國皇室傳統服裝），而這八款在詩麗吉皇后的懿旨推動下應運而生的泰國國服，分別被定名為：ชุดไทยอมรินทร์ [chút-tai à-má-rin]（泰阿瑪霖）、ชุดไทยบรมพิมาน [chút-tai-brom pí-maan]（泰波隆碧曼）、❺ ชุดไทยจักรี [chút-tai jàk-gree]（泰節基）、ชุดไทยจักรพรรดิ [chút-tai jàk-grà-pát]（泰恰克拉帕）、ชุดไทยจิตรลดา [chút-tai jit lá-daa]（泰吉特拉達）、ชุดไทยดุสิต [chút-tai dù-sìt]（泰杜喜）、ชุดไทยเรือนต้น [chút-tai reuan-dtôn]（泰鑾冬）及 ชุดไทยศิวาลัย [chút-tai sì-waa-lai]（泰喜瓦萊）。

　　泰國國服大體上的特色如下：泰吉特拉達的樣式泰阿瑪霖相仿，都不戴披肩和腰帶。但不同的是當穿著泰吉特拉達的時候，不會配戴首飾。泰阿瑪霖會用奢華的布料製作，並在穿著時搭配豪華的首飾。泰波隆碧曼的裙腳長至腳踝，設計上在肚臍的部位一定會有一塊垂墜的布蓋上。泰恰克拉帕和泰節基的樣式差不多，亦是容易混淆，都要戴披肩和腰帶，但不同的是泰恰克拉帕配戴的首飾比較奢華，是適合出席皇家儀式時所穿的禮服。而泰節基則是依場合才決定要不要配戴首飾。（泰杜喜的外觀為上衣無袖、圓領，不戴披肩。泰鑾冬為較舒適的傳統服裝，上衣為三分袖、有五顆鈕扣，一般是以舒適為主。適用於一般場合，例如：宗教儀式…等等。在泰國的傳統穿搭觀念中，除了泰吉特拉達之外，其他的服裝多是適用穿著於午後的社交場合。

　　不過一般而言，大部分的泰國女性通常只有在人生中最重要的日子才會穿著泰服，例如：訂婚、結婚、國慶日等等。但即使如此，傳統泰服在泰國文化中仍是指標性的一環，深具舉足輕重的地位。

02 睡覺

與睡覺有關表現有哪些？

1. ไปนอน [bpai non] v. 去睡覺
2. ง่วง [ngûang] adj. 睏
3. หาว [hăao] v. 打哈欠
4. นอนหลับ [non làp] ph. 睡著
5. หลับลึก [làp léuk] ph. 沉睡
6. สัปหงก [sàp-bpà-ngòk] v. 打瞌睡
7. สะลึมสะลือ [sà-leum-sà-leu] ph. 昏昏欲睡
8. ขี้เซา [kêe sao] ph. 賴床
9. งีบ [ngêep] ph. 小睡、補眠
10. นอนตื่นสาย [non dtèun săai] v. 睡過頭
11. เข้านอนไว [kâo non wai] ph. 早睡
12. นอนกลางวัน [non glaang wan] ph. 午睡

13. กรน [gron] v. 打呼
14. นอนไม่หลับ [non mâi làp] ph. 睡不著
15. นอนไม่หลับทั้งคืน [non mâi làp táng keun] v. 輾轉難眠
16. นอนดึก [non dèuk] ph. 熬夜
17. เตะผ้าห่ม [dtè pâa hòm] ph. 踢棉被
18. โรคนอนไม่หลับ [rôhk non mâi làp] n. 失眠症
19. ตื่นเช้า [dtèun cháo] ph. 早起床
20. ตื่นนอน [dtèun non] v. 起床
21. ตื่นขึ้นมา [dtèun kêun maa] v. 睡醒
22. ละเมอ [lá-mer] ph. 說夢話
23. ฝันร้าย [făn ráai] ph. 做噩夢
24. กัดฟัน [gàt fan] v. 磨牙
25. ห่มผ้าห่ม [hòm pâa hòm] ph. 蓋被子
26. นอนไม่พอ [non mâi por] ph. 睡眠不足
27. ตั้งนาฬิกาปลุก [dtâng naa-lí-gaa bplùk] ph. 設定鬧鐘
28. ปิดนาฬิกาปลุก [bpit dtâng naa-lí-gaa bplùk] ph. 按掉鬧鐘

常見的睡姿有哪些？

นอนคว่ำ
[non kwâm]
ph. 趴睡

นอนหงาย
[non ngăai]
ph. 仰睡

นอนตะแคง
[non dtà-kaeng]
ph. 側睡

與做夢有關表現有哪些？

1. **ฝัน** |făn| ph. 做夢

2. **ฝันไปเถอะ** |făn bpai túh| ph. 做夢（不可能的事）

3. **ฝันกลางวัน** |făn glaang wan| ph. 做白日夢

4. **ฝันร้าย** |făn ráai| ph. 做惡夢

5. **ความฝัน** |kwaam făn| v. 夢想

6. **ฝันดี** |făn dee| n. 美夢

7. **ฝันเป็นจริง** |făn bpen jing| ph. 美夢成真

8. **เดินละเมอ** |dern lá-mer| v. 夢遊

เมื่อคืนหลินนอนไม่หลับทั้งคืนเพราะว่าฝันร้าย |mêua keun lǐn non mâi làp táng keun prór wâa făn ráai| 阿霖昨晚失眠了，因為做了惡夢。

ฉันฝันว่าจะเป็นมหาเศรษฐี |chăn făn wâa jà bpen má-hăa sàyt-těe| 我夢想成為一位億萬富翁。

Tips 與睡覺有關的慣用語

- **นอนหลับทับสิทธิ์** |non làp táp sìt|：壓著權利睡覺。壓制權利視而不見，故比喻棄權，且通常指得是放棄投票權。

  อย่านอนหลับทับสิทธิ์ เพราะทุกสิทธิ์มีค่า |yàa non làp táp sìt prór túk sìt mee kâa| 請不要棄投，因為每一票都很重要。

- **ล้มหมอนนอนเสื่อ** |lóm mŏn non sèua|：倒頭大睡。就像嚴重到身體無力，需要躺著休息一樣，比喻生病。相似於中文的「大病一場」。

  เขาทำงานหนักจนล้มหมอนนอนเสื่อไปหลายวัน |kăo tam ngaan nàk jon lóm mŏn non seua bpai lăai wan| 他工作太忙，以致累到重病了好幾天。

臥室 ★★★ unit 4

ห้องน้ำ　浴廁
[hông náam]

01-05-01.MP3

這些應該怎麼說？

浴廁的擺設

1. **กระเบื้องเซรามิค** [grà-bêuang say-raa mik] n. 瓷磚

2. **ตู้เก็บของ** [dtôo gèp kŏng] n. 浴室置物櫃

3. **กระจก** [grà-jòk] n. 鏡子

4. **อ่างล้างมือ** [àang láang meu] n. 洗手台

5. **ก๊อกน้ำ** [gók náam] n. 水龍頭

6. **ชักโครก** [chák krôhk] n. 馬桶

7. **ฝักบัว** [fàk bua] n. 蓮蓬頭

8. **ผ้าเช็ดตัว** [pâa chét dtua] n. 浴巾

9. **ท่อระบายน้ำ** [tôr rá-baai náam] n. 排水口

10. **ชั้นวางของ** [chán waang kŏng] n. 毛巾架

11. **ทิชชู่** [tít chôo] n. 衛生紙

12. **ถังขยะ** [tăng kà-yà] n. 垃圾桶

⑮ ช่องระบายอากาศ [chông rá-baai aa-gàat] n. 排風口

⑮ ที่จับประตู [têe jàp bprà-dtoo] n. 把手

⑭ ตู้อาบน้ำ [dtôo àap náam] n. 淋浴間

01-05-02.MP3

Tips 生活小常識：廁所篇

泰語的廁所有很多種說法：สุขา / ห้องน้ำ / ห้องส้วม 等等。

● สุขา [sù-kǎa]：是較正式、書面語的說法，日常口語中較少使用，即等同中文的「化妝室」的語感。

● ห้องน้ำ [hông náam]：是最常用的泰語詞彙。ห้อง 是「房間、間、室」，而 น้ำ 是「水」，故 ห้องน้ำ 就是指「洗手間、廁所」的意思。

ห้องน้ำไปทางไหน [hông náam bpai taang nǎi]
廁所在哪裡？

ฉันอยากจะเข้าห้องน้ำ [chǎn yàak jà kâo hông náam]
我想上廁所。

● ห้องส้วม [hông sûam]：用於日常的非正式會話，語感上聽起來不太優雅，即等同中文的「茅坑」。

在浴廁會做什麼呢？

01 洗澡

01-05-03.MP3

常用的盥洗用品有哪些？

❶ สบู่ [sà-bòo] n. 肥皂

❷ แชมพู [sham poo] / ยาสระผม [yaa sà pǒm] n. 洗髮精

❸ ใยขัดตัว [yai kàt dtua] n. 沐浴球

❹ ครีมอาบน้ำ [kreem àap náam] n. 沐浴乳

❺ ครีมทาผิว [kreem taa pǐw] n. 身體乳液

❻ ผ้าเช็ดหน้า [pâa chét nâa] n. 洗臉用的小方巾

⑦ **หมวกอาบน้ำ** [mùak àap náam] n. 浴帽

⑧ **แปรงขัดผิว** [bpraeng kàt pǐw] n. 沐浴刷

⑨ **ฟองน้ำ** [fong náam] n. 海綿

⑩ **ผ้าขนหนู** [pâa kǒn nǒo] n. 毛巾

⑪ **สบู่เหลวล้างมือ** [sà-bòo lěo láang meu] n. 洗手乳

⑫ **ยาสีฟัน** [yaa sěe fan] n. 牙膏

⑬ **แก้ว** [gâew] n. 漱口杯

⑭ **หวีแบน** [wěe baen] n. 扁梳

⑮ **สำลีก้าน** [sǎm-lee gâan] n. 棉花棒

⑯ **สำลีก้อน** [sǎm-lee gôn] n. 棉花球

⑰ **สครับขัดผิว** [sà-kráp kàt pǐw] n.（身體、臉部）去角質霜

⑱ **ครีมบำรุงผม** [kreem bam-rung pǒm] n. 護髮乳

⑲ **ครีมนวดผม** [kreem nûat pǒm] n. 潤髮乳

⑳ **โฟมล้างหน้า** [fohm láang nâa] n. 洗面乳

㉑ **ครีมโกนหนวด** [kreem gohn nùat] n. 刮鬍泡

㉒ **มีดโกนหนวด** [mêet gohn nùat] n. 刮鬍刀

㉓ **แปรงสีฟัน** [bpraeng sěe fan] n. 牙刷

㉔ **ไหมขัดฟัน** [mǎi kàt fan] n. 牙線

㉕ **น้ำยาบ้วนปาก** [nám yaa bûan-bpàak] n. 漱口水

常見的衛浴設備及廁所用品有哪些？

01-05-04.MP3

อ่างอาบน้ำ
[àang àap náam]
n. 浴缸

ไดร์เป่าผม
[dai bpào pŏm]
n. 吹風機

โถปัสสาวะชาย
[tŏh bpàt-sǎa-wá chaai]
n. 小便斗

ม่านอาบน้ำ
[mâan àap náam]
n. 浴簾

พรมเช็ดเท้า
[prom chét táo]
n. 浴室擦腳墊

เครื่องเป่ามือ
[krêuang bpào meu]
n. 烘手機

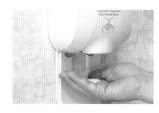

เครื่องจ่ายสบู่เหลว
[krêuang jàai sà-bòo lěo]
n. 給皂機

ขัน
[kǎn]
n. 盆子

ถัง
[tǎng]
n. 桶子

ตะกร้าซักผ้า
[dtà-grâa sák pâa]
n. 洗衣籃

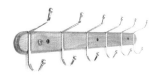

ตะขอแขวนติดผนัง
[dtà-kǒr kwǎen dtìt pà-nǎng]
n. 掛勾

สเปรย์ปรับอากาศ
[sà-bpray bpràp aa-gàat]
n. 芳香劑

泰語的「月經」叫做 **ประจำเดือน** [bprà-jam deuan]，雖是日常中常見的通俗用語，但也作為正式的用語在流通。有時候因為談到 **ประจำเดือน** [bprà-jam deuan] 時會難免有些尷尬，所以通常會講 **วันนั้นของเดือน** [wan nán kŏng deuan]（那天）用以避免太直接的表達。另外一般生活上的口語也會講

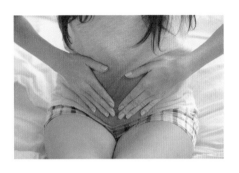

เมนส์ [mayn]，但是這個詞彙就不太適合用於正式場合。例如：**ประจำเดือนของฉันมาแล้ว** [bprà-jam deuan kŏng chăn maa láew]（我的月經來了）。月經時所用的衛生用品「衛生棉」的泰語是 **ผ้าอนามัย** [pâa à-naa-mai]；另外，除了衛生棉外，一般女性常用的「衛生護墊」是 **แผ่นอนามัย** [pàen à-naa-mai]、「衛生棉條」則是 **ผ้าอนามัยแบบสอด** [pâa à-naa-mai bàep sòt]。

ผู้หญิงควรจะพกผ้าอนามัยติดตัวไว้ตลอด เผื่อเวลาฉุกเฉิน [pôo yĭng kuan jà pók pâa à-naa-mai dtìt dtua wái dtà-lòt pèua way-laa chùk-chĕrn] 女生隨時都要攜帶衛生棉，以防萬一準備用。

馬桶的構造及種類有哪些？

1. **ฝาชักโครก** [făa chák krôhk] n. 馬桶蓋
2. **ฝารองนั่งชักโครก** [făa rong nâng chák krôhk] n. 馬桶座
3. **โถชักโครก** [tŏh chák krôhk] n. 水箱
4. **มือกดชักโครก** [meu gòt chák krôhk] n. 沖水把手
5. **ปุ่มกดชักโครก** [bpùm gòt chák krôhk] n. 沖水按鈕

6. **โถส้วมแบบนั่งยอง** [tŏh sûam bàep nâng yong] n. 蹲式馬桶
7. **ชักโครกอัจฉริยะ** [chák krôhk àt-chà-rí-yá] n. 免治馬桶
8. **สายฉีดชำระ** [săai chèet cham-rá] n. 衛生沖洗器、馬桶噴槍

清潔馬桶的用具有哪些？

แปรงขัดโถส้วม
[bpraeng kàt tŏh sûam]
n. 馬桶刷

ไม้ดูดส้วม
[mái dòot sûam]
n. 通馬桶的吸把

น้ำยาขัดห้องน้ำ
[nám yaa kàt hông náam]
n. 浴廁清潔劑

Tips 生活小常識：內急時，要怎麼表達呢？

　　泰語的上廁所不管是大號還是小號都可以說 เข้าห้องน้ำ [kâo hông náam]。「上小號、尿尿」較禮貌、正式的用語可以用 ปัสสาวะ [bpàt-sǎa-wá] 來表達，較文雅的說法可用 ถ่ายเบา [tàai bao]，等同於中文的「上小號」，若是與較親密的朋友聊天可以用 ฉี่ [chèe] 來表示；另外，「上大號」較禮貌、正式的泰語則是用 อุจจาระ [ùt-jaa-rá] 來表示，較文雅的說法可用 ถ่ายหนัก [tàai nàk]，即等同於中文的「上大號」，與較親密的朋友聊天時可以用 ขี้ [kêe]，等同於中文的「大便」。

　　另外，「拉肚子」是 ท้องเสีย [tóng sĭa]，ท้อง [tóng] 是「肚子、เสีย [sĭa] 則是指「壞掉」的意思。此外還可以用 ท้องร่วง [tóng rûang] 來表達，ร่วง [rûang] 是「落下」的意思，「肚子掉下來」，就是隱喻「拉肚子」囉！而當你不知道是什麼原因造成肚子痛時，就可以說 ปวดท้อง [bpùat tóng]，ปวด [bpùat] 是「疼痛、痛苦」，故 ปวดท้อง [bpùat tóng] 就是「肚子痛」的意思。

01-05-07.MP3

Tips 跟水有關的慣用語（其他與飲水相關的慣用語請參考 183-184 頁）

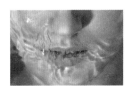

●น้ำท่วมปาก [náam tûam bpàak]：洪水淹沒嘴巴。比喻怕會害到別人或自己故而有話不敢講。近似中文的「噤若寒蟬」。

- น้ำนิ่งไหลลึก [náam nîng lăi léuk]：靜水流深。指安靜的人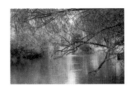
  通常思想都很深邃，比喻一個人雖然話少，但卻蘊藏著偌
  大的智慧。

- น้ำลดตอผุด [náam lót dtor pùt]：退潮之後，就會露出樹
  墩。指當一個人運勢不好（或失去了權勢）時，曾經做過
  的壞事都會被揭發。

- น้ำเชี่ยวอย่าเอาเรือขวาง [nám-chîeow yàa ao reua kwăang]：
  不要用船擋住急流。指當發生不好的事情時，不要出頭露
  面或不要和別人發生正面衝突，應等到事情平靜下來再出
  手否則會給自己帶來危險；亦指在不知情的情況下，做出
  了破壞別人的好事或好心情，可能會給自己帶來危險。

- ปั้นน้ำเป็นตัว [bpân náam bpen dtua]：把水塑造成形。指用
  說謊、捏造故事的方式把沒有的事情說成是有。相當於中
  文的「無中生有」。

- ชักแม่น้ำทั้งห้า [chák mâe náam táng hâa]：拉起五條河。比喻找很多理由來說服
  別人。

- เอาน้ำลูบท้อง [ao náam lôop tóng]：用水擦肚子。比喻靠喝水來緩解飢餓。

Tips 生活小常識：泰國廁所篇

　　泰語的馬桶可以稱為 ส้วม [sûam] 或是 ชักโครก [chák
krôhk]。在泰國，早期的廁所都是蹲式的，一般的百姓們都
會挖一個坑，把桶子放在裡面，並在上方架上兩塊木板（或
類似右圖裝置概念的木板），當作讓人上廁所時所踩的踏
板，且為了避免屋裡有異味，一般的廁所都是設置在家的外面，當桶子裝滿排泄
物時，就會有人來拿桶子去倒掉。

　　後來引進的現代坐式馬桶便稱為 ชักโครก。那是因為在
早期的泰國，水箱都是設計在馬桶的上方，沖水時要用拉
拉桿（ชัก 拉）的，而當水沖下去時會產生很大的流水聲響
（โครก 是狀聲詞），因此這種馬桶才被稱為 ชักโครก。

หมวดที่ 2

คมนาคม [ká-má-naa-kom] 交通

สถานีรถไฟฟ้า 捷運站
[sà-tăa-nee rót fai fáa]

02-01-01.MP3

這些應該怎麼說？

捷運站的配置

1. **จุดขายตั๋ว** [jùt kăai dtŭa] n. 售票處
2. **ผู้โดยสาร** [pôo doi săan] n. 乘客
3. **ประตูกั้นชานชาลา** [bprà-dtoo gân chaan chaa-laa] n. 月台安全閘門
4. **ชานชาลา** [chaan chaa-laa] n. 月台
5. **บันได** [ban-dai] n. 樓梯
6. **ลิฟต์** [lif] n. 電梯
7. **บันไดเลื่อน** [ban-dai lêuan] n. 電扶梯
8. **ป้ายโฆษณา** [bpâai kôht-sà-naa] n. 廣告牌
9. **กล้องวงจรปิด** [glông wong-jon bpit] n. 監視攝影機
10. **ลำโพง** [lam-pohng] n. 擴音器
11. **ล็อบบี้** [lóp-bêe] n. 大廳層
12. **รางรถไฟ** [raang rót fai] n. 軌道

⑬ **ถังขยะ** [tăng kà-yà] n. 垃圾桶

⑭ **จอแสดงภาพ** [jor sà-daeng pâap]
　n. 顯示螢幕

⑮ **เส้นสีเหลือง** [sâyn sĕe lĕuang]
　n. 黃色線（月台警戒線）

⑯ **สถานี** [sà-tăa-nee] n. 車站

⑰ **ไฟแจ้งเตือน** [fai jâeng dteuan]
　n.（列車到站）警示燈

⑱ **ราวบันไดเลื่อน** [raao ban-dai lêuan]
　n. 電扶梯的扶手

Tips 泰國捷運系統

你知道嗎？在泰語中，「高架式捷運」會用英文直接稱為「BTS（Bangkok Mass Transit System，英文簡稱 BTS）」，中文也稱為「空鐵」。目前泰國的 BTS 只有兩條線，分別是深綠色線的 **สายสุขุมวิท** [săai sù-kŭm-wit]（蘇坤蔚線）和淺綠色線

的 **สายสีลม** [săai sĕe lom]（席隆線）。這兩條線貫穿著曼谷幾條主要商業道路，並於 **สถานีสยาม** [sà-tăa-nee sà-yăam]（暹羅站）交會。雖說泰國 BTS 已經完工很多年了，但設備不算完善，比如說自動售票機只能投幣，若只有鈔票的話就要去服務窗口兌換硬幣，且服務窗口不會販售車票。

在捷運站會做什麼呢？

01 進站

02-01-02.MP3

哪些地方可以買票呢？

❶ **ตู้จำหน่ายตั๋ว** [dtôo jam-nàai dtŭa] n. 售票機

❷ **เครื่องแลกเหรียญ** [krêuang lâek rĭan] n. 兌幣機

❸ **ช่องหยอดเหรียญ** [chông yòt rĭan] n. 投幣口

❹ **ช่องใส่ธนบัตร** [chông sài tá-ná-bàt] n. 紙鈔插入口

❺ **ช่องรับตั๋ว** [chông ráp dtŭa] n. 取票口

6 **แผนที่เส้นทาง** [pāen têe sâyn taang] n. 路線圖

7 **ตู้เติมเงิน** [dtôo dterm ngern] n. 卡片加值機

8 **ที่วางบัตร** [têe waang bàt] n. 感應區

9 **ใบเสร็จ** [bai sèt] n. 收據

10 **หน้าจอ** [nâa jor] n. 螢幕

02 等車、搭車

在月台及車廂裡,常見的標示有哪些?

02-01-03.MP3

1 **ทางออก** [taang òk] n. 出口

2 **ประตูกั้นชานชาลา** [bprà-dtoo gân chaan chaa-laa] n. 月台安全閘門

3 **ระวังช่องว่างระหว่างชานชาลา** [rá-wang chông wâang rá-wàang chaan chaa-laa] ph. 小心月台間隙

4 **รอรถ** [ror rót] n. 等車

5 **โบกี้** [boh-gêe] / **ตู้โดยสาร** [dtôo doi săan] n. 車廂

6 **ที่นั่งสำหรับบุคคลพิเศษ** [têe nâng săm-ràp bùk-kon pí-sàyt] n. 博愛座

7 **โทรศัพท์ติดต่อเจ้าหน้าที่** [toh-rá-sàp dtit dtòr jâo nâa têe] n. 對講機

8 **ห่วง** [hùang] n. 吊環

9 **เสา** [săo] n. 握桿

10 **ปุ่มฉุกเฉิน** [bpùm chùk-chĕrn] n. 求助鈴

11 **ถังดับเพลิง** [tang dàp plerng] n. 滅火器

03 出站

出站時，常見的標示有哪些？

02-01-04.MP3

1. **ด่านเก็บตั๋ว** [dàan gèp dtǔa] n. 收票口
2. **เครื่องอ่านบัตร** [krêuang àan bàt] n. 車票感應器
3. **ประตูกั้นทางเข้าออก** [bprà-dtoo gân taang kâo òk] n. 閘道口
4. **ทางออกฉุกเฉิน** [taang òk chùk-chěrn] n. 緊急出口
5. **แผนที่** [pǎen têe] n. 位置地圖
6. **ATM** [ay tee em] n. 自動提款機

搭捷運時的動作有哪些？

02-01-05.MP3

นั่งรถ
[nâng rót]
ph. 搭車

ขึ้นรถ
[kêun rót]
ph. 上車

ลงรถ
[long rót]
ph. 下車

เปลี่ยนรถ
[bplìan rót]
ph. 轉車

ตกรถ
[dtòk rót]
ph. 錯過車

ซื้อตั๋ว
[séu dtǔa]
ph. 買票

เติมเงิน	รอรถ	ต่อแถว
[dterm ngern]	[ror rót]	[dtòr tăew]
ph. 儲值	ph. 候車	v. 排隊

Tips 貼心小提醒

　　如果逾站需 **จ่ายเงินเพิ่ม** [jàai ngern pêrm]（補票），請至 **ช่องขายตั๋ว** [chông kăai dtŭua]（售票處）補票。另外，如果隨身物品遺失了，也可至 **ศูนย์รับแจ้งทรัพย์สินหาย**（失物招領處）或在售票處詢問 **จุดรับแจ้งของหาย** [sŏon ráp jâeng sáp sĭn hăai]（服務人員）尋找遺失的物品喔！

常見問題

1. **เงินในบัตรของฉันหมดแล้ว ฉันขอไปเติมเงินก่อน** [ngern nai bàt kŏng chăn mòt láew · chăn kŏr bpai dterm ngern gòn] 我卡片沒錢了。我要先去儲值。

2. **บัตรของฉันมีปัญหาไม่สามารถใช้ได้** [bàt kŏng chăn mee bpan-hăa mâi săa-mâat chái dâai] 我的卡片有問題。我沒辦法刷卡出去。

3. **ฉันลืมของไว้บนรถ** [chăn leum kŏng wái bon rót] 我忘記把東西從車上拿下來。

4. **A: ขอโทษนะคะ ไม่ทราบว่าสถานีสยามไปยังไง** [kŏr tôht ná ká · mâi sâap wâa sà-tăa-nee sà-yăam bpai yang ngai] 不好意思，請問到暹羅站怎麼去呢？

　　B: นั่งสายสุขุมวิท ไปลงที่สถานีสยาม [nâng săai sù-kŭm-wít · bpai long têe sà-tăa-nee sà-yăam] 搭淺綠色線，在暹羅站下車。

5. **ฉันต้องการซื้อตั๋วไปที่สถานีนานา** [chăn dtông gaan séu dtŭa bpai têe sà-tăa-nee naa-naa] 我想買去娜娜站的票。

6. **ฉันสามารถซื้อตั๋วได้ที่ไหน** [chăn săa-mâat séu dtŭa dâai têe năi] 請問要在哪裡買票？

\你知道嗎?/
曼谷共有分三種捷運系統!

曼谷的捷運分成三種,有 ❶ BTS(高架式捷運、空鐵)、❷ MRT(地鐵)及 ❸ Airport Link(機場捷運)。從蘇凡納布機場往市區移動的話可以選擇搭乘 Airport Link 到 A6-Makkasan(馬卡森)站轉乘搭 ❹ MRT,或是在 A8-Phaya Thai(帕亞泰)站轉乘搭 BTS。就算沒有去過曼谷的人,想必也有耳聞過曼谷塞車的驚人程度,若不想要身陷塞車之苦,就可以選擇搭上述的各種捷運鐵路系統。此外,BTS 和 MRT 分別由不同公司各別經營,所以兩種交通工具的票卡、購票方式以及營運系統都有些許不同,部分站點雖然有連結,但票卡不能互通使用。而相同的是,兩者都禁止在站內飲食。

BTS 全名為 Bangkok Mass Transit System,別稱「Sky Train、高架電車、空鐵」,BTS 共有兩條路線,分別是淺綠色 สายสุขุมวิท [sǎai sù-kŭm-wít](Sukhumvit Line、蘇坤蔚線)及深綠色 สายสีลม [sǎai sěe lom](Silom Line、席隆線)。

BTS 和 MRT 各有三個站有相互連接,分別是:① BTS 的 ศาลาแดง [sǎa-laa-daeng](Sala Daeng、莎拉當站)與 MRT 的 สีลม [sěe lom](Silom、席隆站)、② BTS 的 อโศก [à-sòhk](Asok、阿索克站)與 MRT 的 สุขุมวิท [sù-kŭm-wít](Sukhumvit、蘇坤蔚站)、③ BTS 的 หมอชิต [mǒr chít](Mo Chit、蒙奇站)與 MRT 的 สวนจตุจักร [sǔan jà-dtù-jàk](Chatuchak Park、洽圖洽公園站)。通常這三組站的距離得很近,甚至於結構就連接在一起,但必須從這個站出去,再從那個站的入口進入就是了。

สถานีรถไฟ 火車站
[sà-tăa-nee rót fai]

02-02-01.MP3

這些應該怎麼說？

北上 Northbound / Eastbound Departure Time

TAIPEI STATION

火車站的配置

1 สถานีรถไฟ [sà-tăa-nee rót fai] n. 火車站

2 จุดขายตั๋ว [jùt kăai dtŭa] n. 售票處

3 ผู้โดยสาร [pôo doi săan] n. 乘客

4 ตู้จำหน่ายตั๋ว [dtôo jam-nàai dtŭa] n. 售票機

5 ซื้อตั๋ว [séu dtŭa] ph. 購票

6 ต่อแถว [dtòr tăew] ph. 排隊

7 ตารางเวลา [dtaa-raang way-laa] n. 時刻表

8 ศูนย์อาหาร [sŏon aa-hăan] n. 美食街

9 ก้มหน้า [gôm nâa] n. 低頭

10 เล่นโทรศัพท์ [lâyn toh-rá-sàp] n. 滑手機

— เช็คตารางเวลา [chék dtaa-raang way-laa] n. 查班車時刻

— เช็คราคาตั๋ว [chék raa-kaa dtŭa] n. 查票價

01 進站

02-02-02.MP3

售票機上的按鍵有哪些？

1. **ตู้จำหน่ายตั๋ว** [dtôo jam-nàai dtǔa]
   n. 售票機

2. **ช่องหยอดเหรียญ** [chông yòt rian]
   n. 投幣口

3. **โทรศัพท์ติดต่อเจ้าหน้าที่** [toh-rá-sàp dtìt dtòr jâo nâa têe] n. 對講機

4. **จำนวนบัตรโดยสาร** [jam-nuan bàt doi sǎan] n. 票張數

5. **ประเภทรถไฟ** [bprà-pâyt rót fai]
   n. 車種

6. **ประเภทตั๋ว** [bprà-pâyt dtǔa] n. 票種

7. **ปลายทาง** [bplaai taang] n. 到達站

8. **ช่องรับตั๋วและเงินทอน** [chông ràp dtǔa láe ngern ton] n. 車票及找零口

9. **ขั้นตอนการซื้อ** [kân-dton gaan séu]
   n. （購買）操作指示

售票機泰語操作教學

在車站遇到泰國籍旅客，該如何指導他們操作售票機呢？

首先先 **เลือกจำนวนผู้เดินทาง** [lêuak jam-nuan pôo dern taang]（選擇需要購買的張數），再 **เลือกประเภทรถ** [lêuak bprà-pâyt rót]（選擇需搭乘的車種），再來 **เลือกประเภทตั๋ว** [lêuak bprà-pâyt dtǔa]（選擇購買的票種），然後 **เลือกจุดหมายปลายทาง** [lêuak jùt mǎai bplaai taang]（選擇到站目的地），再 **หยอดเหรียญ** [yòt rian]（投幣付費），最後 **รับตั๋วและเงินทอน** [ráp dtǔa láe ngern ton]（取票及找零）。

要搭車，就必須懂一些與搭車時刻相關的泰文。ตารางเวลา [dtaa-raang way-laa]（時刻表）主要將所有列車時段分成兩類：ไปทางใต้ [bpai taang dtâi]（南下）和 ไปทางเหนือ [bpai taang nĕua]（北上）；在這兩類的時刻表上，都會列出 สถานีปลายทาง [sà-tăa-nee bplaai taang]（開往）、ขบวนที่ [kà-buan têe]（車次）、ผ่าน [pàan]（經由）、ประเภทรถ [bprà-pâyt rót]（車種）、รถออก [rót òk]（發車時刻）、ชานชาลา [chaan chaa-laa]（月台）、หมายเหตุ [măai hàyt]（備註）等等，以便供乘客查詢。

02 等車、搭車

02-02-03.MP3

等車時，這些應該怎麼說？

1. รถไฟ [rót fai] n. 火車
2. ลิฟต์ [lif] n. 電梯
3. ทางเดินสำหรับคนตาบอด [taang dern săm-ràp kon dtaa bòt] n. 導盲磚
4. ขึ้นรถไฟ [kêun rót fai] ph. 搭火車
5. ชานชาลา [chaan chaa-laa] n. 月台

6. หัวรถไฟ [hŭa rót fai] n. 火車頭
7. โบกี้ [boh-gêe] / ตู้โดยสาร [dtôo doi săan] n. 車廂
8. รางรถไฟ [raang rót fai] n. 軌道
9. ห้ามลงไปในรางรถไฟ [hâam long bpai nai raang rót fai] ph. 禁止跨越軌道
10. ทางออก [taang òk] n. 出口

03 出站

出站時，這些應該怎麼說？

02-02-04.MP3

① ด่านเก็บตั๋ว [dàan gèp dtǔa] n. 剪票口

② จ่ายเงินเพิ่ม [jàai ngern pêrm] v. 補票

③ ตารางเวลา [dtaa-raang way-laa] n. 時刻表

④ เครื่องอ่านบัตร [krêuang àan bàt] n. 車票感應器

⑤ ทางออก [taang òk] n. 出口

⑥ สัมภาระ [sǎm-paa-rá] n. 行李

火車站 ★★★ unit 2

\ 你知道嗎？ /

服務中心裡提供哪些服務呢？

一般在出入口旁的 **ศูนย์บริการ** [sǒon bor-rí-gaan]（服務中心）提供多項服務，例如：**จ่ายเงินเพิ่ม** [jàai ngern pêrm]（補票）、**คืนตั๋ว** [keun dtǔa]（退票）、**ศูนย์รับแจ้งทรัพย์สินหาย** [sǒon ráp jâeng sáp sǐn hǎai]（失物招領）、**ประกาศตามหาคน** [bprà-gàat dtaam hǎa kon]（廣播尋人）、**สอบถามเคาน์เตอร์** [sòp tǎam kao-dtêr]（站務詢問）等等。

คุณต้องไปจ่ายเงินเพิ่มที่ศูนย์บริการ [kun dtông bpai jàai ngern pêrm têe]
你需要去服務中心補票。

71

❶ สถานีรถไฟหัวลำโพง [sà-tăa-nee rót fai hŭa lam-pohng]（曼谷華藍蓬火車站）是泰國曼谷的中央車站，自西元 1916 年 6 月 25 日起開始營運。大致上有四條路線會經過華藍蓬火車站，分別是 สายเหนือ [săai nĕua]（北線）、สายตะวันออกเฉียงเหนือ [săai dtà wan òk chĭang nĕua]（東北線）、สายตะวันออก [săai dtà-wan òk]（東線）及 สายใต้ [săai dtâi]（南線）。

①北線：從曼谷發車開往終點站清邁。
②東北線：從曼帕奇站（Ban Phachi Junction）發車開往終點站烏汶府。
③東線：又分為亞蘭（Aranyaprathet）線和梭桃邑（Sattahip）線。
④南線：從吞武里起始開往終點站素艾哥洛。

泰國火車的種類分為：ขบวนรถด่วนพิเศษ [kà-buan rót dùan pí-sàyt]（特快車）、ขบวนรถด่วน [kà-buan rót dùan]（快車）、ขบวนรถเร็ว [kà-buan rót reo]（快車）、ขบวนรถธรรมดา [kà-buan rót tam-má-daa]（普通車）、ขบวนรถชานเมือง [kà-buan rót chaan meuang]（郊區列車）、ขบวนรถท้องถิ่น [kà-buan rót tóng tìn]（當地列車）及 ขบวนรถท่องเที่ยว [kà-buan rót tông tîeow]（觀光列車）。關於各種車種的特性，簡單說明如後：

ขบวนรถด่วนพิเศษ（特快車）是長途列車，僅提供臥鋪和冷氣車廂，停靠的站牌較少；ขบวนรถด่วน（快車）和 ขบวนรถด่วนพิเศษ 一樣是長途列車，但停靠站比 ขบวนรถด่วนพิเศษ 還多；ขบวนรถเร็ว（快車）有分中長途和長途列車兩種，座位車廂比臥鋪還多；ขบวนรถธรรมดา（普通車）為經濟車種，整列車都是座位車廂而且沒有冷氣；ขบวนรถชานเมือง（郊區列車）是短程列車，從曼谷發車，可行經範圍150公里內的郊區。ขบวนรถท้องถิ่น（當地列車）為區域性列車，每個火車站都有停靠，適合跨府或是在區域內的旅遊的人們搭車。

Tips 生活小常識：火車票篇

泰國火車有很多種車票。

泰文	中文
รถโบกี้นั่งและนอนชั้นที่ 1 ปรับอากาศ (บนอ.ป.)	臥鋪第一層（有冷氣）
รถโบกี้นั่งและนอนชั้นที่ 2 ปรับอากาศ (บนท.ป.)	臥鋪第二層（有冷氣）
รถโบกี้นั่งและนอนชั้นที่ 2 (บนท.)	臥鋪第二層
รถโบกี้ชั้นที่ 2 ปรับอากาศ (บชท.ป.)	座位車廂第二層（有冷氣）
รถโบกี้ชั้นที่ 2 (บชท).	座位車廂第二層
รถโบกี้ชั้นที่ 3	座位車廂第三層
รถกำลังดีเซลราง	柴油車廂

ฉันต้องการซื้อตั๋วไปเชียงใหม่แบบตู้นอนชั้นที่ 1 ปรับอากาศ

[chǎn dtông gaan séu dtǔa bpai chiang-mài bàep dtôo non chán têe 1 bprap aa-gàat]

我想買一張去清邁的臥鋪車廂第一層且有冷氣的票。

ป้ายรถประจำทาง 公車站
[bpâai rót bprà-jam taang]

02-03-01.MP3

這些應該怎麼說？

公車站的配置

❶ สถานีขนส่ง [sà-tăa-nee kŏn sòng]
n. 巴士轉運站

❷ ที่นั่งรอรถ [têe nâng ror rót] n. 候車坐椅

❺ จุดรอรถ [jùt ror rót] n. 等候區

❹ ป้ายบอกทาง [bpâai bòk taang] n. 路線指示牌

❺ ชานชาลา [chaan chaa-laa] n. 月台

❻ พัดลมติดผนัง [pát lom dtit pà-năng]
n. 掛扇、壁扇

❼ โทรทัศน์ [toh-rá-tát] n. 電視

❽ ป้ายโฆษณา [bpâai kôht-sà-naa]
n. 廣告牌

❾ รถตุ๊ก ๆ [rót dtúk dtúk] / **รถสามล้อ**
[rót săam lór] n. 嘟嘟車

❿ โทรศัพท์สาธารณะ [toh-rá-sàp săa-taa-rá-ná] n. 公共電話

⓫ **ป้ายรถเมล์** [bpâai rót may] / **ป้ายรถประจำทาง** [bpâai rót bprà-jam taang] n. 公車站

⓬ **รถเมล์** [rót may] / **รถประจำทาง** [rót bprà-jam taang] n. 公車

⓭ **กันสาด** [gan sàat] n. 遮陽棚

⓮ **นักท่องเที่ยว** [nák tông tîeow] n. 旅客

⓯ **หมายเลขรถเมล์** [mǎai lâyk rót may] n. 公車號碼、車號

⓰ **ทางวิ่งสำหรับรถประจำทาง** [taang wîng sǎm-ráp rót bprà-jam taang] n. 公車道

— **ป้ายแสดงข้อมูลรถประจำทาง** [bpâai sà-daeng kôr moon rót bprà-jam taang] n. 公車資訊板

— **แผนที่รถประจำทาง** [pǎen têe rót bprà-jam taang] n. 公車地圖

— **เส้นทาง** [sâyn taang] n. 路線

— **ตารางเวลา** [dtaa-raang way-laa] n. 時刻表

公車的種類有哪些？

02-03-02.MP3

รถประจำทาง
[rót bprà-jam taang]
n. 公車

รถรับส่ง
[rót ráp sòng]
n. 接駁巴士

รถบัส 2 ชั้น
[rót bàt sǒng chán]
n. 雙層巴士

รถบัสชานต่ำ
[rót bàt chaan dtàm]
n. 低底盤公車

รถทัวร์
[rót tua]
n. 遊覽車

รถรับส่งภายในสนามบิน
[rót ráp sòng paai nai sà-năam bin]
n. 機場接駁車

02-03-03.MP3

\你知道嗎？/
一樣是「公車」，รถเมล์、รถประจำทาง 和 รถบัส 有什麼不一樣？

● รถเมล์ [rót may]：為流行語。รถเมล์ 一詞中，「เมล์」的語源來自於英文的「mail（郵件）」，故直譯為「郵件車」。有此說法是因為過去泰國寄送郵件的方式是藉由公車經過的路線順便將郵件寄送室目的地，故衍生出此一說法。而雖然現今已經沒有用公車來寄送郵件，但泰國人仍已習慣稱公車為 รถเมล์。

例如：

ขอโทษครับ ไม่ทราบว่าป้ายรถเมล์หมายเลข515อยู่ที่ไหนครับ
[kŏr tôht kráp · mâi sâap wâa bpâai rót may măai lâyk · hâa-rói-sip-hâa · yòo têe năi kráp]
對不起，請問你知道515號車的公車站牌在哪裡嗎？

● รถประจำทาง [rót bprà-jam taang] / รถโดยสารประจำทาง [rót doi sǎan bprà-jam taang]：
這兩個也「公車」的意思，但是是「書面語」。

● รถบัส [rót bàt]：語源源自英文的 Bus，泰國人也習慣用 รถบัส 來統稱所有的公車、巴士、客運等…。

例如：

สถานีขนส่งเถาหยวนอยู่ข้างสถานีรถไฟเถาหยวน คุณสามารถนั่งรถบัสไป "สถานี
รถไฟความเร็วสูง" แล้วนั่งรถไฟความเร็วสูงไปเกาสง

|sà-tăa-nee kŏn sòng Taoyuan yòo kâang sà-tăa-nee rót fai Taoyuan · kun săa-mâat nâng rót bàt
bpai sà-tăa-nee rót fai kwaam reo sŏong láew nâng rót fai kwaam reo sŏong bpai Kaohsiung| 桃
園火車站旁邊是桃園車站。你可以搭往機場線的公車到「高鐵站」的公車站下車再搭高鐵去高雄。

在公車站會做什麼呢？

01 等公車

◀ 搭公車常做些什麼呢？▶

รอรถ
|ror rót|
ph. 等車

เช็คเส้นทางรถเมล์
|chék sâyn taang rót may|
ph. 查詢公車的路線

เช็คตารางเวลารถเมล์
|chék dtaa-raang
way-laa rót may|
ph. 查詢公車時刻表

ต่อแถว (ขึ้นรถ)
|dtòr tăew (kêun rót)|
ph. 排隊（上車）

โบกรถ
|bòhk rót|
ph. 揮手攔車

ขึ้นรถเมล์ทัน
|kêun rót may tan|
ph. 趕上（公車）

02 在公車裡

在公車上常見有什麼東西？

① ที่นั่ง [têe nâng] n. 座位

② ที่นั่งสำหรับบุคคลพิเศษ [têe nâng săm-ràp bùk-kon pí-sàyt] n. 博愛座

③ เครื่องอ่านบัตร [krêuang àan bàt] n. 刷卡機

④ ตู้หยอดเหรียญ [dtôo yòt rĭan] n. 收費箱

⑤ เสา [săo] n. 扶手

⑥ ห่วง [hùang] n. 吊環

⑦ กริ่ง [gring] / ออด [òt] n. 下車鈴

⑧ ค้อนทุบกระจก [kón túp grà-jò] n. 擊破器

⑨ กระจก [grà-jò] n. 窗戶

⑩ ประตูขึ้นลงรถ [bprà-dtoo kêun long rót] n. 上下車門

在公車上常做些什麼呢？

ซื้อตั๋ว
[séu dtŭa]
ph. 買票

กดออดลงรถ
[gòt òt long rót]
ph. 按下車鈴

ลงรถ
[long rót]
ph. 下車

在泰國，還沒進入刷卡付費的時代。大部分在車上除了 **1** คนขับรถ [kon kàp rót]（司機）之外都有一名 **2** พนักงานเก็บตั๋ว [pá-nák ngaan gèp dtǔa]（車掌）負責賣票給客人。票價的多寡則是依搭乘的距離遠近來計價。當要下車時可以按下車鈴或先跟售票人員講一聲。記得，車票一定要收好，有時候會有驗票人員會臨時要求 ตรวจตั๋ว [dtrùat dtǔa]（驗票）。如果拿不出票來的話就麻煩了，他們會視你為無票上車，會被要求重新買票囉！

พนักงานเก็บตั๋ว（車掌）還有一種流行語的說法是 กระเป๋ารถเมล์ [grà-bpǎo rót may]，這個詞中的 กระเป๋า 指「包包」、รถเมล์ 則是「公車」的意思。在過去，當車掌收了錢之後，就會將錢收進包包裡，故衍生出 กระเป๋ารถเมล์ 這麼一種說法。

3 รถตุ๊กๆ [rót tuk-tuk]（嘟嘟車、Tuk-Tuk）是一種小型的機動三輪車，是東南亞相當有特色的一項交通工具，當然在泰國也非常普及，因此很多人來到泰國後也都會想嘗試搭乘看看。它五顏六色的車身配上顯眼的裝飾燈，也成為了許多觀光客來泰國必定體驗的行程之一。那麼，為什

麼要叫做「嘟嘟車」呢？因為嘟嘟車在行駛時，排氣管會發出「嘟、嘟」聲而得名，所以就以此命名為嘟嘟車。

但是搭乘嘟嘟車時有一件事要特別注意，因嘟嘟車是不跳錶的，司機們又很愛亂喊價，也喜歡飆車，所以想要搭乘嘟嘟車的人要有心理準備，除了先明確地談好價之外，搭車過程中最好也抓牢車身。

另外也有一種較小型的巴士名為 **4** รถสองแถว [rót sǒng tǎew]（雙條車）。因

為雙條車的外觀是紅色的車身，所以也有些人稱之為 รถแดง [rót daeng]（紅色車）。在泰國，曼谷以外沒有捷運的地區，雙條車便是移動性的捷運，它能夠隨招隨停，相當便利。但通常只有在小範圍的區間內行駛接送，所以如果要去特定的地點的話，就得另外跟司機議價了。

公車站 ★★★ unit 3

สนามบิน 機場
[sà-năam bin]

02-04-01.MP3

這些應該怎麼說？

機場的配置

❶ ชั้นผู้โดยสารขาออก [chán pôo doi săan kăa òk] n. 出境大廳

❷ เคาน์เตอร์เช็คอิน [kao-dtêr chék in] n. 報到櫃台

❸ พนักงานภาคพื้นดิน [pá-nák ngaan pâak péun din] n. 地勤人員

❹ ตารางเที่ยวบิน [dtaa-raang tîeow bin] n. 航班資訊

❺ เครื่องชั่งกระเป๋าเดินทาง [krêuang châng grà-bpăo dern taang] n. 行李磅秤

❻ สายสะพานลำเลียงสัมภาระ [săai sà-paan lam-liang săm-paa-rá] n. 行李輸送帶

❼ ผู้โดยสาร [pôo doi săan] n. 乘客

❽ รถเข็น [rót kĕn] n. 行李推車

9 กระเป๋าที่โหลดใต้ท้องเครื่อง
[grà-bpǎo têe lòht dtâi tóng krêuang]
n. 托運行李

10 กระเป๋าถือขึ้นเครื่อง [grà-bpǎo těu
kêun krêuang] n. 隨身行李

11 ป้ายโฆษณา [bpâai kôht-sà-naa]
n. 廣告板

12 นาฬิกา [naa-lí-gaa] n. 時鐘

13 สายการบิน [sǎai gaan bin] n. 航空公司

02-04-02.MP3

機場 ★★★ unที่4

Tips 跟飛機有關的慣用語

● หมามองเครื่องบิน [mǎa mong krêuang bin]：
看著飛機的狗。就像看著遠處遙不可及的飛機，比喻期望獲得不可能得到的人、事、物。似近於中文的「好高騖遠」。

เขาหลงรักผู้หญิงฐานะดียอมทำทุกอย่างเพื่อให้เธอรัก เหมือนหมามองเครื่องบิน [kǎo lǒng rák pôo yǐng tǎa-ná dee yom tam túk yàang pêua hâi ter rák měuan mǎa mong krêuang bin]

他愛上家境好的女生，為了得到她的愛願意為她做任何事情，盼望著遙不可及的夢想。

Tips 生活小常識：機場航廈篇

● 曼谷的機場有 ดอนเมือง [don meuang]（廊曼）和 **1** สุวรรณภูมิ [sù-wan-ná-poom]（蘇凡納布）兩座。廊曼曾經是泰國第一大機場，現今已轉作廉價航空公司和國內線使用的機場。蘇凡納布是曼谷的新機場，也算是東南亞地區最大的空運轉運中心，機場腹地較大，國際航班也多，設施新穎，亦是 **2** 購買免稅品的好去

處。此外，蘇凡納布機場的交通也比較方便，可以搭乘機場快線電車直達市區。

ฉันจะไปสนามบินสุวรรณภูมิ [chǎn jà bpai sà-nǎam bin sù-wan-ná-poom]

請載我去蘇凡納布機場。

01 登機報到、安檢

報到前，需要準備哪些物品呢？

　　出國時在機場要報到劃位前，需備好 หนังสือเดินทาง [năng-sěu dern taang] / พาสปอร์ต [paa sà-bpòt]（護照）、ตั๋วเครื่องบิน [dtǔa krêuang bin]（機票）、วีซ่า [VISA]（簽證）及所需的 สัมภาระ [săm-paa-rá]（行李）。

　　貼心小提醒，現在大部分的航空公司都是採用「電子機票（ตั๋วเครื่องบินอิเล็กทรอนิกส์）」，且以環保的概念為前提，已慢慢不再使用以往的 ตั๋วเครื่องบิน [dtǔa krêuang bin]（紙本機票）；旅客在向 บริษัททัวร์ [bor-rí-sàt tua]（旅行社）或 สายการบิน [sāai gaan bin]（航空公司）購票之後，便會收到一份電子檔案，這份電子檔就是所謂的「電子機票」，在報到劃位前，旅客需先自行印出，報到劃位時，再一同出示所印出的電子機票、護照及簽證。

Tips 「報到劃位」後，該怎麼前往「登機門」呢？

　　到達機場時，首先要先至 เคาน์เตอร์เช็คอิน [kao-dtêr chék in]（報到櫃台）劃位，並在辦理完成 โหลดสัมภาระ [lòht săm-paa-rá]（行李托運）後，前往ด่านตรวจคนเข้าเมือง [dàan dtrùat kon kâo meuang]（護照檢查處）查驗護照及簽證，再前往 จุดตรวจรักษาความปลอดภัย [jùt dtrùat rák-sǎa kwaam bplòt pai]（安檢門）接受檢查，通過查驗後，可依照機場指示牌上的 หมายเลขประตูขึ้นเครื่อง [mǎai lâyk bprà-dtoo kêun krêuang]（登機門編號）前往ห้องรอขึ้นเครื่อง [hông ror kêun krêuang]（候機室）等待登機，等待期間也可至 ร้านปลอดภาษี [ráan bplòt paa-sě]（免稅商店）逛逛，但記得不要錯過了 เวลาขึ้นเครื่อง [way-laa kêun krêuang]（登機時間）喔！

登機證上的資訊有哪些？

① **บัตรผ่านขึ้นเครื่อง** [bàt pàan kêun krêuang] n. 登機證

② **ชื่อผู้โดยสาร** [chêu pôo doi sǎan] n. 乘客姓名

③ **ต้นทาง** [dtôn taang] n. 起飛地點

④ **ปลายทาง** [bplaai taang] n. 抵達地點

⑤ **ประตูขึ้นเครื่อง** [bprà-dtoo kêun krêuang] n. 登機門

⑥ **วันที่(เดินทาง)** [wan têe (dern taang)] n.（起飛）日期

⑦ **หมายเลขเที่ยวบิน** [mǎai lâyk tîeow bin] n. 班機號碼

⑧ **เวลาขึ้นเครื่อง** [way-laa kêun krêuang] n. 登機時間

⑨ **ที่นั่ง** [têe nâng] n. 座位編號

Tips　生活小常識：機票篇

機票的種類有哪些？

● **ตั๋วเครื่องบิน** [dtǔa krêuang bin]（機票）的種類可分 **ตั๋วทั่วไป** [dtǔa tûa bpai]（一般票）、**ตั๋วพิเศษ** [dtǔa pi-sàyt]（優待票）、**ตั๋วราคาพิเศษ** [dtǔa raa-kaa pi-sàyt]（特別票）；一般票又可分為 **ตั๋วเที่ยวเดียว** [dtǔa tîeow dieow]（單程票）和 **ตั๋วไปกลับ** [dtǔa bpai glàp]（來回票）；一般票的票價較高、但限制較少，票價又因艙等類別不同而有所區分，艙等類別可分為 **ชั้นหนึ่ง** [chán nèung]（頭等艙）、**ชั้นธุรกิจ** [chán tú-rá gì]（商務艙）及 **ชั้นประหยัด** [chán bprà-yàt] 經濟艙）。

ฉันต้องการซื้อตั๋วไปกรุงเทพชั้นธุรกิจ 1 ใบ

[chăn dtông gaan séu dtŭa bpai grung tâyp chán tú-rá gìt nèung bai]

我想買一張去曼谷的商務艙機票。

02-04-04.MP3

出境時，航班資訊看板上的內容有哪些？

① ตารางเที่ยวบิน [dtaa-raang tîeow bin] n. 航班資訊看板

② ขาออก [kăa òk] n. 出境

③ เทอร์มินอล [terminal] n. 航廈

④ เวลาเครื่องออก [way-laa krêuang òk] n. 起飛時間

⑤ ปลายทาง [bplaai taang] n. 目的地

⑥ หมายเลขเที่ยวบิน [măai lâyk tîeow bin] n. 班機號碼

⑦ เคาน์เตอร์เช็คอิน [kao-dtêr chék in] n. 報到櫃台

⑧ เวลาขึ้นเครื่อง [way-laa kêun krêuang] n. 登機時間

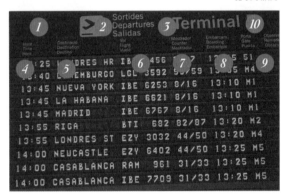

⑨ ประตูขึ้นเครื่อง [bprà-dtoo kêun krêuang] n. 登機門

⑩ หมายเหตุ [măai hàyt] / สถานการณ์เที่ยวบิน [sà-tăa-ná-gaan tîeow bin] n. 備註／班機狀況

⑪ เวลาเครื่องลง [way-laa krêuang long] n. 降落時間

Tips 搭飛機常發生的問題有哪些？

　　搭飛機的時候往往因為許多原因造成班機可能會 ล่าช้า [lâa cháa]（誤點）或是 ยกเลิก [yók lêrk]（取消）。

เนื่องจากสภาพอากาศไม่เอื้ออำนวย เที่ยวบินไปกรุงเทพจะทำการเลื่อนเวลา ออกไป และเครื่องจะออกในเวลา 14 นาฬิกา 30 นาที ขออภัยในความไม่ สะดวกด้วยค่ะ

[nêuang jàak sà-pâap aa-gàat mâi êua am-nuay · tîeow bin bpai grung tâyp jà tam gaan lêuan way-laa òk bpai láe krêuang jà òk nai way-laa · sìp-sèe · naa-lí-gaa · săam-sip · naa-tee · kŏr à-pai nai kwaam mâi sà-dùak dûay kâ]

由於天候的影響，前往曼谷的班機將延後起飛，新的出發時間是14點30分。敬請各位旅客見諒。

02 在飛機上

02-04-05.MP3

飛機內的擺置有哪些？

1 ที่นั่งริมหน้าต่าง [têe nâng rim nâa dtàang]
n. 靠窗座位

2 ที่นั่งริมทางเดิน [têe nâng rim taang dern]
n. 靠走道座位

3 โต๊ะอาหาร [dtó aa hǎan] n. 餐桌板

4 ทางเดิน [taang dern] n. 走道

5 หน้าต่าง [nâa dtàang] n. 窗戶

6 ช่องเก็บของเหนือศีรษะ [chông gèp kŏng néua sěe-sà] n. 頭頂置物櫃

7 อุปกรณ์เพื่อความบันเทิงบนเครื่องบิน [ù-bpà-gon pêua kwaam ban-terng bon krêuang bin]
n. 機上娛樂系統

8 จอแจ้งเตือนบนเครื่องบิน [jor jàeng dteuan bon krêuang bin]
n. 機上通知螢幕

9 รีโมต [ree môht] n. 遙控器

10 นิตยสาร [nit-dtà-yá-sǎan] n. 雜誌

11 หมอน [mŏn] n. 枕頭

12 ผ้าห่ม [pâa hòm] n. 毯子

13 เครื่องหมายห้ามสูบบุหรี่ [krêuang mǎai hâam sòop bù-rèe] n. 禁止吸菸標示

14 สัญญาณแจ้งรัดเข็มขัด [sǎn-yaan jàeng rát kěm kàt] n. 繫上安全帶標示

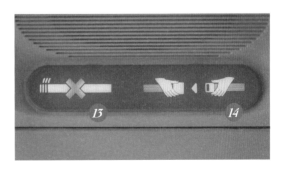

機場 ★★★ unit4

⑮ **เสื้อชูชีพ** [sêua choo chêep] n. 救生衣
⑯ **หน้ากากออกซิเจน** [nâa gàak ók-sí-jayn] n. 氧氣罩

◀ 機上有哪些服務呢？

除了 **สายการบินราคาถูก** [săai gaan bin raa-kaa tòok]（廉價航空）是旅客必須在自己有需求時要額外購買水和食物之外，大部分的非廉航航空公司都有 **บริการบนเครื่องบิน** [bor-rí-gaan bon krêuang bin]（機上服務）。機上服務除了 **แอร์โฮสเตส** [ae hôht dtàyt] / **พนักงานต้อนรับบนเครื่องบิน** [pá-nák ngaan dtôn ráp bon krêuang bin]（空服員）會為 **您เสิร์ฟอาหาร** [sèrf aa-hăan]（提供餐飲）之外，還會提供 **สินค้าปลอดภาษี** [sĭn káa bplòt paa-sĕe]（免稅商品）及 **ของที่ระลึก** [kŏng têe rá-léuk]（紀念品）的服務。另外，機上還提供了一些貼心的相關服務，如：**หูฟังแบบครอบหู** [hŏo fang bàep krôp hŏo]（（頭戴式）耳機）、**ผ้าปิดตา** [pâa bpìt dtaa]（眼罩）、**ที่อุดหู** [têe ùt hŏo]（耳塞）、**ถุงอาเจียน** [tŭng aa-jian]（嘔吐袋）等；在飛機到達目的地前，依抵達國之不同，有時還可向空服員索取 **ใบศุลกากร** [bai sŭn-lá-gaa-gon]（海關申報表）。

◀ 機上供餐時，常用的句子有哪些？

1. **อีกสักครู่ เราจะทำการเสิร์ฟอาหาร** [èek sàk krôo · rao jà tam gaan sèrf aa-hăan]
我們將在幾分鐘後為您提供餐點。

2. **กรุณาปรับเก้าอี้ให้อยู่ในระดับตรง** [gà-rú-naa bpràp gâo-êe hâi yòo nai rá-dàp dtrong]
請將您的座椅調正。

3. **กรุณาเปิดโต๊ะหน้าที่นั่งด้วยค่ะ** [gà-rú-naa bpèrt dtó nâa têe nâng dûay kâ]
請將您前方的桌子放下。

4. **รับอะไรดีคะ?ข้าวหรือบะหมี่คะ?** [ráp à-rai dee ká · kâao rĕu bà-mèe ká]
您的餐點要吃什麼呢？飯，還是麵？

5. ขอเป็นข้าวค่ะ [kŏr bpen kâao kâ] 麻煩請給我飯。

6. อาหารเย็นมีอะไรบ้างครับ? [aa-hăan yen mee à-rai bâang kráp]
   晚餐有什麼樣的餐可以選呢？

7. รับเครื่องดื่มอะไรดีคะ? [ráp krêuang dèum à-rai dee kà] 您想要喝點什麼嗎？

8. ขอน้ำส้ม 1 แก้วค่ะ [kŏr náam sôm nèung gâew kâ] 麻煩請給我一杯柳橙汁。

9. ขอโทษนะครับ ไม่ทราบว่ามีขนมปังหรืออาหารอย่างอื่นไหมครับ?
   [kŏr tôht ná kráp · mâi sâap wâa mee kà-nŏm bpang rĕu aa-hăan yàang èun măi kráp]
   不好意思，請問有沒有麵包或其他餐點？

10. ขอเป็นอาหารมังสวิรัติได้ไหมครับ? [kŏr bpen aa-hăan mang-sà-wí-rát dâai măi kráp]
    可以給我素食餐嗎？

11. ผมทานเสร็จแล้ว เก็บได้เลยครับ ขอบคุณครับ [pŏm taan sèt láew · gèp dâai loie kráp ·
    kòp kun kráp] 我用完餐了，麻煩餐盤可以收了，謝謝。

02-04-06.MP3

要如何填寫「入境申請表」及「海關申報單」呢？

　　飛機降落前，空服員會在機上詢問乘客是否需要 ใบตรวจคนเข้าเมือง [bai dtrùat kon kâo meuang]（入境申請表）或 ใบศุลกากร [bai sŭn-lá-gaa-gon]（海關申報單），凡是外國入境旅客皆需填寫「入境申請表」，如果旅客需要申報攜帶的物品，則需填寫「海關申報單」，但有些國家規定旅客兩份都需要填寫。

入境申請表 ใบตรวจคนเข้าเมือง [bai dtrùat kon kâo meuang]

ใบตรวจคนเข้าเมือง n. 「入境申請表」申請表的欄位有：

1. เที่ยวบินขาเข้า [tîeow bin kăa kâo] n. 「入境班次」

2. เดินทางจาก [dern taang jàak] n. 「起程地」

3. เที่ยวบินขาออก [tîeow bin kăa òk] n. 「出境班次」

4. ชื่อสกุลภาษาจีน [chêu sà-gun paa-săa jeen] n. 「中文姓名」

5. เพศ [pâyt] n. 「性別」（性別的欄位又分 ชาย [chaai] n. 「男」和 หญิง [yĭng] n. 「女」）

6. นามสกุล [naam sà-gun] n. 「姓氏」

7. ชื่อ [chêu] n. 「名字」

機場 ★★★ unit 4

87

8. **วันเกิด** [wan gèrt] n.「出生日期」（出生日期欄又分 **วันที่** [wan têe] n.「日」、**เดือน** [deuan] n.「月」、**ปี** [bpee] n.「年」）

9. **สัญชาติ** [sǎn-châat] n.「國籍」

10. **หมายเลขหนังสือเดินทาง** [mǎai lâyk nǎng-sěu dern taang] n.「護照號碼」

11. **อาชีพ** [aa-chêep] n.「職業」

12. **ที่อยู่ในทะเบียนบ้าน** [têe yòo nai tá-bian bâan] n.「戶籍地址」

13. **ที่พักชั่วคราว** [têe pák chûa kraao] ph.「入境後將停留的地址」

14. **จุดประสงค์การเดินทาง** [jùt bprà-sǒng gaan dern taang] n.「旅行目的」

15. **ลายมือชื่อ** [laai meu chêu] n.「旅客簽名」

02-04-07.MP3

海關申報單 **ใบศุลกากร** [bai sǔn-lá-gaa-gon]

ใบศุลกากร n.「海關申報單」上的欄位有：

1. **วันที่มาถึง** [wan têe maa těung] n.「入境日期」

2. **นามสกุล** [naam sà-gun] n.「姓氏」

3. **ชื่อ** [chêu] n.「名字」

4. **เพศ** [pâyt] n.「性別」（性別的欄位又分 **ชาย** [chaai] n.「男」和 **หญิง** [yǐng] n.「女」）

5. **หมายเลขหนังสือเดินทาง** [mǎai lâyk nǎng-sěu dern taang] n.「護照號碼」

6. **สัญชาติ** [sǎn-châat] n.「國籍」

7. **อาชีพ** [aa-chêep] n.「職業」

8. **วันเกิด** [wan gèrt] n.「出生日期」（出生日期欄又分 **วันที่** [wan têe] n.「日」、**เดือน** [deuan] n.「月」、**ปี** [bpee] n.「年」）

9. **เที่ยวบิน** [tîeow bin] n.「飛機班次」

10. **เดินทางจาก** [dern taang jàak] n.「起程地」

11. **จำนวนสมาชิกครอบครัวที่เดินทางมาด้วยกัน** [jam-nuan sà-maa-chík krôp krua têe dern taang maa dûay gan] ph.「隨行家屬人數」

12. **ที่อยู่เดิม** [têe yòo derm] n.「地址」（指旅客原居住地址）

13. **ชื่อสิ่งของ** [chêu sìng kǒng] n.（需申報的）「物品名稱」

14. **จำนวน** [jam-nuan] n.（需申報物品的）「數量」

15. **มูลค่า** [moon-lá-kâa] n.（需申報物品的）「總價」

16. **ลายมือชื่อ** [laai meu chêu] n.「簽名」

03 過海關、拿行李

飛機抵達目的地時，要如何依指示入境呢？

　　抵達目的地時，請先分辨你是要「入境」、「轉機」，還是「過境」；如果是「入境」的乘客，可以依機場中的泰文指示往 ขาเข้า [kǎa kâo]（入境）方向行走，「轉機」的乘客可遵照 เปลี่ยนเครื่อง [bplìan krêuang]（轉機）的指示搭乘另一班飛機，แวะพักเครื่อง [wáe pák krêuang]（過境）的乘客則可依照的方向等待飛機。入境的乘客在提取行李前，需經過 ด่านตรวจคนเข้าเมือง [dàan dtrùat kon kâo meuang]（海關）入境查驗護照和簽證，以及回覆海關的一些簡易問題後，方可前往 จุดรับกระเป๋า [jùt ráp grà-bpǎo]（行李領取處）提領行李。

　　提領行李時，可透過行李領取處前方的 LCD 看板，依飛航班次查詢行李所在的 สายสะพานโหลดกระเป๋า [sǎai sà-paan lòht grà-bpǎo]（行李輸送帶）；提領行李後，如果需要兌換當地的貨幣，可在入境之後，至機場內的 จุดแลกเปลี่ยนเงินตรา [jùt lâek bplìan ngern dtraa]（貨幣兌換處）兌換您需要的貨幣喔！

โรงแรมขนาดใหญ่บางที่มีบริการแลกเงินให้กับผู้เข้าพักอาศัย

[rohng raem kà-nàat yài baang têe mee bor-rí-gaan lâek ngern hâi gàp pôo kâo pák aa-sǎ]

有些較大規模的飯店為房客提供貨幣兌換的服務。

Tips　貼心小提醒

　　如果你把隨身物品 ลืม [leum]（忘）在飛機上、委託行李 หาย [hǎai]（遺失）或是拿到行李後發行李外觀有 เสียหาย [sǐa hǎai]（損壞）的時候，你都可以至 ศูนย์รับแจ้งทรัพย์สินหาย [sǒon ráp jâeng sáp sǐn hǎai]（失物招領處）請專員幫你處理。

ถ้าคุณลืมสัมภาระบนเครื่องบิน สามารถขอความช่วยเหลือได้ที่ศูนย์รับแจ้งทรัพย์สินหาย

[tâa kun leum sǎm-paa-rá bon krêuang bin、sǎa-mâat kǒr kwaam chûay lěua dâai têe sǒon ráp jâeng sáp sǐn hǎai]

如果你把行李忘記在飛機上，你可以到失物招領處尋求幫忙。

02-05-01.MP3

บทที่ 5

ถนน 馬路
[tà-nǒn]

這些應該怎麼說？

馬路的配置

1 **ถนนหลัก** [tà-nǒn làk] n. 大馬路

2 **เกาะกลางถนน** [gòr glaang tà-nòn] n. 中央分隔島

3 **ทางม้าลาย** [taang máa laai] n. 斑馬線

4 **เลนสำหรับรถวิ่ง** [layn sǎm-ràp rót wîng] n. 汽車專用道

5 **เส้นแบ่งเลน** [sên bàeng layn] n. 車道分隔線

6 **ต้นไม้ริมถนน** [dtôn mái rim tà-nòn] n. 行道樹

7 **ยานพาหนะ** [yaan paa-hà-ná] n. 交通工具

8 **ไฟถนน** [fai tà-nǒn] n. 路燈

9 **ริมถนน** [rim tà-nǒn] n. 路邊

10 **เครื่องหมายจราจร** [krêuang mǎai jà-raa-jon] n. 交通號誌

⑪ **กล้องตรวจจับความเร็ว** [glông dtrùat jàp kwaam reo] n. 測速照相機

⑫ **รั้วกั้น** [rúa gân] n. 欄杆

⑬ **ทางเท้า** [taang táo] n. 人行道

在馬路上會做什麼呢？

01 走路

街道上的其他擺置有哪些呢？

02-05-02.MP3

① **หัวมุม** [hŭa mum] n. 轉角處

② **คนเดินถนน** [kon dern tà-nŏn] n. 行人

③ **เสาไฟฟ้า** [săo fai fáa] n. 電線桿

④ **ป้ายถนน** [bpâai tà-nŏn] n. 道路標示

⑤ **รถตุ๊ก ๆ** [rót dtúk dtúk] / **รถสามล้อ** [rót săam lór] n. 嘟嘟車

⑥ **รถแท็กซี่** [rót táek-sêe] n. 計程車

⑦ **มอเตอร์ไซค์** [mor-dtêr-sai] n. 機車

⑧ **รถยนต์** [rót yon] n. 汽車

⑨ **ถนนวงแหวน** [tà-nŏn wong wăen] n. 圓環

⑩ **ป้ายโฆษณา** [bpâai kôht-sà-naa] n. 廣告牌

⑪ **ศาลา** [săa-laa] n. 牌坊

⑫ **เจดีย์** [jay-dee] n. 佛塔

⑬ **สวนสาธารณะ** [sŭan săa-taa-rá-ná] n. 公園

⑭ **รูปปั้นสิงโต** [rôop bpân sĭng-dtoh] n. 石獅子雕像

⑮ **รูปปั้น** [rôop bpân] n. 雕像

⑯ **ถังขยะ** [tăng kà-yà] n. 垃圾桶

⑰ **ไฟจราจร** [fai jà-raa-jon] n. 紅綠燈

⑱ **สายไฟ** [săai fai] n. 電線

⑲ **ม้วนเป็นวงกลม** [múan bpen wong glom]
ph. 繞成圓形

還有哪些街道型態？

02-05-03.MP3

ถนนหลัก
[tà-nŏn làk]
n. 大馬路

ถนน
[tà-nŏn]
n. 馬路；街道

ถนนคนเดิน
[tà-nŏn kon dern]
n. 徒步區

ซอย
[soi]
n. 巷子

ทางด่วน
[taang dùan]
n. 高速公路

ทางรถไฟ
[taang rót fai]
n. 鐵路

ทางวันเวย์
[taang wan-way]
n. 單行道

เลนสวนทาง
[layn sŭan taang]
n. 雙向道

ซอยตัน
[soi dtan]
n. 死路

ปิดถนน
[bpìt tà-nŏn]
n. 禁止行進路段

ทางลัด
[taang lát]
n. 捷徑

สะพาน
[sà-paan]
n. 橋；高架橋

สะพานลอย	อุโมงค์	ทางโค้ง	คลอง
[sà-paan loi]	[ù-mohng]	[taang kóhng]	[klong]
n. 天橋	n. 隧道	n. 彎道	n. 河道

泰國的岔路口

在泰國除了 สามแยก [sǎam-yâek]（丁字路口）及 สี่แยก [sèe yâek]（十字路口）之外，還有 ถนนหลายแยก [tà-nǒn lǎai yâek]（多岔路口）。通常這種多岔路口沒有 ไฟจราจร [fai jà-raa-jon]（紅綠燈）而是利用 ถนนวงแหวน [tà-nǒn wong wǎen]（圓環）來疏導車流量。

02-05-04.MP3

Tips 跟道路有關的慣用語

- โยนหินถามทาง [yohn hǐn tǎam taang]：丟石頭，選擇路。比喻先散發消息，測試周邊人的反應。近似於中文的「試水溫」、「測風向」及「投石問路」。

- จนตรอก [jon dtròk]：遇到死路。相當於中文的「走投無路」。

- มาถูกทาง [maa tòok taang]：走向正確的道路。比喻向正確的方向前進，邁向康莊大道。

  มาถูกทาง 直譯是走向正確的路，引申的意思是邁向成功的道。例：我在嘗試做一件新的事情，沒有人可以教我，然而我做對了，就可以說 มาถูกทาง。

02 開車

汽車的車體構造有哪些？

● 汽車外部

① **ตัวถังรถยนต์** [dtua tăng rót yon] n. 車身

② **ไฟสูง** [fai sŏong] n. 大燈

③ **กระจกบังลมหน้า** [grà-jòk bang lom nâa] n. 擋風玻璃

④ **ฝากระโปรง** [făa grà-bprohng] n. 引擎蓋

⑤ **ไฟเลี้ยว** [fai líeow] n. 方向燈

⑥ **กระจกมองข้าง** [grà-jòk mong kâang] n. 後照鏡

⑦ **ไฟท้าย** [fai táai] n. 車尾燈

⑧ **ฝากระโปรงท้ายรถ** [făa grà-bprohng táai rót] n. 後車廂蓋

⑨ **ล้อรถยนต์** [lór rót yon] n. 車輪、輪胎

⑩ **ยางรถยนต์** [yaang rót yon] n. 輪胎皮

⑪ **กะทะล้อ** [gà-tá lór] n. 輪胎鋼圈

⑫ **ที่ปัดน้ำฝน** [têe bpàt náam fŏn] n. 雨刷

⑬ **ท่อไอเสีย** [tôr ai sĭa] n. 排氣管

⑭ **กันชน** [gan chon] n. 保險桿

⑮ **ป้ายทะเบียน** [bpâai tá-bian] n. 車牌

⑯ **ถังน้ำมันเชื้อเพลิง** [tăng náam man chéua plerng] n. 油箱

⑰ **ท้องรถ** [dtâi tóng rót] n. 底盤

⑱ **ประตูรถ** [bprà-dtoo rót] n. 車門

⑲ **มือจับประตู** [meu jàp bprà-dtoo] n. 車門把手

⑳ **กระจกประตู** [grà-jòk bprà-dtoo] n. 車窗

㉑ **กระจกสามเหลี่ยม** [grà-jòk săam lìam] n. 三角窗

㉒ **หลังคา** [lăng kaa] n. 車頂

㉓ **กระจังหน้า** [grà jang nâa] n. 水箱遮罩

㉔ **เสาหน้า** [săo nâa] n. A柱

㉕ **เสากลาง** [săo glaang] n. B柱

● 汽車內部

① กระจกมองหลัง [grà-jok mong lǎng] n.（車內的）後視鏡

② พวงมาลัย [puang maa-lai] n. 方向盤

③ แตร [dtrae] n. 喇叭

④ เบรกมือ [bràyk meu] n. 手煞車

⑤ เครื่องเสียง [krêuang siang] n. 音響系統

⑥ ที่นั่งคนขับ [têe nâng kon káp] n. 駕駛座

⑦ ที่นั่งข้างคนขับ [têe nâng kâang kon káp] n. 副駕駛座

⑧ ที่นั่งด้านหลัง [têe nâng dâan lǎng] n. 後座

⑨ คันเกียร์รถยนต์ [kan gia rót yon] n. 排檔桿

⑩ ช่องเก็บของคอนโซลหน้ารถ [chông gép kông kon sohn nâa rót] n. 手套箱

⑪ ก้านควบคุมที่ปัดน้ำฝน [gâan kûap kum têe bpàt náam fǒn] n. 雨刷控制捍

⑫ มือจับภายในรถยนต์ [meu jàp paai nai rót yon] n. 車內門把

⑬ เข็มขัดนิรภัย [kěm kàt ní-ra-pai] n. 安全帶

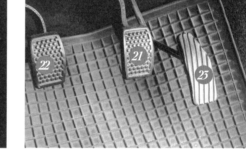

⑭ หน้าปัด [nâa bpàt] n. 儀表板

⑮ เครื่องวัดระยะทาง [krêuang wát ra-yá taang] n. 里程表

⑯ มาตรวัดความเร็ว [mâat wát kwaam reo] n. 時速表

⑰ มาตรวัดน้ำมันเชื้อเพลิง [mâat wát náam man chéua pleng] n. 油表

⑱ เครื่องวัดอุณหภูมิ [krêuang wát un-hà-poom] n. 溫度表

⑲ ไฟเตือนบนหน้าปัด [fai dteuan bon nâa bpàt] n. 警示燈

⑳ มาตรวัดรอบ [mâat wát rôp] n. 引擎轉速表

㉑ คันเร่ง [kan rêng] n. 油門

㉒ เบรก [bràyk] n. 剎車踏板

㉕ คลัทช์ [klát] n. 離合器踏板

手排跟自排汽車的相關用語有哪些？

　　以排檔的方式來區分可以分為 **เกียร์มือ** [gia meu]（手排）及 **เกียร์ออโต้** [gia or-dtôh]（自排）兩種。手排車是依手動調整速度，而自排車是以車子本體自動調整速度，因此自排車沒有 **คลัทช์** [klát]（離合器）。另外，自排也可以稱作 **เกียร์กระปุก** [gia grà-bpùk]。詞中的 **กระปุก** [grà-bpùk] 是指罐子。因為早期車子的排檔都是直線型，外面再套上皮套，此排檔形狀人們認為像個罐子，因此便稱之為 **เกียร์กระปุก**。

● 基本維修零件

กระปุกเกียร์
[grà-bpùk gia]
n. 變速箱

ถุงลมนิรภัย
[tŭng lom ní-rá-pai]
n. 安全氣囊

แบตเตอรี่
[bàet-dter-rêe]
n. 電瓶

เครื่องยนต์
[krêuang yon]
n. 引擎

หม้อน้ำ
[môr náam]
n. 散熱器

หัวเทียน
[hŭa tian]
n. 火星塞

คาบูเรเตอร์
[kaa boo-ray-dtêr]
n. 化油器

สายพานพัดลม
[săai paan pát lom]
n. 風扇皮帶

● 各類車款

รถสปอร์ต
[rót sà-bpòt]
n. 跑車

รถเปิดประทุน
[rót bpèrt bprà-tun]
n. 敞篷車

ซูเปอร์คาร์
[soo-bper kaa]
n. 超跑

รถบรรทุกขนาดเล็ก
[rót ban-túk kà-nàat lék]
n. 載貨小卡車

รถจีป
[rót jèep]
n. 吉普車

รถตู้
[rót dtôo]
n. 廂型車

● 開車動作

02-05-09.MP3

ขับรถ
[kàp rót]
ph. 開車

คาดเข็มขัดนิรภัย
[kâat kĕm kàt ní-rá-pai]
ph. 繫安全帶

สตาร์ท
[sà-dtàat]
ph. 啟動

เปลี่ยนเกียร์
[bplìan gia]
ph. 變速檔

เหยียบคันเร่ง
[yìiap kan rêng]
ph. 踩油門

เปิดไฟสูง
[bpèrt fai sŏong]
ph. 開大燈

เปิดไฟเลี้ยว
[bpèrt fai líeow]
ph. 打方向燈

เร่งความเร็ว
[râyng kwaam reo]
ph. 加速

ลดความเร็ว
[lót kwaam reo]
ph. 減速

เหยียบเบรก
[yìap bràyk]
ph. 踩煞車

หยุด
[yùt]
ph.（因等紅燈等）暫停

ถอยรถ
[tŏi rót]
ph. 倒車

จอดรถ
[jòt rót]
ph.（長時間的）停車

เปลี่ยนเลน
[bplìan layn]
ph. 換線道

บีบแตร
[bèep dtrae]
ph. 按喇叭

ฝ่าไฟแดง
[fàa fai daeng]
ph. 闖紅燈

แข่งรถ
[kàeng rót]
ph. 賽車

เติมน้ำมัน
[dterm náam man]
ph. 加油

02-05-10.MP3

● 行駛方向

ตรงไป
[dtrong bpai]
ph. 直走

เลี้ยวขวา
[líeow kwăa]
ph. 右轉

เลี้ยวซ้าย
[líeow sáai]
ph. 左轉

กลับรถ
[glàp rót]
ph. 迴轉

03 騎機車／騎腳踏車

02-05-11.MP3

① **ความเร็ว** [kwaam reo] n. 時速

② **กระจกมองข้าง** [grà-jòk mong kâang] n. 後照鏡

③ **ท่อไอเสีย** [tòr ai sia] n. 排氣管

④ **ถังน้ำมัน** [tǎng náam man] n. 油箱

⑤ **ฝาถังน้ำมัน** [fǎa tǎng náam man] n. 油箱蓋子

⑥ **ไฟหน้า** [fai nâa] n. 車頭燈

⑦ **ขาตั้ง** [kǎa dtâng] n. 腳架

⑧ **ปุ่มสตาร์ท** [bpùm sà-dtáat] n. 啟動器

⑨ **คันเร่ง** [kan râyng] n. 油門

⑩ **ไฟเลี้ยว** [fai líeow] n. 方向燈

⑪ **บังโคลนหน้า** [bang klohn nâa] n. 前方擋泥板

⑫ **บังโคลนหลัง** [bang klohn lǎng] n. 後方擋泥板

⑬ **ล้อรถ** [lór rót] n. 車輪

⑭ **ไฟท้าย** [fai táai] n. 車尾燈

⑮ **เบาะนั่ง** [bòr nâng] n. 座椅

⑯ **แฮนด์** [haen] n. 把手

⑰ **ดรัมเบรก** [dram bràyk] n. 鼓式碟煞

⑱ **โช๊คอัพหน้า** [chóhk-àp nâa] n. 前方避震器

⑲ **วงล้ออลูมิเนียม** [wong lór à-lōo-mi-niam] n. 鋁框

⑳ **เกียร์** [gia] n. 變速箱

㉑ **โช๊คอัพหลัง** [chóhk-àp lǎng] n. 後方避震器

㉒ **คันสตาร์ทเท้า** [kan sà-dtàat táo] n. 啟動踏板

㉓ **จุกลมยาง** [jùk lom yaang] n. 輪胎汽嘴

㉔ **เสื้อสูบ** [sêua sòop] n. 汽缸

㉕ **หัวเทียน** [hǔa tian] n. 火星塞

㉖ **เบรกเท้า** [bràyk táo] n. 煞車踏板

㉗ **ที่พักเท้า** [têe pák táo] n. 腳架

泰國的機車駕照只有一種，只要有機車駕照就可以騎所有類型的機車。但如果是外國人想要在泰國租車或機車的話，就要先申請國際駕照。

ถ้าไปเที่ยวเชียงใหม่ก็ต้องเช่ามอเตอร์ไซค์ขับเองถึงจะสนุกกว่า

[tâa bpai tîeow chiang-mài gôr dtông châo mor-dtêr-sai kàp ayng tĕung jà sà-nùk gwàa]

去清邁玩就是要租機車自駕旅行才好玩。

在泰國，除了 **แท็กซี่** [táek-sêe]（計程車）之外還有一種很普遍的出租車是 ❶ **วินมอเตอร์ไซค์** [win mor-dtêr-sai]（摩托計程車）。「摩托計程車」顧名思義就是用摩托車來載客人的計程車，常常可以在巷子口看到一群穿著橘色背心的摩托車司機們，若想要叫車就可以向他們揮手，而價錢則是依距離議價來計算。

在塞車的情況下，摩托計程車是個不錯的選擇，機車可以輕易的從車陣中竄出，但同時也是最危險的交通工具。除了可以載客之外摩托計程車也可以擔任外送員，假設你已經到了公司才發現有東西忘記在家裡，這時就可以請家人叫摩托計程車幫忙送貨喔！

現在如果你到泰國去，除了傳統的叫車方式之外，還可以透過 GRAB 用手機叫計程車或摩托車，都是既方便又便宜的選項。但是目前泰國 GRAB 屬違法的，且大部分的傳統計程車也不喜歡 GRAB，若要用 GRAB 叫車，盡量不要定位在摩托計程車停車處附近摩托計程車停車處通常會在巷口或是捷運站附近），免得引起糾紛。

เรียก GRAB สะดวกกว่าเรียกรถเองตั้งเยอะ ไม่ต้องต่อราคาและยังไม่ต้องโดนคนขับพาอ้อม

[rîak GRAB sà-dùak gwàa rîak rót ayng dtâng yúh · mâi dtông dtòr raa-kaa láe yang mâi dtông dohn kon kàp paa ôm]

用 GRAB 叫車非常方便，既不用跟司機議價，司機也不會帶你繞遠路。

機車的保養方式有哪些？

ซ่อมรถ
[sôm rót]
ph. 修車

เปลี่ยนน้ำมันเครื่อง
[bplìan náam man krêuang]
ph. 換機油

ปะยาง
[bpà yaang]
ph. 修補輪胎

ล้างรถ
[láang rót]
ph. 洗車

เติมลม
[dterm lom]
ph. 打氣

ชาร์จแบต
[châat bàet]
ph. 充電瓶

在路上會碰到的東西與問題

02-05-13.MP3

อุบัติเหตุจราจร
[ù-bàt hàyt jà-raa-jon]
n. 車禍

รถติด
[rót dtìt]
n. 塞車

หลุม
[lǔm]
n. 坑洞

ปั๊มน้ำมัน

[bpám náam man]

n. 加油站

ลานจอดรถ

[laan jòt rót]

n. 停車場

ด่านเก็บค่าผ่านทาง

[dàan gèp kâa pàan taang]

n. 過路費站

น้ำมันหมด

[náam man mòt]

ph. 沒油

ยางรั่ว

[yaang rûa]

ph. 漏氣

ยางโดนตะปูตำ

[yaang dohn dtà-bpoo dtam]

ph. 輪胎被鐵釘插進去

腳踏車基本配備有哪些？

● 基本配備

02-05-14.MP3

หมวกกันน็อค

[mùak gan nók] /

หมวกนิรภัย

[mùak ní-rá-pai]

n. 安全帽

รองเท้าการ์ด

[rong táo gàat]

n. 卡鞋

แว่นกันแดด

[wâen gan dàet]

n. 墨鏡

กระติกน้ำ

[grà-dtik náam]

n. 水壺

ที่ล็อคล้อ

[têe lók lór]

n. 大鎖

เครื่องสูบลมจักรยาน

[krêuang sòop lom jàk-grà-yaan]

n. 打氣筒

● 各項構造

02-05-15.MP3

① **ซี่ล้อ** [sêe lór] n. 輪輻

② **อานจักรยาน** [aan jàk-grà-yaan] n.（自行車）座墊

③ **ขอบล้อ** [kòp lór] n.（輪胎）鋼圈

④ **ล้อหน้า** [lór nâa] n. 前輪

⑤ **ล้อหลัง** [lór lăng] n. 後輪

⑥ **บันได** [ban-dai] n. 踏板

⑦ **เบรก** [bràyk] n. 煞車

⑧ **แฮนด์** [haen] n. 把手

⑨ **แผ่นสะท้อนแสง** [pàen sà-tón săeng] n. 反光板

⑩ **เฟรมจักรยาน** [fraym jàk-grà-yaan] n. 車架；車框

⑪ **กระดุมล้อ** [grà-dum lór] n. 輪殼

⑫ **ตะแกรงจักรยาน** [dtà-graeng jàk-grà-yaan] n. 行李置物架

⑮ **หลักอาน** [làk aan] n. 座管

⑭ **หุ้มโซ่** [hûm sôh] n. 護鏈罩

⑮ **ใบจาน** [bai jaan] n. 大齒盤

⑯ **ขาตั้ง** [kăa dtâng] n. 腳架

⑰ **ขาจาน** [kăa jaan] n. 轉動曲柄

⑱ **สายเบรก** [săai bràyk] n. 煞車線

⑲ **ตะกร้า** [dtà-grâa] n.（自行車、機車的）籃子

⑳ **บังโคลนหน้า** [bang klohn nâa] n. 前方擋泥板

㉑ **บังโคลนหลัง** [bang klohn lăng] n. 後方擋泥板

㉒ **จุกลมยาง** [jùk lom yaang] n. 輪胎汽嘴

㉓ **ล้อ** [lór] n. 輪胎

㉔ **เบรกหน้า** [bràyk nâa] n. 前剎車器

● 基本零件

ยางใน
[yaang nai]
n. 內胎

เกียร์
[gia]
n. 齒輪

โซ่
[sôh]
n. 鏈條

สับจานหน้า
[sàp jaan nâa]
n. 前方變速器

มือเปลี่ยนเกียร์
[meu bplian gia]
n. 變速調節器

กระดิ่ง
[grà-dìng]
n. 車鈴

ตีนผี
[dteen pěe]
n. 後方變速器

在路上會碰到的各類車種

02-05-17.MP3

รถพยาบาล
[rót pá-yaa-baan]
n. 救護車

รถดับเพลิง
[rót dàp plerng]
n. 消防車

รถตำรวจ
[rót dtam-rùat]
n. 警車

รถเก็บขยะ
[rót gèp kà-yà]
n. 垃圾車

รถบดถนน
[rót bòt tà-nŏn]
n. 壓路機

รถบรรทุกน้ำมัน
[rót ban-túk náam man]
n. 油罐車

02-05-18.MP3

Tips 生活小常識：交通號誌篇

　　如何看得懂 **เครื่องหมายจราจร** [krêuang mǎai jà-raa-jon]（交通號誌）呢？交通號誌大致上分成：「警告標誌」、「禁制標誌」、「指示標誌」、「臨時控管標誌」。

● **ป้ายเตือน** [bpâai dteuan]（警告標誌）：大多數的國家是以「白底紅邊、黑色圖形至中的等邊三角形」做為警告標誌，少數國家像是澳門、香港、泰國，則以「黃底黑邊」做為警示顏色；另外，也有一些國家會以「菱形」取代「三角形」做為警告標誌，像是美國、加拿大、泰國、日本、紐西蘭、印尼、墨西哥……等。

❶ **ทางโค้งขวา** [taang kóhng kwǎa] n. 右轉
❷ **ทางโค้งซ้าย** [taang kóhng sáai] n. 左轉
❸ **ระวังสัตว์** [rá-wang sàt] n. 當心動物
❹ **ทางโทตัดทางเอก** [taang toh dtàt taang àyk] n. 岔路

● **ป้ายบังคับ** [bpâai bang-káp]（禁制標誌）：大多數國家是以「紅色圓形為底，黑色圖形至中」或是「紅邊白底、黑體字或黑色圖形的圓形圖」做為禁制標誌。

⑤ **ห้ามสูบบุหรี่** [hâam sòop bù-rèe]
n. 禁止吸菸

⑥ **ห้ามรับประทานอาหารและเครื่องดื่ม**
[hâam ráp bprà-taan aa-hăan láe krêuang dèum] n. 禁止飲食

⑦ **ห้ามถ่ายรูป** [hâam tàai rôop] n. 禁止拍照

⑧ **ห้ามนำสัตว์เลี้ยงเข้า** [hâam nam sàt líang kâo] n. 禁止寵物進入

● **ป้ายแนะนำ** [bpâai náe nam]（指示標誌）：各個國家所用的顏色、形狀皆不一致，但上方皆標示著「道路資訊」或「方向資訊」，以供駕駛行車參考。

⑨ **ป้ายบอกทาง** [bpâai bòk taang] n. 道路指標

● **ป้ายเตือนในงานก่อสร้าง** [bpâai dteuan nai ngaan gòr sâang]（臨時性交通標誌）：大多國家是以「橘底方邊，黑體字」或「紅底方邊，白體字」做為臨時性交通標誌；凡是「交通事故」或「道路施工」時，會設置臨時性的交通標誌，以便駕駛和行人留意道路狀況。

⑩ **งานก่อสร้าง** [ngaan gòr sâang] n. 前方道路施工

Tips 與臥室相關的慣用語

　　泰國有些較偏遠地方的轉彎處是非常危險的，也經常發生車禍，因為在泰國的傳統裡通常會在轉彎處設置 ❶ **ศาลพระภูมิ** [săan prá-poom]（土地神屋、泰國土地公）祈求交通平安，因此若開車經過土地神屋時，可以按個喇叭表示尊敬。

在路邊不時也可以看到樹上綁著五顏六色的布條，代表那是 **2** 樹神。在泰國的傳統信仰中，每一棵樹都存在著不同的樹神。而該樹神來源很可能是神祇，也有可能是鬼魂變成被祭祀的對象（類似台灣陰廟的概念）。正因為每棵樹中供奉著不同的樹神，故每位樹神負責保佑的方向亦不相同，有些樹神司掌著愛情、有些則錢財或添丁等等。此外，泰國人主要是用紅色的飲料來敬拜神明，因為一說為古人認為血的顏色適於祭祀，又一說是紅色有吉利的意思（眾說紛紜）。不論如何，如果在路上看到很多插著吸管的飲料，那可是奉獻給神明的貢品，千萬不要隨手拿來喝喔！

在泰國，不論是各大公共場所或是像圖中的道路邊會有 **3** **ในหลวง** [nai lǔang]（國王）（通常是現任，本圖是九世皇在位時的照片）的肖像隨處可見（有時候也有其他皇室的成員）、甚至是民眾都會自發性地家裡擺置泰皇的肖像或雕像，以便隨時隨地仰望，藉以表示對皇室的敬愛。可見泰國人一般都是對皇室成員都具有高度的尊崇。

泰國的路邊攤非常有名，想體驗最道地的泰國美食，當然要從路邊攤開始。其中非常受觀光客歡迎的就是 **4** **รถเข็นผลไม้** [rót kěn pǒn-lá-mái]（水果攤），這裡賣得一袋袋令人食指大動的水果甘甜又冰涼，特別是買一袋只要10塊泰銖起跳。此外，泰國人喜歡吃水果沾粉，那是用糖、鹽和辣椒混合的，去泰國旅行的人不妨可以試試看喔！

與交通移動相關的句子

1. **ถนนการจราจร อันตรายมักเกิดอุบัติเหตุบ่อย** [tà-nǒn gaan jà-raa-jon · an-dtà-raai mák gèrt ù-bàt-dti-hèt bòi] 馬路如虎口。

2. **ข้ามถนนตรงทางม้าลาย** [kâam tà-nǒn dtrong taang máa laai] 找有班馬線的地方過馬路。

3. **ห้ามฝ่าไฟแดง** [hâam pàa fai daeng] 不可以闖紅燈。

4. **ไฟเขียวแล้ว พวกเราข้ามถนนได้** [fai kǐieow láew · pûuak rao kâam tà-nǒn dâai] 綠燈了，我們過馬路吧！

5. **ขึ้นสะพายลอยตรงนี้ ก็จะเข้าในห้างได้เลย** [kêun sà-paai loi dtrong née · gôr jà kâo nai hâang dâai loiie] 上了這個天橋後，就可以直接進入百貨公司。

6. **ลงสะพายลอยตรงนี้ ก็จะเห็นศาลพระพรม** [long sà-paai loi dtrong née · gôr jà hĕn săan prá prom] 下了這個天橋後，就可以看到四面佛了。

7. **ขอโทษนะคะ/ครับ เยาวราชไปยังไง** [kŏr tôht ná ká / kráp · yao-wá-râat bpai yang ngai] 對不起，請問一下唐人街怎麼走？

8. **ตามถนนหนทางในเมืองไทย มักจะพบเห็นพระพุทธรูปอยู่บ่อยๆ** [dtaam tà-nŏn hŏn taang nai meuuang tai · mák jà póp hĕn prá pút-tá-rôop yòo bòi bòi] 泰國許多地方的路邊，都能看到一些佛像。

9. **ห้ามดื่มเครื่องดื่มไหว้ศาลตามถนน** [hâam dèum krêuuang dèum wâai săan dtaam tà-nŏn] 路邊祭祀神明的飲料不可以亂喝。

10. **มักพบรถหลายๆคันที่หยุดไม่ใช่เพราะไฟแดง แต่เป็นเพราะหยุดให้ช้างข้ามถนน** [mák póp rót lăai lăai kan têe yùt mâi châi prór fai daeng · dtàe bpen prór yùt hâi cháang kâam tà-nŏn] 許多車停下來不是為了等紅燈，是為了等大象過馬路。

11. **ขับรถให้ระวังสัตว์วิ่งตัดหน้ารถ** [bròt hâi rá-wang sàt wîng dtàt nâa rót] 開車時要注意穿越馬路的野生動物。

12. **ในประเทศไทยสามารถใช้เรือในการสัญจรได้** [nai bprà-têt tai săa-mâat chái reuua nai gaan săn-jon dâai] 在泰國，也可以靠搭船移動。

13. **กรุณากลับรถที่วงเวียนด้านหน้า** [gà-rú-naa glàp rót têe wong wiian dâan nâa] 請在前面的圓環處迴轉。

各種方向及方位

02-05-19.MP3

1. **ข้างบน** [kâang bon] n. 上面
2. **ข้างล่าง** [kâang lâang] n. 下面
3. **ทางซ้าย** [taang sáai] n. 左邊
4. **ทางขวา** [taang kwăa] n. 右邊

5. **ด้านข้าง** [dâan kâang] n. 旁邊
6. **ข้างหน้า** [kâang nâa] n. 前面
7. **ข้างหลัง** [kâang lăng] n. 後面
8. **ตรงข้าม** [dtrong kâam] n. 對面
9. **ตรงกลาง** [dtrong glaang] n. 之間、中間
10. **ข้างใน** [kâang nai] n. 裡面
11. **ข้างนอก** [kâang nòk] n. 外面
12. **ทางตะวันออก** [taang dtà-wan òk] n. 東方
13. **ทางตะวันตก** [taang dtà-wan dtòk] n. 西方
14. **ทางใต้** [taang dtâi] n. 南方
15. **ทางเหนือ** [taang nĕua] n. 北方

หมวดที่ 3
โรงเรียน [rohng rian] 學校

สถานศึกษา 學院
[sà-tăan sèuk-săa]

03-01-01.MP3

這些應該怎麼說？

校園的配置

1. **โรงเรียน** [rohng rian] n. 學校
2. **ห้องเรียน** [hông rian] n. 教室
3. **ชื่อโรงเรียน** [chêu rohng rian] n. 校名
4. **ตราโรงเรียน** [dtraa rohng rian] n. 校徽
5. **สถานศึกษา** [sà-tăan sèuk-săa] n. 學院
6. **สวนดอกไม้** [sŭan dòk mái] n. 花園

7. **ต้นไม้ในโรงเรียน** [dtôn mái nai rohng rian] n. 校樹
8. **ธงคประจำพระองค์** [tong bprà-jam prá on] n. 泰國王室旗幟
9. **ธงประจำโรงเรียน** [tong bprà-jam rohng rian] n. 學校旗幟
10. **สนามหญ้า** [sà-năam yâa] n. 草坪

⑪ นักเรียน [nák rian] n. 學生

⑫ ผู้สำเร็จการศึกษา [pôo sǎm-rèt gaan sèuk-sǎa] n. 畢業生

⑬ ผู้ปกครองนักเรียน [pôo bpòk krong nák rian] n. 學生家長

⑭ ถ่ายรูปจบการศึกษา [tàai rôop jòp gaan sèuk-sǎa] n. 拍畢業照

⑮ งานปัจฉิมนิเทศ [ngaan bpàt-chǐm ni-tâyt] n. 畢業典禮

⑯ ดอกไม้วันปัจฉิมนิเทศ [dòk mái wan bpàt-chǐm ni-tâyt] n. 畢業花束

\ 你知道嗎？ /

學校設施、辦公室、教室有哪些呢？

● สิ่งอำนวยความสะดวกในโรงเรียน [sìng am-nuay kwaam sà-dùak nai rohng rian]（學校設施）除了上述提到的之外，其他的校內設施說法如下：ห้องน้ำ [hông náam]（洗手間）、หอประชุม [hǒr bprà-chum]（禮堂）、ห้องพยาบาล [hông pá-yaa-baan]（保健中心）、สนามกีฬา [sà-nǎam gee-laa]（操場）、สระว่ายน้ำ [sà wâai náam]（游泳池）、ห้องเรียน [hông rian]（教材室）、ห้องเก็บอุปกรณ์กีฬา [hông gèp ù-bpà-gon gee-laa]（體育器材室）、ห้องเก็บขยะรีไซเคิล [hông gèp kà-yá ree sai kern]（資源回收室）、ห้องสมุด [hông sà-mùt]（圖書館）、ร้านค้าสวัสดิการ [ráan káa sà-wàt-di-gaan]（福利社）、หอพัก [hǒr pák]（宿舍）。

● สำนักงานในโรงเรียน [sǎm-nák ngaan nai rohng rian]（學校辦公室）大致上分成：ห้องผู้อำนวยการ [hông pôo am-nuay gaan]（校長室）、ฝ่ายวิชาการ [fàai wí-chaa gaan]（教務處）、ฝ่ายบริการกิจการนักเรียน [fàai bor-rí-gaan git-jà-gaan nák rian]（學務處）、ฝ่ายธุรการ [fàai tú-rá gaan]（總務處）、ฝ่ายปกครอง [fàai bpòk krong]（教官室）、ห้องพักครู [hông pák kroo]（導師室）、ห้องแนะแนว [hông náe naew]（輔導室）、ฝ่ายบุคคล [fàai bùk-kon]（人事室）、ฝ่ายบัญชี [fàai ban-chee]（會計室）、ห้องพักยาม [hông pák yaam]（警衛室）。

● ห้องเรียน [hông rian]（學校教室）大致上分成：ห้องเรียนภาษา [hông rian paa-sǎa]（語言教室）、ห้องประชุม [hông bprà-chum]（會議室）、ห้องคอมพิวเตอร์ [hông kom-piw-dtêr]（電腦教室）、ห้องทดลอง [hông tót long]（實驗室）。

01 上學

在學校會做什麼呢？

03-01-02.MP3

กระเป๋านักเรียน
[grà-bpăo nák rian]
n. 書包

หนังสือเรียน
[năng-sĕu rian]
n. 教科書

สมุดจดบันทึก
[sà-mùt jòt ban-téuk]
n. 筆記本

สมุดการบ้าน
[sà-mùt gaan bâan]
n. 作業本

ผ้าเช็ดหน้า
[pâa chét nâa]
n. 手帕

กระติกน้ำ
[grà-dtìk náam]
n. 水壺

เครื่องแบบ
[krêuang bàep]
n. 制服

ชุดพละ
[chút pá-lá]
n. 體育服

ข้าวกล่อง
[kâao glòng]
n. 便當盒

ถุงใส่ข้าวกล่อง
[tŭng sài kâao glòng]
n. 便當袋

กระเป๋าสะพายหลัง
[grà-bpăo sà-paai lăng]
n. 後背包

กล่องดินสอ
[glòng din-sŏr]
n. 鉛筆盒

● 所需的文具用品

1 **เครื่องเจาะกระดาษ** [krêuang jòr grà-dàat] n. 打洞機

2 **เครื่องวัดองศา** [krêuang wát ong-sǎa] n. 量角器

3 **หมุดติดบอร์ด** [mùt dtit bòt] n. 大頭釘

4 **ไม้บรรทัดสามเหลี่ยม** [mái ban-tát sǎam liam] n. 三角尺

5 **คลิปหนีบกระดาษ** [klíp nèep grà-dàat] n. 迴紋針

6 **ปากกาสีแดง** [bpàak gaa sěe daeng] n. 紅筆

7 **สก็อตเทป** [sà-gòt tâyp] n. 膠帶

8 **สมุดจดบันทึก** [sà-mùt jòt ban-téuk] n. 記事本

9 **ไม้บรรทัด** [mái ban-tát] n. 尺

10 **เครื่องคิดเลข** [krêuang kit lâyk] n. 計算機

11 **คลิปหนีบกระดาษ** [klíp nèep grà-dàat] n. 長尾夾

12 **กาวน้ำ** [gaao náam] n. 膠水

13 **กบเหลาดินสอ** [gòp lǎo din-sǒr] n. 削鉛筆器、削鉛筆機

14 **เทปลบคำผิด** [tâyp lóp kam pit] n. 修正帶

15 **หมุดติดบอร์ด** [mùt dtit bòt] n. 圖釘

16 **เครื่องเย็บกระดาษ** [krêuang yép grà-dàat] n. 釘書機

17 **สีน้ำ** [sěe náam] n. 水彩

18 **ปากกาสี** [bpàak gaa sěe] n. 彩色筆

19 **ดินน้ำมัน** [din náam man] n. 黏土

20 **ยางลบ** [yaang lóp] n. 橡皮擦

㉑ **ลวดเย็บกระดาษ** [lûuat yép grà-dàat] n. 釘書針
㉒ **กรรไกร** [gan-grai] n. 剪刀
㉓ **กระดาษโน้ต** [grà-dàat nóht] n. 便利貼
㉔ **หนังยาง** [năng yaang] n. 橡皮筋

筆的種類有哪些呢？

ดินสอ
[din-sŏr]
n. 鉛筆

ดินสอกด
[din-sŏr gòt]
n. 自動鉛筆

ปากกาลูกลื่น
[bpàak gaa lôok lêun]
n. 原子筆（圓珠筆）

ปากกาสีเมจิก
[bpàak gaa sĕe may jìk]
n. 彩色筆；麥克筆

ดินสอสีเทียน
[din-sŏr sĕe tian]
n. 蠟筆

ดินสอสี
[din-sŏr sĕe]
n. 有色鉛筆

ปากกาหมึกซึม
[bpàak gaa mèuk seum]
n. 鋼筆

ปากกาเน้นข้อความ
[bpàak gaa náyn kôr kwaam]
n. 螢光筆

ปากกาลบคำผิด
[bpàak gaa lóp kam pìt]
n. 立可白

แปรงลบกระดาน ไวท์บอร์ด
[bpraeng lóp grà-daan wai bòt]
n. 白板擦

พู่กันจีน
[pôo gan jeen]
n. 毛筆

พู่กันสีน้ำ
[pôo gan sĕe náam]
n. 水彩筆

\你知道嗎?/
校園裡,常見的教職員有哪些?

03-01-05.MP3

● มหาวิทยาลัย [má-hǎa wit-tá-yaa-lai] (大學)

常見的教職員有 **คณบดี** [ká-ná-bor-dee] (系主任)、**ศาสตราจารย์** [sàat-dtraa-jaan] (教授)、**รองศาสตราจารย์** [rong sàat-dtraa-jaan] (副教授)、**อาจารย์ที่ปรึกษา** [aa-jaan têe bprèuk-sǎa] (指導教授)、**ผู้ช่วยศาสตราจารย์** [pôo chûay sàat-dtraa-jaan] (助理教授)、**เจ้าหน้าที่** [jâo nâa têe] (辦公室職員)、**วิทยากร** [wít-tá-yaa gon] (講師)、**พนักงานพาร์ทไทม์** [pá-nák ngaan pâat-tai] (工讀生)。

● ประถมศึกษา [bprà-tǒm sèuk-sǎa] (國小)、**มัธยมต้น** [mát-tá-yom dtôn] (國中)、**มัธยมปลาย** [mát-tá-yom bplaai] (高中)

常見的教職員有 **ครูใหญ่** [kroo yài] (校長)、**ผู้อำนวยการฝ่ายกิจการนักเรียน** [pôo am-nuay gaan fàai git-jà-gaan nák rian] (訓導主任)、**ครูประจำชั้น** [kroo bprà-jam chán] (班級導師)、**ครูผู้สอนแทน** [kroo pôo sǒn taen] (代課老師)、以及各科的 **ครูประจำวิชา** [kroo bprà-jam wí-chaa] (任課老師)。除了在學校上課,學生也常上 **กวดวิชา** [gùat wí-chaa] (補習班),在補習班的老師叫做 **ครูกวดวิชา** [kroo gùat wí-chaa] (補習班老師)。

03-01-06.MP3

Tips 跟老師有關的慣用語

● **ศิษย์ดีเพราะมีครู** [sìt dee prór mee kroo]:好的學生,出自於會教的老師。指老師好,自然能教出好學生。相當於中文的「名師出高徒」。

● **หัวล้านนอกครู** [hǔa láan nôk kroo]:不按老師的指示做,就會變成光頭。這個成語出自於一個泰國的寓言故事。以前在一座村莊裡,有一個人跟一位商人買了護髮油來護髮,但持續用了幾天之後,不但沒有護髮效果,而且還每天掉頭髮,到最後變成了一個光頭。後來這個人急著去向一位僧人(尊師)求救。僧人知道後同情這個人,所以告訴他,只要他去河邊將頭倒栽進河裡三次,但是不可以超過三次,那麼他的頭髮就會長出來了。他聽了後便趕去河邊,照著僧人的指示將頭倒栽進河裡三次之後,果然頭髮就長出來了,但他發現頭頂有道疤痕的地方不知為何就是長不出頭髮來,於是就自作聰明地認為將頭栽進河內第四次的話,那個地方就會長出頭髮。於是當把第四次把頭栽入河裡之後,這回卻讓他變回了光頭,而且從此就再也長不出頭髮來了。進一步比喻學生違抗老師或規定,行為偏離常軌。

泰語稱教師為 **ครู** [kroo] / **อาจารย์** [aa-jaan]，稱呼老師時會說「**ครู**＋名字」，但不能直接稱呼老師的名字。而老師跟學生講話的時候，高中以下，老師會稱學生為 **นักเรียน** [nák rian]；而大學以上，老師則會稱呼學生為 **นักศึกษา** [nák sèuk-sǎa]。

02 各種學制

關於各學層的學生類別有哪些？

● 大學、研究所

「大學生」的泰語稱為 **นักศึกษา** [nák sèuk-sǎa]。而「研究生」則稱為 **มหาบัณฑิต** [má-hǎa ban-dìt]；大一至大四生當然也分別也有不同的講法，分別是：**นักศึกษาปีหนึ่ง** [nák sèuk-sǎa bpee nèung]（大一生）、**นักศึกษาปีสอง** [nák sèuk-sǎa bpee sǒng]（大二生）、**นักศึกษาปีสาม** [nák sèuk-sǎa bpee sǎam]（大三

生）、**นักศึกษาปีสี่** [nák sèuk-sǎa bpee sèe]（大四生）；在校園內，也常見到 **นักเรียนต่างชาติ** [nák rian dtàang châat]（外籍生）、**นักเรียนแลกเปลี่ยน** [nák rian lâek bplian]（交換生）。另外，其他還有幾個常用的重要相處對象如 **เพื่อนร่วมชั้น** [pêuan rûam chán]（同班同學）、**เพื่อนร่วมห้อง** [pêuan rûam hông]（室友）與 **ศิษย์เก่า** [sìt gào]（畢業校友）。**เรียนจบมหาวิทยาลัย** [rian jòp má-hǎa wít-tá-yaa-lai]（大學畢業）之後會上研究所，新的學程又會分成兩種等級：其中「碩士」叫做 **ปริญญาโท** [bpà-rin-yaa toh]，「博士」則叫做 **ปริญญาเอก** [bpà-rin-yaa àyk]。

● 幼稚園、國小、國中、高中

在泰國，有設置學齡前的 **โรงเรียนเตรียมอนุบาล** [rohng rian dtriam à-nú-baan]（托兒所）和 **โรงเรียนอนุบาล** [rohng rian à-nú-baan]（幼兒園）的教育機構。一般來說，三歲以下嬰兒階段的孩子都會收容到托兒所裡，而三歲以上的小朋友才可以進去幼兒園。幼兒園又依據年齡分成：**อนุบาล1** [à-nú-baan nèung]（指三歲的小朋友）、**อนุบาล2** [à-nú-baan sǒng]（指四歲的小朋友）、**อนุบาล3** [à-nú-baan sǎam]（五歲的小朋友）。而當小朋友滿六歲後，則準備要進入 **ประถมศึกษา** [bprà-tǒm sèuk-sǎa]（小學）開始就讀，而小學在口語中也稱為 **ป.1** [bpor nèung]（第一級）。泰國的教育體系為小學有六

個年級，國中三個年級，高中三個年級，從小學到國中的前九年為國民教育，國中跟高中都叫 **มัธยมศึกษา**（中學），但國中全稱為 **มัธยมศึกษาตอนต้น** [mát-tá-yom sèuk-sǎa dton-dtôn]，但一般泰國人只縮寫成 **ม.ต้น** [mor dtôn]；而高中全稱為 **มัธยมศึกษาตอนปลาย** [mát-tá-yom sèuk-sǎa dton-bplaai]，亦只縮寫成 **ม.ปลาย** [mor bplaai]。之前有提過了大學的學生稱為 **นักศึกษา** [nák sèuk-sǎa]，而高中以下的學生都叫做 **นักเรียน** [nák rian]。

關於各種學科

　　泰國的教學系統中，有這些科目：**วิทยาศาสตร์** [wít-tá-yaa sàat]（自然）、**คณิตศาสตร์** [ká-nit-dtà-sàat]（數學）、**ฟิสิกส์** [fí-sìk]（物理）、**เคมี** [kay-mee]（化學）、**ชีววิทยา** [chee-wá-wít-tá-yaa]（生物學）、**ภาษาต่างประเทศ** [paa-sǎa dtàang bprà-tâyt]（外文）、**สังคมศึกษา** [sǎng-kom sèuk-sǎa]（社會）、**ประวัติศาสตร์** [bprà-wàt sàat]（歷史）、**ภูมิศาสตร์** [poo-mí-sàat]（地理）、**ภาษาไทย** [paa-sǎa tai]（泰文）、**ภาษาอังกฤษ** [paa-sǎa ang-grìt]（英文）、**คอมพิวเตอร์** [kom-piw-dtêr]（電腦）、**ดนตรี** [don-dtree]（音樂）、**ศิลปะ** [sǐn-lá-bpà]（美術）、**จริยธรรม** [jà-rí-yá-tam]（思想品德）、**พลศึกษา** [pá-lá-sèuk-sǎa]（體育）。

　　在泰國，國中以下的學校都要上 **วิชาลูกเสือ-เนตรนารี** [wí-chaa lôok sěua‧nâyt naa-ree]（軍訓課），有軍訓課的那一天就要穿著軍訓服，男童軍穿著卡其色、女生則是綠色的軍訓服。泰語的男女童軍稱呼也不同，男童軍稱為 **ลูกเสือ** [lôok sěua]，女童軍則是 **เนตรนารี** [nâyt naa-ree]。

　　泰國的學校每年都會舉辦 **กีฬาสี** [gee-laa sěe]（運動會），全體學生會以抽籤來分隊，抽到什麼顏色就代表你歸入該顏色的隊伍，通常會由學校的高年級生來帶領低年級生進行活動。而每隊都會派代表來參加各種體育、趣味競賽及 **เดินพาเหรด** [dern paa rèt]（遊行）。其中，遊行隊伍的隊長會盛裝打扮，並在遊行時拿著一根樂儀隊指揮棒，站在隊伍的前頭領軍，一邊行進一邊表演耍指揮棒。每個學校評選遊行隊長的標準也不同，一般會以學習成績、操行分數以及儀表作為評選基準，故能被選上的同學，通常就代表她也是整體評價相當優異的學生了。

ห้องเรียน　教室
[hông rian]

03-02-01.MP3

這些應該怎麼說？

走廊的配置

1. **ระเบียง** [rá-biang] n. 走廊
2. **นาฬิกา** [naa-lí-gaa] n. 時鐘
3. **ล็อคเกอร์** [lók gêr] n. 置物櫃
4. **ลำโพง** [lam-pohng] n. 廣播器
5. **ช่องระบายอากาศ** [chông rá-baai aa-gàat] n. 通風口
6. **ป้ายทางออกฉุกเฉิน** [bpâai taang òk chùk-chĕrn] n. 緊急出口指示

7. **ออดโรงเรียน** [òt rohng rian] n. 學校鈴鐘
8. **โปสเตอร์** [bpòht-dtêr] n. 海報
9. **ถังขยะ** [tăng kà-yà] n. 垃圾桶
10. **เงาสะท้อน** [ngao sà-tón] n. 倒影
11. **ไฟนีออน** [fai nee-on] n. 日光燈
12. **กระเบื้อง** [grà-bêuang] n. 磁磚
13. **กระดานข่าว** [grà-daan kàao] n. 公告欄

01 上課

教室裡的東西該怎麼說呢？

03-02-02.MP3

❶ **กระดานไวท์บอร์ด**
[grà-daan wai bòt] n. 白板

❷ **โต๊ะครู** [dtó kroo] n. 教師桌

❸ **โต๊ะเรียน** [dtó rian] n. 書桌

❹ **เก้าอี้** [gâo-êe] n. 椅子

❺ **แม่เหล็ก** [mâe lèk] n. 磁鐵

❻ **แปรงลบกระดาน**
[bpraeng lóp grà-daan] n. 板擦

❼ **ปากกาไวท์บอร์ด** [bpàak gaa
wai bòt] n. 白板筆

❽ **ตารางเรียน** [dtaa-raang rian]
n. 功課表

❾ **โปรเจกเตอร์** [bproh jàyk dtêr] n. 投影機

❿ **ตกแต่งห้องเรียน** [dtòk dtàeng hông rian]
n. 教室佈置

⓫ **ชอล์ก** [chók] n. 粉筆

⓬ **กระดานดำ** [grà-daan dam] n. 黑板

⓭ **เลข** [lêk] n. 數字

03-02-03.MP3

ทำความเคารพ
[tam kwaam kao-róp]
v. 敬禮

เช็คชื่อ
[chék chêu]
ph. 點名

เอาหนังสือออกมา
[ao năng-sěu òk maa]
ph. 把書拿出來

ยืนขึ้น
[yeun kêun]
v. 站起來

นั่งลง
[nâng long]
v. 坐下

สัปหงก
[sàp-bpà-ngòk]
ph. 打瞌睡

ถาม
[tăam]
v. 提問

ตอบ
[dtòp]
v. 回答

ยกมือ
[yók meu]
ph. 舉手

ฟัง
[fang]
ph. 聆聽

พูดคุย
[pôot kui]
v. 討論

โต้วาที
[dtôh waa-tee]
v. 辯論

ทำการบ้าน
[tam gaan bâan]
ph. 做作業

ทบทวน
[tóp tuan]
v. 複習

ส่ง
[sòng]
ph. 繳交

คิด
[kit]
v. 思考

รายงาน
[raai ngaan]
ph. 報告

เขียน
[kĭan]
v. 寫

สอน
[sŏn]
ph. 教學

ให้คะแนน
[hâi ká-naen]
ph. 打分數

ปรบมือ
[bpróp meu]
ph. 鼓掌

เขียนกระดานดำ
[kĭan grà-daan dam]
ph. 寫黑板

ลบกระดานดำ
[lóp grà-daan dam]
ph. 擦黑板

เขียนไวท์บอร์ด
[kĭan wai bòt]
ph. 寫白板

เรียนรู้
[rian róo]
v. 學習

โดดเรียน
[dòht rian]
ph. 翹課

ทำโทษ
[tam tôht]
ph. 處罰

教室 ★★★ unit 2

ช่วงพักระหว่างคาบ
[chûang pák rá-wàang kâap]
ph. 下課休息

เคารพธงชาติ
[kao-róp tong châat]
ph. 升旗

เลิกเรียน
[lêrk rian]
ph. 下課、放學

03-02-04.MP3

Tips 跟教學有關的慣用語

●เรียนผูกต้องเรียนแก้ [rian pòok dtông rian gâe] ： 知道做法，也要知道解決的方法。比喻做錯了就要改進。相似於中文的「知錯能改」。

ไม่มีใครเกิดมาไม่เคยทำผิด ลูกเรียนผูกก็ต้องเรียนแก้ จะได้โตเป็นผู้ใหญ่ซักที

[mâi mee krai gèrt maa mâi koie tam pìt · lôok rian pòok gôr dtông rian gâe · jà dâai dtoh bpen pôo yài sák tee]

沒有人一生都不會犯錯，孩子做錯了就要學習改進，這樣才會長大。

Tips 生活小常識：修課篇

在大學中，專業的「主修」稱之為 วิชาเอก [wí-chaa àyk]，例如：主修中文系，就要說成 เอกภาษาจีน [àyk paa-sǎa jeen]；有些大一生的上、下學期成績優異，在大二就可申請攻讀第二種不同的系所，這種稱之為 หลักสูตรสองปริญญา [làk sòot sǒng bpà-rin-yaa]（雙主修）或 สาขาโท [sǎa-kǎa toh]（輔系）。雙主修與輔系兩種學歷機制不同的地方在於 วิชาบังคับ [wí-chaa bang-káp]（必修）及 วิชาเลือก [wí-chaa lêuak]（選修）。

「必修」簡單的說就是「一定要修的課」，「選修」就是「可以隨著喜好，選擇想要上的課」；「雙主修」是指主修兩種系，也就是指兩邊系所的「必修」和「選修」課程都要上；「輔系」只要修完輔系的「必修」課程就好，雖然聽起來很簡單，但要在大學四年裡修完一、兩百多

個學分，幾乎不可能，所以大多雙主修或輔系生很少準時 **จบการศึกษา** [jòp gaan sèuk-sǎa]（畢業），一般都會 **จบช้า** [jòp cháa]（延畢）。相反地，有些學生成績很差，可能 **สอบตก** [sòp dtòk]（考試不及格），還需要再 **เรียนซ้ำ** [rian sám]（重修）。如果更慘就要被 **โดนไล่ออก** [dohn lâi òk]（退學）。

เธอเก่งภาษามาก สามารถเรียนเอกภาษาอังกฤษและเอกภาษาสเปนสองปริญญาพร้อมกันโดยที่ไม่มีความเครียดเลย

[ter gàyng paa-sǎa mâak · sǎa-mâat rian àyk paa-sǎa ang-grìt láe àyk paa-sǎa sà-bpayn sǒng bpà-rin-yaa próm gan doi têe mâi mee kwaam krìat loie]

她很有語言天賦，可以同時雙主修英文系和西班牙文系，完全沒有任何壓力。

03-02-05.MP3

Tips 記錄學生成績的文件

- **สมุดจดการบ้าน** [sà-mùt jòt gaan bâan]（教室日誌）：這本日誌上記錄每位任課老師今天在該班將講授的課程、當天老師給的功課，然後讓家長看完之後簽名在還給班級導師。

- **สมุดรายงานประจำตัวนักเรียน** [sà-mùt raai ngaan bprà-jam dtua nák rian]（成績本）：這本是記錄學生在全年級的成績。學生畢業的時候才會收到這本本子。

- **ใบรายงานผลการทดสอบ** [bai raai ngaan pǒn gaan tòt sòp]（成績單）：通常會在期中考、期末考之後發放出去。

大學畢業時，便可以取得 **ปริญญาบัตร** [bpà-rin-yaa bàt]（大學畢業證書），這時的得到的學位則是 **ปริญญาตรี** [bpà-rin-yaa dtree]（學士學位）；研究所畢業者則可取得 **ปริญญาโท** [bpà-rin-yaa toh]（碩士學位）；博士班研究生畢業者可取得 **ปริญญาเอก** [bpà-rin-yaa àyk]（博士學位）。如果

是國中、高中、專科畢業者可以取得 **ประกาศนียบัตร** [bprà-gàat-sà-nee-yá-bà]（畢業證書）。此外，如果是「正在攻讀學位」，可以用動詞片語 **กำลังศึกษา** [gam-lang sèuk-sǎa] 來表達；如果是「已獲得或完成學位」時，則可以用 **จบการศึกษา** [jòp gaan sèuk-sǎa] 來表達。

02 考試

ทดสอบ [tót sòp] 一詞有「測試、測驗（能力）」之意，通常一個學期老師會舉辦一些規模較小的小考以便測驗學生的知識吸收程度。泰國的國小、國中、高中都會有 **สอบท่อง** [sòp tông]（抽背）的考試，老師會隨便抽課本裡的內容，讓學生們講所背下來的東西。一般

來說，抽背的考試會是 **ท่องคำศัพท์** [tông kam sàp]（背單字）、**ท่องสูตรคณิต** [tông sòot ká-nít]（背數學公式）或是 **ท่องบทกลอน** [tông bòt glon]（背詩）。另外，老師在教完一章之後會有 **สอบย่อย** [sòp yôi]（小考）或是 **สอบวัดความรู้** [sòp wát kwaam róo]（知識測驗），目的就是要測驗學生掌握知識的程度。而「大型的、正式的、統一性地」各種同步測驗的考試，例如：**สอบกลางภาค** [sòp glaang pâak]（期中考）、**สอบปลายภาค** [sòp bplaai pâak]（期末考）、**สอบวัดความรู้ผู้จบระดับประถมศึกษา** [sòp wát kwaam róo pôo jòp rá-dàp bprà-tǒm sèuk-sǎa]（會考）、**สอบเข้า** [sòp kâo]（入學考）、**สอบเข้ามหาวิทยาลัย** [sòp kâo má-hǎa wít-tá-yaa-lai]（大學入學考試）、**สอบ TOEIC** [sòp TOEIC]（多益測驗）、**สอบ TOEFL** [sòp TOEFL]（托福考試）……等。

เก็บหนังสือ
[gèp năng-sĕu]
ph. 把書收起來

แจกข้อสอบ
[jàek kôr sòp]
ph. 發考卷

สอบ
[sòp]
v. 考試

ทำข้อสอบ
[tam kôr sòp]
v. 作答

วางปากกา
[waang bpàak gaa]
ph. 把筆放下

โกง
[gohng]
v. 作弊

แอบดูโพย
[àep doo poi]
ph. 偷看小抄

ส่งข้อสอบ
[sòng kôr sòp]
ph. 交考卷

ตรวจข้อสอบ
[dtrùat kôr sòp]
ph. 改考卷

教室 ★★★ unit 2

03-02-07.MP3

Tips 跟考試有關的慣用語

● **ฉลาดแกมโกง** [chà-làat gaem gohng]：聰明又狡猾。形容一個人很有智慧，但卻把智慧會用邪惡面上。比喻把聰明用在了錯誤的地方，相似於中文的有「小聰明」。

บทที่ 3

สิ่งอำนวยความสะดวกอื่น ๆ
[sìng am-nuay kwaam sà-dùak èun èun]

其他學校設施

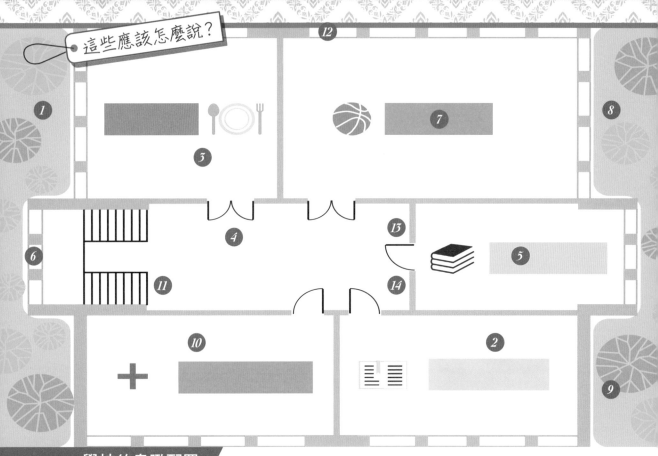

學校的鳥瞰配置

① **แผนผังโรงเรียน** [păen păng rohng rian] n. 校園平面圖

② **ห้องเรียน** [hông rian] n. 教室

③ **โรงอาหาร** [rohng aa-hăan] n. 餐廳

④ **ระเบียง** [rá-biang] n. 走廊

⑤ **ห้องสมุด** [hông sà-mùt] n. 圖書館

⑥ **ประตูโรงเรียน** [bprà-dtoo rohng rian] n. 校門

⑦ **สนามบาสเกตบอล** [sà-năam bâat-gèt-bon] n. 籃球場

⑧ **สวน** [sŭan] n. 庭園

⑨ **ต้นไม้** [dtôn mái] n. 樹

⑩ **ห้องพยาบาล** [hông pá-yaa-baan] n. 保健室

⑪ **บันได** [ban-dai] n. 樓梯

⑫ **กำแพง** [gam-paeng] n. 牆壁

⑬ **ทางเข้า** [taang kâo] n. 入口
⑮ **เปิด** [bpèrt] n.（圖書館）開門、開館
⑭ **ทางออก** [taang òk] n. 出口
⑯ **ปิด** [bpìt] n.（圖書館）關閉、閉館

在保健室裡會遇到哪些狀況呢？

01 保健室

貼心小提醒 更多與醫療相關的內容，請翻閱 240 頁，07-01【醫院】。

03-03-02.MP3

外傷的種類有哪些？

โดนบาด
[dohn bàat]
v. 割傷

กล้ามเนื้อฉีก
[glâam néua chèek]
ph. 拉傷

แพลง
[plaeng]
ph. 扭傷

ข้อหลุด
[kôr lùt]
ph. 脫臼

ฟกช้ำ
[fók chám]
n. 瘀青

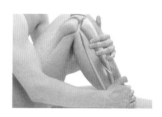

กระดูกหัก
[grà-dòok hàk]
ph. 骨折

ตะคริว
[dtà-kriw]
v. 抽筋

โดนลวก
[dohn lûak]
v. 燙傷

โดนต่อย
[dohn dtòi]
ph. 螫傷；（被拳頭）打傷

127

基本的醫療用具有哪些？

เปลหามผู้ป่วย
[bplay hăam pôo bpùay]
n. 擔架

ไม้ค้ำยัน
[mái kàm yan]
n. 拐杖

หูฟังแพทย์
[hŏo fang pâet]
n. 聽診器

เครื่องชั่งน้ำหนัก
[krêuang châng náam nàk]
n. 體重計

ปรอทวัดอุณหภูมิ
[bpà-ròt wát un-hà-poom]
n. 溫度計

เข็มฉีดยา
[kĕm chèet yaa]
n. 針筒

พลาสเตอร์
[pláat-dtêr]
n. ok 繃

ผ้าก๊อซ
[pâa gót]
n. 紗布

สำลีก้อน
[săm-lee gôn]
n. 棉球

แอลกอฮอล์
[aen-gor-hor]
n. 酒精

ทิงเจอร์ไอโอดีน
[ting-jer ai oh-deen]
n. 碘酒

แหนบ
[nàep]
n. 鑷子

在保健室，基本治療外傷的方式有哪些？

ใช้ผ้าพันแผล
[chái pâa pan plăe]
v. 用繃帶包紮

ประคบ เย็น
[bprà-kóp yen]
ph. 冰敷

ใช้แอลกอฮอล์ฆ่าเชื้อ
[chái aen-gor-hor kâa chéua]
ph. 用酒精消毒

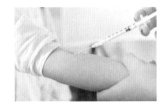
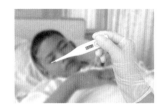

ทายา
[taa yaa]
ph. 擦藥膏

ฉีดยา
[chèet yaa]
ph.打針

วัดอุณหภูมิ
[wát un-hà-poom]
ph.量體溫

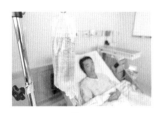

กินยา
[gin yaa]
ph. 吃藥

พักผ่อน
[pák pòn]
ph. 休息

ให้น้ำเกลือ
[hâi náam gleua]
ph. 打點滴

常見的疾病及症狀有哪些呢？

03-03-05.MP3

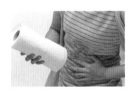

เจ็บคอ
[jèp kor]
ph. 喉嚨痛

ท้องร่วง
[tóng rûang]
v. 腹瀉

เป็นภูมิแพ้
[bpen poom páe]
v. 過敏

อ้วก
[ûak]
v. 嘔吐

เป็นไข้
[bpen kâi]
v. 發燒

เป็นหวัด
[bpen wàt]
v. 流行性感冒

น้ำมูกไหล
[náam môok lǎi]
v. 流鼻水

เลือดกำเดาไหล
[lêuat gam-dao lǎi]
v. 流鼻血

ไอ
[ai]
v. 咳嗽

ปวดหัว
[bpùat hŭa]
ph. 頭痛

เวียนหัว
[wian hŭa]
ph. 頭暈

เป็นลม
[bpen lom]
ph. 暈倒

โรคกระเพาะ
[rôhk grà-pór]
ph. 胃痛

ปวดท้อง
[bpùat tóng]
ph. 肚子痛

โรคลมแดด
[rôhk lom dàet]
ph. 中暑

คัน
[kan]
ph. 發癢

基本舒緩不適的藥物有哪些呢？

03-03-06.MP3

1. **ยาเม็ด** [yaa mét] n. 藥片
2. **ยาแคปซูล** [yaa káep-soon] n. 膠囊
3. **ยาแก้ปวด** [yaa gâe bpùat] n. 止痛劑
4. **ยาน้ำแก้ไอ** [yaa náam gâe ai] n. 咳嗽糖漿
5. **แอสไพริน** [áet-pai-rin] n. 阿斯匹靈
6. **ยาลดไข้** [yaa lót kâi] n. 退燒藥
7. **ยาแก้หวัด** [yaa gâe wàt] n. 感冒藥
8. **ยาปฏิชีวนะ** [yaa bpà-dtì-chee-wá-ná] n. 抗生素
9. **ยารักษาโรคกระเพาะ** [yaa rák-sāa rôhk grà-pór] n. 胃藥
10. **ยารักษาท้องร่วง** [yaa rák-sāa tóng rûang] n. 止瀉藥
11. **น้ำยาหยอดตา** [náam yaa yòt dtaa] n. 眼藥水
12. **ยาทาแผลน้ำร้อนลวก** [yaa taa plăe náam rón lûak] n. （被熱水燙傷時擦的）燙傷藥
13. **ยาทาแผลไฟไหม้** [yaa taa plăe fai mâi] n. （火燒傷時擦的）燙傷藥
14. **ยาช่วยย่อยอาหาร** [yaa chûay yôi aa-hāan] n. 消化酵素

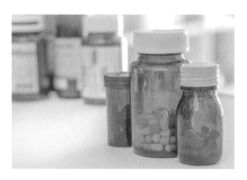

**อย่าใช้ยาปฏิชีวนะพร่ำเพรื่อไม่งั้นอาจ
ทำให้เชื้อแบคทีเรียดื้อยา**
[yàa chái yaa bpà-dtì-chee-wá-ná prâm prêua mâi
ngán àat tam hâi chéua bàek-tee-ria dêu yaa]
不要亂吃抗生素，可能導致細菌產生抗藥性。

02 圖書館

03-03-07.MP3

這些應該怎麼說？

① **ชั้นวางหนังสือ** [chán waang năng-sĕu] n. 書架

② **คอมพิวเตอร์ใช้สำหรับสืบค้นข้อมูล** [kom-piw-dtêr chái săm-ràp sèup kón kôr moon] n. 資料檢索電腦

③ **โต๊ะอ่านหนังสือ** [dtó àan năng-sĕu] n. 閱讀桌

④ **กฎการใช้ห้องสมุด** [gòt gaan chái hông sà-mùt] n. 圖書館的規定

⑤ **นาฬิกาแขวนผนัง** [naa-li-gaa kwăen pà-năng] n. 壁鐘

在圖書館常見的人及物品

03-03-08.MP3

บรรณารักษ์
[ban-naa-rák]
n. 圖書管理員

บัตรห้องสมุด
[bàt hông sà-mùt]
n. 圖書館卡

เครื่องถ่ายเอกสาร
[krêuang tàai àyk-gà-săan]
n. 影印機

อุปกรณ์สื่อการสอน
[ù-bpà-gon sèu gaan sŏn]
n. 視聽教材

ห้องประชุม
[hông bprà-chum]
n. 討論室

กล่องรับคืนหนังสือ
[glòng ráp keun năng-sĕu]
n. 還書箱

其他學校設施 ★★★ บทที่ 3

131

03-03-09.MP3

หาหนังสือ
[hǎa nǎng-sěu]
ph. 找書

ยืมหนังสือ
[yeum nǎng-sěu]
ph. 借書

คืนหนังสือ
[keun nǎng-sěu]
ph. 還書

ค้นหาข้อมูล
[kón hǎa kôr moon]
ph. 找資料

อ่านหนังสือ
[àan nǎng-sěu]
ph. 看書

วิจัย
[wí-jai]
v. 研讀

Tips　該怎麼跟圖書館借書呢？

　　想 **ยืมหนังสือ** [yeum nǎng-sěu]（借書）時，你至少要知道關於書籍上的一些基本資訊，例如：**ชื่อหนังสือ** [chêu nǎng-sěu]（書名）、**ผู้เขียน** [pôo kǐan]（作者）、**สำนักพิมพ์** [sǎm-nák pim]（出版社）。首先呢！你可以到 **คอมพิวเตอร์** [kom-piw-dtêr]（電腦）去，以書名、作者等複數條件用電腦查詢。查出 **รหัสหนังสือ** [rá-hàt nǎng-sěu]（索書號）之後就可以按照索書號到 **ชั้นวางหนังสือ** [chán waang nǎng-sěu]（書架）去找書。如果你想要的書被別人借走了，你可以先執行 **จอง** [jong]（預訂（借書），這樣圖書館就會把書預留給你。要注意，有些書可以 **ยืม** [yeum]（借回去），但有些只能 **อ่านในห้องสมุด** [àan nai hông sà-mùt]（現場看）喔！

所以如果想借回去時，要先跟圖書館確定可不可以外借喔！查出 **รหัสหนังสือ** [rá-hàt nǎng-sěu]（索書號）之後就可以按照索書號到 **ชั้นวางหนังสือ** [chán waang nǎng-sěu]（書架）去找書。如果你想要的書被別人借走了，你可以先執行 **จอง** [jong]（預訂（借書），這樣圖書館就會把書預留給你。要注意，有些書可以 **ยืม** [yeum]（借回去），但有些只能 **อ่านในห้องสมุด** [àan nai hông sà-mùt]（現場看）喇！所以如果想借回去時，要先跟圖書館確定可不可以外借喔！

找到想要的書時，就把書拿到 **เคาน์เตอร์** [kao-dtêr]（服務台），填寫 **รายการยืมหนังสือ** [raai gaan yeum nǎng-sěu]（借書表）並把 **บัตรห้องสมุด** [bàt hông sà-mùt]（圖書館卡）給 **บรรณารักษ์**（圖書管理員）。現代的圖書館圖書管理員只要掃描書上面的 **บาร์โค้ด**（條碼）後，就可以記錄是誰借了什麼，學生們也不用填寫借書表。一般圖書管理員會提醒你書的 **วันที่คืนหนังสือ** [wan têe keun nǎng-sěu]（還書日期），你要記得準時還書不然可能會被罰款哦！

如果到期了，但你還沒看完那本書，你可以 **เลื่อนการคืนหนังสือ** [lêuan gaan keun nǎng-sěu]（延後還書）。而還書的時候你可以直接到服務台還書或可以把書放進 **กล่องรับคืนหนังสือ** [glòng ráp keun nǎng-sěu]（還書箱）就可以了。

ถ้าห้องสมุดยังไม่เปิด คุณสามารถหย่อนหนังสือลงในกล่องรับคืนหนังสือได้ [tâa hông sà-mùt yang mâi bpèrt‧ kun sǎa-mâat yòn nǎng-sěu long nai glòng ráp keun nǎng-sěu dâai] 如果圖書館沒有開的話，你可以把書放進放在圖書館門口的還書箱即可。

03-03-10.MP3

書籍的分類有哪些？

1. **หมวดเทคโนโลยี** [mùat ték-noh-loh-yee] n. 科技類

2. **หมวดวรรณกรรม** [mùat wan-ná-gam] n. 文學類

3. **หมวดประวัติศาสตร์** [mùat bprà-wàt sàat] n. 歷史類

4. **หมวดจิตวิทยา** [mùat jìt-dtà-wit-tá-yaa] n. 心理類

5. **หมวดปรัชญา** [mùat bpràt-yaa] n. 哲學類

6. **หมวดการเมือง** [mùat gaan meuang] n. 政治類

7. **หมวดศาสนา** [mùat sàat-sà-nǎa] n. 宗教類

8. **หมวดอัตชีวประวัติ** [mùat àt-chee-wà-bprà-wàt] n. 自傳類

9. **หมวดศิลปะ** [mùat sǐn-là-bpà] n. 藝術類

10. **หมวดเศรษฐศาสตร์** [mùat sàyt-tà-sàat] n. 經濟類

11. **หมวดการจัดการชีวิต** [mùat gaan jàt gaan chee-wit] n. 生活技能類

12. **หมวดอาหาร** [mùat aa-hǎan] n. 食譜類

13. **หมวดภาษา** [mùat paa-sǎa] n. 語言類

14. **หมวดการสอน** [mùat gaan sǒn] n. 教育類

15. **หมวดสำหรับเด็ก** [mùat săm-ràp dèk]
   n. 兒童類

16. **หมวดการศึกษา** [mùat gaan sèuk-săa]
   n. 教科類

17. **ข้อมูลอ้างอิง** [kôr moon âang ing]
   n. 參考類

18. **นิยาย** [ní-yaai] n. 小說

19. **กลอน** [glon] n. 詩

20. **การ์ตูน** [gaa-dtoon] n. 漫畫

21. **นิตยสาร** [nít-dtà-yá-săan] n. 雜誌

22. **หนังสือพิมพ์** [năng-sĕu pim] n. 報紙

23. **พจนานุกรม** [pót-jà-naa-nú-grom]
   n. 詞典

24. **แผนที่** [păen têe] n. 地圖集

25. **สารานุกรม** [săa-raa-nú-grom]
   n. 百科全書

26. **วิทยานิพนธ์** [wít-tá-yaa ní-pon] n. 論文

書的結構，泰語怎麼說？

03-03-11.MP3

① **หน้าปก** [nâa bpòk] n. 封面
② **สันหนังสือ** [săn-năng-sĕu] n. 書背
③ **ปกหลัง** [bpòk lăng] n. 封底
④ **หน้าหนังสือ** [nâa năng-sĕu] n. 書頁
⑤ **เชือกคั่นหนังสือ** [chêuak kân năng-sĕu]
   n. 書繩

⑥ **ชื่อหนังสือ** [chêu năng-sĕu] n. 書名
⑦ **ผู้เขียน** [pôo kĭan] n. 作者
⑧ **สำนักพิมพ์** [săm-nák pim] n. 出版社
⑨ **ปีที่พิมพ์** [bpee têe pim] n. 出版年

03-03-12.MP3

Tips 跟書有關的慣用語

● **หนอนหนังสือ** [nŏn năng-sĕu]：書蟲。即是指書呆子
或熱愛書籍的人。

งานเปิดตัวหนังสือครั้งนี้เหมือนกับที่ชุมนุมของ
หนอนหนังสือ [ngaan bpèrt dtua năng-sĕu kráng née
mĕuan gàp têe chum-num kŏng nŏn năng-sĕu]

這次的新書發表會，就像書蟲們的聚會。

หมวดที่ 4

ที่ทำงาน [têe tam ngaan] 工作場所

สำนักงาน 辦公室
[sǎm-nák ngaan]

04-01-01.MP3

這些應該怎麼說？

辦公室的配置

❶ **โต๊ะทำงาน** [dtó tam ngaan] n. 辦公桌

❷ **เก้าอี้ทำงาน** [gâo-êe tam ngaan] n. 辦公椅

❸ **คอมพิวเตอร์ตั้งโต๊ะ** [kom-piw-dtêr dtâng dtó] n. 桌上型電腦

❹ **โทรศัพท์** [toh-rá-sàp] n. 電話

❺ **ปฏิทินตั้งโต๊ะ** [bpà-dti-tin dtâng dtó] n. 桌曆

❻ **เครื่องคิดเลข** [krêuang kit lâyk] n. 計算機

❼ **เอกสาร** [àyk-gà-sǎan] n. 文件

❽ **ลิ้นชัก** [lín chák] n. 抽屜

❾ **แฟ้มใส่เอกสาร** [fáem sài àyk-gà-sǎan] n. 文件夾

❿ **เครื่องเขียน** [krêuang kǐan] n. 文具用品

⑪ **ตู้ลิ้นชักเก็บเอกสาร** [dtôo lin chák gép àyk-gà-sǎan] n. 檔案櫃

⑫ **หน้าต่าง** [nâa dtàang] n. 窗戶

⑬ **เครื่องปรับอากาศ** [krêuang bpràp aa-gàat] / **แอร์** [ae] n. 冷氣

⑭ **นาฬิกาแขวนผนัง** [naa-lí-gaa kwǎen pà-nǎng] n. 壁鐘

⑮ **เครื่องตรวจจับควัน** [krêuang dtrùat jàp kwan] n. 煙霧偵測器

⑯ **ผ้าม่าน** [pâa mâan] n. 窗簾

⑰ **เครื่องถ่ายเอกสาร** [krêuang tàai àyk-gà-sǎan] n. 印表機

在辦公室會做什麼呢？

01 接電話

接電話常做的動作有哪些？

04-01-02.MP3

รับโทรศัพท์
[ráp toh-rá-sàp]
ph. 接電話

โทรออก
[toh òk]
ph. 撥打電話

โทรหา
[toh hǎa]
ph. 打電話（給某人）

โทรกลับ
[toh glàp]
ph. 回電（給某人）

วางสาย
[waang sǎai]
ph. 掛斷電話

ฝากข้อความ
[fàak kòr kwaam]
ph. 留言

常見的文書處理用品有哪些？

04-01-03.MP3

เครื่องถ่ายเอกสาร
[krêuang tàai àyk-gà-sǎan]
n. 影印機

เครื่องแฟกซ์
[krêuang fâek]
n. 傳真機

เครื่องพิมพ์ [krêuang pim] /
เครื่องพริ้นท์ [krêuang prin]
n. 印表機

เครื่องสแกนเอกสาร
[krêuang sà-gaen àyk-gà-sǎan]
n. 掃描機

เครื่องย่อยกระดาษ
[krêuang yôi grà-dàat]
n. 碎紙機

แฟลชไดรฟ์
[flâet drai]
n. 隨身碟

แท่นตัดกระดาษ
[tâen dtàt grà-dàat]
n. 裁紙機

กระดาษถ่ายเอกสาร
[grà-dàat tàai àyk-gà-sǎan]
n. 影印紙

กระดาษคาร์บอน
[grà-dàat kaa-bon]
n. 複寫紙

คัตเตอร์
[kát-dtêr]
n. 美工刀

นามบัตร
[naam bàt]
n. 名片

คลิปบอร์ด
[klíp bòt]
n. 墊板夾

ตราปั๊ม [dtraa bpám]
n. 印章

หมึก [mèuk]
n. 墨水

ซองจดหมาย
[song jòt măai]
n. 信封

ที่ทับกระดาษ
[têe táp-grà-dàat]
n. 紙鎮

เครื่องตอกบัตร
[krêuang dtòk bàt]
n. 打卡機

ตู้กดน้ำ
[dtôo gòt náam]
n. 飲水機

เครื่องชงกาแฟ
[krêuang chong gaa-fae]
n. 咖啡機

在辦公室裡常做些什麼？

04-01-04.MP3

ถ่ายเอกสาร
[tàai àyk-gà-săan]
ph. 複印

ส่งแฟกซ์
[sòng fáek]
ph. 傳真

สแกน
[sà-gaen]
ph. 掃描

ติด
[dtit]
v. 貼

ตัด
[dtàt]
v. 剪

ให้หัวหน้าเซ็นชื่อ
[hâi hŭa nâa sen chêu]
ph. 給上司簽名

เขียนรายงาน
[kĭan raai ngaan]
ph. 寫報告

ประชุม
[bprà-chum]
v. 開會

พูดคุย
[pôot kui]
v. 討論

เซ็นชื่อ
[sen chêu]
ph. 簽名

ประทับตรา
[bprà-táp dtraa]
ph. 蓋章

ตอกบัตร
[dtòk bàt]
ph. 打卡

03 公司部門

04-01-05.MP3

1. **คณะกรรมการ** [ká-ná gam-má-gaan]
   n. 董事會

2. **คณะกรรมการบริหาร** [ká-ná gam-má-gaan bor-rí-hăan] n. 理監事會

3. **แผนกบัญชี** [pà-nàek ban-chee] n. 會計部

4. **แผนกการเงิน** [pà-nàekgaan ngern]
   n. 財政部

5. **แผนกทรัพยากรบุคคล** [pà-nàek sáp-pá-yaa-gon bùk-kon] / **แผนกบุคคล**
   [pà-nàek bùk-kon] n. 人事部

6. **แผนกธุรการ** [pà-nàek tú-rá gaan]
   n. 行政部

7. **ฝ่ายตัวแทนจำหน่าย** [fàai dtua taen jam-nàai] n. 經銷部

8. **แผนกการตลาด** [pà-nàek gaan dtà-làat]
   n. 行銷部

9. **แผนกไอที** [pà-nàek ai tee] n. 電腦部

10. **แผนกวิจัยและพัฒนา** [pà-nàek wí-jai láe pát-tá-naa] n. 研發部

04 職等

04-01-06.MP3

1. **ประธานบริษัท** [bpra-taan bor-rí-sàt] n. 董事長

2. **ผู้จัดการ** [pôo jàt gaan] n.（總）經理

3. **เลขา** [lay-kāa] / **เลขานุการ** [lay-kāa-nú-gaan] n. 秘書

4. **รองผู้จัดการ** [rong pôo jàt gaan] n. 副（總）經理

5. **หัวหน้า** [hūa nâa] n. 主管

6. **รองหัวหน้า** [rong hūa nâa] n. 副主管

7. **หัวหน้าทีม** [hūa nâa teem] n. 組長

8. **พนักงาน** [pá-nák ngaan] / **เจ้าหน้าที่** [jâo nâa têe] n. 人員、職員

9. **พนักงานทำความสะอาด** [pá-nák ngaan tam kwaam sà-àat] n. 清潔人員

10. **ยาม** [yaam] n. 警衛

Tips 生活小常識：炒魷魚編

工作的時候，每個人都會為了求得升職 **เลื่อนขั้น** [lêuan kân]（升職）機會，都會勤奮工作好好表現。不過總有些人工作表現不太好，可能就會遭老闆炒魷魚了。炒魷魚的泰語可以說 **ไล่ออก** [lâi òk]。此外，也有些人因不喜歡這份工作所以主動辭職。辭職泰文叫做 **ลาออก** [laa òk]。而一般在辭職之前，都要先繳交辭職單 **ใบลาออก** [bai laa òk] / **จดหมายลาออก** [jòt māai laa òk]。

ได้ข่าวว่ามาลีทำยอดขายไม่ถึงเป้าติดต่อกัน 3 เดือน เจ้านายเลยไล่เธอออก หลังจากถูกไล่ออกสักพักเธอถึงจะหางานใหม่ได้

[dâai kàao wâa maa-lee tam yôt kāai mâi tĕung bpâo dtìt dtòr gan sāam deuan · jâo naai loie lâi ter òk · lāng jàak tòok lâi òk sàk pák ter tĕung jà hāa ngaan mài dâai]

聽說 Malee 的銷售額連續三個月沒達到指標所以老闆決定炒她魷魚。被解聘之後，她失業一段很久的時間才找到新工作。

04-01-07.MP3

พนักงานดับเพลิง
[pá-nák ngaan dàp plerng]
n. 消防員

ตำรวจ
[dtam-rùat]
n. 警察

ทหาร
[tá-hăan]
n. 軍人

ข้าราชการ
[kâa râat-chá-gaan]
n. 公務人員

ชาวประมง
[chaao bprà-mong]
n. 漁夫

ชาวนา
[chaao naa]
n. 農夫

วิศวกร
[wít-sà-wá-gon]
n. 工程師

สถาปนิก
[sà-tăa-bpà-ník]
n. 建築師

คนงาน
[kon ngaan]
n. （工廠的）工人、工廠作業員

คนงานก่อสร้าง
[kon ngaan gòr sâang]
n. 建築工人

พนักงานบริษัท
[pá-nák ngaan bor-rí-sàt]
n. 辦公室職員、行政人員

บัญชี
[ban-chee]
n. 會計

เลขา [lay-kāa] /
เลขานุการ
[lay-kāa-nú-gaan]
n. 秘書

นักธุรกิจ
[nák tú-rá git]
n. 商人

ล่าม
[lâam]
n. 口譯人員

ทนายความ
[ta-naai kwaam]
n. 律師

นักข่าว
[nák kàao]
n. 記者

พิธีกร
[pi-tee gon]
n. 主持人

นายแบบ [naai bàep]
n. 男模特兒
นางแบบ [naang bàep]
n. 女模特兒

นักร้อง
[nák róng]
n. 歌手

นักแสดง
[nák sà-daeng]
n. 演員

คนขับรถ
[kon kàp rót]
n. 司機

ไกด์
[gai]
n. 導遊

นักวาด
[nák wâat]
n. 畫家

พนักงานบริการ
[pá-nák ngaan bor-rí-gaan]
n. 服務生

ร้านริมถนน
[ráan rim tà-nŏn]
n. 路邊攤

พ่อครัว [pôr krua]
n. 男廚師 /
แม่ครัว [mâe krua]
n. 女廚師 /
เชฟ [châyf]
n. 廚師、主廚

ช่างทำผม
[châang tam pŏm]
n. 理髮師

ช่างเย็บผ้า
[châang yép pâa]
n. 裁縫師

แม่บ้าน
[mâe bâan]
n. 家庭主婦

05 電腦

04-01-08.MP3

常用的電腦零件有哪些？

1. **หน้าจอ** [nâa jor] n. 螢幕
2. **คีย์บอร์ด** [kee bòt] / **แป้นพิมพ์** [bpâen pim] n. 鍵盤
3. **เมาส์** [máo] n. 滑鼠
4. **ลำโพง** [lam-pohng] n. 喇叭
5. **เคสคอมพิวเตอร์** [kâyt kom-piw-dtêr] n. 機殼

⑥ **ช่องเสียบสายไฟ** [chông siap sâai fai] n. 電源插孔

⑦ **ปุ่มพาวเวอร์** [bpùm paao-wer] n. 電源開關

⑧ **พอร์ต PS/2** [pôt p-s-too] n. PS/2埠

⑨ **พอร์ต VGA** [pôt VGA] n. VGA埠

⑩ **พอร์ตขนาน** [pôt kà-nǎan] n. 並列埠

⑪ **พอร์ต USB** [pôt USB] n. USB 埠

⑫ **พอร์ต USB-B** [pôt USB tai B] n. USB B型埠

⑬ **พอร์ตอีเธอร์เน็ต** [pôt ee ter nét] n. 網路埠

⑭ **พอร์ต HDMI** [pôt HDMI] n. HDMI 埠

⑮ **ช่องเสียบหูฟัง** [chông siap hǒo fang] n. 耳機插孔

⑯ **ปุ่มพาวเวอร์** [bpùm paao-wer] n. 電源按鈕

⑰ **เมนบอร์ด** [mayn bòt] n. 主機板

⑱ **แหล่งจ่ายไฟ** [làeng jàai fai] n. 電源供應器

⑲ **พัดลมระบายความร้อน** [pát lom rá-baai kwaam rón] n. 散熱電扇

⑳ **การ์ดจอ** [gàat jor] n. 顯示卡

㉑ **CPU** [CPU] n. 中央處理器

㉒ **HDD** [HDD] n. HDD 硬碟

㉓ **SSD** [SSD] n. SSD 硬碟

㉔ **แรม** [raem] n. 記憶體

㉕ **การ์ดเสียง** [gàat siang] n. 音效卡

㉖ **การ์ดเครือข่าย** [gàat kreua kàai] / **การ์ด LAN** [gàat laen] n. 網路卡

㉗ **เครื่องเล่นดีวีดี** [krêuang lâyn DVD] n. 光碟機

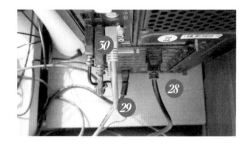

㉘ **สายไฟ AC** [sǎai fai AC] / **สายไฟคอมพิวเตอร์** [sǎai fai kom-piw-dtêr] n. 電腦電源線

㉙ **สาย HDMI** [sǎai HDMI] n. 螢幕線

㉚ **สายแลน** [sǎai laen] n. 網路線

เปิดเครื่อง
[bpèrt krêuang]
ph. 開機

ปิดเครื่อง
[bpìt krêuang]
ph. 關機

เล่นอินเตอร์เน็ต
[lâyn in-dtêr-nét]
ph. 上網

เสียบแฟลชไดรฟ์
[sìap flâet drai]
ph. 插入隨身碟

ถอดแฟลชไดรฟ์
[tòt flâet drai]
ph. 拔出隨身碟

พิมพ์ข้อมูล
[pim kôr moon]
ph. 輸入資料

เข้าสู่เซิร์ฟเวอร์
[kâo sòo sêrf-wer]
ph. 進入伺服器

เชื่อมต่ออินเตอร์เน็ต
[chêuam dtòr in-dtêr-nét]
ph. 連上網路

พิมพ์
[pim]
v. 打字

ก๊อปปี้ข้อมูล
[góp-bpêe kôr moon]
ph. 拷貝資料

บันทึก [ban-téuk] /
เซฟ [sâyf]
ph. 儲存

ดาวน์โหลด [daao lòht]
v. 下載
อัปโหลด [àp-lòht]
v. 上傳

พริ้นท์
[prín]
ph. 列印

ส่งอีเมล [sòng ee meo]
ph. 寄電子信
รับอีเมล [ráp ee meo]
ph. 收電子信

เข้าสู่ระบบ [kâo sòo rá-bòp]
v. 登入
ออกจากระบบ
[òk jàak rá-bòp]
v. 登出

ใส่รหัสผ่าน
[sài rá-hàt pàan]
ph. 輸入密碼

ดาวน์โหลดซอฟต์แวร์
[daao lòht sôf-wae]
ph. 安裝軟體

คลิกซ้าย
[klík sáai]
ph. 點一下滑鼠左鍵

คลิกขวา
[klík kwǎa]
ph. 點一下滑鼠右鍵

เลื่อนขึ้น [lêuan kêun]
ph. 滾輪滑上
เลื่อนลง [lêuan long]
ph. 滾輪滑下

ดับเบิลคลิก
[dàp-bern klík]
ph. 雙擊

สแกนไวรัส
[sà-gaen wai-rát]
ph. 掃毒

ไรท์แผ่น
[rai pàen]
ph. 燒錄光碟

Tips 桌上型電腦、筆記型電腦怎麼說？

　　泰語的筆記型電腦是 โน๊ตบุ๊ค [nóht-búk]，但有時候泰國人會統稱筆電和桌機為 คอมพิวเตอร์ [kom-piw-dtê]（電腦），口語可以簡稱 คอม [kom]，如果想要清楚描述「桌上型電腦」可以說 คอมพิวเตอร์ตั้งโต๊ะ [kom-piw-dtêr dtâng dtó]。

04-01-10.MP3

❶ เครื่องหมายตกใจ [krêuang măi dtòk jai] n. 驚嘆號

❷ แอด [àet] n. 小老鼠

❸ สี่เหลี่ยม [sèe liam] n. 井號

❹ ดอลลาร์ [don-lâa] n. 美元符號

❺ เปอร์เซ็นต์ [bper-sen] n. 百分比符號

❻ Caret n. 脫字符號、插入符號

❼ แอนด์ [aen] n. and 符號

❽ ดอกจัน [dòk jan] n. 星號、乘號

❾ วงเล็บ [wong lép] n. 括號

❿ สัญประกาศ [săn yá-bprà-gàat] / **ขีดล่าง** [kèet lâang] / **ขีดเส้นใต้** [kèet sâyn dtâi] n. 底線

⓫ ยัติภังค์ [yát-dtì-pang] / **ขีดกลาง** [kèet glaang] n. 連字號、減號

⓬ บวก [bùak] n. 加號

⓭ เท่ากับ [tâo gàp] n. 等號

⓮ วงเล็บปีกกา [wong lép bpèek gaa] n. 大括號

⓯ วงเล็บเหลี่ยม [wong lép liam] n. 中括號

⓰ ไพป์ [pai] n. 垂直線

⓱ แบ็กสแลช [bàek-sà-làet] n. 反斜線

⓲ ทวิภาค [tá-wí pâak] n. 冒號

⓳ อัฒภาค [àt-tá-pâak] n. 分號

⓴ อัญประกาศ [an-yá-bprà-gàat] / **เครื่องหมายคำพูด** [krêuang măi kam pôot] n. 雙引號

㉑ อัญประกาศเดี่ยว [an-yá-bprà-gàat dìeow] / **ฝนทอง** [fŏn tong] n. 單引號

㉒ เครื่องหมายน้อยกว่า [krêuang măi nói gwàa] n. 小於符號

㉓ เครื่องหมายมากกว่า [krêuang măi mâak gwàa] n. 大於符號

㉔ ปรัศนี [bpràt-sà-nee] / **เครื่องหมายคำถาม** [krêuang măi kam tăam] n. 問號

㉕ เครื่องหมายทับ [krêuang măi táp] n. 斜線、除號

㉖ มหัพภาค [má-hàp-pâak] / **จุด** [jùt] n. 句號

㉗ จุลภาค [jun-lá-pâak] n. 逗號

㉘ จุดไข่ปลา [jùt kài bplaa] n. 省略號

Tips　生活小常識：電腦當機篇

電腦當機的狀況，大致上可以分成兩種：「有畫面」和「無畫面」兩種：「有畫面」的當機是指在電腦操作到一半時，螢幕上的畫面突然停格，呈現靜止狀態，動也動不了，這樣「（有畫面的）當機」，泰文可以說 **คอมค้าง** [kom káang]；另一種當機的狀態則是使用電腦時，螢幕的畫面突然呈現黑色、看不到任何東西，或是電腦自動關機，這樣「（無畫面的）當機」狀態，泰語稱為 **คอมดับ** [kom dàp]，如果是無法開機的情況可以說 **เปิดคอมไม่ติด** [bpèrt kom mâi dtìt]。

อยู่ ๆ คอมของจริง ๆ ก็ค้างตอนที่เธอกำลังพิมพ์รายงาน แล้วข้อมูลก็หายไปทั้งหมด [yòo yòo kom kŏng jing jing gôr káang dton-têe ter gam-lang pim raai ngaan · láew kôr moon gôr hăai bpai táng mòt]

當晶晶在打報告時，她的電腦突然當機了。於是所有的資料都沒有了。

04-01-11.MP3

Tips　生活小常識：公司篇

目前在泰國盛行的公司類別如下：

1. **บริษัทจำกัด** [bor-rí-sàt jam-gàt]（有限公司）：有至少3名成員以上，有限公司對外所負的經濟責任，以出資者所投入的資金為限。

2. **บริษัทมหาชนจำกัด** [bor-rí-sàt má-hăa chon jam-gàt]（上市公司）：指至少有15名成員以上的公開發行股票公司。

3. **ห้างหุ้นส่วนสามัญ** [hâang hûn sùan săa-man]（普通合夥企業）：指至少有2名成員以上，全體合夥人對合夥企業債務承擔無限連帶責任。

4. **ห้างหุ้นส่วนจำกัด** [hâang hûn sùan jam-gàt]（有限合夥企業）：指至少有2名成員以上，又分為「有限合夥人以其認繳的出資額為限對合夥企業債務承擔責任或不承擔債務責任」兩種。

5. **เจ้าของคนเดียว** [jâo kŏng kon dieow]（獨資企業）：由一名個人為負責，以他所擁有的財產為公司資本的公司型態。

　　在一個公司下面可以成立其他公司。若成立的是 **สาขาย่อย** [săa-kăa yôi]（分公司），原成立的公司即稱為 **สำนักงานใหญ่** [săm-nák ngaan yài]（總公司）；若成立的是 **บริษัทย่อย** [bor-rí-sàt yôi]（子公司），原成立的公司則稱為 **บริษัทใหญ่** [bor-rí-sàt yài]（母公司）。

ห้องประชุม 會議室
[hông bprà-chum]

04-02-01.MP3

這些應該怎麼說？

會議室的配置

1. **ห้องประชุม** [hông bprà-chum] n. 會議室
2. **จอโปรเจคเตอร์** [jor bproh jáyk dtèr] n. 投影布幕
3. **แผนภูมิ** [păen poom] n. 圖表
4. **ไวท์บอร์ด** [wai bòt] n. 白板
5. **อุปกรณ์วิดีโอคอนเฟอเรนซ์** [ù-bpà-gon wí-dee-oh kon fer-rayn] n. 視訊設備
6. **บริษัท** [bor-rí-sàt] n. 廠商
7. **ลูกค้า** [lôok káa] n. 客戶
8. **โน๊ตบุ๊ค** [nóht-búk] n. 筆記型電腦
9. **แท็บเล็ต** [táep lét] n. 平板電腦
10. **โต๊ะประชุม** [dtó bprà-chum] n. 會議桌
11. **เอกสาร** [àyk-gà-săan] n. 文件
12. **ผู้เข้าร่วม** [pôo kâo rûam] n. 出席者

01 開會

會議室裡，常見的會議種類有哪些？

การประชุมคณะกรรมการ
[gaan bprà-chum ká-ná gam-má-gaan]
n. 董事會議

ประชุมติดตามความคืบหน้าโครงการ
[bprà-chum dtit dtaam kwaam kèup nâa krohng gaan]
ph. 專案進度會議

การประชุมทางวิดีโอ
[gaan bprà-chum taang wi-dee-oh]
n. 視訊會議

การประชุมการขาย
[gaan bprà-chum gaan kăai]
n.（大型的）銷售會議

บรรยายสรุป
[ban-yaai sà-rùp]
v. 簡報

การประชุมผู้ถือหุ้น
[gaan bprà-chum pôo tĕu hûn]
n. 股東大會

ประชุมแผนก
[bprà-chum pà-nàek]
ph. 部門會議

ประชุมกลุ่มย่อย
[bprà-chum glùm yôi]
ph. 小組會議

การประชุมกับลูกค้า
[gaan bprà-chum gàp lôok káa]
n. 客戶會議

การประชุมทางโทรศัพท์
[gaan bprà-chum taang toh-rá-sàp]
n. 多方通話會議

สัมมนา
[săm-má-naa]
n. 專題研討會

งานแถลงข่าว
[ngaan tà-lăeng kàao]
n. 記者會

會議室

151

04-02-03.MP3

จดบันทึก
[jòt ban-téuk]
ph. 做筆記

เปิดไฟ [bpèrt fai]
ph. 開燈
ปิดไฟ [bpit fai]
ph. 關燈

สัปหงก
[sàp-bpà-ngòk]
v. 打瞌睡

ตำหนิ
[dtam-ni]
v. 責備

โต้แย้ง
[dtôh yáeng]
v. 爭論

เจรจา
[jayn-rá-jaa]
v. 溝通

เกลี้ยกล่อม [glîa-glòm] /
หว่านล้อม [wàan lóm]
v. 說服

สาธิต
[sǎa-tít]
v. 示範

คิด
[kít]
ph. 構思

นำเสนอ
[nam sà-něr]
ph. 提案

รายงาน
[raai ngaan]
v. 報告

ลงมติ
[long má-dtì]
v. 表決

เจรจาต่อรอง
[jayn-rá-jaa dtòr rong]
v. 協商

บันทึกการประชุม
[ban-téuk gaan bprà-chum]
ph.（做）會議記錄

ระดมความคิด
[rá-dom kwaam kit] /
ระดมสมอง
[rá-dom sà-mŏng]
v. 集體討論；腦力激盪

โต้กลับ
[dtôh glàp]
v. 反辯、反駁

ยกมือแสดงความคิดเห็น
[yók meu sà-daeng kwaam
kit hĕn]
ph. 舉手發言

สิ้นสุด
[sîn sùt]
ph.（會議）結束

會議室裡，常見的設備有哪些？

04-02-04.MP3

โปรเจคเตอร์
[bproh jáyk dtêr]
n. 投影機

เลเซอร์พอยเตอร์
[lay-sêr pói-dtêr]
n. 雷射簡報筆

ไมโครโฟน
[mai-kroh-fohn]
n. 麥克風

ลำโพง
[lam-pohng]
n. 喇叭

เครื่องบันทึกเสียง
[krêuang ban-téuk sĭang]
n. 錄音筆

เต้ารับ
[dtâo ráp]
n. 插座

02 接待客戶

04-02-05.MP3

รับที่สนามบิน
[ráp têe sà-nǎam bin]
ph. 接機

จัดหาที่พัก
[jàt hǎa têe pák]
ph. 安排住宿

แนะนำ
[náe nam]
v. 介紹

จับมือ
[jàp meu]
v. 握手

แลกนามบัตร
[lâek naam bàt]
ph. 交換名片

ชนศอก
[chon sòk]
ph. 擊肘

เลี้ยงอาหาร
[líiang aa-hǎan]
ph. 招待吃飯

นำเที่ยว
[nam tîieow]
ph. 招待觀光

พา...เดินชม
[paa…dern chom]
ph. 帶…參觀

เจรจาธุรกิจ
[jayn-rá-jaa tú-rá gìt]
ph. 談生意

เจรจาสัญญา
[jayn-rá-jaa sǎn-yaa]
ph. 討論合約

เซ็นสัญญา
[sen sǎn-yaa]
ph. 簽合約

招待客戶時常用的句子

1. **คุณได้จองไว้รึเปล่า?** [kun dâai jong wái réu bplào] 您有先約嗎？

2. **ยินดีที่ได้รู้จัก** [yin dee têe dâai róo jàk] 很高興認識您。

3. **ไม่ทราบว่าคุณชื่ออะไร?** [mâi sâap wâa kun chêu à-rai] 請問您叫什麼名字？

4. **ขออนุญาตแนะนำให้คุณรู้จัก นี่คุณจาง ผู้จัดการของบริษัทเราค่ะ**
   [kŏr à-nú-yâat náe nam hâi kun róo jàk · nêe kun jaang · pôo jàt gaan kŏng bor-rí-sàt rao kâ]
   請容我跟您介紹，這位是張先生，是我們公司的經理。

5. **กรุณาตามผมมาครับ** [gà-rú-naa dtaam pŏm maa kráp] 麻煩請跟著我往這邊走。

6. **ขอโทษที่ให้รอนาน** [kŏr tôht têe hâi ror naan] 不好意思，讓您久等了。

7. **เชิญนั่ง** [chern nâng] 請坐。

8. **คุณมีนามบัตรไหม?** [kun mee naam bàt măi] 您有名片嗎？

9. **นี่นามบัตรของผม** [nêe naam bàt kŏng pŏm] 這是我的名片

10. **คุณอยากดื่มอะไรไหม?** [kun yàak dèum à-rai măi] 您想喝點什麼嗎？

11. **เชิญดูสัญญาได้** [chern doo săn-yaa dâai] 這是合約，請過目。

12. **ไม่ทราบว่ามีปัญหาอะไรรึเปล่า?** [mâi sâap wâa mee bpan-hăa à-rai réu bplào]
    請問，有什麼問題嗎？

13. **ฉันคิดว่าไม่มีปัญหาค่ะ** [chăn kít wâa mâi mee bpan-hăa kâ] 我認為沒有什麼問題。

14. **คุณเข้าใจที่ผมพูดไหม** [kun kâo jai têe pŏm pôot măi] 您了解我的意思嗎？

15. **ถ้าไม่มีปัญหาอะไร เซ็นชื่อตรงนี้ได้เลยครับ** [tâa mâi mee bpan-hăa à-rai · sen chêu
    dtrong née dâai loie kráp] 如果沒有任何問題的話，請你在這簽名。

16. **ดีใจที่ได้ร่วมงานกับคุณ** [dee jai têe dâai rûam ngaan gàp kun] 和您合作很愉快。

17. **ขอบคุณที่สละเวลา** [kòp kun têe sà-là way-laa] 感謝您撥空參與。

18. **คุณเฉินกำลังประชุมอยู่ คุณต้องการฝากข้อความไว้ไหม** [kun chĕrn gam-lang bprà-
    chum yòo · kun dtông gaan fàak kôr kwaam wái măi]
    陳先生正在開會，您要留言給他嗎？

19. **งานแถลงข่าวเปิดตัวภาพยนตร์มีดาราชื่อดังมาร่วมงานเยอะมาก**
    [ngaan tà-lăeng kàao bpèrt dtua pâap-pá-yon mee daa-raa
    chêu dang maa rûam ngaan yúh mâak]
    電影記者會有很多大明星來參加。

ธนาคาร 銀行
[tá-naa-kaan]

04-03-01.MP3

這些應該怎麼說？

辦公室的配置

1. **เคาน์เตอร์** [kao-dtêr] n. 服務台

2. **เคาน์เตอร์ทำธุรกรรม** [kao-dtêr tam tú-rá gam] n. 交易櫃台

3. **จุดนั่งรอ** [jùt nâng ror] n. 等候區

4. **ป้ายดิจิตอล** [bpâai di-ji-dton] n. 數位看板

5. **ลูกค้า** [lôok káa] n. 客戶

6. **พนักงานธนาคาร** [pá-nák ngaan tá-naa-kaan] n. 銀行人員

7. **พนักงานรับฝาก-ถอนเงินในธนาคาร** [pá-nák ngaan ráp fàak · tǒn ngern nai tá-naa-kaan] n. 銀行出納員

8. **กล้องวงจรปิด** [glông wong-jon bpit] n. 監視器

⑨ แอร์ [ae] / เครื่องปรับอากาศ [krêuang bpràp aa-gàat] n. 中央空調

⑩ เครื่องตรวจจับควัน [krêuang dtrùat jàp kwan] n. 煙霧偵測器

⑪ ที่นั่งรอ [têe nâng ror] n. 等候座椅

⑫ เสากั้นทางเดิน [sǎo gân taang dern] n. 紅絨柱、排隊引導線

04-03-02.MP3

ตู้เซฟ [dtôo sàyf] /
ตู้นิรภัย
[dtôo ni-rá-pai]
n. 保險箱

กระดิ่งเตือนภัย
[grà-dìng dteuan pai]
n. 警鈴

ตู้เซฟ [dtôo sàyf] /
ตู้นิรภัย
[dtôo ni-rá-pai]
n. 保險櫃

สมุดบัญชี
[sà-mùt ban-chee]
n. 存摺

บัตร ATM
[bàt ATM]
n. 提款卡

เครื่องรูดบัตรเครดิต
[krêuang rôot bàt
kray-dìt]
n. 刷卡機

เครื่องตรวจธนบัตรปลอม
[krêuang dtrùat
tá-ná-bàt bplom]
n. 點鈔機

เครื่องกดบัตรคิว
[krêuang gòt bàt kiw]
n. 抽號碼機

เหรียญ
[rǐan]
n. 硬幣

銀行 ★★★ บทที่ 3

ธนบัตร [tá-ná-bàt] /
แบงค์ [báeng]
n. 紙鈔

เงินทอน
[ngern ton]
n. 找錢

รถขนเงิน
[rót kŏn ngern]
n. 運鈔車

在銀行會做什麼呢？

01 開戶、存／提款

04-03-03.MP3

＼你知道嗎？／
臨櫃有哪些服務作業？

● 開戶（เปิดบัญชี [bpèrt ban-chee]）

　　開立帳戶時，帳戶的總類分成：**บัญชีส่วนตัว** [ban-chee sùan dtua]（個人帳戶）和 **บัญชีร่วม** [ban-chee rûam]（聯名帳戶）；**บัญชีส่วนตัว** 是指單一個人的帳戶，所以稱之「個人帳戶」，而 **บัญชีร่วม** 是指兩位或兩位以上的客戶共同開立同一個帳戶，稱之「聯名帳戶」，它需要所有開戶者的證件才能開戶。相對的，提款時也需要所有開戶者的證明文件才能提款，減少盜領的風險。此外，無論是個人帳戶，還是聯名帳戶還可分成：活期帳戶與定存帳戶。**บัญชีออมทรัพย์** [ban-chee om sáp]（活期帳戶）的 **ดอกเบี้ย** [dòk bîa]（利率）較低，但便於隨時存、取款；**บัญชีฝากประจำ** [ban-chee fàak bprà-jam]（定存帳戶）利率比活期帳戶來得高，但是不可以隨時提款，等到到期才可以提出來。**บัญชีฝากประจำ** 會有 **ระยะเวลากำหนด** [rá-yá way-laa gam-nòt]（期限），期限不同時，利率也不一樣。

ฉันอยากเปิดบัญชีฝากประจำ อยากทราบว่าดอกเบี้ยต่อเดือนเท่าไหร่?
[chăn yàak bpèrt ban-chee fàak bprà-jam · yàak sâap wâa dòk bîa dtòr deuan tâo rài]
我想開定存帳戶。請問一個月的利率是多少？

開戶的時候要填寫開戶單。開戶單上面會有這些資料：

แบบฟอร์มเปิดบัญชี [bàep fom bpèrt ban-chee]
n. 開戶單

ฉันจะเปิดบัญชีค่ะ [chăn jà bpèrt ban-chee kâ]
我要開戶。

**เปิดบัญชีแบบไหนครับ? บัญชีออมทรัพย์หรือฝาก
ประจำครับ?** [bpèrt ban-chee bàep năi kráp · ban-chee
om sáp rĕu fàak bprà-jam kráp]
您想要開哪種類的帳戶呢？活期帳戶，還是定存帳戶呢？

泰語的 **แบบฟอร์มเปิดบัญชี** [bàep fom bpèrt ban-chee]（開戶單），該怎麼填寫呢？

1. **ชื่อสกุล** [chêu sà-gun] n. 姓名

2. **วันเดือนปีเกิด** [wan-deuan-bpee-gèrt]
n. 出生日期

3. **เพศ** [pâyt] n. 性別

　　ชาย [chaai] n. 男

　　หญิง [yĭng] n. 女

4. **สัญชาติ** [săn-châat] n. 國籍

5. **หมายเลขหนังสือเดินทาง** [măai lâyk
năng-sĕu dern taang] n. 護照號碼

6. **หมายเลขบัตรประจำตัวประชาชน**
[măai lâyk bàt bprà-jam dtua bprà-chaa
chon] n. 身分證號碼

7. **วันที่ออก** [wan têe òk] n. 發證日期

8. **ออกโดย** [òk doi] n. 發證地點

9. **สถานภาพสมรส** [sà-tăan pâap sŏm
rót] n. 婚姻狀況

　　– สมรส [sŏm rót] adj. 已婚

　　– โสด [sòht] adj. 未婚

　　– หย่า [yàa] adj. 離婚
　　หม้าย [mâai] adj. 喪偶

10. **ที่อยู่** [têe yòo] n. 居住地址

11. **ที่อยู่ที่ติดต่อได้** [têe yòo têe dtìt dtòr dâai]
n. 通訊地址

　　– รหัสไปรษณีย์ [rá-hàt bprai-sà-nee]
　　　n. 郵遞區號

12. **ที่อยู่ตามทะเบียนบ้าน** [têe yòo dtaam
tá-bian bâan] n. 戶籍地址

13. **โทรศัพท์บ้าน** [toh-rá-sàp bâan] n. 住家電話

14. **โทรศัพท์ที่ทำงาน** [toh-rà-sàp têe tam
ngaan] n. 公司電話

15. **โทรศัพท์มือถือ** [toh-rá-sàpmeu tĕu]
n. 手機號碼

16. **โทรสาร** [toh-rá-săan] n. 傳真號碼

17. **อีเมล์** [ee men] n. 電子郵件信箱

18. **วุฒิการศึกษา** [wút-tí gaan sèuk-săa]
n. 教育程度

　　– สูงกว่าปริญญาตรี [sŏong gwàa bpà-rin-
　　　yaa dtree] n. 大學以上

　　– ปริญญาตรี [bpà-rin-yaa dtree] n. 大學

　　– อุดมศึกษา [ù-dom sèuk-săa] n. 大專以上

　　– มัธยมศึกษาตอนปลาย [mát-tá-yom
　　　sèuk-săa dton-bplaai] n. 高中

– **มัธยมศึกษาตอนต้น** [mát-tá-yom sèuk-sǎa dton-dtôn] n. 國中

– **ประถมศึกษาหรือต่ำกว่า** [bprà-tǒm sèuk-sǎa rěu dtàm gwàa] n. 小學（含）以下

19. **ตำแหน่ง** [dtam-nàeng] n. 職位

20. **หน่วยงาน** [nùay ngaan] n. 服務機關

21. **อาชีพ** [aa-chêep] n. 職業

– **ข้าราชการ** [kâa râat-chá-gaan] n. 政府機關

– **ธุรกิจส่วนตัว** [tú-rá git sùan dtua] n. 生意

– **การผลิต** [gaan pà-lit] n. 製造、營造業

– **ไอที** [ai tee] n. 資訊業

– **การบริการ** [gaan bor-rí-gaan] n. 服務業

– **การเงินหรือประกัน** [gaan ngern rěu bprà-gan] n. 金融保險業

– **การศึกษา** [gaan sèuk-sǎa] n. 教育

– **การแพทย์** [gaan pâet] n. 醫療

– **ศิลปะ** [sǐn-lá-bpà] n. 藝術

– **ขนส่ง** [kǒn sòng] n. 運輸業

– **เกษตรกรรม** [gà-sàyt-dtrà-gam] n. 農業

– **พ่อบ้าน** [pôr bâan] n. 管家、家庭主夫

– **แม่บ้าน** [mâe bâan] n. 打掃阿姨、家庭主婦

– **อื่น ๆ** [èun èun] n. 其他

04-03-04.MP3

● 存款（ฝากเงิน [fàak ngern]）

如果想要存款，除了利用 **ตู้ ATM** [dtôo ATM]（自動存款機）（通常也是提款機）之外，也可至臨櫃辦理存款，但辦理前需先填寫一張「存款單」。

ใบฝากเงิน [bai fàak ngern] / **ใบนำฝาก** [bai nam fàak] n. 存款單

ผมจะฝากเงินครับ [pǒm jà fàak ngern kráp] 我想要存款。

กรุณาเขียนใบฝากเงินด้วยครับ [gà-rú-naa kǐan bai fàak ngern dûay kráp] 請您填寫存款單。

泰語的 **ใบฝากเงิน** [bai fàak ngern] / **ใบนำฝาก** [bai nam fàak]（存款單），該怎麼填寫呢？

1. **วันที่** [wan têe] n. 日期

2. **เลขที่บัญชี** [lâyk têe ban-chee] n. 帳號

3. **ชื่อบัญชี** [chêu ban-chee] n. 戶名

4. **จำนวนเงิน** [jam-nuan ngern] n. 金額

– **ตัวเลข** [dtua lâyk] n. 數字

– **ตัวอักษร** [dtua àk-sǒn ·chék] n. 文字

5. **เช็ค** [chék] n. 支票 　　　8. **วัตถุประสงค์** [wát-tù bprà-sŏng] n. 存款理由

6. **รวมทั้งหมด** [ruam táng mòt] n. 總計 　　9. **ลายมือชื่อ** [laai meu chêu] n. 簽名

7. **ชื่อผู้ฝาก** [chêu pôo fàak] n. 存款人

04-03-05.MP3

● 提款（ถอนเงิน）

如果想要提款，除了利用 **ตู้ ATM** [dtôo ATM]（自動提款機）外，也可至臨櫃辦理提款，但辦理前需先填寫一張「提款單」。

ใบถอนเงิน [bai tŏn ngern] n. 提款單

ผมจะถอนเงิน 2000 บาท ออกจากบัญชีครับ
[pŏm jà tŏn ngern · sŏng-pan · bàat · òk jàak ban-chee kráp] 我想要從我戶頭領2000泰銖。

กรุณาเขียนใบถอนเงินด้วยครับ
[gà-rú-naa kĭan bai tŏn ngern dûay kráp]
請您填寫提款單。

泰語的提款單 (**ใบถอนเงิน** [bai tŏn ngern])，該怎麼填寫呢？

1. **วันที่** [wan têe] n. 日期 　　　5. **รวมทั้งหมด** [ruam táng mòt] n. 總額

2. **เลขที่บัญชี** [lâyk têe ban-chee] n. 帳號 　　–**ตัวเลข** [dtua lâyk] n. 數字

3. **ชื่อบัญชี** [chêu ban-chee] n. 戶名 　　–**ตัวอักษร** [dtua àk-sŏn] n. 文字

4. **ลายมือชื่อ** [laai meu chêu] n. 簽名

04-03-06.MP3

● 填單轉帳（ใบโอนเงิน）

除了可以利用 **ตู้ ATM** [dtôo ATM] 轉帳之外，也可至臨櫃辦理轉帳，但辦理前需先填寫一些資料。在泰國想轉帳的話也可以用 **ใบฝากเงิน** [bai fàak ngern]（存單）。只要在單字上填上你想轉出的帳號及帳戶資料即可。另外，如果要匯款到國外去的話，就要填寫「匯款單」。

ใบโอนเงิน [bai ohn ngern] n. 匯款單

ฉันอยากโอนเงินไปแคนนาดา
[chăn yàak ohn ngern bpai kaen naa daa]
我想要匯款到加拿大。

กรุณาเขียนใบโอนเงินครับ
[gà-rú-naa kĭan bai ohn ngern kráp]
請您填寫匯款單。

泰語的 **ใบโอนเงิน** [bai ohn ngern]（匯款單），該怎麼填寫呢？

1. **จำนวนเงิน** [jam-nuan ngern] n. 金額

   –**ตัวเลข** [dtua lâyk] n. 數字

   –**ตัวอักษร** [dtua àk-sŏn] n. 文字

2. **ข้อมูลผู้โอน** [kôr moon pôo ohn]
   n. 申請人資料

   –**ชื่อผู้ขอโอน** [chêu pôo kŏr ohn]
   n. 匯款人姓名

   –**โทรศัพท์** [toh-rá-sàp] n. 電話

   –**ที่อยู่** [têe yòo] n. 地址

3. **ข้อมูลผู้รับโอน** [kôr moon pôo ráp ohn] n. 收款人資料

   –**เลขที่บัญชี** [lâyk têe ban-chee] n. 帳號

   –**ชื่อผู้รับโอน** [chêu pôo ráp ohn]
   n. 收款人姓名

4. **ธนาคารผู้รับโอน** [tá-naa-kaan pôo ráp ohn]
   n. 受款銀行

   –**รหัสธนาคาร** [rá-hàt tá-naa-kaan]
   n. 銀行代碼

   –**ชื่อธนาคาร** [chêu tá-naa-kaan] n. 銀行名稱

5. **ธนาคารตัวกลาง** [tá-naa-kaan dtua glaang]
   n. 中間銀行

Tips 生活小常識：換錢篇

　　去泰國時，比起去銀行換外幣，倒不如去 **①** **ร้านแลกเงิน** [ráan lâek ngern]（換匯店）換。為什麼會這樣呢？因為在泰國去銀行 **ขายเงินบาท** [kăai ngern bàat]（賣泰銖）的匯率跟換匯店雖然差不多，但是 **②** **ซื้อเงินบาท** [séu ngern bàat]（買泰銖）通常換匯店的匯率會比銀行好！在泰國買泰銖時，需要提供護照，有些銀行也會要求你提供文件證明，銀行審核後覺得合理的話才會賣給你。換匯店通常會設在百貨公司和捷運裡，據點非常多，要換外幣也很方便。

然而，在曼谷或觀光城市以外的地區就比較難找到換匯店，就只能去銀行換外幣。當然，這些換匯店也參差不齊，若想要避免換到假鈔，就要找大間、有名且商譽好的換匯店囉！

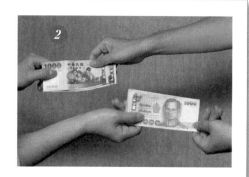

04-03-07.MP3

Tips　跟金錢有關的慣用語

● มีเงินเขานับว่าน้อง มีทองเขานับว่าพี่ [mee ngern kǎo náp wâa nóng · mee tong kǎo náp wâa pêe]：有錢時，別人稱你小弟或小妹；有金子時，別人稱你哥或姊。比喻當你很有錢時，很多人都會想要靠近你、跟你做朋友。近似中文的「有錢就是老大」。

มีเงินเขานับว่าน้อง มีทองเขานับว่าพี่ ถ้าคุณหมดตัวขึ้นมาจะเหลือสักกี่คนที่ยอมช่วยคุณ [mee ngern kǎo náp wâa nóng · mee tong kǎo náp wâa pêe · tâa kun mòt dtua kêun maajà lěua sák gèe kon têe yom chûay kun]

有錢人人靠近，等到你沒錢了還有誰會願意幫你。

● อัฐยายซื้อขนมยาย [àt yaai séukǎ-nǒm yaai]：拿婆婆的錢，再跟婆婆買東西。比喻拿著從別人得到的東西，再拿去跟那個人討到好處。（泰語中稱呼他人的用詞比較親切，這裡的「婆婆」指的是一般店家的老闆娘）

น้องขอเงินแม่ เพื่อไปซื้อของขวัญวันเกิดให้แม่ นี่มันอัฐยายซื้อขนมยายแท้ ๆ เลยนะ! [nóng kǒr ngern mâe · pêua bpai séu kǒng kwǎn wan gèrt hâi mâe · nêe man àt yaai séukǎ-nǒm yaai táe táe loie ná]

妹妹跟媽媽要錢，再拿去買禮物送給媽媽，這簡直是免費的功勞（媽媽根本就是被陰了！）

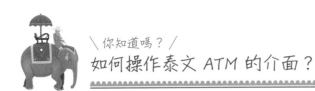

\ 你知道嗎？/

如何操作泰文 ATM 的介面？

04-03-08.MP3

● 關於泰語的 ATM 提款操作步驟：

步驟一： เลือกภาษา

[lêuak paa-săa]（選擇語言）

步驟二： ใส่รหัสของบัตร

[sài rá-hàt kŏng bàt]（請按密碼）

❶ เลือกภาษาที่ต้องการใช้งาน
[lêuak paa-săa têe dtông gaan chái ngaan]
請選擇使用語言

❷ กรุณาใส่รหัสของบัตร [gà-rú-naa sài rá-hàt kŏng bàt] 請輸入您的密碼。

❸ ยืนยันข้อมูล [yeun yan kôr moon] 請確認資料。

❹ ถูกต้อง [tòok dtông] 同意

❺ ยกเลิก [yók lêrk] 取消

步驟三： กรุณากดปุ่ม "ถอนเงิน" [tŏn ngern]（請按「提款」鍵）

❻ กรุณาเลือกรายการ [gà-rú-naa lêuak raai gaan] 請選擇服務。

❼ ถอนเงิน [tŏn ngern] 提款

❽ โอน [ohn] 轉帳

❾ สอบถามยอด [sòp tăam yôt] 餘額查詢

❿ เปลี่ยนรหัสบัตร [bplìan rá-hàt bàt] 密碼變更

⓫ ชำระเงิน [cham-rá ngern] 帳單付款

⓬ พิมพ์ใบเสร็จ [pim bai sèt] 列印明細表

⓭ บริการอื่น [bor-ri-gaan èun] 其他服務

164

步驟四：กรุณากดจำนวนเงินที่ต้องการ
[gà-rú-naa gòt jam-nuan ngern têe dtông gaan] （輸入提領金額）

⑭ กรุณาเลือกจำนวนเงินที่ต้องการถอน [gà-rú-naa lêuak jam-nuan ngern têe dtông gaan tǒn] 請選擇提款金額。

⑮ จำนวนเงินอื่น [jam-nuan ngern èun] 其他金額

⑯ ยกเลิก [yók lêrk] 取消

步驟五：แจ้งค่าธรรมเนียม [jâeng kâa tam-niam] （手續費通知）

⑰ มีค่าธรรมเนียมในการถอน ท่านต้องการทำรายการต่อหรือไม่
[mee kâa tam-niam nai gaan tǒn · tân dtông gaan tam raai gaan dtòr rěu mâi]
您的交易會有提款手續費。您是否繼續（提領）？

⑱ ใช่ [châi] 是

⑲ ไม่ [mâi] 否

⑳ กำลังดำเนินการ โปรดรอสักครู่ [gam-lang dam-nern gaan · bpròht ror sák króo]
交易進行中。請稍候。

步驟六：**รับเงินสด** [ráp ngern sòt]（收取現金）

㉑ กรุณารับเงินสด
[gà-rú-naa ráp ngern sòt]
請取出您的現金。

㉒ จำนวนเงินที่ถอน
[jam-nuan ngern têe tŏn]
您的提款金額

步驟七：**ทำรายการเรียบร้อยแล้ว** [tam raai gaan rîap rói láew]（交易完成）

㉕ ท่านต้องการใช้บริการอื่นต่ออีกหรือไม่? [tân dtông gaan chái bor-rí-gaan èun dtòr èek rěu mâi] 你是否想要進行其他服務？

㉔ กรุณาหยิบบัตร [gà-rú-naa yìp bàt] 請取出您的卡片。

㉕ ขอบคุณที่ใช้บริการ [kòp kun têe chái bor-rí-gaan] 感謝您使用本行。

㉖ ที่เสียบบัตร ATM [têe sìiap bàt ATM] n. 卡片插入口

㉗ ช่องออกเงิน [chông òk ngern] n. 出鈔口

㉘ ปุ่มกด [bpùm gòt] n. 按鍵

㉙ หน้าจอ [nâa jor] n. 螢幕

● ATM 常見的錯誤通知

1. **ขออภัย เครื่องนี้ไม่สามารถถอนเงินสดได้ชั่วคราว** [kŏr à-pai · krêuang née mâi sǎa-mâat tŏn ngern sòt dâai chûa kraao]
本機暫時無法提領現金。請您見諒。

2. **เครื่องปิดบริการชั่วคราว** [krêuang bpit bor-ri-gaan chûa kraao] 本機暫停服務。

3. **เครื่องนี้อยู่ระหว่างการบำรุงรักษา** [krêuang née yòo rá-wàang gaan bam-rung rák-sǎa] 此機正在維修中。

4. **เครื่องนี้ไม่มีแบงค์ร้อย ท่านต้องการทำรายการต่อหรือไม่?**
[krêuang née mâi mee báeng rói · tân dtông gaan tam raai gaan dtòr rěu mâi]
本機目前沒有百鈔。您是否要繼續進行交易？

5. **เครื่องนี้ไม่สามารถพิมพ์ใบเสร็จได้ ท่านต้องการทำรายการต่อหรือไม่?**
[krêuang née mâi sǎa-mâat pim bai sèt dâai · tân dtông gaan tam raai gaan dtòr rěu mâi]
本機暫時無法列印明細表。您是否要繼續進行交易？

Tips 生活小常識：銀行卡篇

銀行的卡片有兩種，分別是 **บัตรเดบิต** [bàt day-bit]（金融卡）以及 **บัตรเครดิต** [bàt kray-dit]（信用卡）。

บัตรเครดิต 是可以先刷後付款，但是信用卡都有信用額度，你不能用超過這個信用額度。通常 **บัตรเครดิต** 都可以在國外付款。

反之，**บัตรเดบิต** 的話只能支付卡片裡的金額，刷完了沒有了就是沒有了。**บัตรเดบิต** 又分成兩種：**บัตรเดบิตใช้ในต่างประเทศ** [bàt day-bit chái nai dtàang bprà-tâyt]（國外金融卡）和 **บัตรเดบิตใช้ในประเทศ** [bàt day-bit chái nai bprà-tâyt]（國內金融卡）。**บัตรเดบิตใช้ในประเทศ** 的話，你只能在國內 **ถอนเงิน** [tŏn ngern]（提款）或 **รูดบัตร** [rôot bàt]（刷卡），如果你想在國外買東西的話，就並許跟銀行申請 **บัตรเดบิตใช้ในต่างประเทศ**。

ฉันจะไปทำงานที่ไต้หวัน เธอรู้ไหมว่าบัตรเครดิตธนาคารไหนดีกว่า?
[chǎn jà bpai tam ngaan têe dtâi-wǎn · ter róo mǎi wâa bàt kray-dit tá-naa-kaan nǎi dee gwàa] 我準備去台灣出差。妳知道辦哪間銀行辦的信用卡比較好呢？

ไปรษณีย์ 郵局
[bprai-sà-nee]

04-04-01.MP3

這些應該怎麼說？

郵局的配置

① ไปรษณีย์ [bprai-sà-nee] n. 郵局

② จุดห่อพัสดุ [jùt hòr pát-sà-dù] n. 包裹封裝區

③ พัสดุ [pát-sà-dù] n. 包裹

④ โต๊ะสำหรับกรอกข้อมูล [dtó sǎm-ràp gròk kôr moon] n. 填寫資料桌

⑤ โปสเตอร์ [bpòht-dtêr] n. 海報

⑥ เคาน์เตอร์บริการ [kao-dtêr bor-rí-gaan] n. 服務窗口

⑦ ลูกค้า [lôok káa] n. 客戶

⑧ เจ้าหน้าที่ไปรษณีย์ [jào nâa têe bprai-sà-nee] n. 郵局人員

⑨ ที่นั่งรอ [têe nâng ror] n. 等候座位

⑩ รอ [ror] v. 等候

⑪ หน้าต่างกระจก [nâa dtàang grà-jòk] n. 玻璃窗

⑫ ต่อแถว [dtòr tǎew] ph. 排隊

包裹封裝區裡常見的東西有哪些？

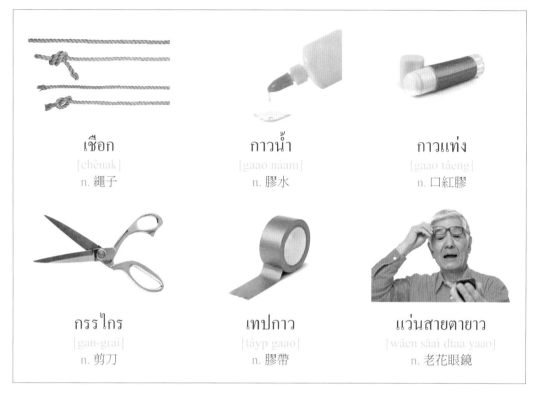

เชือก
[chêuak]
n. 繩子

กาวน้ำ
[gaao náam]
n. 膠水

กาวแท่ง
[gaao tâeng]
n. 口紅膠

กรรไกร
[gan-grai]
n. 剪刀

เทปกาว
[tâyp gaao]
n. 膠帶

แว่นสายตายาว
[wâen săai dtaa yaao]
n. 老花眼鏡

 在郵局會做什麼呢？

 # 01 郵寄／領取信件、包裹

郵局 ★★★ unที่ 4

รับพัสดุ
[ráp pát-sà-dù]
ph. 領包裹

ส่งพัสดุ
[sòng pát-sà-dù]
ph. 郵寄包裹

ห่อพัสดุ
[hòr pát-sà-dù]
ph. 打包包裹

ส่งจดหมายลงทะเบียน

[sòng jòt măai long tá-bian]

ph. 寄掛號郵件

รับจดหมายลงทะเบียน

[ráp jòt măai-long tá-bian]

ph. 領掛號郵件

จดหมายปิดผนึก

[jòt măai bpit pà-nèuk]

v. 密封信件

郵件的種類

　　泰國的郵件有分成 ไปรษณีย์ในประเทศ [bprai-sà-nee nai bprà-tâyt]（國內郵件）以及 ไปรษณีย์ระหว่างประเทศ [bprai-sà-nee rá-wàang bprà-tâyt]（國際郵件）。以上兩種又可再分為：ไปรษณีย์ธรรมดา [bprai-sà-nee tam-má-daa]（一般郵件）、ไปรษณีย์ลงทะเบียน [bprai-sà-nee long tá-bian]（掛號郵件）和 ไปรษณีย์ด่วนพิเศษ [bprai-sà-nee dùan pi-sàyt]（快遞郵件），又稱EMS（為 express mail service 的縮寫，是快速郵件服務的意思）的這三種寄送方式。

ส่งไปรษณีย์จากกรุงเทพไปกระบี่ต้องใช้เวลากี่วัน?

[sòng bprai-sà-nee jàak grung tâyp bpai grà-bèe dtông chái way-laa gèe wan]

從曼谷寄到喀比府的快遞郵件需要幾天的時間呢？

02 購買信封／明信片／郵票等商品

在郵局還可以看到哪些東西呢？

04-04-04.MP3

ซองจดหมาย

[song jòt măai]

n. 信封

โปสการ์ด

[bpòht-gàat]

n. 明信片

กล่อง

[glòng]

n. 紙箱

ตราชั่ง
[dtraa châng]
n. 磅秤

ตู้จดหมาย
[dtôo jòt mǎai]
n. 信箱

ตู้ไปรษณีย์
[dtôo bprai-sà-nee]
n. 郵筒

04-04-05.MP3

信封上面會看到什麼

1. **ข้อมูลผู้ส่ง** [kôr moon pôo sòng] n. 寄件者資訊
2. **ข้อมูลผู้รับ** [kôr moon pôo ráp] n. 收件者資訊
3. **แสตมป์** [sà-dtaem] n. 郵票
4. **ตราประทับไปรษณีย์**
   [dtraa bprà-táp bprai-sà-nee] n. 郵局印章
5. **รหัสไปรษณีย์** [rá-hàt bprai-sà-nee] n. 郵遞區號

在郵局常用的句子

1. **ส่งจดหมายไปเชียงใหม่ต้องติดแสตมป์กี่บาท?** [sòng jòt mǎai bpai chiang-mài dtông dtit sà-dtaem gèe bàat] 請問寄信去清邁要貼多少郵票？
2. **ส่งพัสดุทางอากาศไปไต้หวันต้องเสียค่าบริการเท่าไหร่?** [sòng pát-sà-dù taang aa-gàat bpai dtâi-wǎn dtông sǐa kâa bor-rí-gaan tâo rài] 寄航運包裹到台灣費用多少？
3. **ลงทะเบียนกับ EMS ต่างกันยังไง?** [long tá-bian gàp EMS dtàang gan yang ngai] 掛號和快遞的差別是什麼？
4. **คุณต้องการส่งไปรษณีย์ธรรมดาหรือลงทะเบียน?** [kun dtông gaan sòng bprai-sà-nee tam-má-daa rěu long tá-bian] 你想一般郵寄還是掛號的呢？
5. **คุณต้องการส่งไปรษณีย์ธรรมดาหรือ EMS?** [kun dtông gaan sòng bprai-sà-nee tam-má-daa rěu EMS] 你想一般郵寄還是快遞的呢？
6. **คุณต้องการทำประกันเพิ่มหรือไม่?** [kun dtông gaan tam bprà-gan pêrm rěu mâi] 您的包裹需要辦理加保嗎？

7. **ส่งจดหมายน้ำหนักไม่เกิน 20 กิโลกรัม ของคุณน้ำหนักเกินแล้ว** [sòng jòt mǎai náam nàk mâi gern · yêe-sìp · gì-loh gram · kǒng kun náam nàk gern láew]
郵件一件頂多20公斤，你的超重了。

8. **ข้างในมีของแตกหักง่ายรึเปล่า?** [kâang nai mee kǒng dtàek hàk ngâai réu bplào]
請問裡面有易碎的東西嗎？

9. **ข้างในมีของแตกหักง่าย ตอนห่อพัสดุระวังหน่อยครับ ขอบคุณครับ** [kâang nai mee kǒng dtàek hàk ngâai · dton hòr pát-sà-dù rá-wang nòi kráp · kòp kun kráp]
裡面有易碎的東西，麻煩妳包裝時小心處理。謝謝。

10. **ฉันต้องการรับจดหมายลงทะเบียน** [chǎn dtông gaan ráp jòt mǎai long tá-bian] 我想領掛號信。

11. **ขอบัตรประชาชนด้วยครับ** [kǒr bàt bprà-chaa chon dûay kráp] 請借我你的身分證。

12. **เซ็นชื่อตรงนี้** [sen chêu dtrong née] 請你在此簽名。

13. **ขอโทษครับ อันนี้ส่งไม่ได้ ต้องมีใบรับรองผลิตภัณฑ์ครับ** [kǒr tôht kráp · an née sòng mâi dâai · dtông mee bai ráp rong pà-lìt-dtà-pan kráp]
抱歉，這個東西不能寄。你要附有產品的證明書。

讀寫地址時一定要認得的泰國直轄市及各府名

（首都曼谷為唯一直轄市；各部行政單位依泰文字母順序排列）

泰國的行政區域大致上分為四個層級：府、縣、區、村。

層級最大的一級行政區為 **จังหวัด** [jang-wàt]（府），泰國總共有 76 個府與府級直轄市曼谷。二級行政區為 **อำเภอ** [am-per]（縣），三級行政區為 **ตำบล** [dtam-bon]（區），四級行政區為 **หมู่บ้าน** [mòo-bâan]（村）。曼谷為特別直轄市，區劃名稱也不同於其他府，可分為 **เขต** [kàyt] 和 **แขวง** [kwǎeng]。前者的行政級別等同於其他府的 **อำเภอ**（縣），後者則等同於 **ตำบล**（區）。現今泰國可分為 6 個主要地區：北部、東北部、東部、中部、西部與南部。

● **ภาคเหนือ** [pâak nĕua] 北部

04-04-06.MP3

วัดร่องขุ่น [wát rông-kùn] （白龍寺）－清萊府

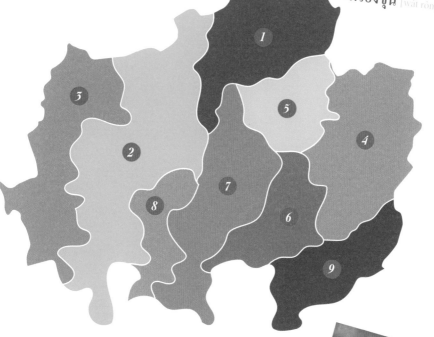

ดอยอินทนนท์ [doi-in-tá-non]（因他暖山）－清邁府

กว๊านพะเยา [gwáan pá-yao]（帕堯湖）－帕堯湖

❶ **จังหวัดเชียงราย** [jang-wàt chiang-raai] 清萊府

❷ **จังหวัดเชียงใหม่** [jang-wàt chiang-mài] 清邁府

❸ **จังหวัดแม่ฮ่องสอน** [jang-wàt mâe-hông-sŏn] 夜豐頌府

❹ **จังหวัดน่าน** [jang-wàt nâan] 難府

❺ **จังหวัดพะเยา** [jang-wàt pá-yao] 帕天府

❻ **จังหวัดแพร่** [jang-wàt prâe] 帕府

❼ **จังหวัดลำปาง** [jang-wàt lam-bpaang] 喃邦府

❽ **จังหวัดลำพูน** [jang-wàt lam-poon] 喃奔府

❾ **จังหวัดอุตรดิตถ์** [jang-wàt ùt-dtà-rá-dìt] 程逸府

173

● ภาคตะวันออกเฉียงเหนือ [pâak dtà-wan òk chīang nĕua]
（又稱為 **ภาคอีสาน** [pâak ee-săan]）東北部

มอหินขาว [mor hĭn kăao]
（巨石陣）－猜也蓬府

วัดรอยพระพุทธบาทภูมโนรมย์
[wát roi prá-pút-tá-bàat poo má-noh-rom]
（菩泰帕儂翁南佛塔）－穆達漢府

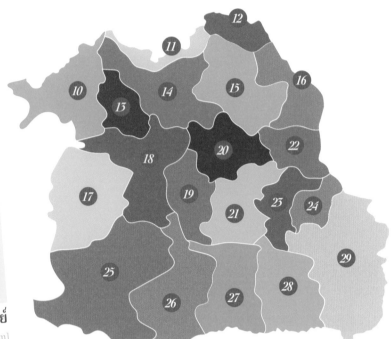

⑩ **จังหวัดเลย** [jang-wàt loie] 萊府

⑪ **จังหวัดหนองคาย** [jang-wàt nŏng kaai] 廊開府

⑫ **จังหวัดบึงกาฬ** [jang-wàt beung-gaan] 汶干府

⑬ **จังหวัดหนองบัวลำภู** [jang-wàt nŏng bua lam poo] 農磨蘭普府

⑭ **จังหวัดอุดรธานี** [jang-wàt ù-don taa-nee] 烏隆府

⑮ **จังหวัดสกลนคร** [jang-wàt sà-gon ná-kon] 沙功那空府、色軍府

⑯ **จังหวัดนครพนม** [jang-wàt ná-kon pá-nom] 那空帕農府

⑰ **จังหวัดชัยภูมิ** [jang-wàt chai-yá-poom] 猜也奔府

⑱ **จังหวัดขอนแก่น** [jang-wàt kŏn gàen] 孔敬府

⑲ **จังหวัดมหาสารคาม** [jang-wàt má-hăa-săa-rá-kaam] 嗎哈沙拉堪府

⑳ **จังหวัดกาฬสินธุ์** [jang-wàt gaa-lá-sĭn] 膠拉信府

㉑ **จังหวัดร้อยเอ็ด** [jang-wàt rói èt] 黎逸府

㉒ **จังหวัดมุกดาหาร** [jang-wàt múk-daa hăan] 莫拉限府

㉓ **จังหวัดยโสธร** [jang-wàt yá-sŏh-ton] 也梭吞府

㉔ **จังหวัดอำนาจเจริญ** [jang-wàt am-nâat jà-rern] 安納乍倫府

㉕ **จังหวัดนครราชสีมา** [jang-wàt ná-kon râat sĕe-maa] 那空叻是嗎府、呵叻府

㉖ **จังหวัดบุรีรัมย์** [jang-wàt bù-ree-ram] 武里喃府

㉗ **จังหวัดสุรินทร์** [jang-wàt sù-rin] 素輦府

㉘ **จังหวัดศรีสะเกษ** [jang-wàt sĕe-sà-gàyt] 四色菊府

㉙ **จังหวัดอุบลราชธานี** [jang-wàt ù-bon râat-chá-taa-nee] 烏汶府

04-04-08.MP3

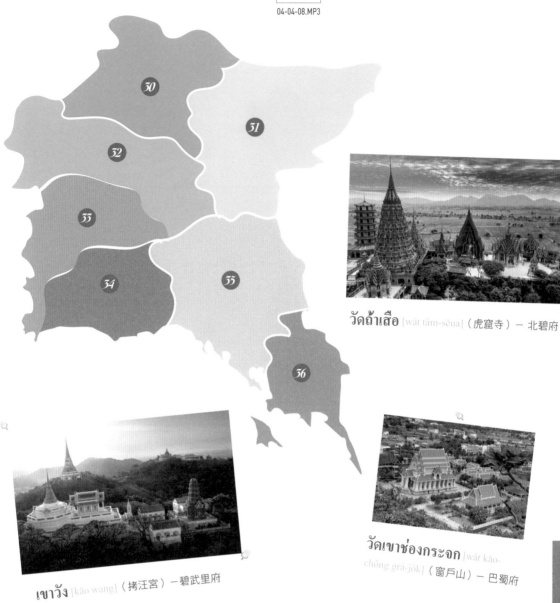

วัดถ้ำเสือ [wát tâm-sĕua] （虎窟寺）－ 北碧府

เขาวัง [kăo wang] （拷汪宮）－ 碧武里府

วัดเขาช่องกระจก [wát kăo-chông grà-jòk] （窗戶山）－ 巴蜀府

郵局 ★★★ [bprai-sa-nee]

50 **จังหวัดปราจีนบุรี** [jang-wàt bpraa-jeen-bù-ree] 巴真武里府

51 **จังหวัดสระแก้ว** [jang-wàt sà gâew] 沙繳府

52 **จังหวัดฉะเชิงเทรา** [jang-wàt chà-cherng-sao] 北柳府

53 **จังหวัดชลบุรี** [jang-wàt chon bù-ree] 春武里府

54 **จังหวัดระยอง** [jang-wàt rá-yong] 羅勇府

55 **จังหวัดจันทบุรี** [jang-wàt jan-tà-bù-ree] 尖竹汶府

56 **จังหวัดตราด** [jang-wàt dtràat] 桐艾府、噠叻府

● **ภาคกลาง** [pâak glaang] 中部（紅字為泰國首都）

04-04-09.MP3

วัดอรุณ [wát à-run]（鄭王廟）—曼谷

เมืองโบราณ [meuang boh-raan]（古城
七十六府）—沙沒巴干府

㊲ **จังหวัดสุโขทัย** [jang-wàt sù-kŏh-tai] 素可泰府

㊳ **จังหวัดพิษณุโลก** [jang-wàt pít-sà-nú-lôhk]
彭世洛府

㊴ **จังหวัดกำแพงเพชร** [jang-wàt gam-paeng pét]
甘烹碧府

㊵ **จังหวัดพิจิตร** [jang-wàt pí-jìt] 披集府

㊶ **จังหวัดเพชรบูรณ์** [jang-wàt pét-chá-boon]
碧差汶府

㊷ **จังหวัดนครสวรรค์** [jang-wàt ná-kon sà-wăn]
那空沙旺府

㊸ **จังหวัดอุทัยธานี** [jang-wàt ù-tai-taa-nee]
烏泰他尼府

㊹ **จังหวัดชัยนาท** [jang-wàt chai-nâat] 猜納府

㊺ **จังหวัดสุพรรณบุรี** [jang-wàt sù-pan
bù-ree] 素攀府

㊻ **จังหวัดสิงห์บุรี** [jang-wàt sĭng-bù-ree]
信武里府

㊼ **จังหวัดอ่างทอง** [jang-wàt àang tong]
紅統府

㊽ **จังหวัดลพบุรี** [jang-wàt lóp-bù-ree]
華富里府

㊾ **จังหวัดพระนครศรีอยุธยา** [jang-
wàt prá ná-kon sĕe à-yút-tá-yaa] 大城府

㊿ **จังหวัดสระบุรี** [jang-wàt sà bù-ree]
北標府

51 **จังหวัดนครปฐม** [jang-wàt nà-kon
bpà-tŏm] 佛統府

52 จังหวัดนนทบุรี [jang-wàt non-tá-bù-ree] 暖武里府

53 จังหวัดปทุมธานี [jang-wàt bpà-tum-taa-nee] 巴吞他尼府

54 จังหวัดนครนายก [jang-wàt ná-kon naa-yók] 那空那育府、坤西育府

55 จังหวัดสมุทรสงคราม [jang-wàt sà-mùt sŏng-kraam] 夜功府

56 จังหวัดสมุทรสาคร [jang-wàt sà-mùt săa-kon] 龍仔厝府

57 กรุงเทพมหานคร [grung tâyp má-hăa ná-kon] 曼谷市

58 จังหวัดสมุทรปราการ [jang-wàt sà-mùt bpraa-gaan] 北欖府

● ภาคตะวันตก [pâak dtà-wan dtòk] 西部

04-04-10.MP3

ละลุ [lá lúi] (拉魯) —沙繳府

แกรนด์แคนยอน ชลบุรี [graen-kaen-yon · chon bù-ree] (春武里大峽谷) —春武里府

59 จังหวัดตาก [jang-wàt dtàak] 來興府、噠府

60 จังหวัดกาญจนบุรี [jang-wàt gaan-jà-ná-bù-ree] 北碧府

61 จังหวัดราชบุรี [jang-wàt râat-chá-bù-ree] 叻丕府

62 จังหวัดเพชรบุรี [jang-wàt pét bù-ree] 佛丕府

63 จังหวัดประจวบคีรีขันธ์ [jang-wàt bpra-jùap kee-ree kăn] 巴蜀府

郵局 ★★★ unit 4

● ภาคใต้ [pâak dtâi] 南部

04-04-11.MP3

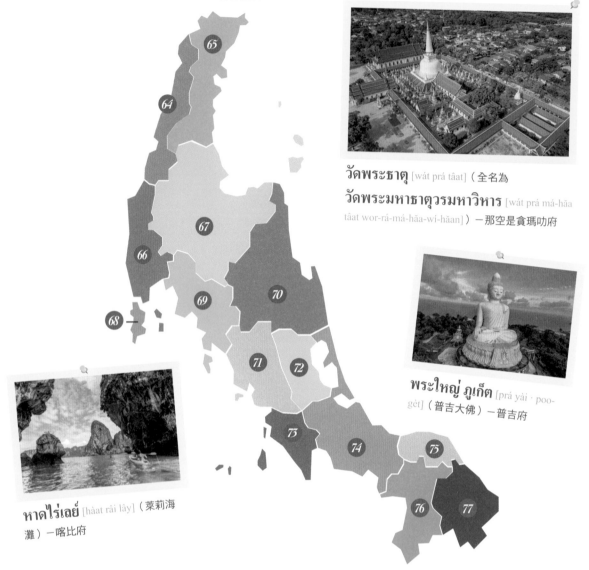

วัดพระธาตุ [wát prá tâat] （全名為
วัดพระมหาธาตุวรมหาวิหาร [wát prá má-hăa
tâat wor-rá-má-hăa-wí-hăan]）－那空是貪瑪叻府

พระใหญ่ ภูเก็ต [prá yài · poo-
gèt]（普吉大佛）－普吉府

หาดไร่เลย์ [hàat râi lǎy]（萊莉海
灘）－喀比府

⑥④ **จังหวัดระนอง** [jang-wàt rá-nong] 拉農府	⑦② **จังหวัดพัทลุง** [jang-wàt pát-tá-lung] 博他崙府、高頭府
⑥⑤ **จังหวัดชุมพร** [jang-wàt chum pon] 春蓬府	⑦③ **จังหวัดสตูล** [jang-wàt sà-dtoon] 沙敦府
⑥⑥ **จังหวัดพังงา** [jang-wàt pang ngaa] 攀牙府	⑦④ **จังหวัดสงขลา** [jang-wàt sŏng-klăa] 宋卡府
⑥⑦ **จังหวัดสุราษฎร์ธานี** [jang-wàt sù-râat taa-nee] 萬崙府、素叻他尼府	
⑥⑧ **จังหวัดภูเก็ต** [jang-wàt poo-gèt] 普吉府	⑦⑤ **จังหวัดปัตตานี** [jang-wàt bpàt-dtaa-nee] 北大年府
⑥⑨ **จังหวัดกระบี่** [jang-wàt grà-bèe] 甲米府	⑦⑥ **จังหวัดยะลา** [jang-wàt yá-laa] 惹拉府
⑦⓪ **จังหวัดนครศรีธรรมราช** [jang-wàt ná-kon-sĕe-tam-má-râat] 洛坤府、那空是貪瑪叻府	⑦⑦ **จังหวัดนราธิวาส** [jang-wàt ná-raa-tí-wâat] 陶公府、那拉特越府
⑦① **จังหวัดตรัง** [jang-wàt dtrang] 董里府	

หมวดที่ 5

ซื้อของ [séu kǒng] 購物

ร้านสะดวกซื้อ 便利商店
[ráan sà-dùak séu]

05-01-01.MP3

這些應該怎麼說？

便利商店的配置

① **เครื่องคิดเงิน** [krêuang kit ngern] n. 收銀機

② **ชั้นวางสินค้า** [chán waang sĭn káa] n. 產品架

③ **ผู้บริโภค** [pôo bor-rí-pôhk] n. 消費者

④ **ใบเสร็จ** [bai sèt] n. 發票

⑤ **พนักงาน** [pá-nák ngaan] n. 店員

⑥ **จอสัมผัส** [jor săm-pàt] n. 觸碰式螢幕

⑦ **ป้ายโฆษณา** [bpâai kôht-sà-naa] n. 廣告牌

⑧ **สินค้าลดราคา** [sĭn káa lót raa-kaa]
n. 優惠商品

⑨ **บุหรี่** [bù-rèe] n. 香菸

⑩ **ไฟแช็ค** [fai cháek] n. 打火機

⑪ **หมากฝรั่ง** [màak fà-ràng] n. 口香糖

⑫ **หลอด** [lòt] n. 吸管

⑬ **บะหมี่กึ่งสำเร็จรูป** [bà-mèe gèung
săm-rèt rôop] n. 泡麵

⑭ **แบตเตอรี่** [bàet-dter-rêe] n. 電池

在便利商店會做什麼呢？

01 商品架／貨架

貨架上的常見的商品有哪些？

05-01-02.MP3

● 零食架

คุกกี้
[kúk-gêe]
n. 餅乾

ป๊อกกี้
[bpók-gêe]
n. Pocky

มันฝรั่งทอด
[man fà-ràng tôt]
n. 洋芋片

ลูกกวาด [lôok gwàat] /
ลูกอม [lôok om]
n. 糖果

อมยิ้ม [om yim]
n. 棒棒糖

เยลลี่
[yayn-lêe]
n. 軟糖

หมากฝรั่ง
[màak fà-ràng]
n. 口香糖

ช็อกโกแลต
[chók-goh-láet]
n. 巧克力

นมอัดเม็ด
[nom àt mét]
n. 牛奶片

ผลไม้อบแห้ง
[pòn-lá-mái òp hâeng]
n. 水果乾

มะม่วงอบแห้ง
[má-mûang òp hâeng]
n. 芒果乾

ถั่วลิสง
[tùa-li-sŏng]
n. 花生

ปลาหมึกแห้ง
[bplaa mèuk hâeng]
n. 魷魚絲

ไส้กรอก
[sâi gròk]
n. 香腸

ไข่ต้มใบชา
[kài dtôm bai chaa]
n. 茶葉蛋

ขนมปัง
[kà-nŏm bpang]
n. 麵包

● 冷藏及冷棟櫃

น้ำแร่
[náam râe]
n. 礦泉水

น้ำโซดา
[náam soh-daa]
n. 蘇打水

น้ำอัดลม
[náam àt lom]
n. 汽水

เครื่องดื่มเกลือแร่
[krêuang dèum gleua râe]
n. 運動飲料

เครื่องดื่มชูกำลัง
[krêuang dèum choo gam-lang]
n. 能量飲料

ชา
[chaa]
n. 茶

นม
[nom]
n. 牛奶

น้ำผลไม้
[náam pŏn-lá-mái]
n. 果汁

ยาคูลท์
[yaa-koon]
n. 養樂多

นมถั่วเหลือง
[nom tùa lĕuang] /
น้ำเต้าหู้
[náam dtâo-hôo]
n. 豆漿

ชานม
[chaa nom]
n. 奶茶

กาแฟ
[gaa-fae]
n. 咖啡

เบียร์
[bia]
n. 啤酒

เหล้า [lâo] /
สุรา [sù-raa]
n. 酒

โยเกิร์ต
[yoh-gèrt]
n. 優格

ไอศกรีม [ai-sà-greem] /
ไอติม [ai-dtim]
n. 冰淇淋

ไอศกรีม [ai-sà-greem] /
ไอติม [ai-dtim]
n. 冰棒

ไอศกรีมซันเดย์
[ai-sà-greem san-day]
n. 聖代

พุดดิ้ง
[pút-dîng]
n. 布丁

น้ำแข็ง
[náam kǎeng]
n. 冰塊

05-01-04.MP3

Tips 跟飲水有關的慣用語（其他與水相關的慣用語請參考 59-60 頁）

● กินตามน้ำ [gin dtaam náam]：順著水吃。就像嘴巴張開不動，東西就自動流進口中一樣。比喻雖然沒有要求別人予利益，但別人主動給予時，就也順勢接受。（這句常用來講有權力的官員。）

บางคนมองว่าการกินตามน้ำเป็นเรื่องปกติ ไม่ได้ทุจริต ซึ่งจริง ๆ แล้วคือการติดสินบน ต่างคนต่างได้ผลประโยชน์ [baang kon mong wâa gaan gin dtaam náam bpen rêuang bpòk-gà-dti · mâi dâai tút-jà-rìt · sêung jing jing láew keu gaan dtìt sǐn bon · dtàang kon dtàang dâai pǒn bprà-yòht] 有些人認為收下別人主動給的利益是正常的事，並不算貪汙，但其實雙方都得到了好處。

● กินน้ำใต้ศอก [gin náam dtâi sòk]：在別人手肘底下喝水。比喻委屈自己的行為。近似中文的「委屈求全」。（這句常用來講心甘情願作人小三的人。）

ถ้าคุณไม่หย่าขาดกับภรรยา ฉันจะเลิกกับคุณ เพราะฉันจะไม่ทนกินน้ำใต้ศอกแบบนี้ตลอดไปแน่ ๆ [tâa kun mâi yàa kàat gàp pan-rá-yaa · chǎn jà lêrk gàp kun · prór chǎn jà mâi ton gin náam dtâi sòk bàep née dtà-lòt bpai nâe nâe]

如果你不跟你老婆離婚，我就要跟你分手，因為我不要這樣委屈求全一輩子。

● กินน้ำไม่เผื่อแล้ง [gin náam mâi pèua láeng]：喝完全部的水，沒有預留乾旱時飲用。比喻有多少東西就全部用完，沒有預料到之後會需要用到。

ถ้าเธอได้เงินเดือนมาก็ใช้จนหมด แบบกินน้ำไม่เผื่อแล้ง ถึงเวลาคับขันขึ้นมาเธอจะไม่มีเงินใช้

[tâa ter dâai ngern deuan maa gôr chái jon mòt · bàep gin náam mâi pèua láeng · tĕung way-laa káp kăn kêun maa ter jà mâi mee ngern chái] 如果妳一拿到薪水就把它花完，等到緊急需要錢時，你會沒有得用。

05-01-05.MP3

● 日常用品

ยาสีฟัน
[yaa sĕe fan]
n. 牙膏

แปรงสีฟัน
[bpraeng sĕe fan]
n. 牙刷

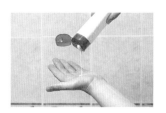

น้ำยาสระผม
[náam yaa sà pŏm] /
แชมพู [chaem poo]
n. 洗髮精

โฟมล้างหน้า
[fohm láang nâa]
n. 洗面乳

มีดโกนหนวด
[mêet gohn nùat]
n. 刮鬍刀

ผ้าอนามัย
[pâa à-naa-mai]
n. 衛生棉

กระดาษชำระ
[grà-dàat cham-rá] /
ทิชชู [tít-choo]
n. 衛生紙

พลาสเตอร์
[pláat-dtêr]
n. OK繃

ถุงยางอนามัย
[tŭng yaang à-naa-mai]
n. 保險套

02 結帳

結帳時，常做的事有哪些？

ซื้อกาแฟ
[séu gaa-fae]
ph. 買咖啡

อุ่นด้วยไมโครเวฟ
[ùn dûay mai-kroh-wàyf]
ph. 微波加熱

เติมเงิน
[dterm ngern]
ph. 加值

จ่ายบิล
[jàai bin]
ph. （水、電、瓦斯等的）
帳單繳費

รับพัสดุ [ráp pát-sà-dù]
ph. 取貨

ส่งพัสดุ [sòng pát-sà-dù]
ph. 寄貨

ชำระเงิน
[cham-rá ngern]
ph. 結帳

Tips 生活小常識：泰國的雜貨店

　　在泰國，除了比較偏遠的地區以外，都可以找得到便利商店。但通常市郊的居民喜歡在自己家的一樓開 **ร้านขายของชำ** [ráan kǎai kǒng cham]（雜貨店），也就是台灣早期的「柑仔店」，它能夠提供一般家庭的生活日常必須品，所以在這邊幾乎什麼都有賣。而泰國的雜貨店，通常會位於路邊或是巷子內。當然 **ร้านขายของชำ** 就是柑仔店的形態，所以自然就不會提供像便利商店那些如：宅急便、ATM 等新穎的服務。

　　在泰國的雜貨店裡，店內的佔地面積通常也比便利商店來得小多了。因為通常貨都擺在店面滿滿的，鮮少有移動的空間。一樣的概念下，這邊當然也不會提供發票，但泰國的發票不像台灣一樣可以兌獎，所以泰國人也鮮少會有留發票的習慣！雖然現在泰國，超市、便利商店開始逐漸流行，但是也仍一部分的泰國人仍習慣上 **ร้านขายของชำ** 去買東西。一來是因為習慣上比較方便、二來則是某些商品的價格有機會比超市便宜一些，比較划算。

บทที่ 2

ซุปเปอร์มาร์เก็ต 超級市場
[súp-bper-maa-gèt]

05-02-01.MP3

這些應該怎麼說？

超級市場的配置

① **พนักงานเก็บเงิน** [pá-nák ngaan gèp ngern] n. 收銀員

② **เครื่องคิดเงิน** [krêuang kít ngern] n. 收銀台

③ **เครื่องนับธนบัตร** [krêuang náp tá-ná-bàt] n. 數鈔機

④ **สินค้าลดราคา** [sĭn káa lót raa-kaa] n. 優惠商品

⑤ **ถุงพลาสติก** [tŭng pláat-sa-dtik] n. 購物袋

⑥ **สายพานลำเลียง** [săai paan lam-liang] n. 輸送帶

⑦ **ชั้นวางสินค้า** [chán waang sĭn káa] n. 商品架

⑧ **ประตูกั้นแบบผลัก** [bprà-dtoo gân bàep plàk] n. 入口矮推門

⑨ **สินค้า** [sĭn ká] 商品

⑩ **ป้ายราคา** [bpâai raa-kaa] 標價牌

超市裡常見的東西還有哪些？

05-02-02.MP3

รถเข็นสินค้า
[rót kĕn sĭn káa]
n. 購物車

ตะกร้า
[dtà-grâa]
n. 購物籃

บัตรสมาชิก
[bàt sà-maa-chík]
n. 會員卡

บาร์โค้ด
[baa kóht]
n. 條碼

เครื่องอ่านบาร์โค้ด
[krêuang àan baa kóht]
n. 條碼掃描器

คูปองส่วนลด
[koo-bpong sùan lót]
n. 折價券

ใบเสร็จ
[bai sèt]
n. 收據

在超市常見哪些用品區域呢？

01 蔬果區

05-02-03.MP3

1 **พริกไทยอ่อน** [prík-tai-òn] n. 青胡椒
2 **กุยช่าย** [gui-châai] n. 韭菜
3 **ต้นหอม** [dtôn hŏm] n. 蔥
4 **ขึ้นฉ่าย** [kêun chàai] n. 芹菜

⑤ **ข้าวโพด** [kâao-pôht] n. 玉米

⑥ **ผักชี** [pàk-chee] n. 香菜

⑦ **กะหล่ำปลี** [gà-làm bplee] n. 高麗菜

⑧ **พริกหยวก** [prík-yùak] n. 彩椒

⑨ **บีทรูท** [bèet-rôot] n. 甜菜根

⑩ **เห็ดหูหนู** [hèt hŏo nŏo] n. 木耳

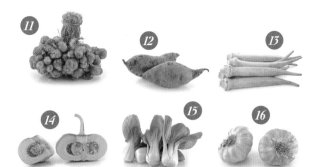

⑪ **หัวหอมแดง** [hŭa hŏm-daeng] n. 紅蔥

⑫ **มันเทศ** [man-tâyt] n. 地瓜

⑬ **กระเจี๊ยบเขียว** [grà-jíap-kĭeow] n. 秋葵

⑭ **ฟักทอง** [fák-tong] n. 南瓜

⑮ **ผักกวางตุ้งไต้หวัน** [pàk gwaang-dtûng dtâi-wăn] / **ผักกวางตุ้งฮ่องเต้** [pàk gwaang-dtûng hông-dtây] n. 青江菜

⑯ **กระเทียม** [grà-tiam] n. 蒜頭

⑰ **มะเขือเทศ** [má-kĕua tâyt] n. 番茄

⑱ **ถั่วงอก** [tùa ngôk] n. 豆芽

⑲ **ถั่วแขก** [tùa kàek] n. 四季豆

⑳ **มะเขือม่วง** [má-kĕua-mûang] n. 茄子

㉑ **แครอท** [kae-rôt] n. 紅蘿蔔

㉒ **มะระ** [má rá] n. 苦瓜

㉓ **มันฝรั่ง** [man fà-ràng] n. 馬鈴薯

㉔ **มะนาว** [má-naao] n. 檸檬

㉕ **หน่อไม้** [nòr mái] n. 竹筍

㉖ **ผักกาดหอม** [pàk gàat-hŏm] n. 萵苣

㉗ **ฟักเขียว** [fák-kĭeow] n. 冬瓜

㉘ **เผือก** [pèuak] n. 芋頭

㉙ ถั่วลันเตา [tùa-lan-dtao] n. 豌豆
㉚ แตงกวา [dtaeng-gwaa] n. 小黃瓜
㉛ สะระแหน่ [sà-rá-nàe] n. 薄荷
㉜ ฟักแม้ว [fák máew] n. 佛手瓜
㉝ หอมหัวใหญ่ [hŏm-hŭa-yài] n. 洋蔥
㉞ พริก [prík] n. 辣椒
㉟ ผักกาดขาว [pàk-gàat-kăao] n. 白菜
㊱ หัวไชเท้า [hŭa chai táo] n. 白蘿蔔
㊲ ดอกโสน [dòk sà-nŏh] n. 田菁花
㊳ ถั่วเขียว [tùa kĭeow] n. 綠豆

㊴ ถั่วพู [tùa-poo] n. 翼豆
㊵ ถั่วแดง [tùa-daeng] n. 紅豆
㊶ เฟนเนล [fayn-nayn] n. 茴香
㊷ ผักโขม [pàk kŏhm] n. 菠菜
㊸ ดอกขจร [dòk ká-jon] n. 夜香花
㊹ มะขาม [má-kăam] n. 羅望子
㊺ ผักแพว [pàk-paew] n. 越南香菜
㊻ ผักปลัง [pàk-bplăng] n. 皇宮菜
㊼ บวบ [bùap] n. 絲瓜

㊽ ถั่วแระญี่ปุ่น [tùa ráe yêe-bpùn] n. 毛豆莢
㊾ ผักคาวตอง [pàk-kaao dtong] n. 魚腥草
㊿ รากดอกบัว [râak dòk bua] n. 睡蓮莖
51 รากบัว [râak bua] n. 蓮藕
52 ถั่วดำ [tùa-dam] n. 黑豆
53 เห็ดชิเมจิ [het chí may-ji] n. 鴻喜菇
54 ผักบุ้ง [pàk-bûng] n. 空心菜
55 โหระพา [hŏh-rá-paa] n. 九層塔

超級市場

189

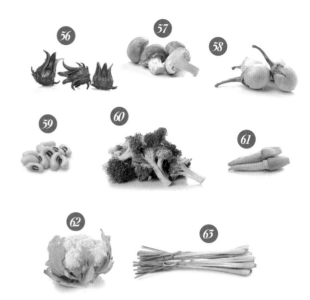

56 **กระเจี๊ยบ** [grà-jíap] n. 洛神花

57 **เห็ดหอม** [hèt-hŏm] n. 香菇

58 **มะเขือเปราะ** [má-kĕua-bpròr]
n. 泰國小茄子

59 **ถั่วขาว** [tùa-kăao] n. 白豆

60 **บรอกโคลี** [bà-ròk-koh-lee]
n. 綠色花椰菜

61 **ข้าวโพดฝักอ่อน** [kâao pôht fàk-òn]
n. 玉米筍

62 **กะหล่ำดอก** [gà-làm-dòk]
n. 白色花椰菜

63 **ตะไคร้** [dtà-krái] n. 香茅

64 **มันแกว** [man-gaew] n. 豆薯

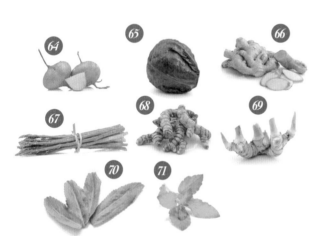

65 **กะหล่ำปลีสีม่วง** [gà-làm-bplee-sĕe-mûang] n. 紫高麗

66 **ขิง** [kĭng] n. 薑

67 **หน่อไม้ฝรั่ง** [nòr-mái-fà-ràng] n. 蘆筍

68 **ขมิ้น** [kà-mîn] n. 黃薑

69 **ข่า** [kàa] n. 南薑

70 **ผักชีฝรั่ง** [pàk chee fà-ràng] n. 刺芹

71 **ใบกะเพรา** [bai gà prao] n. 打拋葉

05-02-04.MP3

Tips 跟蔬菜有關的慣用語

● **ผักชีโรยหน้า** [pàk chee roi nâa]：撒香菜在上面。比喻做善事或是做好一件事，只為了給別人看，但事實上並沒有把事情做好。近似中文的「作秀」、「做表面工夫」。

● **หว่านพืชหวังผล** [wàan pêut wăng pŏn]：撒種子為了得到收穫。指對別人好，是為了能得到回報。近似中文的「拋磚引玉」、「放小魚釣大魚」。

Tips　跟稻米有關的慣用語

- ข้าวพึ่งนา ปลาพึ่งน้ำ [kâao pêung naa， bplaa pêung náam]：稻米依賴田，魚依賴水。比喻相互扶持、協助。相當於中文的「魚幫水，水幫魚」。

- ในน้ำมีปลาในนามีข้าว [nai náam mee bplaa nai naa mee kâao]：水裡有魚，田裡有稻米。形容生活非常豐富。近似中文的「豐衣足食」。

- ข้าวใหม่ปลามัน [kâao mài bplaa man]：新米的味道很香，口感也比較好。稻米剛成熟就會落在田裡，附近的魚就會來吃，因此魚就會變得很肥美、好吃。這句話被額外用來引申指剛在一起的情侶、新婚夫妻，不管做什麼都很甜蜜，很美好。又更常用於新婚夫妻。部分近似中文的「新婚燕爾」。

- ข้าวยากหมากแพง [kâao yâak màak paeng]：米、水果、檳榔（生活必須品）的價格昂貴，很難買到。比喻因物價高昂，生活艱難。近似中文的「食玉炊桂」。

超級市場 ★★★ บทที่ 2

● 水果類

1 **มะพร้าว** [má-práao] n. 椰子

2 **ส้มโอ** [sôm oh] n. 柚子

3 **แอปเปิ้ลเขียว** [àep-bpêrn-kĭeow] n. 青蘋果

4 **กล้วย** [glûay] n. 香蕉

5 **องุ่น** [à-ngún] n. 葡萄

6 **กีวี่** [gee-wêe] n. 奇異果

7 **แคนตาลูป** [kaen dtaa lôop] n. 哈密瓜

8 **ลำไย** [lam-yai] n. 龍眼

9 **มะเฟือง** [má-feuang] n. 楊桃

10 **สละ** [sà-là] n. 蛇皮果

11 **มะละกอ** [má-lá-gor] n. 木瓜

12 **ทับทิม** [táp-tim] n. 石榴

13 **สับปะรด** [sàp-bpà-rót] n. 鳳梨

14 **ลูกพลับ** [lôok-pláp] n. 柿子

15 **อะโวคาโด** [à woh kaa doh] n. 酪梨

16 **น้อยหน่า** [nói-nàa] n. 釋迦

17 **ปีแป๊** [bpee bpăe] n. 枇杷

18 **แตงโม** [dtaeng moh] n. 西瓜

19 **ชมพู่** [chom-pôo] n. 蓮霧

20 **แก้วมังกร** [gâew mang-gon] n. 火龍果

21 **มะม่วง** [má-mûang] n. 芒果

22 **เสาวรส** [săo-wá-rót] n. 百香果

23 **ลูกแพร์** [lôok pae] / **สาลี่** [săa-lêe] n. 梨子、水梨

24 **ส้มเช้ง** [sôm chéng] n. 柳丁

25 **เกรปฟรุต** [grayp-frút] n. 葡萄柚

26 **ส้ม** [sôm] n. 橘子

27 **แอปเปิ้ล** [àep-bpêrn] n. 蘋果

㉘ **บลูเบอร์รี่** [bloo-ber-rêe] n. 藍莓

㉙ **ลูกหม่อน** [lôok mòn] n. 桑椹

㉚ **เชอรี่** [cher-rêe] n. 櫻桃

㉛ **ลูกพีช** [lôok pêet] n. 桃子

㉜ **ราสเบอร์รี่** [râat ber rêe] n. 覆盆子

㉝ **สตรอว์เบอร์รี** [sà-dtror ber-ree]
n. 草莓

㉞ **ลูกไหน** [lôok năi] / **ลูกพลัม** [lôok
plam] / **ลูกพรุน** [lôok prun] n. 李子

05-02-07.MP3

· 泰國常見的水果還有哪些呢？

ทุเรียน	**มังคุด**	**เงาะ**	**ลองกอง**
[tú rian]	[mang-kút]	[ngór]	[long gong]
n. 榴蓮	n. 山竹	n. 紅毛丹	n. 龍宮果

ขนุน	**ลูกน้ำนม**	**ลูกตาล**	**มะกอก**
[kà-nŭn]	[lôok náam nom]	[lôok dtaan]	[má-gòk]
n. 菠蘿蜜	n. 牛奶果	n. 糖棕	n. 橄欖

ฝรั่ง	**มะยม**	**ลิ้นจี่**	**ละมุด**
[fà-ràng]	[má-yom]	[lín jèe]	[lá-mút]
n. 芭樂	n. 西印度醋栗	n. 荔枝	n. 仁心果

Tips 跟水果有關的慣用語

● ตาสับปะรด [dtaa sàp-bpà-rót]：鳳梨眼。指猶如鳳梨的外觀構造，好像有很多隻的眼睛一樣。比喻有很多眼睛幫忙監視。

● ปอกกล้วยเข้าปาก [bpòk glûay kâo bpàak]：剝開香蕉皮，然後塞入嘴裡。比喻非常簡單。相當於中文的「輕而易舉」。

● กล้วย ๆ [glûay glûay]：香蕉。指非常簡單的意思。相當於中文的「輕而易舉」。

เรื่องกล้วย ๆ แค่นี้เขาจัดการคนเดียวได้ เธอไม่ต้องเป็นห่วง [rêuang glûay glûay · kâe née kăo jàt gaan kon dieow dâai · ter mâi dtông bpen hùang]

這麼簡單的事情，他可以一個人解決，你不用擔心。

● แก่มะพร้าวห้าว [gàe má-práao-hâao]：老椰子。比喻年紀大，但身體還很健康的人。相當於中文的「老當益壯」。

● เอามะพร้าวห้าวมาขายสวน [ao má-práao-hâao maa kăai sŭan]：拿老椰子去賣給種椰子的園丁。比喻對某件事情不了解，卻想騙專業的人；或技藝不精湛，卻想在高手前面裝懂、賣弄。部分義意近似於「斑門弄斧」、「關公面前耍大刀」。

● มดแดงเฝ้ามะม่วง [mót daeng fâo má-mûang]：紅螞蟻守著芒果。指一個喜歡上鄰家女孩的男生，一直用各種手段妨礙想來接近她的人。

● มะนาวไม่มีน้ำ [má-naao mâi mee náam]：沒有水的檸檬。轉引為比喻說話很直，不拐彎抹角，且講話不用較尊敬的用語。部分近似中文的「一條腸子通到底」。

02 生鮮區

เนื้อวัว

[néua wua]

n. 牛肉

เนื้อหมู

[néua mŏo]

n. 豬肉

เนื้อเป็ด

[néua bpèt]

n. 鴨肉

เนื้อไก่

[néua gài]

n. 雞肉

เนื้อแกะ

[néua gàe]

n. 羊肉

เนื้อไก่งวง

[néua gài nguang]

n. 火雞肉

เนื้อกบ

[néua gòp]

n. 田雞肉

ซี่โครง

[sêe krohng]

n. 肋排

เนื้อหมูสันนอก

[néua mŏo săn nòk]

n. 豬里肌

หมูสามชั้น

[mŏo săam chán]

n. 五花肉

สเต็กวัว

[sà-dtèk wua]

n. 牛排

สเต็กหมู

[sà-dtèk mŏo]

n. 豬排

หัวไหล่หมู
[hŭa lài mŏo]
n. 梅花肉

ขาหมู
[kăa mŏo]
n. 豬腳

เครื่องในหมู
[krêuang nai mŏo]
n. 豬內臟

เบคอน
[bay-kon]
n. 培根

แฮม
[haem]
n. 火腿

ไส้กรอก
[sâi gròk]
n. 香腸

หมูยอ
[mŏo yor]
n. 越南火腿

ปีกไก่
[bpèek gài]
n. 雞翅

น่องไก่
[nông gài]
n. 雞腿

อกไก่
[òk gài]
n. 雞胸肉

ตูดไก่
[dtòot gài]
n. 雞屁股

หมูสับ
[mŏo sàp]
n. 絞肉

หมูหยอง
[mŏo-yŏng]
n. 豬肉鬆

เนื้อแดดเดียว
[néua dàet dieow]
n. 肉乾

ไข่ไก่
[kài gài]
n. 雞蛋

03 海鮮區

ปลาทู
[bplaa too]
n. 鯖魚

ปลาทูน่า
[bplaa too-nâa]
n. 鮪魚

ปลาแซลมอน
[bplaa saen-mon]
n. 鮭魚

ปลาช่อนทะเล
[bplaa chôn tá-lay]
n. 海鱷

ปลาเก๋า
[bplaa gǎo]
n. 石斑魚

ปลาทรายแดง
[bplaa saai-daeng]
n. 金線鰱

ปลากระเบน
[bplaa grà bayn]
n. 魟魚

แมงดาทะเล
[maeng-daa tá-lay]
n. 鱟、夫妻魚、馬蹄蟹

ปลาทูแขก
[bplaa too kàek]
n. 四破魚、藍圓鰺

ปลากะพง
[bplaa gà pong]
n. 尖吻鱸

ปลาบู่
[bplaa bòo]
n. 蝦虎魚

ปลานวลจันทร์ทะเล
[bplaa nuan jan tá-lay]
n. 虱目魚

ปลานิล
[bplaa nin]
n. 吳郭魚

ปลานิลแดง
[bplaa nin daeng]
n. 紅尼羅魚（紅吳郭魚）

ปลาสวาย
[bplaa sà-waai]
n. 巴沙魚

ปลาไน
[bplaa-nai]
n. 鯉魚

ปลาปักเป้า
[bplaa bpàk gà bpâo]
n. 河豚

ปลาช่อน
[bplaa chôn]
n. 泰國鱧、魚虎

ปลาดุก
[bplaa-dùk]
n. 鯰魚

ปลาดุกด้าน
[bplaa-dùk dâan]
n. 土虱

ปลาไหล
[bplaa lăi]
n. 鱔魚

กุ้งกุลาดำ
[gûng gù-laa-dam]
n. 草蝦

กุ้งขาว
[gûng-kăao]
n. 白蝦

กุ้งก้ามกราม
[gûng gâam graam]
n. 泰國蝦

กุ้งมังกร
[gûng mang-gon]
n. 龍蝦

กุ้ง
[gâng]
n. 蝦蛄

ปู
[bpoo]
n. 螃蟹

ปูทะเล
[bpoo tá-lay]
n. 青蟹

ปลาหมึกกล้วย
[bplaa mèuk glûay]
n. 魷魚

ปลาหมึกยักษ์
[bplaa mèuk yák]
n. 章魚

หอยเม่น [hŏi mâyn] /
เม่นทะเล [mâyn tá-lay]
n. 海膽

ปลิงทะเล
[bpling tá-lay]
n. 海參

หอยนางรม
[hŏi naang rom]
n. 蚵仔、牡蠣

หอยนางรมสด
[hŏi-naang-rom-sòt]
n. 生蠔

หอยกาบ
[hŏi gàap]
n. 蛤蜊

หอยเป๋าฮื้อ
[hŏi bpăo héu]
n. 鮑魚

หอยเชลล์
[hŏi chayn]
n. 扇貝

หอยแมลงภู่
[hŏi má-laeng pôo]
n. 孔雀蛤

หอยลาย
[hŏi laai]
n. 海瓜子

หอยหลอด
[hŏi lòt]
n. 竹蛤

หอยหวาน
[hŏi-wăan]
n. 風螺

หอยแครง
[hŏi kraeng]
n. 血蛤

Tips 跟海鮮有關的慣用語

● **จับปูใส่กระด้ง** [jàp bpoo sài grà dông]：抓螃蟹放在竹盤上。因為螃蟹會四處跑來跑去要跑出竹盤外，特別是一次放置多數時會放得手忙腳亂，故比喻為「難以掌握」、「不受控制」。

04 醬料品區

ซีอิ๊ว [see íw] n. 醬油	**น้ำปลา** [náam bplaa] n. 魚露	**ซอสพริก** [sót prík] n. 辣椒醬	**ซอสมะเขือเทศ** [sót má-kĕua tâyt] n. 番茄醬

น้ำจิ้มซีฟู้ด [náam jîm see-fóot] n. 泰式海鮮醬	**น้ำจิ้มบ๊วย** [náam jîm búay] n. 酸梅醬	**มัสตาร์ด** [mát-dtàat] n. 黃芥末醬	**มายองเนส** [maa-yong-nâyt] n. 美乃滋

ซอสหอยนางรม [sót hŏi naang rom] / **น้ำมันหอย** [náam man hŏi] n. 蠔油	**เต้าหู้ยี้** [dtâo-hôo yée] n. 豆腐乳	**น้ำจิ้มหมูสะเต๊ะ** [náam jîm mŏo sà-dté] n. 沙茶醬	**น้ำปลาร้า** [náam bplaa ráa] n. 醃魚醬

   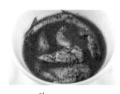

Tips 跟醬料有關的慣用語

- ได้แกงเทน้ำพริก [dâi gaeng tay náam prík]：得到了湯，就把辣椒醬倒掉。比喻得到了新的，就遺忘了舊的。相當於中文的「喜新厭舊」。

05 服務櫃檯

在服務櫃檯會做什麼？

超級市場 ★★★ Unit 2

สอบถาม
[sòp tǎam]
v. 諮詢

ห่อของขวัญ
[hòr kòng kwǎn]
ph. 包裝禮物

สมัครบัตรสมาชิก
[sà-màk bàt sà-maa-chík]
ph. 申請會員卡

ขอใบกำกับภาษี
[kòr bai gam-gàp paa-sěe]
ph. 申請完整的收據

ซื้อบัตรกำนัล
[séu bàt gam-nan]
ph. 買禮券

แลกคืนสินค้า
[lâek keun sǐn káa]
ph. 退換貨

รับของแถม
[ráp kǒng tǎem]
ph. 領贈品

ซ่อมเสื้อผ้า
[sôm sêua pâa]
ph. 修補衣服

บริการส่งของ
[bor-rí-gaan sòng kòng]
ph. 送貨服務

水上市場 ตลาดน้ำ [dtà-làat náam]：泰國是個水源充足的國家，因此自古以來，泰國以河水為交通要道，至今仍然留存許多水上市場。早期水上市場賣的東西和一般市場差不多，主要販售食物、水果、生活用品等等。現今為了吸引旅客的喜好，多數都改為賣食物為主。

菜市場 ตลาดสด [dtà-làat sòt]：指販賣肉類、魚類、蔬菜、水果等新鮮食材的市場，跟台灣的菜市場大同小異。

跳蚤市場、二手市場 ตลาดมือสอง [dtà-lãa-dà-meu-sõng]：是露天的市場。ตลาดมือสอง 裡不會賣蔬菜、肉類等食品，商品大部分是衣服、機器、工具、古董或賣二手的等貨品。有些 ตลาดมือสอง 會隨意將商品擺放在桌子或地板上，也有專門賣二手貨的市場。ตลาดวังหลัง 在曼谷是出名的

二手市場，商品的價格通常都非常便宜，只不過品質好壞就難以保證了。

在市場中常用到的句子

1. **อันนี้ขายยังไง?** [an née kăai yang ngai] 請問妳這個怎麼賣？

2. **เนื้อไก่กิโลกรัมละเท่าไหร่?** [néua gài gì-loh gram lá tâo rài] 雞肉一公斤多少錢？

3. **มีขาหมูไหมครับ?** [mee kăa mŏo măi kráp] 請問妳有賣豬腳嗎？

4. **ถูกหน่อยได้ไหม?** [tòok nòi dâai măi] 可以算便宜一點嗎？

5. **ซื้อเพิ่มมีส่วนลดไหม?** [séu pêrm mee sùan lót măi] 請問妳買多有打折嗎？

6. **ฉันขายราคาเท่ากับข้างนอก ไม่โก่งราคาหรอก คุณไว้ใจได้**

[chăn kăai raa-kaa tâo gàp kâang nôk · mâi gòhng raa-kaa ròk · kun wái jai dâai]

我賣的價格跟別人差不多，不會亂喊價。你放心啦！

7. **ฉันขอชิมได้ไหม?** [chăn kŏr chim dâai măi] 請問妳可以試吃嗎？

8. **ขอแลกเหรียญได้ไหม?** [kŏr lâek rĭan dâai măi] 我可以跟你換零錢嗎？

9. **คุณอยากซื้ออะไรไหม?** [kun yàak séu à-rai măi] 你還有想要買什麼嗎？

10. **คุณเอาถุงไหม?** [kun ao tŭng măi] 你需要袋子嗎？

11. **ขอโทษค่ะ คุณยังไม่ได้ทอนเงิน** [kŏr tôht kâ · kun yang mâi dâai ton ngern]

不好意思，妳還沒找我錢。

05-02-16.MP3

Tips　跟市場有關的慣用語

● **ตลาดหน้าคุก** [dtà-làat-nâa kúk]：在監獄前面的市場。比喻黑心市場或店家趁機把價錢提高賣給有需要的人。相當於中文的「坐地起價」。

ราคาอาหารบนเกาะนี่มัน "ตลาดหน้าคุก" ชัด ๆ มีแต่ร้านอาหารที่ขายในราคาแพงมาก[raa-kaa aa-hăan bon gòr nêe man · dtà-làat-nâa kúk · chát chát · mee dtàe ráan aa-hăan têe kăai nai raa-kaa-paeng mâak]

島嶼上賣的食物都很貴，賣的價錢像都坐地起價。

● **ตลาดมืด** [dtà-làat mêut]：黑市。比喻不合法的地下市場。

ตลาดมืดส่วนมากขายของผิดกฎหมาย

[dtà-làat mêut sùan mâak kăai kŏng pit gòt măai]

大部分的黑市都有賣違法物品。

● **ตลาดล่าง** [dtà-làat lâang]：低價市場。指低級階層，消費能力低的人們才會去的市場。相近於中文的「下流社會」。

บางคนมองว่าคำว่าตลาดล่างเป็นคำพูดเหยียดหยาม เพราะฉะนั้นถ้าจะเอาไปพูดกับใครต้องระวังให้ดี

[baang kon mong wâa kam wâa dtà-lâa-dà-lâang bpen kam pôot yìat yăam · prór chà-nán tâa jà ao bpai pôot gàp krai dtông rá-wang hâi dee]

有些人認為「下流社會」是歧視性的字眼，如果跟別人講這個字時要小心注意。

ห้างสรรพสินค้า 百貨公司
[hâang sàp pá sĭn káa]

05-03-01.MP3

這些應該怎麼說？

百貨公司的配置

① **พนักงานขาย** [pá-nák ngaan kăai] n. (專櫃) 店員

② **ลูกค้า** [lôok káa] n. 顧客

③ **แผนกเครื่องแต่งกายสตรี** [pà-nàek krêuang dtàeng gaai sàt-dtree] n. 女裝部

④ **แผนกเครื่องแต่งกายสุภาพบุรุษ** [pà-nàek krêuang dtàeng gaai sù-pâap bù-rùt] n. 男裝部

⑤ **แผนกเครื่องสำอาง** [pà-nàek krêuang săm-aang] n. 化妝品區

⑥ **แผนกเครื่องเพชรพลอย** [pà-nàek krêuang pét ploi] n. 珠寶區

⑦ **แผนกน้ำหอม** [pà-nàek náam hŏm] n. 香水區

⑧ **แผนกรองเท้า** [pà-nàek rong táo] n. 鞋類區

⑨ **แผนกเครื่องหนัง** [pà-nàek krêuang năng] n. 皮件部

⑩ **ตู้โชว์** [dtôo choh] n. 展示櫃

⑪ **หุ่นโชว์เสื้อผ้า** [hùn choh sêua pâa] n. 假人模特兒

— **ฆ่าเวลา** [kâa way-laa] ph. 殺時間

- **หลบฝน** |lòp fǒn| ph. 躲雨
- **ตากแอร์** |dtàak ae| ph. 吹冷氣
- **แพง** |paeng| adj. 貴
- **ถูก** |tòok| adj. 便宜

還有哪些常見的地方呢？

05-03-02.MP3

เคาน์เตอร์ประชาสัมพันธ์
[kao-dtêr bprà-chaa sǎm-pan]
n. 服務台

ศูนย์อาหาร
|sǒon aa-hǎan|
n. 美食街

บันไดเลื่อน
|ban-dai lêuan|
n. 手扶梯

ลิฟต์
|líf|
n. 電梯

ที่จอดรถชั้นใต้ดิน
[têe jòt rót chán dtâi din]
n. 地下停車場

เครื่องแต่งกายเด็ก
|krêuang dtàeng gaai dèk|
n. 童裝部

แผนกของเล่น
|pà-nàek kǒng lên|
n. 玩具部

เกมเซนเตอร์
|gaym say-dtêr|
n. 遊戲區

百貨公司 ★★★ unit 3

在百貨公司會做什麼呢？

01 參加折扣活動

　　對於消費者來說，既期待又令人興奮的事就是百貨公司的特價活動。那麼，一整年之間絕不可錯過的特價活動有哪些呢？在泰國的特價優惠常會在某一個節日舉行，例如國慶日、聖誕節、勞動節等等。此時一定要看懂一些泰文的常見標語才能在血拼時使出渾身解數！所以快來看看吧！「特價」類常看節的標語有 **ลดราคา** |lót raa-kaa|（特價）；**โปรโมชั่น** |bproh-moh-chân|（促銷）；**ลดล้างสต๊อก** |lót láang sà dtók|（清

倉）。有些店還會寫上極具吸引力的的標語，例如：**ลด แลก แจก แถม** [lót · lâek · jàek · tăem]（特價、兌換、免費、贈送），也就是同一個時間有很多促銷活動。此外，如果看到 **ลดกระหน่ำ** [lót grà-nàm]（大減價）的時候，也是可以過去挑挑看的。在泰國，一些商家會常在 **ลดราคาส่งท้ายปี** [lót raa-kaa sòng táai bpee]（年終）舉辦 **ลดล้างสต๊อก** [má-hà-gam lót láang sà dtók]（清倉大拍賣）

的相關促銷活動。此時，你會看到一些標語如 **ลดล้างสต๊อก** 或 **ลดเคลียร์สต๊อก** [lót klia sà dtók]，這些全都是「清倉大拍賣」的意思喔。

Tips | 細分泰語中兩種等同中文的「禮券」！

在報章雜誌或宣傳單上常會看到「截角的折價優惠券」，泰語就是 **คูปองส่วนลด** [koo-bpong sùan lót]（折價券）。字中的 **ส่วนลด** [sùan lót] 是「折扣」的意思，所以這張票券的功效就是在你購物時可以讓你可以折抵價錢。現在在網路購物你不用拿真正的票券，只要有折價碼

โค้ดส่วนลด [kóht sùan lót]，在購物網上輸入號碼就能打折。除了折扣之外，有些可以兌換 **ของแถม** [kŏng tăem]（贈品）的折價券則稱為 **คูปองแลกของแถม** [koo-bpong lâek kŏng tăem]。一般來說，多半的 **คูปองแลกของแถม** 上面都清楚地註明著「有效兌換期限」和「兌換規定」，所以必需在有效期限內，並且同時符合兌換規定才可以使用。

บัตรกำนัล [bàt gam-nan]（禮券），百貨公司裡頭推出的 **บัตรกำนัลแทนเงินสด** [bàt gam-nan taen ngern sòt]（消費禮券）的外觀形態就像鈔票一樣，每張禮券上都會清楚地標註著金額，如果消費者一次購買多張，百貨公司也會給予消費者相當的折扣，許多消費者不但會購買禮券，在週年慶活動開跑時使用，有時還會購買禮券當作禮物送人。

บัตรกำนัลนี้สามารถให้ผู้อื่นใช้แทนหรือมอบเป็นของขวัญได้
[bàt gam-nan née săa-mâat hâi pôo èun chái taen rĕu môp bpen kŏng kwăn dâai]
這個禮券可以讓別人使用或是當作禮物送人都可以。

หมวดที่ 6

อาหาร [aa-hǎan] 飲食

คาเฟ่
[kaa-fây]

咖啡廳

06-01-01.MP3

這些應該怎麼說？

咖啡廳的配置

❶ เคาน์เตอร์สั่งอาหาร [kao-dtêr sàng aa-hǎan] n. 點餐櫃台

❷ ป้ายเมนู [bpâai may-noo] n. 菜單看板

❸ ตู้แช่โชว์เค้ก [dtôo châe choh káyk] n. 冷藏展示櫃

❹ แก้วที่ระลึก [gâew têe rá-léuk] n. 紀念杯

❺ จุดคืนภาชนะ [jùt keun paa-chá-ná] n. 餐盤回收區

❻ น้ำผลไม้ [náam pǒn-lá-mái] n. 果汁

❼ เค้ก [káyk] n. 蛋糕

❽ กาแฟ [gaa-fae] n. 咖啡

❾ แซนด์วิช [saen-wit] n. 三明治

❿ อาหารว่าง [aa-hǎan wâang] n. 輕食

⓫ ขนมอบ [kà-nǒm òp] n. 烘焙食品

⓬ ผู้บริโภค [pôo bor-rí-pôhk] n. 消費者

⓭ ที่นั่ง [têe nâng] n. 座位

⓮ นิตยสาร [nít-dtà-yá-sǎan] n. 雜誌

⓯ ราคา [raa-kaa] n. 價格

01 挑選咖啡

咖啡的釀製方法和種類有哪些呢？

06-01-02.MP3

● 釀製方法

กาแฟสำเร็จรูป
[gaa-fae sǎm-rèt rôop]
n. 即溶咖啡

กาแฟดริปแบบซอง
สำเร็จรูป
[gaa-fae drip bàep song
sǎm-rèt rôop]
n. 掛耳式咖啡

กาแฟดริป
[gaa-fae drip]
n. 手沖咖啡

กาแฟดริปเย็น
[gaa-fae drip yen]
n. 冰滴咖啡

กาแฟสกัดเย็น
[gaa-fae sà-gàt yen]
n. 冰釀冷泡咖啡

กาแฟไซฟอน
[gaa-fae sai fon]
n. 虹吸式咖啡

● 種類

06-01-03.MP3

กาแฟดำ
[gaa-fae dam]
n. 黑咖啡

โอเลี้ยง
[oh liang]
n. 泰式古早冰黑咖啡

เอสเปรสโซ่
[àyt bpràyt sôh]
n. 義式濃縮咖啡

209

คาปูชิโน่
[kaa bpoo chí nôh]
n. 卡布奇諾

อเมริกาโน่
[à-may-rí-gaa nôh]
n. 美式咖啡

คาราเมลมัคคิอาโต้
[kaa-raa-mayn mák kí aa dtôh]
n. 焦糖瑪奇朵

ลาเต้
[laa-dtây]
n. 拿鐵

มอคค่า
[môk kâa]
n. 摩卡咖啡

แฟรบปูชิโน่
[fǎep bpoo chí nôh]
n. 星冰樂

● 飲用咖啡的添加品

นมสด
[nom sòt]
n. 鮮奶

นมข้น
[nom kôn]
n. 煉乳

น้ำตาล
[náam dtaan]
n. 糖

น้ำแข็ง
[náam kǎeng]
n. 冰塊

คาราเมล
[kaa-raa-meo]
n. 焦糖

น้ำเชื่อม [náam chêuam] /
ไซรัป [sai ráp]
n. 糖漿

ฟองนม	วิปครีม	ช็อกโกแลตชิป
[fong nom]	[wip kreem]	[chók-goh-láet chip]
n. 奶泡	n. 鮮奶油	n. 碎巧克力

\ 你知道嗎？/

กาแฟดำ [gaa-fae dam]（黑咖啡）和 **โอเลี้ยง** [oh liang]（泰式古早冰黑咖啡）都是黑咖啡，但口味是不一樣的喔！

กาแฟดำ 就是大家所知道的一般黑咖啡，而 โอเลี้ยง 來自於早期住在泰國的華人習慣喝的咖啡，其實就是潮州話裡的「烏涼」，โอ 就是「烏」，而 เลี้ยง 則是「涼」。咖啡豆裡要加上糖漿和穀物（例如：玉米、芝麻、大米、黃豆等）一起烘培，煮出來的咖啡就會帶有香氣和甜味。如果是泰式古早熱黑咖啡則是 โอยัวะ [oh yúa]（烏熱）。

02 挑選麵包、挑選蛋糕

常見的輕食有哪些呢？

06-01-05.MP3

喝咖啡一定要來點輕食小點心了；泰語的 **อาหารว่าง** [aa-hǎan wàang] 是「輕食」的意思；那麼，咖啡廳最常見的 อาหารว่าง 有哪些呢？

● 鹹食

ไข่ดาว	ไข่เจียว	ไข่คน
[kài daao]	[kài jieow]	[kài kon]
n. 荷包蛋	n. 煎蛋	n. 炒蛋

แซนด์วิช
[saen-wít]
n. 三明治

เบเกิล
[bay-gêrn]
n. 貝果

เบอร์ริโต้
[ber rí-dtôh]
n. 墨西哥薄餅

แฮมเบอร์เกอร์
[haem ber-gêr]
n. 漢堡

พาสต้า
[pâat-dtâa]
n. 義大利麵

ไส้กรอก
[sâi gròk]
n. 香腸

เฟรนช์ฟรายส์
[frayn-fraai]
n. 薯條

เปาะเปี๊ยะทอด
[bpòr bpía tôt]
n. 炸春捲

ชีสสติ๊ก
[chêet sà-dtík]
n. 起司棒

● 甜點

06-01-06.MP3

มัฟฟิน
[máf-fin]
n. 馬芬

คัพเค้ก
[káp káyk]
n. 杯子蛋糕

ชีสเค้ก
[chêet káyk]
n. 起司蛋糕

ทีรามิสุ
[tee-raa mi sù]
n. 提拉米蘇

บราวนี่
[braao nêe]
n. 布朗尼

โดนัท
[doh-nát]
n. 甜甜圈

เครป
[kráyp]
n. 可麗餅

วาฟเฟิล
[wáaf fêrn]
n. 鬆餅

แพนเค้ก
[paen káyk]
n. 薄烤餅

พาย
[paai]
n. 派

ครัวซองต์
[krua song]
n. 可頌

สลัดผลไม้
[sà-làt pŏn-lá-mái]
n. 水果沙拉

โยเกิร์ต
[yoh-gèrt]
n. 優格

พุดดิ้ง
[pút-ding]
n. 布丁

ไอศกรีม
[ai-sà-greem] /
ไอติม
[ai-dtim]
n. 冰淇淋

213

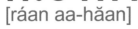

บทที่ 2

ร้านอาหาร 餐廳
[ráan aa-hăan]

06-02-01.MP3

這些應該怎麼說？

餐廳的擺設

1. **ร้านอาหารสไตล์ตะวันตก** [ráan aa-hăan sà-dtai dtà-wan dtòk] n. 西式餐廳
2. **ที่นั่ง** [têe nâng] n. 座位
3. **เก้าอี้** [gâo-êe] n. 椅子
4. **โซฟา** [soh-faa] n. 沙發
5. **โต๊ะ** [dtó] n. 桌子
6. **ส้อม** [sôm] n. 叉子
7. **มีด** [mêet] n. 刀子
8. **ช้อน** [chón] n. 湯匙
9. **แก้ว** [gâew] n. 杯子
10. **จาน** [jaan] n. 盤子
11. **ผ้าเช็ดปาก** [pâa chét bpàak] n. 餐巾

⑫ **ขวดพริกไทย** [kùat prík-tai] n. 胡椒罐

⑬ **ขวดเกลือ** [kùat gleua] n. 鹽罐

⑭ **ตู้แช่ไวน์** [dtôo châe wai] n. 紅酒櫃

⑮ **บาร์** [baa] n. 吧台

⑯ **ภาพติดผนัง** [pâap dtìt pà-năng] n. 壁畫

⑰ **พรม** [prom] n. 地毯

⑱ **ผ้าม่าน** [pâa mâan] n. 窗簾

⑲ **ผ้าปูโต๊ะ** [pâa bpoo dtó] n. 桌布

⑳ **แก้วน้ำ** [gâew náam] n. 水杯

㉑ **แก้วไวน์** [gâew wai] n. 紅酒杯

㉒ **เมนู** [may-noo] n. 菜單

㉓ **เครื่องบดกาแฟ** [krêuang bòt gaa-fae] n. 咖啡研磨器

㉔ **ร้านอาหารจีน** [ráan aa-hăan jeen] n. 中式餐廳

㉕ **ติ่มซำ** [dtìm-sam] n. 港式（點心）飲茶

㉖ **ร้านติ่มซำ** [ráan dtìm-sam] n. 港式飲茶茶樓

㉗ **ห้องครัว** [hông krua] n. 廚房

㉘ **กาน้ำชา** [gaa náam chaa] n. 茶壺

㉙ **ลูกค้า** [lôok káa] n. 客人

㉚ **ตะเกียบ** [dtà-gìap] n. 筷子

㉛ **เข่งไม้ไผ่** [kàyng mái pài] n. 竹籠

㉜ **รถเข็นติ่มซำ** [rót kĕn dtìm-sam] n. 港式飲茶推車

㉝ **ผ้าเช็ดโต๊ะ** [pâa chét dtó] n. 抹布

㉞ **พนักงานบริการ** [pá-nák ngaan bor-rí-gaan] n. （男女）服務生

餐廳 ★★★ บทที่ 2

01 點餐

06-02-02.MP3

想在泰國點對餐大快朵頤，必須要認得這些字

在國外點餐時，必需要先看得懂 เมนู [may-noo]（菜單），才不會點到自己不想要吃的東西。而在菜單裡，最常見的內容大致可以分成四大類：อาหารเรียกน้ำย่อย [aa-hăan rîak náam yôi]、**อาหารจานหลัก** [aa-hăan jaan làk]、**ของว่างหลังอาหาร** [kŏng wâang lăng aa-hăan]、**เครื่องดื่ม** [krêuang dèum]。

① อาหารเรียกน้ำย่อย 就是「開胃菜」或「前菜」。常見的泰國開胃菜有哪些呢？

เมนูยำ	สลัด	น้ำแกง	เปาะเปี๊ยะทอด
[may-noo yam]	[sà-làt]	[náam gaeng] /	[bpòr bpía tôt]
n. 涼拌	n. 沙拉	ซุป [súp]	n. 炸春捲
		n. 羹、湯	

② อาหารจานหลัก 則是「主菜」。各家餐廳的主菜皆不同，所以基本上必需先看得懂「主菜」上的關鍵字：

06-02-03.MP3

● 肉類

ปลา	เนื้อวัว	เนื้อหมู
[bplaa]	[néua wua]	[néua mŏo]
n. 魚	n. 牛肉	n. 豬肉

เนื้อไก่

[néua gài]

n. 雞肉

เนื้อแกะ

[néua gàe]

n. 羊肉

เนื้อเป็ด

[néua bpèt]

n. 鴨肉

อาหารทะเล

[aa hāan tá-lay]

n. 海鮮

เนื้อย่าง

[néua yâang]

n. 烤肉

เครื่องใน

[krêuang nai]

n. 內臟

06-02-04.MP3

● 麵、飯類

บะหมี่

[bà-mèe]

n. 麵

ก๋วยเตี๋ยว

[gŭay-dtĭeow]

n. 粿條

ข้าวเหนียว

[kâao nĭeow]

n. 糯米飯

ข้าวผัด

[kâao pàt]

n. 炒飯

06-02-05.MP3

❺ ของว่างหลังอาหาร 則是「餐後點心」，常見的餐後點心有哪些呢？

ซ่าหริ่ม

[sâa-rìm]

n. 粉條椰奶

ผลไม้

[pŏn-lá-mái]

n. 水果

วุ้น

[wún]

n. 果凍

ไอศกรีม

[ai-sà-greem] /

ไอติม

[ai-dtim]

n. 冰淇淋

④ เครื่องดื่ม 則是「飲料」大致上可分 เครื่องดื่มไร้แอลกอฮอล์ [krêuang dèum rái aen-gor-hor]（非酒精飲料）和 เครื่องดื่มแอลกอฮอล์ [krêuang dèum aen-gor-hor]（酒精飲料）兩種。

06-02-06.MP3

● 非酒精飲料

กาแฟ	ชา	น้ำผลไม้	น้ำอัดลม
[gaa-fae]	[chaa]	[náam pŏn-lá-mái]	[náam àt lom]
n. 咖啡	n. 茶	n. 果汁	n. 汽水

06-02-07.MP3

● 酒精飲料

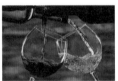

เบียร์	ไวน์	แชมเปญ	ค็อกเทล
[bia]	[wai]	[chaem-bpayn]	[kók-tayn]
n. 啤酒	n. 紅酒	n. 香檳	n. 雞尾酒

貼心小提醒　茹素者可用 มังสวิรัติ [mang-sà-wí-rát] 一詞表達素食需求。

อาหารจานนี้มีเนื้อฉันกินไม่ได้ เพราะฉันกินมังสวิรัติ
[aa-hăan jaan née mee néua chăn gin mâi dâai · prór chăn gin mang-sà-wí-rát]
因為我是吃素的，所以這道菜裡有肉我不能吃。

06-02-08.MP3

Tips　與用餐有關的慣用語

● เช้าชามเย็นชาม [cháo chaam yen chaam]：早上吃一餐，晚上吃一餐。通常用來比喻公務員，上司說什麼就做什麼，每天一成不變只會做死的工作。

牛排的「幾分熟」，泰語應該怎麼說呢？

依個人的喜好不同，牛排的熟度也可以不同，但是要如何用泰語表達牛排的「幾分熟」呢？牛排生、熟程度主要是由「級數」來區分，可區分成：

❶ Rare adj. 「一分熟」	Rare 的表層是完全煎熟，但裡面還是生的，會滲出血水。	
	依牛排內層肉的溫度界定 52～55 度 C	依煎烤時間界定 每面約 1 分鐘
❷ Meduim rare adj. 「三分熟」	Meduim rare 的表層呈褐色、外層呈灰色、內層呈血紅色。	
	依牛排內層肉的溫度界定 55～60 度 C	依煎烤時間界定 每面約 1 分半～ 2 分鐘
❸ Meduim adj. 「五分熟」	medium 的表層呈褐色、中間層呈灰色、最內層呈粉紅色。	
	依牛排內層肉的溫度界定 60～65 度 C	依煎烤時間界定 每面約 2 分半～ 3 分鐘
❹ Meduim well adj. 「七分熟」	Meduim well 的表層呈暗褐色、中間層呈灰色、最內層呈微微、淡淡的粉紅色。	
	依牛排內層肉的溫度界定 65～69 度 C	依煎烤時間界定 每面約 3 分半～ 4 分鐘
❺ Well done adj. 「全熟」	well done 的表層呈暗褐色、內層呈灰色。	
	依牛排內層肉的溫度界定 71～100 度 C	依煎烤時間界定 每面約 4 分半～ 5 分鐘

貼心小提醒 煎牛排時，要注意火候，小心別把牛排外層一下子就煎到偏黑，這樣牛排就 ไหม้ [mâi] （燒焦）囉！

02 用餐

06-02-09.MP3

用餐時會用到的餐具有哪些呢？

① **ส้อม** [sôm] n. 叉子

② **มีด** [mêet] n. 刀子

③ **แก้ว** [gâew] n. 杯子

④ **กาน้ำชา** [gaa náam chaa] n. 茶壺

⑤ **แก้วไวน์** [gâew wai] n. 紅酒杯

⑥ **จาน** [jaan] n. 盤子

⑦ **จานแบนใบใหญ่** [jaan baen bai yài] n. 大淺盤

⑧ **ผ้าปูโต๊ะ** [pâa bpoo dtó] n. 桌布

⑨ **ถ้วย** [tûay] n. 碗

⑩ **ช้อน** [chón] n. 湯匙

⑪ **ตะเกียบ** [dtà-gìap] n. 筷子

⑫ **ที่วางตะเกียบ** [têe waang dtà-gìap] n. 筷架

⑬ **ถ้วยน้ำจิ้ม** [tûay náam jîm] n. 醬碟

⑭ **ผ้าเช็ดปาก** [pâa chét bpàak] n. 餐巾

⑮ **กระดาษชำระ** [grà-dàat cham-rá] n. 面紙

⑯ **หลอด** [lòt] n. 吸管

⑰ **ไม้จิ้มฟัน** [mái jîm fan] n. 牙籤

06-02-10.MP3

Tips 與餐具有關的慣用語

● **คาบช้อนเงินช้อนทองมาเกิด** [kâap chón ngern chón tong maa gèrt]：含著銀湯匙、金湯匙出生。比喻在富有的家庭中出生。相當於中文的「含金湯匙出生」。

\ 你知道嗎？ /

各種杯子在泰語裡，有什麼樣細微的不同呢？

06-02-11.MP3

泰語	中文	說明	圖案
แก้ว [gâew]	杯子	所有的杯子皆稱為 แก้ว	
แก้วไวน์ [gâew wai]	紅酒杯、 白酒杯	有腳的杯子。常用來喝紅酒、白酒。	
แก้วเบียร์ [gâew bia]	啤酒杯	啤酒杯也很多款式，常見的造型是杯子厚、杯身容量大。一般都是用玻璃或塑膠製作的。	
แก้วมัค [gâew mák]	馬克杯	有把手的杯子。一般是用陶瓷製作的。杯形較為矮小。亦可稱為 แก้วเซรามิค 陶瓷杯。	
แก้วกาแฟ [gâew gaa-fae]	咖啡杯	有把手的小杯子。用來喝茶或咖啡。一般是用陶瓷製作的。	
แก้วช็อต [gâew chót]	小酒杯	容量很小的杯子。常用來喝烈酒。	
แก้วบรั่นดี [gâew bràn-dee]	白蘭地杯	杯口小、腰部寬大的矮腳酒杯。	
แก้วโอลด์แฟชั่น [gâew ohn fae-chân]	威士忌杯	這種杯子有較寬的杯身，能加入體積較大的冰塊或冰球。	

03 結帳

06-02-12.MP3

ทิป
[típ]
n. 小費

ใบเสร็จ
[bai sèt]
n. 發票；收據

ถุงห่ออาหาร
[tŭng hòr aa-hăan]
n. 打包袋

常見的付款方式有哪些呢？

06-02-13.MP3

จ่ายเงินที่แคชเชียร์
[jàai ngern têe kâet chia]
ph. 櫃檯結帳

ชำระด้วยบัตร
[cham-rá dûay bàt]
ph. 刷卡支付

ชำระเงินสด
[cham-rá ngern sòt]
ph. 付現

Tips 生活小常識：泰國結帳的習慣

泰國沒有統一發票，只會給消費者收據，因為收據也不能拿來兌獎，所以泰國人通常都不拿收據的。除了百貨公司裡或是比較不錯的餐廳之外，一般餐廳都不會給收據，如果需要的話要特別跟服務員說。

04 泰國佳餚

常見的泰國料理有哪些呢？

　　泰國料理是舉世聞名的料理之一。一般來說，泰國料理的口味比較濃厚，添加許多調味品。因為炎熱的氣候，泰國人不太喜歡油膩的口味，泰國料理中也常看到酸辣口味的涼拌，因此泰國的調味料也相當地多元豐富，其中泰國最具特色的調味料便是 น้ำปลา [náam bplaa]（魚露），魚露除了能夠增加鹹度，也能讓料理變得更香、更重口味。

　　在泰國，依氣候、自然環境、文化的不同，造就了不同地區分別偏好不同的口味及飲食特色。因此，泰國料理的豐富與特別自然不在話下。以下便列出泰國北、東北、中、南部的特色和代表菜餚。

● ภาคเหนือ [páak nĕua]（北部）跟其他地區比起來口味偏淡，不會重鹹、重酸。北部人喜歡吃生菜沾各式各樣的 น้ำพริก [náam prík]（辣椒醬）。

06-02-14.MP3

น้ำพริกหนุ่ม
[náam prík-nùm]
n. 青辣椒醬

น้ำพริกอ่อง
[náam prík òng]
n. 番茄辣肉醬

ขนมจีนน้ำเงี้ยว
[kà-nŏm jeen náam ngíeow]
n. 番茄豬血湯米線

ข้าวซอย
[kâao soi]
n. 咖哩麵

ข้าวแต๋น
[kâao dtăen]
n. 米餅

ไส้อั่ว
[sâi ùa]
n. 香腸

ข้าวกั๊นจิ๊น
[kâao gán-jín]
n. 豬血飯

แกงโฮะ
[gaeng hó]
n. 雜燴菜

แกงฮังเล
[gaeng hang-lay]
n. 咖哩豬

แคบหมู
[kâep mŏo]
n. 炸豬皮

ลาบหมูคั่ว
[lâap mŏo kûa]
n. 涼拌豬肉

แกงแค
[gaeng kae]
n. 時蔬咖哩

● ภาคตะวันออกเฉียงเหนือ [pâak dtà-wan òk chǐang něua] / **ภาคอีสาน** [pâak ee-sǎan]（東北部）的飲食文化受到緬甸料理的影響，又和寮國的菜相似。東北人喜歡重口味的菜餚，主要以糯米飯當作主食。此外，昆蟲也是桌上的佳餚珍饌。

06-02-15.MP3

ก้อยดิบ
[gôi dip]
n. 涼拌生豬（牛）肉

ก้อยสุก
[gôi sùk]
n. 涼拌豬（牛）肉

กุ้งเต้น
[gûng dtâyn]
n. 涼拌活跳蝦

เนื้อแดดเดียว
[néua dàet dieow]
n. 牛肉乾

แกงหน่อไม้
[gaeng nòr mái]
n. 竹筍湯

แกงคั่วหอยขม
[gaeng kûa hŏi kŏm]
n. 海螺絲咖哩

ตับหวาน
[dtàp wăan]
n. 涼拌豬肝

ข้าวเหนียวส้มตำ
[kâao nĭeow sôm dtam]
n. 涼拌木瓜配糯米飯

ไส้กรอกอีสาน
[sâi gròk ee-săan]
n. 東北香腸

แจ่วบอง
[jàew-bong]
n. 辣椒醬

แกงอ่อมหมู
[gaeng òm mŏo]
n. 豬肉（雞肉）雜菜湯

ลาบปลาดุก
[lâap bplaa-dùk]
n. 鯰魚沙拉

● **ภาคกลาง** [pâak glaang]（中部）是泰國的中心地帶，加上湄南河流經此處，因此這裡的飲食文化受外來影響較大、菜色也相對豐富。中部的料理都有酸、甜、鹹、辣各種口味，但相較於其他地區，中部人吃的口味仍屬偏甜。

06-02-16.MP3

แกงเขียวหวาน
[gaeng kĭeow wăan]
n. 綠椰子

ต้มยำกุ้ง
[dtôm yam gûng]
n. 冬陰湯、泰式酸辣湯

แกงส้ม
[gaeng sôm]
n. 酸湯

ทอดมันปลากราย
[tôt man bplaa graai]
n. 炸魚餅

พะแนงหมู
[pá-naeng mŏo]
n. 帕能咖哩豬

ต้มข่าไก่
[dtôm-kàa gài]
n. 椰汁雞湯

225

แกงจืดเต้าหู้หมูสับ
[gaeng jèut dtâo-hôo mŏo sàp]
n. 肉丸豆腐清湯

ขนมชั้น
[kà-nŏm chán]
n. 千層糕

ขนมหม้อแกง
[kà-nŏm môr gaeng]
n. 黃豆椰汁甜糕

ลูกชุบ
[lôok chúp]
n. 水果造型綠豆沙

ฝอยทอง
[fŏi tong]
n. 蜜香蛋黃絲

ทองหยิบ
[tong yìp]
n. 蛋黃花

● **ภาคใต้** [pâak dtâi]（南部）相較於其他地區來說飲食文化較為獨特，因早期南部與印度有貿易交流、再加上毗鄰馬來西亞，因此信仰伊斯蘭教的穆斯林眾多，故飲食面也受上述要因影響甚深。南部人重口味，喜歡用各種香料做料理。

06-02-17.MP3

ข้าวยำ
[kâao yam]
n. 藍花飯

แกงเหลือง
[gaeng lĕuang]
n. 黃咖哩

คั่วกลิ้งหมู
[kûa glîng mŏo]
n. 乾咖哩豬肉

ไก่ต้มขมิ้น
[gài dtôm kà-mîn]
n. 薑黃雞湯

แกงไตปลา
[gaeng dtai bplaa]
n. 魚內臟咖哩

ขนมลา
[kà-nŏm laa]
n. 粳米卷

ผัดสะตอใส่กะปิ
[pàt sà dtor sài gà-bpi]
n. 蝦醬炒臭豆

ขนมจีนน้ำยาปักษ์ใต้
[kà-nŏm jeen náam yaa bpàk dtâi]
n. 南部魚咖喱米線

ผักเหลียงผัดไข่
[pàk liang pàt kài]
n. 良葉炒雞蛋

ปลาทรายทอดขมิ้น
[bplaa saai tôt kà-mín]
n. 薑黃炸魚

น้ำพริกกะปิกุ้งสด
[náam prík gà-bpi gûng sòt]
n. 鮮蝦醬

แกงคั่วหอยแครงใส่ใบชะพลู
[gaeng kûa hŏi kae rong sài bai chá ploo]
n. 假蒟葉咖喱扇貝湯

常見的其他泰國路邊小吃

06-02-18.MP3

ผัดไทย
[pàt tai]
n. 泰式炒河粉

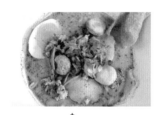

ก๋วยเตี๋ยวต้มยำ
[gŭay-dtĭeow dtôm yam]
n. 粿條冬陰湯

เส้นหมี่น้ำใส
[sâyn mèe nám-sãi]
n. 米粉清湯

ก๋วยเตี๋ยวหมูน้ำตก
[gŭay-dtĭeow mŏo náam dtók]
n. 粿條豬血湯

เย็นตาโฟ
[yen dtaa foh]
n. 釀豆腐粿條、粉紅麵

กะเพราหมู
[gà prao mŏo]
n. 打拋豬

餐廳 unĩ 2

หมูกรอบ
[mŏo gròp]

n. 炸三層肉

ข้าวเหนียวมะม่วง
[kâao nĭeow má-mûang]

n. 芒果糯米飯

กล้วยทับราดน้ำกะทิ
[glûay táp râat náam gà-tí]

n. 烤芭蕉沾椰汁醬

โรตีใส่กล้วย
[roh-dtee sài glûay]

n. 香蕉煎餅

ไอติมกะทิ
[ai-dtim gà-tí]

n. 椰子冰淇淋

ชาเย็น [chaa yen] /
ชาไทย [chaa tai]

n. 泰式奶茶

\ 你知道嗎？/
泰國的麵食種類，有什麼不一樣？

06-02-19.MP3

　　泰國有很多麵類。依原料、做法、形狀的不同，就有各自相異的名稱。研究原料和作法的話就比較複雜，所以我們就簡單地依外觀及口感來認識以下泰國常見的麵類：

● **ก๋วยเตี๋ยวเส้นเล็ก** [gŭay-dtĭeow sâyn lék]：**ก๋วยเตี๋ยว** 是來自閩南語的粿條，而 **ก๋วยเตี๋ยวเส้นเล็ก** 整個全名便是指細的粿條。外觀為乳白色、麵條斷面為圓形，吃起來口感比較有彈性。

● **ก๋วยเตี๋ยวเส้นใหญ่** [gŭay-dtĭeow sâyn yài]：指寬粿條。
外觀為寬扁形。雖然原料跟 **เส้นเล็ก** [sâyn lék]（細河
粉）一樣，但比較大條一點，吃起來的口感也比較
軟。

● **บะหมี่** [bà-mèe]：雞蛋麵。外觀為淡黃色、麵條斷面
為圓形。相較於台灣的麵，**บะหมี่** 的麵條寬度稍微比
較細。吃起來口感比較軟。

● **เส้นหมี่** [sâyn mèe]：米粉。外觀為乳白色、麵條斷面
為方形，吃起來口感相似台灣的米粉。拿去料理之前
要先淨泡水。

● 前述的 **เส้นเล็ก** [sèn lék]、**เส้นใหญ่** [sèn yài]、**บะหมี่**
[bà-mèe]、**เส้นหมี่** [sèn mèe] 這幾種麵食有時候會分成
湯的和乾的。如果店家都有賣兩種乾的跟湯的的話，
想點湯的時，就把「น้ำ」字放在麵類名稱後面；反
之，若想吃乾的的話就將「แห้ง」字加在麵類名稱後
面即可。
另外，在泰國麵店每一家都會有手提小籃子放在餐桌上，裡面裝著四種調味料，如
果覺得味道不夠重，客人可以自行調味，調味料架上的調味料通常是有糖、魚露、
辣椒醋、辣椒粉。

ขอเส้นเล็กแห้ง 1 ถ้วย เส้นใหญ่น้ำ 1 ถ้วย ไม่ใส่ถั่วงอกทั้งสองถ้วย

[kŏr sâyn lék hâeng nèung tûay．sâyn yài náam nèung tûay．mâi sài tùa ngôk táng sŏng tûay]
請給我一碗乾的細粿條和一碗湯的寬粿條，都不要加豆芽。

ร้านเครื่องดื่ม 飲料店
[ráan krêuang dèum]

06-03-01.MP3

這些應該怎麼說？

飲料的種類

茶類

1 **ชามินต์** [chaa min] n. 薄荷茶

2 **ชาดอกคาโมมายล์** [chaa dòk kaa-moh maai] n. 甘菊茶

3 **ชาดอกลาเวนเดอร์** [chaa dòk laa wayn dêr] n. 薰衣草茶

4 **ชาดำ** [chaa dam] n. 紅茶

5 **น้ำกระเจี๊ยบ** [náam grà jíap] n. 洛神花茶

6 **ชาเขียว** [chaa kĭeow] n. 綠茶

7 **ชาอูหลง** [chaa oo lŏng] n. 烏龍茶

8 **ชาสมุนไพร** [chaa sà-mŭn prai] n. 草本茶

9 **ชานม** [chaa nom] n. 奶茶

果汁類

10 **น้ำผลไม้** [náam pŏn-lá-mái] n. 果汁

11 **สมูทตี้** [sà-mòot-dtêe] / **น้ำปั่น** [náam bpàn] n. 冰沙

Tips 生活小常識：泰國果汁

　　泰國是一個熱帶國家，因此水果盛產也相當豐富。在泰國，除了生吃水果之外，也常用水果製作成 **น้ำผลไม้** [náam pŏn-lá-mái]（果汁）或 **สมูทตี้** [sà-mòot-dtêe] / **น้ำปั่น** [náam bpàn]（冰沙）。那麼，如果在泰國想要用泰語表達要喝某一種果汁時，就直接將水果名放在 **น้ำ** 的後面就可以了，例如：**น้ำส้ม** [náam sôm]（柳橙汁）、**น้ำแอปเปิ้ล** [nám àep-bpêrn]（蘋果汁）。如果要表達想喝某一種冰沙時，就直接將水果名放在 **สมูทตี้** 的前面就可以了，或是 **น้ำ**＋水果＋**ปั่น**，例如：**น้ำกีวี่ปั่น** [náam gee-wêe bpàn]（奇異果冰沙）、**น้ำมะม่วงปั่น** [náam má-mûang bpàn]（芒果冰沙）。

ขอน้ำแครอท 1 แก้วกับน้ำมะนาวปั่น 1 แก้ว

[kŏr náam kae-rôt nèung gâew gáp náam má-naao bpàn nèung gâew]

請給我一杯胡蘿蔔汁和一杯檸檬冰沙。

在飲料店會做什麼呢？

01 點飲料

杯型大小

　　ร้านเครื่องดื่ม [ráan krêuang dèum]（飲料店）的杯型可分成 ❶ ใหญ่ [yài]（大）、❷ กลาง [glaang]（中）、❸ เล็ก [lék]（小）三種，依據消費者點購的飲料冷熱而不同，店員也會用不同的杯子盛裝飲料，如果消費者點的是 **เครื่องดื่มร้อน** [krêuang dèum rón]（熱飲），店員會貼心地用熱飲杯盛裝，並加上 ฝา [făa]（蓋子），消費者握杯時，才不易燙手；反之，當消費者點購 **เครื่องดื่มเย็น** [krêuang dèum yen]（冷飲）時，店員則會使用冷飲杯盛裝，並且提供 หลอด [lòt]（吸管），方便消費者飲用。另外，店員也提供 ถุง [tŭng]（提袋）方便客人手提移動。

飲料甜度

台灣飲料店販賣的飲料甜度都分成五種：

1 **100%** [nèung-rói‧bper-sen] 正常糖

2 **75%** [jèt-sip-hâa bper-sen] 少糖（3/4糖）

3 **50%** [hâa-sìp bper-sen] 半糖（1/2 糖）

4 **25%** [yêe-sip-hâa bper-sen] 微糖（1/4 糖）

5 **0%** [sŏon bper-sen] 無糖

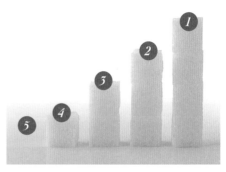

在泰國，都是直接講「數字＋เปอร์เซ็นต์(%)」來表示飲料的甜度。

冰塊量

06-03-03.MP3

台灣飲料店販賣的飲料冰塊量可分成四種：

1 **ปกติ** [bpòk-gà-dtì] 正常冰塊量

2 **75%** [jèt-sip-hâa bper-sen] 少冰

3 **50%** [hâa-sìp bper-sen] 半冰

4 **25%** [yêe-sip-hâa bper-sen] 微冰

5 **ไม่เอาน้ำแข็ง** [mâi ao náam kăeng] 去冰

6 **เพิ่มน้ำแข็ง** [pêrm náam kăeng] 加冰

คุณเอาปริมาณน้ำแข็งเท่าไหร่คะ? [kun ao bpà-rí-maan náam kăeng tâo rài ká]
ฉันเอาหวาน 25% น้ำแข็งปกติ [chăn ao wăan‧yêe-sìp-hâa bper-sen‧náam kăeng bpòk-gà-dtì] 請問你的冰塊要怎麼加？－ 我要微糖正常冰。

在泰國，都是直接講「數字＋เปอร์เซ็นต์(%)」來表示飲料的冰塊量。

飲料裡的配料有哪些？

06-03-04.MP3

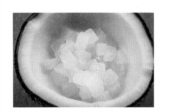

วุ้นมะพร้าว
[wún má-práao]
n. 椰果

พุดดิ้ง
[pút-dîng]
n. 布丁

ไข่มุก
[kài múk]
n. 粉圓（珍珠）

เฉาก๊วย
[chăo-gúay]
n. 仙草

ถั่วแดง
[tùa-daeng]
n. 紅豆

วุ้น
[wún]
n. 果凍；寒天

สาคู
[sāa koo]
n. 西米露

ว่านหางจระเข้
[wâan-hăang-jor-rá-kây]
n. 蘆薈

บัวลอยเผือก
[bua loi pèuak]
n. 芋圓

Tips 生活小常識：泰國的路邊飲料

如果說奶茶是象徵台灣的庶民飲品，同樣的，在泰國與其具有相同地位的也是 ชาไทย [chaa tai] / ชาเย็น [chaa yen]（泰式奶茶）了。在泰國，街上到處都能夠看到 รถเข็นขายเครื่องดื่ม [rót kĕn kāai krêuang dèum]（飲料攤車）。這種在地又便宜的飲品總是能讓人在大太

陽底下瞬間解渴。但是，這些在路邊飲料攤車，衛生方面可能不見得一定有保障。

除了 ชาไทย / ชาเย็น 之外，泰國普遍的可以解熱、消暑的路邊攤飲料還有 น้ำแดง [náam daeng]（紅色飲料）、นมเย็น [nom yen]（粉紅奶）、น้ำเก๊กฮวย [náam gáyk-huay]（菊花茶）、ชามะนาว [chaa má-naao]（檸檬紅茶）、น้ำมะนาว [náam má-naao]（檸檬汁）等等。

บาร์
[baa] 酒吧

06-04-01.MP3

這些應該怎麼說？

酒吧內的擺設

1. **บาร์** [baa] n. 酒吧

2. **เคาน์เตอร์บาร์** [kao-dtêr baa] n. 吧台

3. **หน้าเคาน์เตอร์บาร์** [nâa kao-dtêr baa] n. 吧台前區

4. **เก้าอี้บาร์** [gâo-êe baa] n. 吧台高腳椅

5. **โซฟา** [soh-faa] n. 沙發

6. **เก้าอี้มีที่วางแขน** [gâo-êe mee têe waang kǎen] n. 扶手椅

7. **หมอนอิง** [mǒn ing] n. 靠墊

8. **บาร์เทนเดอร์** [baa-tayn-dêr] n. 調酒師

9. **ลูกค้า** [lôok káa] n. 顧客

⑩ ด้านในเคาน์เตอร์บาร์ [dâan nai kao-dtér baa] n.（調酒師工作的地方）吧台內

⑪ เหล้าดีกรีสูง [lâo dee-gree sŏong] n. 烈酒

⑫ ชั้นวางแก้ว [chán waang gâew] n. 置杯架

⑬ ถังน้ำแข็ง [tăng náam kăeng] n. 冰桶

⑭ ที่เสิร์ฟค็อกเทล [têe sèrf kók-tayn] n. 雞尾酒工作台

⑮ ถาดรองน้ำ [tàat rong náam] n.（水杯）滴水板

⑯ เครื่องกดเบียร์สด [krêuang gòt bia sòt] n. 生啤酒機

⑰ เครื่องปั่นน้ำผลไม้ [krêuang bpàn náam pŏn-lá-mái] n. 鮮果汁機

⑱ ตู้กดน้ำ [dtôo gòt náam] n. 飲水機

⑲ ถังน้ำแข็ง [tăng náam kăeng] n.（雞尾酒旁）冰塊槽

⑳ แก้วเบียร์ [gâew bia] n. 啤酒杯

㉑ แก้วเหล้า [gâew lâo] n. 酒杯

㉒ ที่เขี่ยบุหรี่ [têe kìa bù-rèe] n. 菸灰缸

06-04-02.MP3

常見的調酒工具有哪些呢？

❶ ช้อนบาร์ [chón baa] n. 調酒匙、調酒棒

❷ ช้อนยาว [chón yaao] n. 長匙

❺ ที่กรองน้ำแข็ง [têe grong náam kăeng] n. 過濾器

④ **เชคเกอร์** [châyk-gêr] n. 調酒器

⑤ **จิกเกอร์** [jik gêr] n. 量酒器

⑥ **ที่กรองน้ำแข็ง** [têe grong náam kǎeng]
n. 過濾冰塊器

⑦ **ที่ขูดผิวมะนาว** [têe kòot pǐw má-naao]
n. 刮檸檬皮茸刀

⑧ **แก้วตวง** [gâew dtuang] n. 量酒器

⑨ **กระบอกสแตนเลส** [grà-bòk sà-dtaen-lâyt]
n. 雞尾酒調酒器

⑩ **จุกรินเหล้า** [jùk rin lâo] n. 酒嘴

⑪ **ที่คีบน้ำแข็ง** [têe kêep náam kǎeng] n. 冰夾

⑫ **ที่ตักน้ำแข็ง** [têe dtàk náam kǎeng] n. 冰鏟

⑬ **ที่คั้นน้ำผลไม้** [têe kán náam pǒn-lá-mái]
n. 手動搾汁器

⑭ **ที่เปิดขวดไวน์** [têe bpèrt kùat wai] n. 開瓶器

⑮ **จุกสูญญากาศปิดขวดไวน์** [jùk sǒon-yaa-gàat
bpìt kùat wai] n. 真空酒瓶塞

⑯ **จุกปิดขวดไวน์** [jùk bpìt kùat wai] n. 酒瓶塞

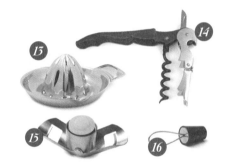

在酒吧會做什麼呢？

01 喝酒

常見的酒有哪些呢？

06-04-03.MP3

ไวน์แดง
[wai daeng]
n. 紅酒

แชมเปญ
[chaem-bpayn]
n. 香檳

จิน [jin] / **ยิน** [yin]
n. 琴酒

เหล้ารัม
[lâo ram]
n. 蘭姆酒

วิสกี้
[wit-gêe]
n. 威士忌

ค็อกเทล
[kók-tayn]
n. 雞尾酒

บรั่นดี
[bràn-dee]
n. 白蘭地

วอดก้า
[wôt-gâa]
n. 伏特加

เตกีล่า
[dtay-gee lâa]
n. 龍舌蘭酒

02 朋友聚會

在酒吧裡常做的事有哪些？

06-04-04.MP3

เซลฟี่
[sayn fêe]
ph. 自拍

ทักทาย (เพื่อนใหม่)
[ták taai (pêuan mài)]
v. 搭訕

ยกแก้ว (ฉลอง)
[yók gâew (chà-lŏng)]
v. 舉杯（慶祝）

งานรวมเพื่อน
[ngaan ruam pêuan]
ph. 朋友聚會

ร้องคาราโอเกะ
[róng kaa-raa-oh-gè]
ph. 唱 KTV

เต้น
[dtâyn]
v. 跳舞

泰國男生大部分都很喜歡喝酒。泰語的口語中，喝酒可以說 **ดื่มเหล้า** [dèum lâo]。社會文化中，男生們常常去路邊的 **บาร์** [baa]（酒吧）及 **ร้านอาหาร** [ráan aa-hǎan]（餐廳）喝上一杯，或是去 **ผับ** [pàp]（夜店）邊喝酒邊跳舞，開心一下。在餐廳裡一般大部分都只有提供 **เบียร์** [biia]（啤酒）等較簡易的酒品，**เบียร์ดีกรีสูง** [biia]（烈酒）在這裡比較少見。

要用泰語喊「乾杯」時，就要說 **ชนแก้ว** [chon gâew]（碰杯）。如果想讓氣氛更活絡時，可以說 **หมดแก้ว** [mòt gâew]（喝完）。在慶祝場合也可以說 **ไชโย** [chai-yoh]，這是泰語的感嘆詞，表示高興，通常會由一個人帶頭喊 **ไช**，其他人跟著喊 **โย**，讓氣氛熱烈起來。

พวกเรามาดื่มฉลองให้กับงานวันนี้กัน ไช! โย!

[pûak rao maa dèum chà-lŏng hâi gàp ngaan wan née gan · chai · yoh]

我們來為了今天的活動喝酒慶祝吧！

由於每個人的酒量不同，有些人 **คอแข็ง** [kor kǎeng] / **ดื่มเก่ง** [dèum gàyng]（很會喝酒），怎麼喝都千杯不醉，有些人 **คออ่อน** [kor òn] / **ดื่มไม่เก่ง** [dèum mâi gàyng]（不會喝酒），喝一點點就 **เมา** [mao]（喝醉）了，所以如果一個人酒量不好或不太會喝時盡量體諒他，不要強求他 **ดื่มหมดแก้ว** [dèum mòt gâew]（喝完整杯），為人替他人著想，可以請他喝小口一點淺嚐隨意就好，這時候的可以跟他說 **ดื่มนิดเดียว** [dèum nít dieow]（喝一小口）就行了。

เธอดื่มไม่เก่ง ไม่ต้องดื่มหมดแก้ว ดื่มนิดเดียวก็พอแล้ว

[ter dèum mâi gàyng · mâi dtông dèum mòt gâew · dèum nít dieow gôr por láew]

妳的酒量不好，就不用跟我乾杯了，喝一小口意思意思就好了。

喝醉是不太好的事情，喝醉了之後在回程上往往也容易發生各種危險，所以請盡量不要喝太醉。話雖如此，但是泰國人喝酒後，都常常堅持要開車，為了表示自己沒有醉，結果就出車禍，害到自己也害到別人。所以，如果有在外面喝酒，還是叫計程車或是請別人來接比較好喔！

ถ้าคุณดื่มเหล้าให้บอกฉันด้วย เดี๋ยวฉันไปรับ อย่าเมาแล้วขับนะ

[tâa kun dèum lâo hâi bòk chǎn dûay · dǐeow chǎn bpai ráp · yàa mao láew kàp ná]

如果你有喝酒要跟我說，我去接你，不要酒駕喔！

หมวดที่ 7

สุขอนามัย [sù kà-naa-mai] 生活保健

โรงพยาบาล 醫院
[rohng pá-yaa-baan]

07-01-01.MP3

這些應該怎麼說？

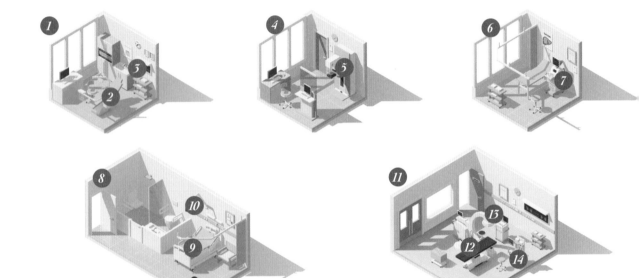

醫院各科的擺設

貼心小提醒　更多與醫療相關的內容，請翻閱 127 頁，03-03【其他學校設施－01 保健室】。

- **แผนกทันตกรรม** [pà-nàek tan dtà gam] 牙科

①　ห้องตรวจทันตกรรม [hông dtrùat tan dtà gam] **n.** 牙科診間

②　เก้าอี้ทำฟัน [gâo-êe tam fan] **n.** 牙科躺椅

⑤　ตู้อ่านฟิล์มเอกซเรย์ [dtôo àan fim èk-sá-ray] **n.** X光觀片箱

- **แผนกศัลยกรรมเต้านม** [pà-nàek săn-yá-gam dtâo nom] 乳房外科

④　ห้องฉายแสงตรวจเต้านม [hông chăai săeng dtrùat dtâo nom] **n.** 乳房攝影室

⑤　เครื่องตรวจมะเร็งเต้านม [krêuang dtrùat má-reng dtâo nom] **n.** 乳房攝影儀器

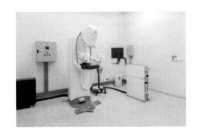

● แผนกสูตินรีเวช [pà-nàek sŏo-dtì ná-ree-wâyt] 婦產科

⑥ ห้องอัลตราซาวด์ [hông an-dtrâa saao] n. 超音波室

⑦ เครื่องอัลตราซาวด์ [krêuang an-dtrâa saao] n. 超音波儀器

● แผนกหัวใจ [pà-nàek hŭa jai] 心臟科

⑧ ห้องพักผู้ป่วย [hông pák pôo bpùay] n. 病房

⑨ เตียงผู้ป่วย [dtiang pôo bpùay] n. 病床

⑩ เครื่องวัดสัญญาณชีพ [krêuang wát săn-yaan chêep] n. 生理監測器

● แผนกศัลยกรรม [pà-nàek săn-yá-gam] 一般外科

⑪ ห้องผ่าตัด [hông pàa dtàt] n. 手術室　　**⑫ เตียงผ่าตัด** [dtiang pàa dtàt] n. 手術台

⑬ เครื่องเอกซเรย์ [krêuang èk-sá-ray] n. X光掃描器

⑭ เครื่องดมยาสลบ [krêuang dom yaa sà-lòp] n. 麻醉器

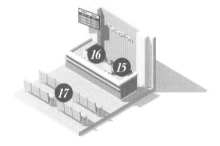

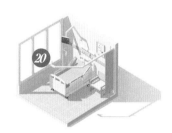

● เคาน์เตอร์ [kao-dtêr] 櫃檯

⑮ เคาน์เตอร์ชำระเงิน [kao-dtêr cham-rá ngern] n. 出納櫃檯

⑯ เคาน์เตอร์รับบัตรคิว [kao-dtêr ráp bàt kiw] n. 掛號櫃檯

⑰ จุดรอ [jùt ror] n. 等候區

● แผนกรังสีวิทยา [pà-nàek rang-sĕe wit-tá-yaa] 放射科

⑱ ห้องฉายรังสี [hông chăai rang-sĕe] n. 放射室

⑲ เครื่องเอกซเรย์ [krêuang èk-sá-ray] n. X光攝影儀器

● ห้องดูแลผู้ป่วยหนัก [hông doo lae pôo bpùay nàk]
ICU 加護病房

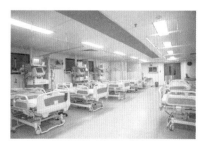

⑳ ห้องพักฟื้น [hông pák féun] n. 恢復室

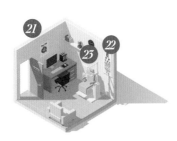

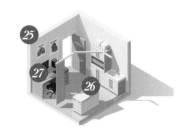

● แผนกจักษุ [pà-nàek jàk-sù] 眼科

㉑ ห้องตรวจตา [hông dtrùat dtaa] n. 眼科診間

㉒ แผ่นป้ายวัดสายตา [pàen bpâai wát săi dtaa] n. 視力表

㉓ เครื่องตรวจวัดสายตา [krêuang dtrùat wát săi dtaa] n. 驗光儀器

● ห้องตรวจ MRI [hông dtrùat MRI] 核磁共振造影室

㉔ ห้องตรวจ MRI [hông dtrùat MRI] n. 核磁共振造影室

● ผนกเวชปฏิบัติทั่วไป [pà-nàek wâyt bpà-dtì-bàt tûa bpai] 一般內科

㉕ ห้องตรวจ [hông dtrùat] n. 診間

㉗ โต๊ะทำงาน [dtó tam ngaan] n. 工作桌

㉖ เตียงตรวจโรค [dtiang dtrùat rôhk] n. 診療台

在醫院會做什麼呢？

01 健康檢查

醫院裡常出現的人物

07-01-02.MP3

แพทย์ [pâet] / หมอ [mŏr]
n. 醫師

พยาบาล [pá-yaa-baan]
n. 護士、護理師

เจ้าหน้าที่กู้ชีพ [jâo nâa têe gôo chêep]
n. 急救人員

นักเทคนิคการแพทย์
[nák ték-ník gaan pâet]
n. 醫檢師

นักรังสีการแพทย์
[nák rang-sĕe gaan pâet] /
นักรังสีเทคนิค
[nák rang-sĕe ték-ník]
n. 放射師

เภสัชกร
[pay-sàt-chá-gon]
n. 藥師

一般健檢項目有哪些？

07-01-03.MP3

วัดส่วนสูง
[wát sùan sŏong]
ph. 量身高

ชั่งน้ำหนัก
[châng náam nàk]
ph. 量體重

วัดรอบเอว
[wát rôp eo]
ph. 量腰圍

วัดความดัน
[wát kwaam dan]
ph. 量血壓

วัดอุณหภูมิ
[wát un-hà-poom]
ph. 量體溫

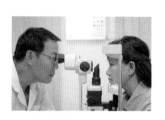

วัดสายตา
[wát săai dtaa]
ph. 檢查視力

เจาะเลือด
[jòr lêuat]
ph. 抽血

วัดระดับน้ำตาลในเลือด
[wát rá-dàp náam dtaan nai lêuat]
ph. 驗測血糖

อัลตราซาวด์
[an-dtrăa saao]
v. 超音波檢查

เอกซเรย์
[èk-sá-ray]
ph. X光檢查

CT Scan
[CT-Scan]
ph. 電腦斷層掃描

ตรวจคลื่นไฟฟ้าหัวใจ
[dtrùat klêun fai fáa hŭa jai]
ph. 照心電圖

ส่องกล้อง
[sòng glông]
v. 做內視鏡

ตรวจอุจจาระและปัสสาวะ
[dtrùat ùt-jaa-rá láe bpàt-sǎa-wá]
ph. 檢驗糞便和小便檢體

ตรวจชิ้นเนื้อ
[dtrùat chín néua]
ph. 活體組織切片檢查

Tips 生活小常識：看病篇

　　每當去醫院 **พบแพทย์** [póp pâet]（看病）的時候，必須要先 **รับบัตรคิว** [ráp bàt kiw]（掛號）才能候診。由於泰國人不是每個人都有 **ประกันสุขภาพ** [bprà-gan sùk-kà-pâap]（健保），所以掛號的時候櫃檯人員會問你有沒有健保，如果有的話，診金就能算便宜一點囉。櫃檯人員會給你一本 **ประวัติคนไข้** [bprà-wàt kon kâi]（病歷表），患者必須要先填寫自己的個人資料，看病的時候醫生會加寫病況在表上。醫生看了你的病可能會指示你去 **ตรวจเลือด** [dtrùat lêuat]（驗血）及做 **เอกซเรย์** [èk-sá-ray]（照X光）等檢查後，才能診斷得出來結果。如果醫生馬上可以判斷出來，就把你的病況立刻寫在病歷表上面，並診斷出看你是否需要 **นอนโรงพยาบาล** [non rohng pá-yaa-baan]（住院）或是 **ให้ยา** [hâi yaa]（開藥）給你就好。醫生開好藥之後，你就自己去 **ร้านขายยา** [ráan kǎai yaa]（藥局）買藥，不過泰國跟台灣有點不一樣的是，去藥房是買藥，不是領藥喔！所以拿藥當然是要另外付費給藥局哦！

在泰國，大部分的 โรงพยาบาลเอกชน [rohng pá-yaa-baan àyk-gà-chon]（私立醫院）的診金是比 โรงพยาบาลรัฐบาล [rohng pá-yaa-baan rát-tà-baan]（公立醫院）還要貴，相對來說也不用花太多等候時間、服務品質較好、醫院整體素質比較高。當然，醫生技術就因人而異了。

ถ้าคุณไม่อยากเสียเวลาก็ไปรักษาที่โรงพยาบาลเอกชน

[tâa kun mâi yàak sĭa way-laa gôr bpai rák-săa têe rohng pá-yaa-baan àyk-gà-chon]

如果你不想等太久，可以選擇去私立醫院看病。

02 醫院各科及相關疾病

07-01-04.MP3

● **แผนกหู คอ จมูก** [pà-nàek hŏo · kor · jà-mòok] 耳鼻喉科

1. **น้ำมูกไหล** [náam môok lăi] n. 流鼻涕

2. **โรคไซนัสอักเสบ** [rôhk sai-nát àk-sàyp] n. 鼻竇炎

3. **ภูมิแพ้ทางจมูก** [poom páe taang jà-mòok] n. 鼻子過敏

4. **ผนังกั้นช่องจมูกคด** [pà-năng gân chông jà-mòok kót] n. 鼻中膈彎曲

5. **มะเร็งโพรงจมูก** [má-reng prohng jà-mòok] n. 鼻咽癌

6. **ต่อมทอนซิลอักเสบ** [dtòm ton-sin àk-sàyp] n. 扁桃腺炎

7. **หลอดลมอักเสบ** [lòt lom àk-sàyp] n. 氣管炎

8. **หูชั้นกลางอักเสบ** [hŏo chán glaang àk-sàyp] n. 中耳炎

07-01-05.MP3

● **แผนกจักษุ** [pà-nàek jàk-sù] 眼科

1. **สายตาสั้น** [săai dtaa sân] n. 近視

2. **สายตายาว** [săai dtaa yaao] n. 遠視

3. **สายตาเอียง** [săai dtaa iang] n. 散光

4. **สายตายาวตามวัย** [săai dtaa yaao dtaam wai] n. 老花眼

5. **ตาแห้ง** [dtaa hâeng] n. 乾眼症

6. **โรคตาแดง** [rôhk dtaa daeng] n. 結膜炎

7. **ต้อหิน** [dtôr hĭn] n. 青光眼

8. **ต้อกระจก** [dtôr grà-jòk] n. 白內障

● แผนกระบบทางเดินหายใจ [pà-nàek rá-bòp taang dern hăi jai] 胸腔內科

07-01-06.MP3

1. **หวัด** [wàt] n. 感冒

2. **ไอ** [ai] n. 咳嗽

3. **หอบ** [hòp] n. 氣喘

4. **หลอดลมอักเสบ** [lòt lom àk-sàyp]
   n. 支氣管炎

5. **ปอดอักเสบ** [bpòt àk-sàyp] / **ปอดบวม**
   [bpòt buam] n. 肺炎

6. **มะเร็งปอด** [má-reng bpòt] n. 肺癌

● แผนกหัวใจ [pà-nàek hŭa jai] 心臟科

07-01-07.MP3

1. **กล้ามเนื้อหัวใจตาย** [glâam néua hŭa jai dtaai] n. 心肌梗塞

2. **หัวใจล้มเหลว** [hŭa jai lóm lĕo]
   n. 心臟衰竭

3. **ความดันสูง** [kwaam dan sŏong]
   n. 高血壓

4. **โรคหัวใจขาดเลือด** [rôhk hŭa jai kàat lêuat] n. 缺血性心臟病

5. **ลิ้นหัวใจไมตรัลตีบ** [lín hŭa jai mai-dtràn dtèep] n. 二尖瓣狹窄

6. **ลิ้นหัวใจไมตรัลรั่ว** [lín hŭa jai mai-dtràn rûa] n. 二尖瓣閉鎖不全

7. **หลอดเลือดแดงแข็ง** [lòt lêuat daeng kăeng] n. 動脈硬化

8. **โรคหลอดเลือดสมอง** [rôhk lòt lêuat sà-mŏng] / **สโตรก** [sà-dtrók] n.中風

● แผนกระบบทางเดินอาหาร [pà-nàek rá-bòp taang dern aa hăan] 腸胃科

07-01-08.MP3

1. **ตับแข็ง** [dtàp kăeng] n. 肝硬化

2. **มะเร็งตับ** [má-reng dtàp] n. 肝癌

3. **ปวดกระเพาะ** [bpùat grà-pór] n. 胃痛

4. **โรคแผลในกระเพาะอาหาร** [rôhk plăe nai grà-pór aa-hăan] n. 胃潰瘍

5. **มะเร็งกระเพาะอาหาร** [má-reng grà-pór aa-hăan] n. 胃癌

6. **ตับอ่อนอักเสบ** [dtàp òn àk-sàyp]
   n. 胰腺炎

7. **ไส้ติ่งอักเสบ** [sâi dtìng àk-sàyp]
   n. 盲腸炎

8. **ลำไส้ใหญ่อักเสบ** [lam sâi yài àk-sàyp]
   n. 大腸炎

9. **กรดไหลย้อน** [gròt lăi yón]
   n. 胃食道逆流

10. **อาหารไม่ย่อย** [aa-hăan mâi yôi]
    n. 消化不良

11. **อาการแสบร้อนกลางอก** [aa-gaan sàep rón glaang òk] n. 胃灼熱

12. **คลื่นไส้** [klêun sâi] n. 反胃

13. **ท้องร่วง** [tóng rûang] n. 腹瀉

14. **ท้องผูก** [tóng pòok] n. 便秘

15. **ริดสีดวง** [rít-sĕe-duang] n. 痔瘡

16. **นิ่วในถุงน้ำดี** [nîw nai tŭng náam dee]
    n. 膽結石

● แผนกระบบทางเดินปัสสาวะ [pà-nàek rá-bòp taang dern bpàt-sāa-wá]
泌尿科

1. **นิ่วในไต** [nîw nai dtai] n. 腎結石
2. **ไตวาย** [dtai waai] n. 腎功能衰竭
3. **ปัสสาวะขัด** [bpàt-sāa-wá kàt] / **ปัสสาวะลำบาก** [bpàt-sāa-wá lam-bàak] n. 排尿困難
4. **โรคกระเพาะปัสสาวะอักเสบ** [rôhk grà-pór bpàt-sāa-wá àk-sàyp] n. 膀胱炎

● แผนกระบบต่อมไร้ท่อ [pà-nàek rá-bòp dtòm rái tôr] 內分泌科

1. **โรคเบาหวาน** [rôhk bao wăan] n. 糖尿病
2. **ภาวะไทรอยด์ฮอร์โมนต่ำ** [paa-wá tai-roi hor-mohn dtâm] n. 甲狀腺機能低下症
3. **ภาวะไทรอยด์ฮอร์โมนสูง** [paa-wátai-roi hor-mohn sŏong] n. 甲狀腺機能亢進症
4. **ภาวะต่อมหมวกไตบกพร่อง** [paa-wá dtòm mùak dtai bòk prông] n. 腎上腺機能不足
5. **ต่อมใต้สมองผิดปกติ** [dtòm dtâi sà-mŏng pit bpòk-gà-dti] n. 垂體低能症

● แผนกระดูกและข้อ [păen grà-dòok láe kôr] 骨科

1. **กระดูกหัก** [grà-dòok hàk] n. 骨折
2. **กระดูกพรุน** [grà-dòok prun] n. 骨質疏鬆
3. **โรคกระดูกคอเสื่อม** [rôhk grà-dòok kor sèuam] n. 頸椎病
4. **โรคข้ออักเสบ** [rôhk kôr àk-sàyp] n. 關節炎
5. **โรคข้อรูมาตอยด์** [rôhk kôr roo-maa-dtoi] n. 風濕
6. **โรคเกาต์** [rôhk gáo] n. 痛風
7. **หมอนรองกระดูกเคลื่อน** [mŏn rong grà-dòok klêuan] n. 椎間盤突出
8. **ปวดสะโพกร้าวลงขา** [bpùat sà-pôhk ráao long kăa] n. 坐骨神經痛

● แผนกโรคผิวหนัง [pà-nàek rôhk pĭw năng] 皮膚科

1. **น้ำร้อนลวก** [náam rón lûak] adj. 燙到
2. **สิว** [sĭw] n. 痘痘
3. **ผิวหนังอักเสบ** [pĭw năng àk-sàyp] n. 皮膚炎
4. **โรคกลาก** [rôhk glàak] n. 皮癬菌
5. **มะเร็งผิวหนัง** [má-reng pĭw năng] n. 皮膚癌
6. **ภูมิแพ้** [poom páe] n. 過敏
7. **ลมพิษ** [lom pit] n. 蕁麻疹
8. **โรคสะเก็ดเงิน** [rôhk sà-gèt ngern] n. 牛皮癬
9. **โรคหิด** [rôhk hìt] n. 疥瘡
10. **โรคเชื้อราที่เล็บ** [rôhk chéua raa têe lép] n. 灰指甲

● แผนกระบบประสาท [pà-nàek rá-bòp bprà-sàat] 神經內科

1. ปวดหัว [bpùat hŭa] n. 頭痛
2. ไมเกรน [mai-grayn] n. 偏頭痛
3. ภาวะบาดเจ็บที่ศีรษะ [paa-wá bàat jèp têe sĕe-sà] n. 創傷性腦損傷
4. ปลายระบบประสาทอักเสบ [bplaai rá-bòp bprà-sàat àk-sèp] n. 神經病變
5. โรคจิตเภท [rôhk jìt pêt] n. 精神分裂症
6. โรคซึมเศร้า [rôhk seum sâo] n. 憂鬱症
7. โรคออทิสติก [rôhk-or-tít-dtik] n. 自閉症

8. โรคอัลไซเมอร์ [rôhk an-sai-mer] n. 老年癡呆症、阿茲海默症
9. โรคพาร์กินสัน [rôhk paa gin săn] n. 帕金森氏症
10. โรคลมชัก [rôhk lom chák] / โรคลมบ้าหมู [rôhk lom bâa mŏo] n. 癲癇
11. โรคเมนิแยร์ [rôhk may ní-yae] n. 梅尼爾氏症
12. โรคเหงื่อออกมาก [rôhk ngèua òk mâak] n. 多汗症

● แผนกสูตินรีเวช [pà-nàek sŏo-dtì ná-ree-wâyt] 婦產科

1. เนื้องอกในมดลูก [néua ngôk nai mót lôok] n. 子宮肌瘤
2. มะเร็งมดลูก [má-reng mót lôok] n. 子宮癌
3. ถุงน้ำรังไข่ [tŭng náam rang kài] n. 卵巢囊腫
4. ช่องคลอดอักเสบ [chông klôt àk-sàyp] n. 陰道炎
5. ปากมดลูกอักเสบ [bpàak mót lôok àk-sàyp] n. 子宮頸炎
6. มะเร็งปากมดลูก [má-reng bpàak mót lôok] n. 子宮頸癌

7. ประจำเดือนมาไม่ปกติ [bprà-jam deuan maa mâi bpòk-gà-dtì] n. 月經不調
8. ประจำเดือนมามากเกินไป [bprà-jam deuan maa mâak gern bpai] n. 月經過多
9. ภาวะมีบุตรยาก [paa-wá mee bùt yâak] n. 不孕症
10. เต้านมอักเสบ [dtâo nom àk-sàyp] n. 乳腺炎
11. มะเร็งเต้านม [má-reng dtâo nom] n. 乳癌

● แผนกกุมารเวชกรรม [pà-nàek gù-maan wâyt-chá-gam] 小兒科

1. โรคหัด [rôhk hàt] n. 麻疹
2. ผดร้อน [pòt rón] n. 痱子
3. โรคหัดเยอรมัน [rôhk hàt yer-rá-man] / โรคเหือด [rôhk hèuat] n. 德國麻疹
4. อีสุกอีใส [ee sùk ee săi] n. 水痘
5. โรคมือเท้าปาก [rôhk-meu-táo-bpàak] n. 手足口病
6. โรคคางทูม [rôhk kaang-toom] n. 流行性腮腺炎

7. เยื่อหุ้มสมองอักเสบ [yêua hûm sà-mŏng àk-sàyp] n. 腦膜炎
8. โปลิโอ [bpoh-lí-oh] n. 小兒麻痺
9. ไอกรน [ai gron] n. 百日咳
10. ไข้เลือดออก [kâi lêuat òk] n. 登革熱
11. พยาธิเข็มหมุด [pá-yaa-tí kĕm mùt] n. 蟯蟲
12. ขาดสารอาหาร [kàat săan aa-hăan] n. 營養不良

● แผนกโรคติดต่อ [pà-nàek rôhk dtìt dtòr] 傳染病科

1. เอดส์ [àyt] n. 愛滋病

2. โรคซิฟิลิส [rôhk si-fi-lít] n. 梅毒

3. หูดอวัยเพศ [hòot à wai yá wá pâyt] /
หูดหงอนไก่ [hòot ngŏn-gài]
n. 尖銳濕疣、菜花

4. โรคหนองใน [rôhk nŏng nai] n. 淋病

5. ฝีดาษ [fĕe dàat] / ไข้ทรพิษ [kâi tor-rá-pít]
n. 天花

6. อหิวาตกโรค [à-hì-waa-dtà-gà-rôhk] n. 霍亂

7. ไข้ไทฟอยด์ [kâi tai-foi] n. 傷寒

8. บาดทะยัก [bàat-tá-yák] n. 破傷風

9. พิษสุนัขบ้า [pít sù-nák bâa] n. 狂犬病

10. กาฬโรค [gaan-lá-rôhk] n. 鼠疫

11. วัณโรค [wan-ná-rôhk] n. 結核病

12. ไข้หวัดใหญ่ [kâi wàt yài] n. 流感

13. มาลาเรีย [maa-laa-ria] n. 瘧疾

14. โรคส่าไข้ [rôhk sàa kâi] / หัดกุหลาบ
[hàt gù-làap] n. 玫瑰疹

15. ไวรัสตับอักเสบบี [wai-rát dtàp àk-
sàyp bee] n. B型肝炎

07-01-17.MP3

● แผนกโภชนาการ [pà-nàek poh-chá-naa gaan] 營養科

1. โรคอ้วน [rôhk ûan] n. 肥胖症

2. คอเลสเตอรอลสูง [kor-lâyt-dter-ron sŏong] / ไขมันในเลือดสูง [kâi man nai lêuat sŏong]
n. 高血脂

● แผนกศัลยกรรมกระดูกและข้อ [pà-nàek săn-yá-gam grà-dòok láe kôr] 矯形外科

● แผนกกายภาพบำบัด [pà-nàek gaai-yá-pâap bam-bàt] 物理治療科

● แผนกวิสัญญี [pà-nàek wi-săn-yee] 麻醉科

● ห้องฉุกเฉิน [hông chúk-chĕrn] 急診

● แผนกภูมิคุ้มกันวิทยา [pà-nàek poom kúm gan wít-tá-yaa]
免疫學科

Tips 小提醒：生病的說法

　　泰語中如果你想說你得到某種病就把「เป็น [bpen]」加在病或症狀的名稱前面。

ฉันพึ่งไปหาหมอพา หมอบอกว่าฉันเป็นโรคอ้วนต้องลดน้ำหนัก
[chăn pêung bpai hăa mŏr paa · mŏr bòk wâa chăn bpen rôhk ûan dtông lót náam nàk]
我剛去看病，醫生說我得了肥胖症所以我必要減肥。

03 人體外觀

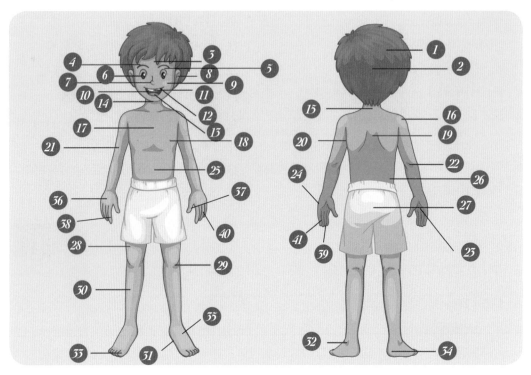

① หัว [hŭa] / **ศรีษะ** [sĕe-sà] n. 頭

② ผม [pŏm] n. 頭髮

③ หน้าผาก [nâa pàak] n. 前額

④ คิ้ว [kíw] n. 眉毛

⑤ ขนตา [kŏn dtaa] n. 睫毛

⑥ ตา [dtaa] n. 眼睛

⑦ จมูก [jà-mòok] n. 鼻子

⑧ หู [hŏo] n. 耳朵

⑨ แก้ม [gâem] n. 臉頰

⑩ ปาก [bpàak] n. 嘴巴

⑪ ฟัน [fan] n. 牙齒

⑫ ริมฝีปาก [rim fĕe bpàak] n. 嘴唇

⑬ ลิ้น [lín] n. 舌頭

⑭ คาง [kaang] n. 下巴

⑮ คอ [kor] n. 脖子

⑯ ไหล่ [lài] n. 肩膀

⑰ หน้าอก [nâa òk] n. 胸部

⑱ หัวนม [hŭa nom] n. 乳頭

⑲ หลัง [lăng] n. 背

⑳ รักแร้ [rák-ráe] n. 腋窩

㉑ แขน [kăen] n. 手臂

㉒ ข้อศอก [kôr sòk] n. 手肘

㉓ ฝ่ามือ [fàa meu] n. 手掌

㉔ นิ้ว [níw] n. 手指

㉕ ท้อง [tóng] n. 肚子

㉖ เอว [eo] n. 腰

㉗ ก้น [gôn] n. 屁股

㉘ ต้นขา [dtôn kăa] n. 大腿

㉙ ขา [kăa] n. 腳

㉚ เข่า [kào] n. 膝蓋

㉛ ฝ่าเท้า [fàa táo] n. 腳掌

㉜ ข้อเท้า [kôr táo] n. 腳踝

㉝ ส้นเท้า [sôn táo] n. 腳跟

㉞ นิ้วเท้า [níw táo] n. 腳趾

㉟ หลังเท้า [lăng táo] n. 腳背

㊱ หลังมือ [lăng meu] n. 手背

㊲ นิ้วหัวแม่มือ [níw hŭa mâe meu] n. 拇指

㊳ นิ้วชี้ [níw chée] n. 食指

㊴ นิ้วกลาง [níw glaang] n. 中指

㊵ นิ้วนาง [níw naang] n. 無名指

㊶ นิ้วก้อย [níw gôi] n. 小指

04 內臟

07-01-19.MP3

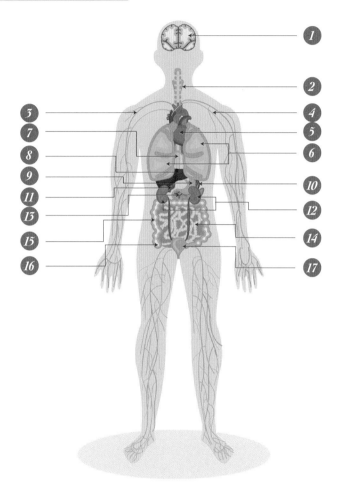

① **สมอง** [sà-mŏng] n. 腦

② **ช่องคอ** [chông kor] n. 喉嚨

③ **หลอดเลือดแดง** [lòt lêuat daeng] n. 動脈

④ **หลอดเลือดดำ** [lòt lêuat dam] n. 靜脈

⑤ **หัวใจ** [hŭa jai] n. 心臟

⑥ **ปอด** [bpòt] n. 肺臟

⑦ **หลอดอาหาร** [lòt aa-hăan] n. 食道

⑧ **ตับ** [dtàp] n. 肝臟

⑨ **กระเพาะ** [grà-pór] n. 胃

⑩ **ม้าม** [máam] n. 脾臟

⑪ **ถุงน้ำดี** [tŭng náam dee] n. 膽

⑫ **ไต** [dtai] n. 腎臟

⑬ **ตับอ่อน** [dtàp òn] n. 胰臟

⑭ **ลำไส้เล็ก** [lam sâi lék] n. 小腸

⑮ **ลำไส้ใหญ่** [lam sâi yài] n. 大腸

⑯ **ไส้ติ่ง** [sâi dting] n. 盲腸

⑰ **กระเพาะปัสสาวะ** [grà-pór bpàt-săa-wá] n. 膀胱

251

Tips 與身體體外及體內的部分有關的慣用語

● สองหัวดีกว่าหัวเดียว [sŏng hŭa dee gwàa hŭa dieow]：
兩顆頭比一顆頭好。指多人一起工作時，效率會比一
個人做來得好。相當於中文的「三個臭皮匠，勝過一
個諸葛亮。」

● หัวร้อน [hŭa rón]：頭很熱。指心急；或很生氣、容易
生氣。部分近似中文的「急性子」、「怒火攻心」。

● อิจฉาตาร้อน [it-chăa dtaa rón]：忌妒到眼睛發燙。意
指忌妒。相當於中文的「妒火中燒」。

● ปากว่าตาขยิบ [bpàak wâa dtaa kà-yìp]：嘴巴講的跟心想的
不一致。近似中文的「口是心非」、「說一套做一套」。

● น้ำท่วมปาก [náam tûam bpàak]：洪水淹沒嘴巴。比喻
怕會害到別人或自己故而有話不不敢講。近似中文的
「噤若寒蟬」。

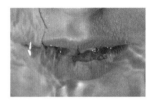

● ปากเปียกปากแฉะ [bpàak bpìak bpàak chàe]：溼漉漉的嘴唇。指已經重複講了很
多遍，但對方還是不明白。

● ลมปาก [lom bpàak]：口邊的風。指說服別人的話術。
近似中文的「能言擅道」。

● คางเหลือง [kaang lĕuang]：黃色的下巴。下巴變黃，顯
示病情相當嚴重。比喻傷勢嚴重到差點致命。相當於中
文的「風前殘燭」、「不死也半條命了」。

● โดนบ่นจนหูชา [dohn bòn jon hǒo chaa]：被念到耳朵都麻掉了。指被念了很久。

● ชุบมือเปิบ [chúp meu bpèrp]：沾溼了手就開動。意指沒有幫忙煮飯，但當飯菜一上桌卻就馬上開動，比喻為自己不勞動而占有別人的勞動成果，可用於主動奪取他人的利益及被動坐收他人辛苦得來的好處。近似中文的「不勞而獲」、「等著吃現成的」。

● เขียนด้วยมือลบด้วยเท้า [kǐan dûay meu lóp dûay táo]：用手寫，用腳擦掉。指一開始做好事得到別人的信任，但後來卻開始做壞事，毀掉別人對自己的信任。

● นิ้วไหนร้ายก็ตัดนิ้วนั้น [níw nǎi ráai gòr dtàt níw nán]：哪支手指不好，就把它切掉。意指一個團隊當中有一個人做錯事了，不該讓整個團隊一起負責，而是應該把做錯事的那個人開除或單獨處罰。

● เอาน้ำลูบท้อง [ao náam lôop tóng]：用水擦肚子。比喻靠喝水來緩解飢餓。

● แกว่งเท้าหาเสี้ยน [gwàeng táo hǎa sîan]：在地上擺動腳，讓腳被刺傷。比喻自找麻煩的人。

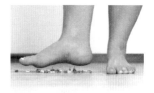

● ร้อนตับแตก [rón dtàp dtàek]：熱到竹片的屋頂都破掉。比喻非常地熱。相當於中文的「炎陽炙人」。ตับจาก [dtàp jàak] 是以前用來做屋頂的竹片，而同時 ตับ [dtàp] 也有肝臟的意思，因此現在的人都以為 ร้อนตับแตก 是「熱到肝臟破掉」的意思。

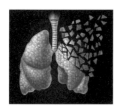

● ปอดแหก [bpòt hàek]：肺破掉。比喻非常怕、膽小。相當於中文的「膽小如鼠」、「膽小鬼」。

● กินอยู่กับปากอยากอยู่กับท้อง [gin yòo gàp bpàak yàak yòo gàp tóng]：飯從你的嘴進了你的肚子，你卻喊餓。比喻清楚自己做了什麼壞事，但卻佯裝不知。相近於中文的「心知肚明」、「心裡有數」。

05 手術房

07-01-21.MP3

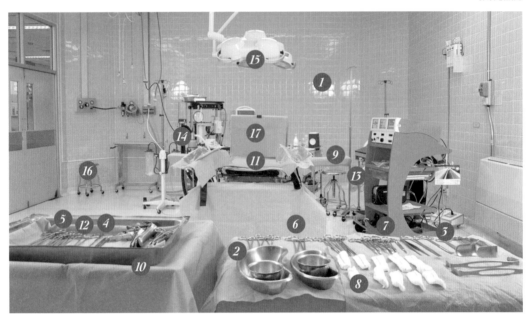

1 **ห้องผ่าตัด** [hông pàa dtàt] n. 開刀房

2 **เครื่องมือผ่าตัด** [krêuang meu pàa dtàt] n. 手術器械組

3 **คีมห้ามเลือด** [keem hâam lêuat] n. 止血鑷

4 **มีดผ่าตัด** [mêet pàa dtàt] n. 手術刀

5 **กรรไกรผ่าตัด** [gan-grai pàa dtàt] n. 手術剪

6 **คีมผ่าตัด** [keem pàa dtàt] n. 手術鑷

7 **คีมจับผ้าก๊อซ** [keem jàp pâa gót] n. 布巾鉗

8 **ผ้าก๊อซ** [pâa gót] n. 紗布

9 **ชั้นวางเครื่องมือ** [chán waang krêuang meu] n. 器械架

10 **ถาดวางเครื่องมือ** [tàat waang krêuang meu] n. 器械盤

11 **เตียงผ่าตัด** [dtiang pàa dtàt] n. 手術台

12 **เครื่องถ่างแผล** [krêuang tàang plǎe] n. 手術撐開器

13 **เครื่องกระตุกหัวใจด้วยไฟฟ้า** [krêuang grà-dtùk hǔa jai dûay fai fáa] n. 心臟電擊器

14 **เครื่องดมยาสลบ** [krêuang dom yaa sà-lòp] n. 麻醉器

15 **โคมไฟผ่าตัด** [kohm fai pàa dtàt] n. 手術燈

16 **เก้าอี้สำหรับผ่าตัด** [gâo-êe sǎm-ràp pàa dtàt] n. 手術圓凳

17 **ผ้าผ่าตัด** [pâa pàa dtàt] n. 手術用消毒巾

進手術房需換上哪些裝備？

07-01-22.MP3

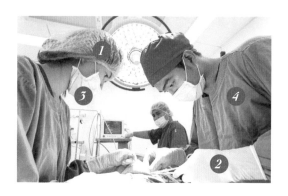

1 หมวกคลุมผมผ่าตัด [mùak klum pŏm pàa dtàt] n. 手術帽

2 ถุงมือผ่าตัด [tŭng meu pàa dtàt] n. 手術用手套

3 หน้ากากอนามัย [nâa gàak à-naa-mai] n. 外科口罩

4 เสื้อกาวน์ผ่าตัด [sêua gaao pàa dtàt] n.（綠色）手術衣

06 中醫

源自中國的治療方式有哪些？

07-01-23.MP3

ฝังเข็ม
[făng kĕm]
v. 針灸

ครอบแก้ว
[krôp gâew]
v. 拔罐

กวาซา
[gwaa saa]
v. 刮痧

แมะ
[máe] /
จับชีพจร
[jàp chêep-pà-jon]
ph. 把脈

นวดกดจุด
[nûat gòt jùt]
v. 按摩穴道

นวด
[nûat]
v. 按摩

ทันตกรรม 牙科
[tan-dtà-gam]

07-02-01.MP3

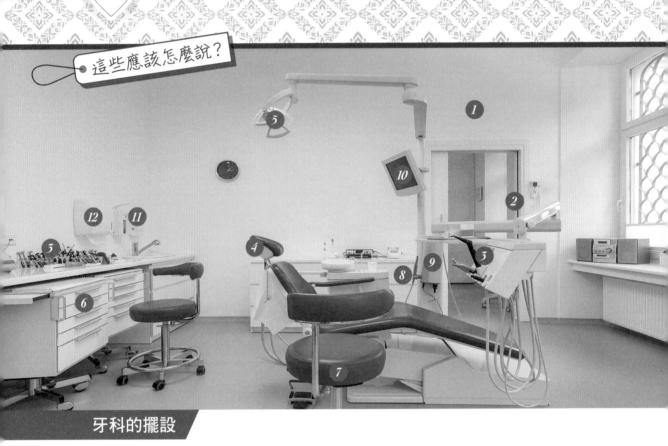

這些應該怎麼說？

牙科的擺設

1. **ห้องตรวจทันตกรรม** [hông dtrùat tan-dtà-gam] n. 牙醫診療間

2. **เครื่องมือทันตกรรม** [krêuang meu tan-dtà-gam] n. 牙醫診療設備

3. **ด้ามจับหัวกรอฟัน** [dâam jàp hŭa gror fan] n. 牙科手機

4. **เก้าอี้ทำฟัน** [gâo-êe tam fan] / **เก้าอี้ทันตกรรม** [gâo-êe tan-dtà-gam] n. 牙醫躺椅

5. **โคมไฟส่องปาก** [kohm fai sòng bpàak] n. 牙醫照明燈

6. **ตู้สำหรับทันตแพทย์** [dtôo săm-ràp tan-dtà-pâet] n. 牙醫櫃

7. **เก้าอี้ทันตแพทย์** [gâo-êe tan-dtà-pâet] n. 牙醫圓凳

8. **เครื่องสแกนฟัน** [krêuang sà-gaen fan] n. 牙醫掃描器

9. **เครื่องดูดน้ำลาย** [krêuang dòot náam laai] n. 牙醫真空吸唾器

10. **จอ** [jor] n. 螢幕

11. **เครื่องจ่ายแอลกอฮอล์** [krêuang jàai aen-gor-hor] n. 酒精消毒機

12. **กระดาษเช็ดมือ** [grà-dàat chét meu] n. 擦手紙

01 牙齒檢查／洗牙

แปรงสีฟัน
[bpraeng sĕe fan]
n. 牙刷

แปรงสีฟันไฟฟ้า
[bpraeng sĕe fan fai fáa]
n. 電動牙刷

แปรงขูดลิ้น
[bpraeng kòot lín]
n. 刮舌器

แปรงซอกฟัน
[bpraeng sôk fan]
n. 牙間刷

ยาสีฟัน
[yaa sĕe fan]
n. 牙膏

น้ำยาบ้วนปาก
[nám yaa bûan-bpàak]
n. 漱口水

ไหมขัดฟัน
[măi kàt fan]
n. 牙線

ไหมขัดฟันแบบมีด้าม
[măi kàt fan bàep mee dâam]
n. 牙線棒

ไม้จิ้มฟัน
[mái jîm fan]
n. 牙籤

เครื่องฉีดน้ำทำความสะอาดฟัน
[krêuang chèet náam tam
kwaam sà-àat fan]
n. 沖牙機

แผ่นแปะฟันขาว
[pàen bpàe fan kăao]
n. 美白牙貼

ปากกาฟอกฟันขาว
[bpàak gaa fôk fan kăao]
n. 牙齒美白筆

牙科 ★★★ unit 2

　　人的一生當中，會長兩次牙，分別是長出 **ฟันน้ำนม** [fan náam nom]（乳牙）和 **ฟันแท้** [fan táe]（恆牙）。嬰兒在出生約六個月時，開始長出來的牙齒，稱之為「乳牙」。在乳牙階段時，**ฟันบน** [fan bon]（上排牙）會長出10顆，**ฟันล่าง** [fan lâang]（下排牙）也會長出10顆。大約六歲之後，乳牙會逐漸脫落，脫落之後再長出來的牙齒，就稱之為 **ฟันแท้**（恆牙），**แท้** 是指「真正的」的意思。完整的恆牙加上 **ฟันคุด** [fan kút]（智齒）則上、下排牙齡都會各有16顆，所以全口總共會是32顆牙。

● **ฟันน้ำนม**（乳牙）

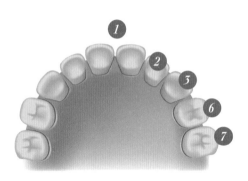
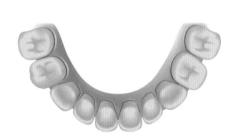

● **ฟันแท้**（恆牙）

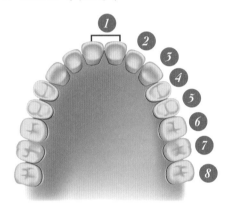
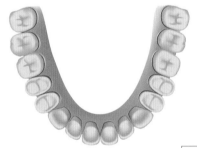

07-02-03.MP3

① **ฟันตัดหน้าซี่กลาง** [fan dtàt nâa sêe glaang] / **ฟันกระต่าย** [fan grà-dtàai] n. 門牙

② **ฟันตัดหน้าซี่ข้าง** [fan dtàt nâa sêe kâang] n. 側門齒

③ **ฟันเขี้ยว** [fan kîeow] n. 犬齒

④ **ฟันกรามซี่ที่ 1** [fan graam sêe têe nèung] n. 第一小臼齒

⑤ **ฟันกรามซี่ที่ 2** [fan graam sêe têe sŏng] n. 第二小臼齒

⑥ **ฟันกรามซี่ที่ 1** [fan graam sêe têe nèung] n. 第一大臼齒

⑦ **ฟันกรามซี่ที่ 2** [fan graam sêe têe sŏng] n. 第二大臼齒

⑧ **ฟันกรามซี่ที่ 3** [fan graam sêe têe săam] / **ฟันคุด** [fan kút] n. 第三大臼齒、智齒

如果想擁有一口漂亮又健康的牙齒，除了需養成正確的刷牙習慣以外，每半年至牙科診所做 **ตรวจสุขภาพฟัน** [dtrùat sùk-kà-pâap fan]（定期口腔檢查）也是非常重要的；為患者檢查牙齒的同時，牙醫師會透過 **เอกซเรย์ฟัน** [èk-sâ-ray fan]（牙齒X光攝影）徹底了解患者的牙齒狀況後，再開始

為患者進行 **ขูดหินปูน** [kòot hǐn bpoon]（清潔牙垢），甚至有些貼心的牙醫師還會為患者的牙齒表層塗上 **ฟลูออไรด์** [floo-or-rai]（氟化物），其功能為加強防護牙齒對酸性的侵蝕，同時也能降低蛀牙的發生率。

02 治療牙齒疾病

牙科 ★★★ Unit 2

常見的牙齒疾病有哪些？

07-02-04.MP3

 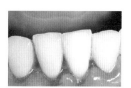 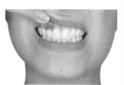

ฟันผุ	โรคปริทันต์	เลือดออกตามไรฟัน	เหงือกอักเสบ
[fan pù]	[rôhk bpri tan]	[lêuat òk dtaam rai-fan]	[ngèuak àk-sàyp]
n. 蛀牙	n. 牙周病	n. 牙齦出血	n. 牙齦炎

牙套的種類有哪些？

07-02-05.MP3

 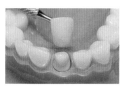  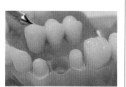

เหล็กดัดฟัน	ครอบฟัน	ฟันยาง	สะพานฟัน
[lèk dàt fan]	[krôp fan]	[fan yaang]	[sà-paan fan]
n. 牙齒矯正器、牙套	n. 人造牙冠、牙套	n. 隱形牙套	n. 牙橋

อุดฟัน
[ùt fan]
ph. 補牙

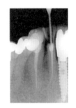

รักษารากฟัน
[rák-săa râak fan]
ph. 根管治療

ขูดหินปูน
[kòot hĭn bpoon]
ph. 清潔牙垢

ถอนฟัน
[tŏn fan]
ph. 拔牙

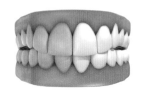

ฟอกฟันขาว
[fôk fan kăao]
ph. 牙齒美白

ฟันปลอมแบบถอดได้
[fan bplom bàep tòt dâai]
n. 活動式假牙

ฉีดยาชา
[chèet yaa chaa]
ph. 局部麻醉

ฝังรากฟันเทียม
[făng râak fan tiam]
ph. 植牙

จัดฟัน
[jàt fan]
ph. 戴牙套

07-02-07.MP3

Tips 跟牙齒有關的慣用語

● ลิ้นกับฟัน [lín gàp fan]：舌頭和牙齒。比喻容易和親近的人發生爭吵，通常用於夫妻關係。

สามีภรรยาอยู่ด้วยกันก็เหมือนลิ้นกับฟันต้องมีทะเลาะกันบ้าง [săa-mee pan-rá-yaa yòo dûay gan gôr mĕuan lín gàp fan dtông mee tá-lór gan bâang]

夫妻一起生活就像「舌頭和牙齒」一樣，有爭吵是在所難免的。

1. **ฉันกินของเย็นแล้วจะรู้สึกเสียวฟัน** [chăn gin kŏng yen láew jà róo séuk sĭeow fan]
   我吃冰的東西時，牙齒會感覺到很酸。

2. **คุณมีฟันผุกี่ซี่ เดี๋ยวฉันอุดฟันให้** [kun mee fan pù gèe sêe · dĭeow chăn ùt fan hâi]
   你有幾顆蛀牙，我幫你補一下。

3. **คุณต้องใช้ไหมขัดฟันทำความสะอาดหลังกินข้าวเสร็จ**
   [kun dtông chái măi kàt fan tam kwaam sà-àat lăng gin kâao sèt] 你吃完飯後要用牙線清理。

4. **ฉันมักจะมีเลือดออกตามไรฟัน** [chăn mák jà mee lêuat òk dtaam rai-fan]
   我的牙齦常常會流血。

5. **ฟันคุดของคุณขึ้นแล้ว มันจะไปเบียดกับฟันด้านข้าง คุณควรถอนออก**
   [fan kút kŏng kun kêun láew · man jà bpai bìat gàp fan dâan kâang · kun kuan tŏn òk]
   你的智齒長歪了，會影響到旁邊的牙齒。你該把它拔掉。

6. **หลังทานอาหารมีเศษอาหารติดอยู่ในร่องฟัน รู้สึกไม่สบายเลย**
   [lăng taan aa-hăan mee sàyt aa-hăan dtit yòo nai rông fan · róo séuk mâi sà-baai loie]
   吃完飯後菜渣常卡在牙縫裡，很難過。

7. **ควรแปรงฟันอย่างน้อยวันละ 2 ครั้ง** [kuan bpraeng fan yàang nói wan lá sŏng kráng]
   每天應至少刷牙兩次。

8. **ตอนขูดหินปูนจะเจ็บนิดหน่อย อดทนหน่อยนะ**
   [dton kòot hĭn bpoon jà jèp nit nòi · òt ton nòi ná]
   清潔牙垢時會有一點痛，請你稍微忍耐一下。

9. **คุณอ้าปากกว้างหน่อย** [kun âa bpàak gwâang nòi] 你嘴巴張大一點讓我檢查。

10. **เสร็จแล้ว คุณบ้วนปากได้** [sèt láew · kun bûan-bpàak dâai] 好了，你先漱個口。

07-02-08.MP3

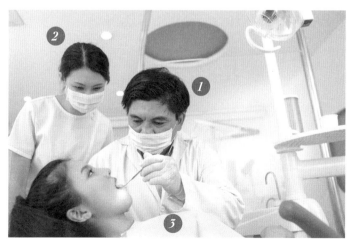

 ทันตแพทย์
[tan-dtà-pâet]
n. 牙醫師

❷ **ผู้ช่วยทันตแพทย์**
[pôo chûay tan-dtà-pâet]
n. 牙科助理

❸ **ผู้ป่วย**
[pôo bpùay]
n. 患者

牙科 ★★★ บทที่ 2

ร้านขายยา 藥局
[ráan kăi yaa]

07-03-01.MP3

這些應該怎麼說?

藥局的擺設

❶ **ร้านขายยา** [ráan kăi yaa] n. 藥局

❷ **เภสัชกร** [pay-sàt-chá-gon] n. 藥劑師

❸ **เคาน์เตอร์** [kao-dtêr] n. 櫃台

❹ **ใบสั่งยา** [bai sàng yaa] n. 處方箋

❺ **ตู้เก็บยา** [dtôo gèp yaa] n. 藥櫃

❻ **ยา** [yaa] n. 藥物

❼ **อาหารเสริม** [aa-hăan sĕrm] n. 保健食品

❽ **สอบถาม** [sòp tăam] v. 詢問

❾ **ให้คำปรึกษา** [hâi kam bprèuk-săa] v. 諮詢

— **ซื้อยา** [séu yaa] ph. 買藥

— **ชื่อยา** [chêu yaa] n. 藥名

— **ขนาดยา** [kà-nàat yaa] n. 劑量

— **ข้อควรระวัง** [kôr kuan rá-wang] n. 注意事項

— **วันที่ตรวจ** [wan têe dtrùat] n. 診療日期

— **แพทย์ผู้สั่ง** [pâet pôo sàng] n. 處方醫師

01 購買成藥

07-03-02.MP3

ยาแก้หวัด

[yaa gâe wàt]

n. 感冒藥

ยาลดไข้

[yaa lót kâi]

n. 退燒藥

ยาแก้ปวด

[yaa gâe bpùat]

n. 止痛藥

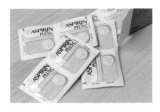

แอสไพริน

[áet-pai-rin]

n. 阿斯匹靈

ยาปฏิชีวนะ

[yaa bpà-dti-chee-wá-ná]

n. 抗生素

ยาอมแก้เจ็บคอ

[yaa om gâe jèp kor]

n. 喉糖

ยาน้ำแก้ไอ

[yaa náam gâe ai]

n. 咳嗽糖漿

ยาลดกรด

[yaa lót gròt]

n. 制酸劑；胃藥

ยานอนหลับ

[yaa-non-làp]

n. 安眠藥

ยาแก้ท้องร่วง

[yaa gâe tóng rûang]

n. 止瀉藥

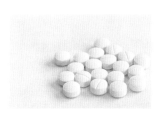

ยาแก้เมารถ

[yaa gâe mao rót]

n. 暈車藥

ยาคุมกำเนิด

[yaa kum gam-nèrt]

n. 避孕藥

藥局 ★★★ unit 3

ยาถ่ายพยาธิ

[yaa tàai pá-yâat]

n. 驅蟲藥

ยาฆ่าเชื้อโรค

[yaa kâa chéua rôhk]

n. 殺菌劑

ยาทาแผลไฟไหม้น้ำร้อนลวก

[yaa taa plăe fai mâi náam rón lûak]

n. 燙傷藥

02 購買醫療保健用品

常見的醫療用品和保健食品有哪些？

07-03-03.MP3

วิตามิน

[wí-dtaa-min]

n. 維他命

น้ำมันปลาชนิดแคปซูล

[náam man bplaa chá-nít káep-soon]

n. 魚油膠囊

แคลเซียมเม็ด

[kaen-siam mét]

n. 鈣片

ยาเม็ดฟองฟู่

[yaa mét fong fôo]

n. 發泡錠

ซุปไก่สกัด

[súp gài sà-gàt]

n. 雞精

น้ำเกลือล้างแผล

[náam gleua láang plăe]

n. 生理食鹽水

น้ำยาหยอดตา
[nám yaa yòt dtaa]
n. 眼藥水

ยาพ่นจมูก
[yaa pôn jà-mòok]
n. 鼻通劑

ยาทา
[yaa taa]
n. 藥膏

ที่ตรวจครรภ์
[têe dtrùat kan]
n. 驗孕棒

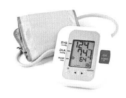

เครื่องวัดความดัน
[krêuang wát kwaam dan]
n. 血壓計

ปืนวัดอุณหภูมิ
[bpeun wát un-hà-poom]
n. 額溫槍

เครื่องวัดน้ำตาลในเลือด
[krêuang wát nám dtaan nai lêuuat]
n. 血糖機

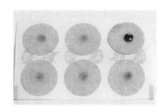

แผ่นแม่เหล็กแก้ปวดญี่ปุ่น
[pàen mâe lèk gâe bpùuat yêe-bpún]
n. 磁力貼

เครื่องพ่นแอลกอฮอล์อัตโนมัติ
[krêuang pôn aen-gor-hor àt-dtà-noh-mát]
n. 自動洗手酒精噴霧機

藥局 ★★★ unit 3

07-03-04.MP3

● ยาหม้อใหญ่ [yaa môr yài]：大鍋藥。比喻令人感到無聊乏味的事情。

วิชาคณิตศาสตร์เป็น "ยาหม้อใหญ่" สำหรับฉัน ทุกครั้งที่เรียนฉันมักจะง่วงนอน
[wi-chaa ká-nít-dtà-sàat bpen · yaa môr yài · sǎm-ràp chǎn túk kráng têe rian chǎn mák jà ngûang non]

數學對我來說是個無聊至極，每次上數學課我都會想睡覺。

265

โรงพยาบาลสัตว์ 獸醫院
[rohng pá-yaa-baan sàt]

บทที่ 4

07-04-01.MP3

這些應該怎麼說？

獸醫院的配置

1 **สัตวแพทย์** [sàt dtà wá pâet] n. 獸醫

2 **ผู้ช่วยสัตวแพทย์** [pôo chûay sàt dtà wá pâet]
n. 獸醫助理

3 **หูฟังแพทย์** [hŏo fang pâet] n. 聽診器

4 **สัตว์เลี้ยง** [sàt líang] n. 寵物

5 **เจ้าของ** [jâo kŏng] n.（寵物）主人

6 **ใบอนุญาตเป็นผู้ประกอบวิชาชีพการ
สัตวแพทย์** [bai à-nú-yâat bpen pôo bprà-gòp
wí-chaa chêep gaan sàt dtà wá pâet] n. 獸醫證明

7 **ตุ๊กตา** [dtúk-gà-dtaa] n. 布娃娃

8 **แมว** [maew] n. 貓

9 **หนวด** [nùat] n. 鬚

10 **เท้าหน้า** [táo nâa] n. 前腳

11 **เท้าหลัง** [táo lăng] n. 後腳

12 **อุ้งมือ** [ûng meu] n. 肉球

13 **กรงเล็บ** [grong lép] n. 爪子

14 **ขน** [kŏn] n. 毛

15 **หาง** [hăang] n. 尾巴

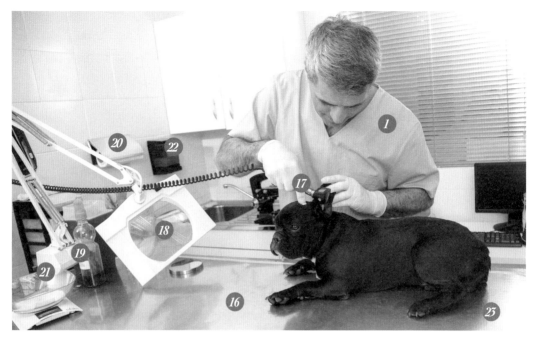

16 **โต๊ะตรวจ** [dtó dtrùat] n. 診療台

17 **เครื่องตรวจหู** [krêuang dtrùat hŏo] n. 耳鏡

18 **แว่นขยาย** [wâen kà-yăai] n. 放大鏡

19 **แอลกอฮอล์ฆ่าเชื้อ** [aen-gor-hor kâa chéua] n. 酒精消毒劑

20 **กระดาษเช็ดมือ** [grà-dàat chét meu] n. 擦手紙巾

21 **เครื่องชั่งน้ำหนักสัตว์เลี้ยง** [krêuang châng náam nàk sàt líang] n. 寵物體重計

22 **สบู่เหลวล้างมือ** [sà-bòo lĕo láang meu] n. 洗手乳

25 **สแตนเลส** [sà-dtaen-lâyt] n. 不鏽鋼

 在獸醫那裡會做什麼呢？

01 帶寵物去做檢查、打預防針

常見的檢查有哪些？

07-04-02.MP3

ตรวจสุขภาพ
[dtrùat sùk-kà-pàap]
ph. 做健康檢查

ตรวจช่องหูสัตว์เลี้ยง
[dtrùat chông hŏo sàt líang]
ph. 檢查寵物耳朵

ตรวจฟันสัตว์เลี้ยง
[dtrùat fan sàt líang]
ph. 檢查寵物牙齒

獸醫 ★★★ unit 4

ฉีดวัคซีน
[chèet wák-seen]
ph. 接種疫苗

วัดอุณหภูมิสัตว์เลี้ยง
[wát un-hà-poom sàt liang]
ph. 幫寵物量體溫

ตรวจสภาพขนและผิวหนัง
สัตว์เลี้ยง
[dtrùat sà-pâap kŏn láe
pĭw năng sàt liang]
ph. 檢查寵物的毛和皮膚

Tips 生活小常識：寵物美容篇

大多數的獸醫院裡，除了幫寵物看診以外，也額外提供了 **เสริมสวยสัตว์เลี้ยง** [sěrm sŭay sàt liang]（寵物美容）的服務，像是 **อาบน้ำ** [àap náam]（洗澡）、**ตัดขน** [dtàt kŏn]（剪毛）、**ทำความสะอาดหู** [tam kwaam sà-àat hŏo]（耳朵清潔）和 **ตัดเล็บ** [dtàt lép]（指甲修剪）等，方便寵物在看診之餘，也能有光鮮亮麗、煥然一新的外在。

---

02 治療寵物

常見的治療有哪些？

07-04-03.MP3

ขูดหินปูน
[kòot hĭn bpoon]
ph. 洗牙

ทานอาหารเสริม
[taan aa-hăan sěrm]
ph. 服用營養品

รักษาพยาธิหนอนหัวใจ
[rák-săa pá-yaat nŏn hŭa jai]
ph. 治療心絲蟲

ใช้น้ำยาหยอดตาฆ่าเชื้อ

[chái nám yaa yòt dtaa kâa chéua]

ph. 使用抗菌眼藥水

ผ่าตัด

[pàa dtàt]

v. 做手術

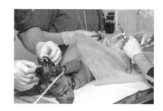

ทำหมัน

[tam mǎn]

ph. 結紮

常見的治療用具有哪些？

07-04-04.MP3

ปลอกครอบหัว

[bplòk krôp hǔa]

n. 頸護罩

ตะกร้อครอบปาก

[dtà-grôr krôp bpàak]

n. 狗嘴套

กรง

[grong]

n. 籠子

เชือกจูงสุนัข

[chêuak joong sù-nák]

n. 狗鍊

ยาถ่ายพยาธิ

[yaa tàai pá-yaat]

n. 體內驅蟲藥

ยากำจัดเห็บหมัด

[yaa gam-jàt hèp màt]

n. 體外驅蟲藥

ยาขับก้อนขน

[yaa kàp gôn kǒn]

n. 化毛藥

去獸醫院時常常會用到的會話句

1. **ฉันต้องพาหมาของฉันไปหาหมอ** [chăn dtông paa măa kŏng chăn bpai hăa mŏr]
   我必須帶我的狗去看醫生。

2. **หมาของฉันทั้งอ้วกและถ่ายเหลว** [măa kŏng chăn táng ûak láe tàai lĕo]
   我的小狗又吐又拉的。

3. **สัตว์เลี้ยงของฉันทานอาหารไม่ลง** [sàt líang kŏng chăn taan aa-hăan mâi long]
   我的寵物沒有食慾。

4. **ถ้าคุณพาสุนัขไปเดินเล่นทุกวัน จะช่วยให้เขามีสุขภาพที่ดี** [tâa kun paa sù-nák bpai dern lâyn túk wan · jà chûay hâi kăo mee sùk-kà-pâap têe dee]
   如果你每天帶狗散步，這樣可以有助於牠的健康。

5. **แมวของคุณต้องใส่ปลอกครอบหัว เขาจะได้ไม่เลียแผลตัวเอง** [maew kŏng kun dtông sài bplòk krôp hŭa · kăo jà dâai mâi lia plăe dtua ayng]
   你的貓需要戴頸護罩，這樣牠才不會舔自己的傷口。

07-04-05.MP3

其他照顧寵物時會用到的物品

ถ้วยข้าว
[tûuay kâao]
n. 飼料碗

เบาะนอน
[bòr non]
n. 寵物床

ปลอกคอ
[bplòk kor]
n. 項圈

คอนโดแมว
[kon-doh maew]
n. 貓爬架

ทรายแมว
[saai maew]
n. 貓砂

ไม้ล่อแมว
[mái lôr maew]
n. 逗貓棒

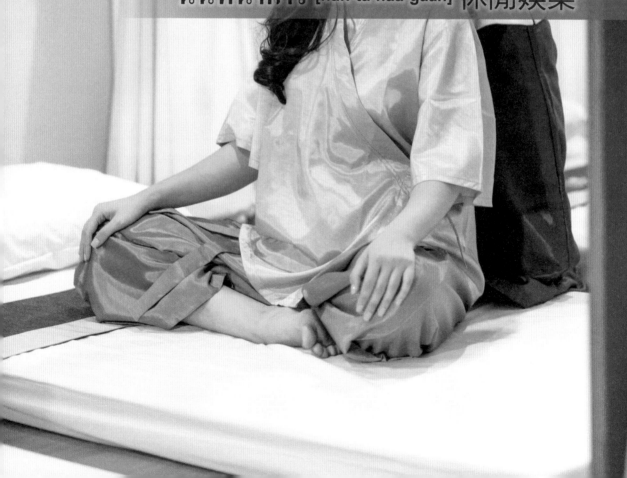

หมวดที่ 8
นันทนาการ [nan-tá-naa-gaan] 休閒娛樂

บทที่ 1

โรงภาพยนตร์ 電影院
[rohng pâap-pá-yon]

08-01-01.MP3

這些應該怎麼說？

電影院的配置

1 **โรงภาพยนตร์** [rohng pâap-pá-yon] /
โรงหนัง [rohng năng] n. 電影院

2 **หน้าจอ** [nâa jor] n. 銀幕

5 **ที่นั่งริมทางเดิน** [têe nâng rim taang
dern] n. 走道座位

4 **ที่นั่งด้านหน้า** [têe nâng dâan nâa]
n. 前排座位

5 **ที่นั่งด้านหลัง** [têe nâng dâan lăng]
n. 後排座位

6 **ที่นั่งตรงกลาง** [têe nâng dtrong glaang]
n. 中間座位

7 **ทางออกฉุกเฉิน** [taang òk chùk-chĕrn]
n. 緊急出口

8 **หมายเลขที่นั่ง** [măi lâyk têe nâng]
n. 座位號碼

⑨ **ป้ายทางออกฉุกเฉิน** [bpâai taang òk chùk-chĕrn] n. 緊急出口標示

⑩ **ที่วางแก้ว** [têe waang gâew] n. 杯架

⑪ **ทางเดิน** [taang dern] n. 走道

⑫ **ไฟทางเดิน** [fai taang dern] n. 走道燈

⑬ **ไฟแสดงแถวที่นั่ง** [fai sà-daeng tăew têe nâng] n. 座位排指示燈

⑭ **เครื่องเสียง** [krêuang sĭang] n. 音箱

在電影院會做什麼呢？

01 購票、附餐

08-01-02.MP3

電影票種類有哪些？

● 電影票的種類可分成：

1. **ตั๋วธรรมดา** [dtŭa tam-má-daa] n. 全票

2 **ตั๋วราคาพิเศษ** [dtŭa raa-kaa pí-sàyt] n. 優待票

又可分成四種：

- **ตั๋วราคาพิเศษสำหรับนักเรียน** [dtŭa raa-kaa pí-sàyt săm-ràp nák rian] n. 學生優待票

- **ตั๋วราคาพิเศษสำหรับเด็ก** [dtŭa raa-kaa pí-sàyt săm-ràp dèk] n. 孩童優待票

- **ตั๋วราคาพิเศษสำหรับทหารและตำรวจ** [dtŭa raa-kaa pí-sàyt săm-ràp tá-hăan láe dtam-rùat] n. 軍警優待票

- **ตั๋วราคาพิเศษสำหรับผู้สูงวัย** [dtŭa raa-kaa pí-sàyt săm-ràp pôo sŏong wai] n. 老人優待票

3. **ตั๋วล่วงหน้า** [dtŭa lûang nâa] / **ตั๋ว Early Bird** [dtŭa Early Bird] n. 早鳥票

จุดจำหน่ายตั๋ว
[ùt jam-nàai dtŭa]
n. 售票處

4. **ตั๋วก่อนเที่ยง** [dtŭa gòn tîang] n. 午前場

5. **ตั๋วรอบดึก** [dtŭa rôp dèuk] n. 午夜場

6. **ฉายครั้งแรก** [chăai kráng râek] / **รอบปฐมทัศน์** [rôp bpà-tŏm má tát] n. 首映

Tips 跟電影有關的慣用語

● **หนังฟอร์มยักษ์** [năng fom yák]：大片。指在拍攝 技術、卡司、劇情上花了大筆金額籌畫的一部令 觀眾相當期待的電影。

ช่วงท้ายปีเป็นช่วงที่หนังฟอร์มยักษ์หลายเรื่อง เข้าฉาย [chûang táai bpee bpen chûang têe năng fom yák lăai rêuang kâo chăai]

很多大片會在年底上映。

電影院小吃部裡，常見的飲食和醬料有哪些呢？

● 食物

เพรทเซล
[prâyt sayn]
n. 鹹脆捲餅

นักเก็ตไก่
[nák gèt gài]
n. 雞塊

แฮมเบอร์เกอร์
[haem ber-gêr]
n. 漢堡

ไก่ทอด
[gài tôt]
n. 炸雞

ป๊อปคอร์น
[bpóp-kon]
n. 爆米花

เฟรนช์ฟรายส์
[frayn-fraai]
n. 薯條

ฮอทดอก
[hot dog]
n. 熱狗

มันฝรั่งเกลียวทอด
[man fà-ràng glieow tôt]
n. 旋風薯片

ชูโรส
[choo rôht]
n. 吉拿棒

● 飲料

08-01-05.MP3

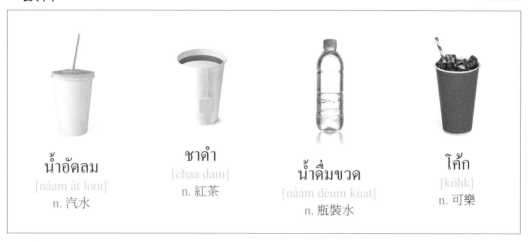

น้ำอัดลม
[náam àt lom]
n. 汽水

ชาดำ
[chaa dam]
n. 紅茶

น้ำดื่มขวด
[náam dèum kùat]
n. 瓶裝水

โค้ก
[kóhk]
n. 可樂

02 看電影

常見的電影類型有哪些？

08-01-06.MP3

❶ ภาพยนตร์ตลก [pâap-pá-yon dtà-lòk] n. 喜劇片

❷ ฟิล์มนัวร์ [fim-nua] n. 黑色電影

❸ ภาพยนตร์สงคราม [pâap-pá-yon sŏng-kraam] n. 戰爭片

❹ ภาพยนตร์อาชญากรรม [pâap-pá-yon àat-yaa-gam] n. 犯罪片、警匪片

❺ ภาพยนตร์แฟนตาซี [pâap-pá-yon faen dtaa see] n. 奇幻片

❻ ภาพยนตร์ผจญภัย [pâap-pá-yon pà-jon pai] n. 冒險片

❼ ภาพยนตร์การ์ตูน [pâap-pá-yon gaa-dtoon] n. 動畫片

❽ ภาพยนตร์ชีวประวัติ [pâap-pá-yon chee-wá-bprà-wàt] n. 傳記片

❾ ภาพยนตร์ครอบครัว [pâap-pá-yon krôp krua] n. 家庭片

⑩ **ละครเพลง** [lá-kon playng] n. 音樂劇

⑪ **ภาพยนตร์สืบสวนสอบสวน** [pâap-pá-yon sèup sŭuan sòp sŭuan] n. 偵探片

⑫ **ภาพยนตร์ประวัติศาสตร์** [pâap-pá-yon bprà-wàt sàat] n. 歷史片

⑬ **ภาพยนตร์สารคดี** [pâap-pá-yon săa-rá-ká-dee] n. 紀錄片

⑭ **ภาพยนตร์กีฬา** [pâap-pá-yon gee-laa] n. 運動片

⑮ **ภาพยนตร์ศิลปะ** [pâap-pá-yon sĭn-lá-bpà] n. 藝術片

⑯ **ภาพยนตร์ผู้ใหญ่** [pâap-pá-yon pôo yài] n. 成人片

⑰ **ภาพยนตร์แอ็คชั่น** [pâap-pá-yon àek-chân] n. 動作片

⑱ **ภาพยนตร์ระทึกขวัญ** [pâap-pá-yon rá-téuk kwăn] n. 恐怖片

⑲ **หนังผี** [năng pĕe] n. 鬼片

⑳ **ภาพยนตร์โรแมนติก** [pâap-pá-yon roh-maen-dtìk] n.（浪漫）愛情片

㉑ **ภาพยนตร์สยองขวัญ** [pâap-pá-yon sà-yŏng kwăn] n. 驚悚片

㉒ **ภาพยนตร์แนววิทยาศาสตร์** [pâap-pá-yon naew wít-tá-yaa sàat] / **ภาพยนตร์ไซไฟ** [pâap-pá-yon sai-fai] n. 科幻片

㉓ **ละครใบ้** [lá-kon bâi] n. 默劇

㉔ **ภาพยนตร์คาวบอย** [pâap-pá-yon kaao-boi] n. 西部片

㉕ **ภาพยนตร์ดราม่า** [pâap-pá-yon draa mâa] n. 劇情片

電影影像呈現的種類有哪些？

隨著科技快速地發展，電影院螢幕的影像呈現也愈來愈科技與多元，除了一般畫質明亮、色彩飽和的 ภาพยนตร์ 2D（2D 電影）以外，還有 ภาพยนตร์ 3D（3D 立體版電影）和 ภาพยนตร์ 4D（4D 動感電影）；3D 立體版電影自當播放的是立體影片，所以觀眾必需要配戴 แว่นตา 3D（3D 眼鏡）才能呈現立體電影的效果。有些電影院為了讓觀眾享有最佳的 3D 立體版電影品質，還特別引進了 ภาพยนตร์ IMAX（IMAX 大影像），以超大銀幕的方式，將整部電影更清晰地呈現給各位觀眾；4D 動感電影跟 3D 立體版電影最大不同的是 4D 動感電影特別為觀眾增設了動感座椅的體驗，它可以配合電影的劇情做出一些特效，讓觀眾雖然坐在座椅上，但是同時也能擁有身歷其境的感受。

電影院常看到的規定

08-01-07.MP3

ห้ามนำอาหารเข้า	ห้ามสูบบุหรี่	ห้ามบันทึกภาพและเสียง
[hâam nam aa-hăan kâo]	[hâam sòop bù-rèe]	[hâam ban-téuk pâap láe sĭang]
禁帶外食	禁止吸菸	禁止攝影

กรุณาปิดเสียงโทรศัพท์	กรุณาอย่าส่งเสียงดัง	กรุณาดูแลทรัพย์สินของท่าน
[gà-rú-naa bpìt sĭang toh-rá-sàp]	[gà-rú-naa yàa sòng sĭang dang]	[gà-rú-naa doo lae sáp sĭn kŏng tân]
手機請關靜音	請降低音量	請留意隨身貴重物品

ร้านดอกไม้ 花店
[ráan dòk mái]

08-02-01.MP3

這些應該怎麼說？

店外的擺設

① **ร้านดอกไม้** [ráan dòk mái] n. 花店

② **กันสาด** [gan sàat] n. 涼篷；雨篷

③ **ตู้โชว์** [dtôo choh] n. 展示櫥窗

④ **ของตกแต่ง** [kŏng dtòk dtàeng] n. 裝飾品

⑤ **พรมเช็ดเท้า** [prom chét táo] n. 踏墊

⑥ **ชั้นวางกระถางต้นไม้** [chán waang grà-tăang dtôn mái] n. 盆栽架

⑦ **ป้ายชื่อต้นไม้แบบปักดิน** [bpâai chêu dtôn mái bàep bpàk din] n. 盆栽插牌

⑧ **พืช** [pêut] n. 植物

⑨ **ดอกไม้** [dòk mái] n. 花器

⑩ **กระถางต้นไม้** [grà-tăang dtôn mái] n. 盆栽

⑪ **พืชใบเลี้ยงคู่** [pêut bai líang kôo] n. 雙子葉植物

⑫ **ไม้ดอก** [mái dòk] n. 開花植物

⑬ **ไม้ผล** [mái pŏn] n. 果類植物

店內的擺設

14 **เจ้าของร้านดอกไม้** [jâo kŏng ráan dòk mái] n. 花商、花店老闆

15 **นักจัดดอกไม้** [nák jàt dòk mái] n. 花藝設計師

16 **ผ้ากันเปื้อน** [pâa gan bpêuan] n. 圍裙

17 **เคาน์เตอร์** [kao-dtêr] n. 櫃台

18 **กรรไกรตัดกิ่งไม้** [gan-grai dtàt gìng mái] n. 花剪

19 **แจกันดอกไม้** [jae-gan dòk mái] n. 花瓶

20 **กระเช้าดอกไม้** [grà-cháo dòk mái] n. 花籃

21 **กระถางดอกไม้** [grà-tăang dòk mái] n. 花盆

22 **ถังใส่ดอกไม้** [tăng sài dòk mái] n. 花桶

23 **ริบบิ้น** [ríp-bîn] n. 緞帶

24 **กระดาษห่อของขวัญ** [grà-dàat hòr kŏng kwăn] n. 包裝紙

08-02-02.MP3

Tips 與花草樹木有關的慣用語

● **ดอกไม้ใกล้มือ** [dòk mái glâi meu]：離手很近的花。比喻隨時可以觸摸到的花，引申為使男生容易接近女生的行為。近似於中文的「人盡可夫」。

● ดอกไม้ริมทาง [dòk mái rim taang]：路邊的花。比喻輕率的女生，允許男生挑逗，讓自己變得沒有價值。近似中文的「水性陽花」。

● ลูกไม้หล่นไม่ไกลต้น [lôok mái lòn mâi glai dtôn]：落下的果實離樹不遠。比喻孩子很像父母。近似中文的「龍生龍，鳳生鳳」。

เด็กคนนี้ลูกไม้หล่นไม่ไกลต้นจริงๆ พ่อของเขาเป็นนักแข่งรถชื่อดัง ลูกชายก็ชอบเรื่องรถตั้งแต่เด็ก มีแววจะเข้าวงการตามพ่อ [dèk kon née lôok mái lòn mâi glai dtôn jing jing pôr kŏng kăo bpen nák kàeng rót chêu dang · lôok chaai gôr chôp rêuang rót dtâng dtàe dèk · mee waew jà kâo wong gaand taam pôr]

說到這孩子真的是「龍生龍，鳳生鳳」，他爸爸是有名的賽車選手，他從小就對車子有興趣，有可能會跟著他爸爸進入這個行業。

● ต้นไม้ตายเพราะลูก [dtôn mái dtaai prór lôok]：樹因為果實而死。比喻父母因為太愛孩子，願意放棄自己的名聲、財產、性命，為了保護孩子。近似中文的「愛子心切」。

在花店會做什麼呢？

01 花種

花的種類有哪些？

08-02-03.MP3

กุหลาบ
[gù-làap]
n. 玫瑰

กุหลาบพันปี
[gù-làap pan bpee]
n. 杜鵑

กล้วยไม้
[glûay mái]
n. 蘭花

ดอกบัว
[dòk bua]
n. 蓮花

ดอกทานตะวัน
[dòk taan dtà-wan]
n. 向日葵

ดอกลิลลี่
[dòk lin-lêe]
n. 百合花

ดอกมะลิ
[dòk má-lì]
n. 茉莉花

ชบา
[chá-baa]
n. 扶桑花

ดอกทิวลิป
[dòk tiw-líp]
n. 鬱金香

ไฮเดรนเจีย
[hai-drayn jia]
n. 繡球花

ดอกไลเซนทัส
[dòk lai sayn tát]
n. 洋桔梗

ดอกคาร์เนชั่น
[dòk kaa-nay-chân]
n. 康乃馨

ดอกดาวเรือง
[dòk daao-reuang]
n. 金盞花；萬壽菊

ดอกรักเร่
[dòk rák-rây]
n. 大麗菊

ดอกดาวกระจาย
[dòk daao-grà-jaai]
n. 波斯菊

เยอบีร่า
[yer bee râa]
n. 大丁草

ดอกบานชื่น
[dòk baan chèun]
n. 百日菊

ดอกยิบโซ
[dòk yíp soh]
n. 滿天星

花店 ★★★ บทที่ 2

ดอกแพนซี่
[dòk paen sêe]
n. 三色紫羅蘭

ปักษาสวรรค์
[bpàk-săa sà-wăn]
n. 天堂鳥

ซ่อนกลิ่นฝรั่ง
[sôn-glìn-fà-ràng]
n. 劍蘭

ดอกไอริส
[dòk ai-rít]
n. 鳶尾

ดอกดารารัตน์
[dòk daa-raa rát]
n. 黃水仙花

ดอกซ่อนกลิ่น
[dòk sôn-glìn]
n. 晚香玉

ดอกคาลล่า ลิลลี่
[dòk kaan-lâa · lin-lêe]
n. 海芋

ดอกหน้าวัว
[dòk nâa-wua]
n. 火鶴花

ลั่นทม [lân-tom] /
ลีลาวดี [lee-laa-wá-dee]
n. 緬梔

ดอกซากุระ
[dòk saa gù rá]
n. 櫻花

ดอกท้อ
[dòk tór]
n. 桃花

ตานเหลือง [dtaan lĕuang] /
ช้างน้าว [cháang náao]
n. 金蓮木

หางนกยูงฝรั่ง
[hăang-nók-yoong-fà-ràng]
n. 鳳凰花

ดอกงิ้ว
[dòk ngíw]
n. 木棉花

ดอกตีนเป็ด
[dòk dteen-bpèt]
n. 黑板樹花

พวงแสด
[puang-sàet]
n. 炮仗花

เฟื่องฟ้า
[fêuang-fáa]
n. 九重葛

ดอกเบญจมาศ
[dòk bayn-jà-màat]
n. 菊花

ดอกคามิเลีย
[dòk kaa mí lia]
n. 茶花

ดอกโบตั๋น
[dòk boh-dtǎn]
n. 牡丹花

คุณนายตื่นสาย
[kun naai dtèun sǎai] /
แพรเซี่ยงไฮ้ [prae-siang-hái]
n. 松葉牡丹

花的構造有哪些呢？

08-02-04.MP3

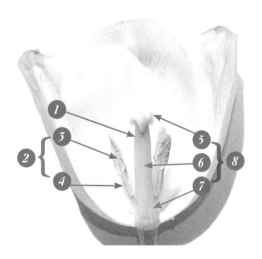

① หลอดละอองเรณู [lòt lá-ong ray-noo]
n. 花粉管

② เกสรตัวผู้ [gay-sŏn dtua pôo] n. 雄蕊

③ อับเรณู [àp ray-noo] n. 花藥

④ ก้านชูอับเรณู [gâan choo àp ray-noo]
n. 花絲

⑤ ยอดเกสรตัวเมีย [yôt gay-sŏn dtua mia]
n. 柱頭

⑥ ก้านเกสรตัวเมีย [gâan gay-sŏn dtua mia]
n. 花柱

⑦ รังไข่ [rang kài] n. 子房

⑧ เกสรตัวเมีย [gay-sŏn dtua mia] n. 雌蕊

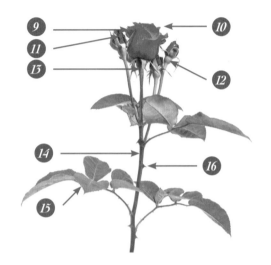

⑨ **ดอกไม้** [dòk mái] n. 花

⑩ **กลีบดอกไม้** [glèep dòk mái] n. 花瓣

⑪ **ดอกตูม** [dòk dtoom] n. 花蕾

⑫ **ฐานรองดอก** [tăan rong dòk] n. 花托

⑬ **กลีบเลี้ยง** [glèep líang] n. 萼片

⑭ **ก้านดอก** [gâan dòk] n. 花莖；梗

⑮ **ใบไม้** [bai mái] n. 葉子

⑯ **หนาม** [năam] n. 刺；荊棘

02 購買／包裝花束

包裝方式有哪些？

08-02-05.MP3

ช่อดอกไม้เจ้าสาว
[chôr dòk mái jâo săao]
n. 新娘捧花

ดอกไม้ติดหน้าอกเจ้าบ่าว
[dòk mái dtìt nâa òk jâo bàao]
n.（新郎的）胸花

ช่อดอกไม้ถือในอ้อมแขน
[chôr dòk mái tĕu nai ôm kăen]
n. 手臂式捧花

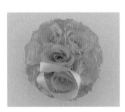

ลูกบอลดอกไม้
[lôok bon dòk mái]
n. 花球

พวงดอกไม้
[puang dòk mái]
n. 花圈

กระเช้าดอกไม้
[grà-cháo dòk mái]
n. 花籃

花店購花時，常說的基本對話有那些？

● 情人節

เจ้าของร้านดอกไม้ [jâo kŏng ráan dòk mái]:
สวัสดีค่ะ มีอะไรให้ช่วยไหมคะ?

[sà-wàt-dee kâ · mee à-rai hâi chûay măi ká]

花店老闆：您好，有什麼能為您服務的嗎？

ลูกค้า [lôok káa]: **พรุ่งนี้เป็นวันวาเลนไทน์
ผมอยากซื้อช่อดอกไม้ให้ภรรยาของผม**

[prûng-née bpen wan waa-layn-tai · pŏm yàak séu
chôr dòk mái hâi pan-rá-yaa kŏng pŏm]

顧客：明天是情人節。我想買束花給我老婆。

เจ้าของร้านดอกไม้: **คุณรู้ไหมคะว่าเธอชอบดอกไม้อะไร?** [kun róo măi ká wâa ter chôp
dòk mái à-rai]

花店老闆：您知道她喜歡哪種花嗎？

ลูกค้า: **อืม...ผมไม่รู้ คุณช่วยแนะนำหน่อยได้ไหม?** [eum · pŏm mâi róo · kun chûay náe
nam nòi dâai măi]

顧客：嗯～我不太知道耶。你可以給點建議嗎？

เจ้าของร้านดอกไม้: **เรามีดอกกุหลาบสวย ๆ ค่ะ** [rao mee dòk gù-làap sŭay sŭay kâ]

花店老闆：我們有漂亮的玫瑰花。

ลูกค้า: **กุหลาบราคาเท่าไหร่ครับ?** [gù-làap raa-kaa tâo rài kráp]

顧客：嗯，請問玫瑰怎麼算？

เจ้าของร้านดอกไม้: **กุหลาบเหลืองช่อละ 200 บาท กุหลาบแดงช่อละ 300 บาท** [gù-
làap lĕuang chôr lá · sŏng-rói · bàat · gù-làap daeng chôr lá · săam-rói · bàat]

花店老闆：黃玫瑰一束200泰銖，紅玫瑰一束300泰銖。

ลูกค้า: **งั้นผมขอกุหลาบเหลือง 1 ช่อครับ** [ngán pŏm kŏr gù-làap lĕuang nèung chôr kráp]

顧客：太好了。那我要一束黃玫瑰。

เจ้าของร้านดอกไม้: **ฉันว่าภรรยาของคุณต้องชอบดอกไม้ช่อนี้แน่เลยค่ะ** [chăn wâa
pan-rá-yaa kŏng kun dtông chôp dòk mái chôr née nâe loie kâ]

花店老闆：我相信您的夫人一定很喜歡這束花的。

ลูกค้า: **พรุ่งนี้ตอนเที่ยงส่งไปตามที่อยู่นี้ได้ไหมครับ?** [prûng-née dton-tîang sòng bpai
dtaam têe yòo née dâai măi kráp] 顧客：請問明天中午以前可以幫我送到這個地址嗎？

เจ้าของร้านดอกไม้: **แน่นอนค่ะ เราจะส่งดอกไม้ไปให้ตรงเวลา** [nâe non ká · rao jà sòng
dòk mái bpai hâi dtrong way-laa] 花店老闆：當然可以。我們會準時幫你將這束花送達。

บทที่ 3 ร้านสปา SPA 美容院
[ráan sà-bpaa]

08-03-01.MP3

這些應該怎麼說？

美容院的擺設

1. **ร้านทำผม** [ráan tam pǒm] n. 美髮店
2. **เก้าอี้ทำผม** [gâo-êe tam pǒm] n. 理髮椅
3. **สเปรย์จัดแต่งทรงผม** [sà-bpray jàt dtàeng song pǒm] n. 噴髮定型液
4. **เจลจัดแต่งทรงผม** [jayn jàt dtàeng song pǒm] n. 造型膠
5. **แว็กซ์จัดแต่งทรงผม** [wáek jàt dtàeng song pǒm] n. 髮臘
6. **เครื่องสำอาง** [krêuang sǎm-aang] n. 化妝品
7. **กระจก** [grà-jòk] n. 鏡子
8. **อ่างสระผม** [àang sà pǒm] n. 洗頭槽
9. **เก้าอี้สระผม** [gâo-êe sà pǒm] n. 洗髮椅
10. **แชมพู** [chaem poo] / **น้ำยาสระผม** [nám yaa sà pǒm] n. 洗髮精
11. **ครีมนวดผม** [kreem nûat pǒm] n. 潤髮乳
12. **ผลิตภัณฑ์บำรุงผม** [pà-lìt-dtà-pan bam-rung pǒm] n. 護髮用品
13. **ร้านทำเล็บ** [ráan tam lép] n. 美甲店
14. **น้ำยาทาเล็บ** [náam yaa taa lép] n. 指甲油
15. **น้ำยาล้างเล็บ** [nám yaa láang lép] n. 去光水
16. **หมอนรองมือ** [mǒn rong meu] n. 腕墊

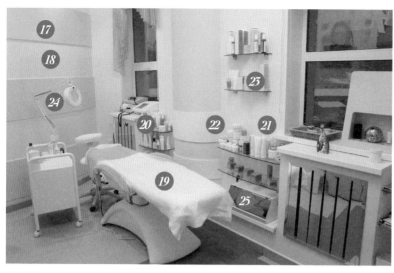
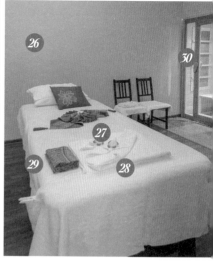

⑰ ร้านสปา [ráan sà-bpaa] n. SPA美容院

⑱ ห้องบำบัด [hông bam-bàt] n. 治療室

⑲ เตียงเสริมสวย [dtiang sĕrm sŭay] n. 美容床

⑳ อุปกรณ์เสริมสวย [ù-bpà-gon sĕrm sŭay] n. 美容用具

㉑ โทนเนอร์ [tohn ner] n. 化妝水

㉒ แผ่นมาส์กหน้า [pàen mâak nâa] n. 面膜

㉓ ผลิตภัณฑ์ดูแลผิว [pà-lìt-dtà-pan doo lae pĭw] n. 皮膚保養品

㉔ โคมไฟแว่นขยาย [kohm fai wâen kà-yăai] n. 放大鏡檯燈

㉕ ตู้อบฆ่าเชื้อ [dtôo òp kâa chéua] n. 消毒箱

㉖ ห้องนวด [hông nûat] n. 按摩室

㉗ เตียงนวด [dtiang nûat] n. 按摩床

㉘ เสื้อคลุมอาบน้ำ [sêua klum àap náam] n. 浴袍

㉙ ผ้าขนหนู [pâa kŏn nŏo] n. 毛巾

㉚ ซาวน่า [saao nàa] n. 三溫暖

在美容沙龍會做什麼呢？

01 洗髮／護髮

美容沙龍裡，常見的人有哪些？

08-03-02.MP3

ช่างตัดผม
[châang dtàt pŏm]
n. 理髮師

ช่างทำผม
[châang tam pŏm]
n. 美髮師

สไตล์ลิสต์
[sà-dtai lít]
n.（燙髮或服裝）造型師

พนักงานสปา
[pá-nák ngaan sà-bpaa]
n. 美容師

ช่างทำเล็บ
[châang tam lép]
n. 美甲師

ช่างแต่งหน้า
[châang dtàeng nâa]
n. 彩妝師

พนักงานนวดน้ำมัน
[pá-nák ngaan nûat náam man]
n. 芳療師

พนักงานต้อนรับ
[pá-nák ngaan dtôn ráp]
n. 接待員

ช่างย้อมสีผม
[châang yóm sĕe pŏm]
n. 染髮師

洗髮、護髮時，常用的基本對話

ดีไซน์เนอร์ [dee-sai-ner]: **สวัสดีค่ะ ไม่เจอกันตั้งนาน ช่วงนี้คุณเป็นอย่างไรบ้างคะ?** [sà-wàt-dee kâ · mâi jer gan dtâng naan · chûang née kun bpen yàang rai bâang ká]

設計師：妳好。好久不見。妳最近好嗎？

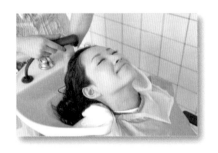

ลูกค้า [lôok káa]: **ขอบคุณค่ะ ฉันสบายดี วันนี้ฉัน อยากสระผมค่ะ** [kòp kun kâ · chăn sà-baai dee · wan née chăn yàak sà pŏm kâ] 顧客：謝謝，我很好。今天我想要洗頭。

ดีไซน์เนอร์: **ได้ค่ะ อยากดื่มอะไรไหมคะ?** [dâai kâ · yàak dèum à-rai măi ká]

設計師：好的。請問妳要喝點什麼嗎？

ลูกค้า: **ขอน้ำชาค่ะ ทำทรีทเม้นท์ราคาเท่าไหร่คะ?** [kŏr náam chaa kâ · tam trêet máyn raa-kaa tâo rài ká] 顧客：我要茶，麻煩你了。請問你們護髮怎麼算呢？

ดีไซน์เนอร์: **ต้องดูว่าใช้ผลิตภัณฑ์บำรุงผมอันไหนค่ะ บำรุงผมล้ำลึก 1000 บาท แบบ ธรรมดา 800 บาทค่ะ** [dtông doo wâa chái pà-lìt-dtà-pan bam-rung pŏm an năi kâ · bam-rung pŏm lám léuk ·nèung-pan · bàat · bàep tam-má-daa · bpàet-rói · bàat kâ]

設計師：要看妳用什麼樣的護髮產品。深層護髮一千泰銖，一般護髮八百泰銖。

ลูกค้า: ฉันจะทำแบบบำรุงล้ำลึกค่ะ [chăn jà tam bàep bam-rung lám léuk kâ]
顧客：那我要做深層護髮。

ดีไซน์เนอร์: คุณจะอ่านหนังสือพิมพ์หรือนิตยสารไหม? [kun jà àan năng-sěu pim rěu nít-dtà-yá-săan măi] 設計師：妳要看報紙或雜誌嗎？

ลูกค้า: ไม่เป็นไร ขอบคุณค่ะ ฉันอยากพักผ่อนสักพัก [mâi bpen rai · kòp kun kâ · chăn yàak pák pòn sàk pák] 顧客：不用了，謝謝。我要閉目養神休息一下。

02 造型

08-03-03.MP3

美髮設計師常用的造型工具有哪些？

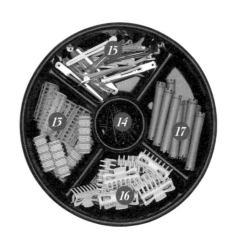

① ยาย้อมผม [yaa yóm pŏm] n. 染髮劑

② ไดร์เป่าผม [dai bpào pŏm] n. 吹風機

③ หวีแบน [wěe baen] n. 扁梳

④ หัวเป่ากระจายลม [hŭa bpào grà-jaai lom] n. 烘髮罩

⑤ ปัตตาเลี่ยน [bpàt dtaa lîan] n. 電動推剪

⑥ กรรไกร [gan-grai] n. 剪刀

⑦ แปรงหวีผมในลอน [bpraeng wěe pŏm nai lon] n. 按摩梳

⑧ ขวดสเปรย์ [kùat sà-bpray] n. 噴水瓶

⑨ เครื่องหนีบผม [krêuang nèep pŏm] n. 離子夾

⑩ หวีแปรงกลม [wěe bpraeng glom] n. 圓梳

⑪ สเปรย์จัดแต่งทรงผม [sà-bpray jàt dtàeng song pŏm] n. 定型噴霧

⑫ จานสีผม [jaan sěe pŏm] n. 髮色盤

⑬ โรลม้วนผม [roh múan pŏm] n. 髮捲

⑭ กิ๊บติดผม [gip dtìt pŏm] n. 髮夾

⑮ กิ๊บปากเป็ด [gip bpàak bpèt] n. 一字夾

⑯ กิบหนีบผมขนาดใหญ่ [gip nèep pŏm kà-nàat yài] n. 鯊魚夾

⑰ โรลม้วนผม [roh múan pŏm] n. 髮捲

美容院 ★★★ unit3

ตัดผม
[dtàt pŏm]
ph. 剪髮

โกนผม
[gohn pŏm]
ph. 剃髮

ตัดสั้นอีก
[dtàt sân èek]
ph. 再剪短一點

ตัดหน้าม้า
[dtàt nâa máa]
ph. 修瀏海

ตัดแต่งหนวดเคราข้างใบหู
[dtàt dtàeng nùat krao
kâang bai hŏo]
ph. 修鬢角

ดัดผม
[dàt pŏm]
ph. 燙髮

ย้อมผม
[yóm pŏm]
ph. 染髮

ไฮไลท์สีผม
[hai-lai sĕe pŏm]
ph. 挑染

ยืดผมตรง
[yêut pŏm dtrong]
ph. 拉直頭髮

ซอย
[soi]
ph. 修層次

ต่อผม
[dtòr pŏm]
ph. 接髮

แสกขวา [sàek kwăa]
ph. 右旁分

แสกกลาง [sàek glaang]
ph. 中分

แสกซ้าย [sàek sáai]
ph. 左旁分

03 美甲

08-03-05.MP3

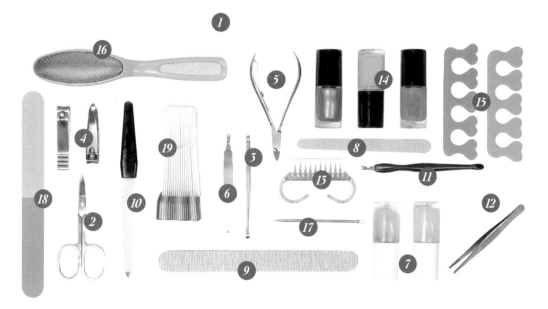

① **อุปกรณ์ตัดเล็บ** [ù-bpà-gon dtàt lép]
n. 修指甲器具

② **กรรไกร** [gan-grai] n. 剪刀

③ **ไม้แคะหู** [mái káe hŏo] n. 掏耳棒

④ **กรรไกรตัดเล็บ** [gan-grai dtàt lép]
n. 指甲剪

⑤ **กรรไกรตัดหนัง** [gan-grai dtàt năng]
n. 甲皮剪

⑥ **ที่ดันหนัง** [têe dan năng] n. 推棒

⑦ **น้ำยาตัดหนังเล็บ** [nám yaa dtàt năng
lép] n. 甲皮軟化液

⑧ **ตะไบเล็บสองหน้า** [dtà-bai lép sŏng
nâa] n. 雙面指甲銼

⑨ **ตะไบเล็บฟองน้ำ** [dtà-bai lép fong
náam] n. 海綿指甲銼

⑩ **ตะไบเล็บสแตนเลส** [dtà-bai lép sà-
dtaen-lâyt] n. 不鏽鋼指甲銼

⑪ **ที่ดันหนังสองหัว** [têe dan năng sŏng
hŭa] n. 雙頭推棒

⑫ **แหนบ** [nàep] n. 鑷子

⑬ **แปรงขัดเล็บ** [bpraeng kàt lép]
n. 指甲清潔刷

⑭ **น้ำยาทาเล็บ** [náam yaa taa lép]
n. 指甲油

⑮ **ที่คั่นนิ้วเท้า** [têe kân níw táo]
n. 腳趾矯正器

⑯ **ที่ขัดส้นเท้า** [têe kàt sôn táo]
n. 足部磨砂板

⑰ **ที่กดสิว** [têe gòt sĭw] n. 粉刺棒

⑱ **ตะไบขัดเล็บเงา** [dtà-bai kàt lép ngao]
n. 指甲拋光棒

⑲ **บัตรสี** [bàt sĕe] n. 色卡

美容院 ★★★ บทที่ 3

08-03-06.MP3

ตัดเล็บ
[dtàt lép]
ph. 修指甲

ทาเล็บ
[taa lép]
ph. 畫指甲

เพ้นท์เล็บ
[páyn lép]
ph. 指甲彩繪

เล็บเจล
[lép jayn]
ph. 凝膠指甲

ล้างเล็บเจล
[láang lép jayn]
ph. 卸除凝膠

นวดหน้า
[nûat nâa]
ph. 臉部按摩

มาส์กหน้า
[mâak nâa]
ph. 敷面膜

สครับผิว
[sà-kráp pĭw]
ph. 去角質

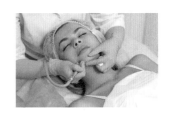

บีบสิว
[bèep sĭw]
ph. 擠痘痘

ต่อขนตา
[dtòr kŏn dtaa]
ph. 接睫毛

กำจัดขน
[gam-jàt kŏn]
ph. 除毛

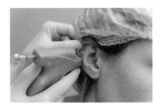

เจาะหู
[jòr hŏo]
ph. 打耳洞

04 美容

化妝品有哪些呢？

08-03-07.MP3

❶ **รองพื้น** [rong péun] n. 粉底

❷ **อายแชโดว์** [aai-chae-doh] n. 眼影

❺ **แปรงทาอายแชโดว์** [bpraeng taa aai-chae-doh] n. 眼影棒

❹ **แปรงปัดขนตา** [bpraeng bpàt kŏn dtaa] n. 睫毛刷

❺ **ดินสอเขียนคิ้ว** [din-sŏr kĭan kíw] n. 眉筆

❻ **แปรงปัดคิ้ว** [bpraeng bpàt kíw] n. 眉刷

❼ **บลัชออน** [blàt on] n. 腮紅

❽ **แปรงปัดแก้ม** [bpraeng bpàt gâem] n. 腮紅刷

❾ **แปรงปัดแป้งฝุ่น** [bpraeng-bpàt-bpâeng fùn] n. 蜜粉刷

❿ **แป้งพัฟ** [bpâeng-pàf] n. 粉撲

⓫ **ลิปสติก** [lip-sà-dtik] n. 口紅

⓬ **อายไลน์เนอร์** [aai lai-ner] n. 眼線液

⓭ **กบเหลาดินสอ** [gòp lăo din-sŏr] n. 削筆器

⓮ **ลิปกลอส** [lip glòt] n. 唇蜜

⓯ **ดินสอเขียนขอบปาก** [din-sŏr kĭan kòp bpàak] n. 唇筆

⓰ **แป้งฝุ่นโปร่งแสง** [bpâeng-fùn bpròhng săeng] n. 蜜粉

⓱ **น้ำยาทาเล็บ** [náam yaa taa lép] n. 指甲油

⓲ **ที่ดัดขนตา** [têe dàt kŏn dtaa] n. 睫毛夾

美容院 ★★★ unit 3

有哪些保養品呢？

❶ คลีนซิ่งออยล์ [kleen sîng oi] n. 卸妝油

❷ ครีมกันแดดแบบมีสี [kreem gan dàet bàep mee sēe] n. 隔離霜

❸ ครีมกันแดด [kreem gan dàet] n. 防曬乳液

❹ ครีมกลางวัน [kreem glaang wan] n. 日霜

❺ ครีมกลางคืน [kreem glaang keun] n. 晚霜

❻ ครีมให้ความชุ่มชื่น [kreem hâi kwaam chûm chêun] n. 保濕霜

❼ เซรั่ม [say râm] n. 精華液

❽ ครีมทาผิวขาว [kreem taa pǐw kǎao] n. 美白乳液

❾ เจลทาใต้ตา [jayn taa dtâi dtaa] n. 眼膠

❿ ครีมทาใต้ตา [kreem taa dtâi dtaa] n. 眼霜

⓫ มาส์กใต้ตา [mâak dtâi dtaa] n. 眼膜

⓬ ครีมทาผิวกาย [kreem taa pǐw gaai] n. 身體乳液

⓭ ครีมทามือ [kreem taa meu] n. 護手霜

化妝的動作有哪些？

ทา
[taa]
ph. 塗抹

ปัดแป้ง
[bpàt bpâeng]
ph. 打粉撲

ทาลิปสติก
[taa líp-sà-dtìk]
ph. 擦口紅

กรีดอายไลน์เนอร์
[grèet aai lai-ner]
ph. 畫眼線

เขียนคิ้ว
[kǐan kíw]
ph. 畫眉毛

ดัดขนตา
[dàt kǒn dtaa]
ph. 夾睫毛

ปัดขนตา

[bpàt kŏn dtaa]

ph. 梳睫毛

ล้างเครื่องสำอาง

[láang krêuang săm-aang]

ph. 卸妝

ล้างหน้า

[láang nâa]

ph. 洗臉

皮膚護理

08-03-10.MP3

ตรวจสภาพผิว

[dtrùat sà-pâap pĭw]

ph. 膚質檢測

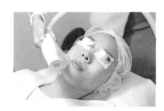

เลเซอร์

[lay-sêr]

ph. 打雷射

ลูกกลิ้งเข็ม

[lôok glîng kĕm]

ph. 微針滾輪

ทำให้ผิวขาว

[tam hâi pĭw kăao]

ph. 美白

กำจัดไฝ

[gam-jàt făi]

ph. 去痣

กำจัดกระบนใบหน้า

[gam-jàt-grà bon bai nâa]

ph. 消除雀斑

ลบรอยแผลเป็น

[lóp roi plăe bpen]

ph. 除疤

กำจัดขนถาวร

[gam-jàt kŏn tăa-won]

ph. 永久除毛

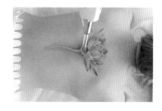

ลบรอยสัก

[lóp roi sàk]

ph. 除刺青

美容院 ★★★ Unit 3

สักคิ้ว
[sàk kíw]
ph. 紋眉毛

สักปาก
[sàk bpàak]
ph. 紋唇

สัก
[sàk]
ph. 刺青

Tips 生活小常識：關於整形

整形的泰語是 **ทำศัลยกรรม** [tam săn-yá-gam] 現今在泰國相當地盛行，從明星到一般的人都很喜歡整形，整形也可以簡稱為 **ทำหน้า** [tam nâa]。除了需要開刀的 **ศัลยกรรม** [săn-yá-gam]（整容）之外，現在也很流行做 **ฉีดปรับรูปหน้า** [chèet bpràp rôop nâa]（微整形），這種微整形不需要開刀，而是利

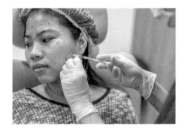

用藥物注射到皮膚裡，來達到改善的效果，相對的疼痛感、恢復期、費用也比較少，另外注射類的微整形可以簡稱為 **ฉีดหน้า** [chèet nâa]。

ก่อนจะทำศัลยกรรมคุณต้องศึกษาข้อมูลและปรึกษาคุณหมอเพื่อผลที่ดีที่สุด
[gòn jà tam săn-yá-gam kun dtông sèuk-săa kôr moon láe bprèuk-săa kun mŏr pêua pŏn têe dee] 整形之前你應該要先查資料和詢問醫生，為了得到最好的效果。

常見的整形項目

ฉีดโบท็อกซ์
[chèet boh-tók]
ph. 打肉毒桿菌

ดึงหน้า
[deung nâa]
ph. 拉皮

เสริมจมูก
[sĕrm jà-mòok]
ph. 隆鼻

ฉีดฟิลเลอร์ที่ปาก
[chèet fin-ler têe bpàak]
ph. 隆唇

เสริมคาง
[sěrm kaang]
ph. 隆下巴

เสริมหน้าผาก
[sěrm nâa pàak]
ph. 隆前額

กรีดตาสองชั้น
[grèet dtaa sǒng chán]
ph. 割雙眼皮

เสริมหน้าอก
[sěrm nâa òk]
ph. 隆胸

เสริมสะโพก
[sěrm sà-pôhk]
ph. 隆臀

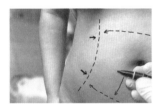

ดูดไขมัน
[dòot kǎi man]
ph. 抽脂

เหลากระดูก
[lǎo grà-dòok]
ph. 削骨

ปลูกผม
[bplòok pǒm]
ph. 植髮

★★★ unit 3
美容院

Tips　關於泰國的古式按摩

　　นวดแผนไทย [nûat pǎen tai]（泰式按摩）是發源自古印度，由佛教的僧人所引進的按摩療法，至今發展成為泰國最具代表性的文化之一。在泰國傳統醫學裡，按摩屬於一種療法，利用推、捏、揉、按、拉、熱敷等動作治療身體疾病。這也是為什麼泰語的按摩師被稱為 หมอนวด [mǒr nûat] 了。หมอ

[mǒr] 是「醫生」，則 นวด [nûat] 則是「按摩」的意思。現今，有很多觀光客會去泰國體驗泰式按摩，且部分的按摩費用也不貴，但能不能達到治療的效果，就因人而異了。

貼心小提醒　如果是身體不舒服很多天，或是本身就患有疾病的人，最好還是去看醫生才是最正確的喔！

สวนสัตว์ 動物園
[sŭan sàt]

08-04-01.MP3

這些應該怎麼說？

FOOD

ZOO

動物園的擺設

1 **แผนที่สวนสัตว์** [păen têe sŭan sàt] n. 動物園平面圖

2 **ช้าง** [cháang] n. 大象

3 **งู** [ngoo] n. 蛇

4 **ลิง** [ling] n. 猴子

5 **ม้า** [máa] n. 馬

6 **เสือดาว** [sĕua daao] n. 豹

7 **แรด** [râet] n. 犀牛

8 **ฮิปโปโปเตมัส** [híp-bpoh-bpoh-dtay-mát] / **ฮิปโป** [híp-bpoh] n. 河馬

9 **ยีราฟ** [yee-râaf] n. 長頸鹿

10 **นกฟลามิงโก** [nók flaa-ming-goh] n. 紅鶴

11 **เต็นท์ละครสัตว์** [dtáyn lá-kon sàt] n. 馬戲團篷

12 **จระเข้** [jor-rá-kây] n. 鱷魚

⑬ **เต่า** [dtào] n. 烏龜

⑭ **อูฐ** [òot] n. 駱駝

⑮ **หมี** [mĕe] n. 熊

⑯ **สิงโต** [sĭng-dtoh] n. 獅子

⑰ **เสือ** [sĕua] n. 老虎

⑱ **นกแก้ว** [nók gâew] n. 鸚鵡

⑲ **ทางเข้าหลัก** [taang kâo làk] n. 主要入口

⑳ **ถิ่นที่อยู่สัตว์ป่า** [tin têe yòo sàt bpàa] n. 獸舍

㉑ **กรงนก** [grong nók] n. 鳥籠

㉒ **รั้ว** [rúa] n. 圍欄

㉓ **น้ำพุ** [náam pú] n. 噴水池

㉔ **บ่อน้ำ** [bòr náam] n. 水池

㉕ **สะพาน** [sà-paan] n. 橋

㉖ **ศูนย์อาหาร** [sŏon aa-hăan] n. 餐飲部

還有哪些常見動物呢？

01 陸生動物（含兩棲動物）

常見的陸生、兩棲動物有哪些？

08-04-02.MP3

สุนัข [sù-nák] /
หมา [măa]
n. 狗

แมว
[maew]
n. 貓

กระต่าย
[grà-dtàai]
n. 兔子

หนู
[nŏo]
n. 老鼠

แฮมสเตอร์
[haem sà-dtêr]
n. 倉鼠

หนูตะเภา
[nŏo dtà-pao]
n. 天竺鼠

กระรอก
[grà-rôk]
n. 松鼠

เม่น
[mâyn]
n. 刺蝟

動物園 ★★★ unit 4

299

ชูการ์ไกลเดอร์
[choo gaa glai dêr]
n. 蜜袋鼯

คาปิบารา
[kaa bpì-baa raa]
n. 水豚

จิงโจ้
[jing-jôh]
n. 袋鼠

ค้างคาว
[káang kaao]
n. 蝙蝠

สกังก์
[sà-gang]
n. 臭鼬

ควาย
[kwaai]
n. 水牛

วัว
[wua]
n. 牛

วัวนม
[wua nom]
n. 乳牛

หมู
[mŏo]
n. 豬

แพะ
[páe]
n. 羊

แอนทิโลป
[ae ná-tí-lôhp]
n. 羚羊

กวาง
[gwaang]
n. 鹿

เก้งจีน
[gâyng jeen]
n. 山羌

ชะนี
[chá-nee]
n. 長臂猿

อุรังอุตัง
[ù-rang-ù-dtang]
n. 猩猩

ลิงบาบูน
[ling-baa-boon]
n. 狒狒

คิงคอง
[king-kong]
n. 金剛

หมาป่า
[mǎa bpàa]
n. 狼

แจ็กคัล
[jàek-kan]
n. 胡狼

จิ้งจอก
[jîng-jòk]
n. 狐狸

ลิ่น [lîn] /
นิ่ม [nîm]
n. 穿山甲

ม้าลาย
[máa laai]
n. 斑馬

สลอธ
[sà-lòt]
n. 樹懶

สมเสร็จมลายู
[sŏm sèt má-laa-yoo]
n. 馬來貘

แร็กคูน
[ráek koon]
n. 浣熊

หมีหมา [mĕe măa] /
หมีคน [mĕe kon]
n. 馬來熊

หมีขาว [mĕe-kăao] /
หมีขั้วโลก [mĕe kûa
lôhk]
n. 北極熊

หมีโคอาลา
[mĕe koh aa laa]
n. 無尾熊

หมีแพนด้า
[mĕe paen-dâa]
n. 熊貓

สิงโตทะเล
[sĭng dtoh tá-lay]
n. 海獅

แมวน้ำขน
[maew náam kŏn]
n. 海狗

แมวน้ำ
[maew náam]
n. 海豹

08-04-03.MP3

陸生動物的外觀特徵及行為有哪些？

1. **หนวด** [nùat] n. 鬚
2. **เท้าหน้า** [táo nâa] n. 前腳
3. **เท้าหลัง** [táo lăng] n. 後腳
4. **อุ้งมือ** [ûng meu] n. 肉球
5. **กรงเล็บ** [grong lép] n. 爪子
6. **ขน** [kŏn] n. 毛
7. **หาง** [hăang] n. 尾巴
8. **กีบเท้า** [gèep táo] n. 蹄
9. **อุ้งเท้า** [ûng táo] n. 掌
10. **เขาสัตว์** [kăo sàt] n. 角
11. **วิ่ง** [wîng] v. 奔跑
12. **ปีน** [bpeen] v. 攀爬
13. **กลิ้ง** [glîng] v. 滾（動）
14. **ขัน** [kăn] v.（雞）啼叫
15. **ห้อยหัว** [hôi hŭa] v. 倒掛
16. **ปล่อยกลิ่นเหม็น** [bplòi glìn mĕn] ph. 放臭氣
17. **แสดงความเป็นมิตร** [sà-daeng kwaam bpen mít]
    v.（向人類）示好

Tips 與陸生動物相關的慣用語

● เคาะกะลาให้หมาดีใจ [kór gà-laa hâi măa dee jai]：為了讓狗開心而敲打椰子殼做的碗。比喻給他人假的希望。近似中文的「開空頭支票」。

● แมวมอง [maew mong]：貓在看。指星探。

● แมวไม่อยู่หนูร่าเริง [maew mâi yòo nŏo râa rerng]：貓不在，老鼠就很開心。比喻當大人不在時，小朋友就很開心，因為沒有人管。近似中文的「山中無老虎，猴子稱大王」、「貓不在，老鼠就作怪」。

● กระต่ายขาเดียว [grà-dtàai kăa dieow]：用一條腿站著的兔子。比喻堅持不認罪的人。近似中文的「死不認錯」。

● ลิงได้แก้ว [ling dâai gâew]：猴子得到杯子。是指猴子得到杯子也不知道可以拿去做什麼，比喻不知道所得到的東西的價值。近似中文的「對牛彈琴」。

● เสือนอนกิน [sĕua non gin]：老虎躺著吃。好像老虎躺著就有現成的東西吃一樣。近似中文的「不勞而獲」。同時也可以表示投資一次，之後利益自動進來的意思。

● น้ำพึ่งเรือ เสือพึ่งป่า [náam pêung reua · sĕua pêung bpàa]：河裡要有船運行，才會有人來照顧；老虎要依靠森林才能生存。比喻互相幫助，各得其利。近似中文的「相輔相成」、「魚幫水，水幫魚」。

常見的鳥類有哪些？

08-04-05.MP3

ไก่
[gài]
n. 雞

เป็ด
[bpèt]
n. 鴨（子）

ห่าน
[hàan]
n. 鵝

นกกระจอก
[nók grà-jòk]
n. 麻雀

นกกระจอกชวา
[nók grà-jòk chá-waa]
n. 文鳥

นกพิราบ
[nók pí-râap]
n. 鴿子

นกเขา
[nók kǎo]
n. 斑鳩

นกกระเต็น
[nók grà-dten]
n. 翠鳥、魚狗

นกอีเสือ
[nók ee sěua]
n. 伯勞鳥

นกคัคคู
[nók kák-koo]
n. 杜鵑（鳥）

อีกา
[ee-gaa]
n. 烏鴉

นกหัวขวาน
[nók hǔa kwǎan]
n. 啄木鳥

นกยูง
[nók-yoong]
n. 孔雀

นกค๊อกคาเทล
[nók-kók-kaa-tayn]
n. 玄鳳鸚鵡、太陽鳥·

นกเงือก
[nók ngêuak]
n. 犀鳥

นกอินทรีย์
[nók in-see]
n. 老鷹

แร้ง
[ráeng]
n. 禿鷹

นกฮูก
[nók hôok]
n. 貓頭鷹

นกกระยางขาว
[nók grà-yaang kǎao]
n.（白）鷺鷥

นกแขวก
[nók kwǎek]
n. 夜鷺

動物園
★★★ unit 4

นกกระทุง
[nók-grà-tung]
n. 鵜鶘

เพนกวิน
[payn-gwin]
n. 企鵝

นกกระจอกเทศ
[nók grà-jòk tâyt]
n. 鴕鳥

นกกระเรียน
[nók grà rian]
n. 鶴

08-04-06.MP3

鳥類的外觀特徵及行為有哪些？

1. **จะงอยปาก** [jà-ngoi bpàak] n. 喙

2. **ปีก** [bpèek] n. 翅膀

3. **กรงเล็บ** [grong lép] n. 爪子

4. **พังผืด** [pang-pèut] n. 蹼

5. **หงอนบนหัว** [ngŏn bon hŭa] n. 冠

6. **ขนนก** [kŏn nók] n. 羽毛

7. **ถุงใต้คอ** [tŭng dtâi kor] n. (鵜鶘的) 喉囊

8. **บิน** [bin] v. 飛、飛行

9. **พุ่งลงในน้ำ** [pûng long nai náam] v. 俯衝

10. **ว่ายน้ำ** [wâai náam] v. 划（水）

11. **รำแพน** [ram paen] ph. （孔雀）開屏

12. **นกร้อง** [nók róng] v. 鳴啼

13. **จิก** [jik] v. 啄

08-04-07.MP3

Tips 與鳥類相關的慣用語

- **ไก่เห็นตีนงู งูเห็นนมไก่** [gài hĕn dteen ngoo · ngoo hĕn nom gài]：雞看到蛇的腳，蛇看到雞的胸。比喻互相知道對方的秘密。

- **ปล่อยนกปล่อยปลา** [bplòi nók bplòi bplaa]：放生鳥跟魚。比喻原諒、不計較。

03 水生動物

08-04-08.MP3

วาฬ
[waan]
n. 鯨魚

โลมา
[loh-maa]
n. 海豚

ฉลาม
[chà-lāam]
n. 鯊魚

ปลานกกระจอก
[bplaa nók grà-jòk] /
ปลาบิน [bplaa bin]
n. 飛魚

ปลากระเบน
[bplaa grà bayn]
n. 魟魚

ปลาการ์ตูน
[bplaa gaa-dtoon]
n. 小丑魚
ดอกไม้ทะเล
[dòk mái tá-lay]
n. 海葵

พะยูน
[pá-yoon]
n. 儒艮、海牛

เต่าทะเล
[dtào tá-lay]
n. 海龜

ม้าน้ำ
[máa náam]
n. 海馬

ปลาดาว [bplaa daao] /
ดาวทะเล [daao tá-lay]
n. 海星

ปะการัง
[bpà-gaa-rang]
n. 珊瑚

แมงกะพรุน
[maeng gà-prun]
n. 水母

หอยงวงช้างมุก
[hǒi nguang cháang múk]
n. 鸚鵡螺

ปูเสฉวน
[bpoo sǎy-chǔan]
n. 寄居蟹

ปลาทอง
[bplaa tong]
n. 金魚

ปลาคาร์พ
[bplaa kâap]
n. 錦鯉

動物園 ★★★ unit 4

ปลากัด
[bplaa gàt]
n. 鬥魚

ปลาหางนกยูง
[bplaa hăang nók-
yoong]
n. 孔雀魚

ปลาปักเป้าจุดดำ
[bplaa bpàk gà bpâo jùt
dam] /
ปลาปักเป้าเขียวจุด
[bplaa bpàk gà bpâo
kĭeow jùt]
n. 金娃娃、暗綠魨

ปลามังกรแดง
[bplaa mang-gon daeng]
n. 紅龍（魚）

水生動物的外觀特徵及行為有哪些？

08-04-09.MP3

1. เหงือก [ngèuak] n. 鰓

2. ครีบ [krêep] n. 鰭

3. ครีบอก [krêep òk] n. 胸鰭

4. ครีบหลัง [krêep lăng] n. 背鰭

5. ครีบท้อง [krêep tóng] n. 腹鰭

6. ครีบก้น [krêep gôn] n. 臀鰭

7. ครีบหาง [krêep hăang] n. 尾鰭

8. เกล็ด [glèt] n. 鱗片

9. หนวด [nùat] n. 鬚

10. หนวด [nùat] n. 觸手

11. ว่ายน้ำ [wâai náam] v. 游

12. คลาน [klaan] v. 爬

13. กระโดด [grà dòht] v. 跳（出水面）

14. พ่นน้ำ [pôn náam] ph. （鯨魚）噴水

08-04-10.MP3

Tips 與水生動物相關的慣用語

● จับปลาสองมือ [jàp bplaa sŏng meu]：兩隻手都抓著
魚。比喻同時想得到或完成兩件事，但沒有考慮到自
己有沒有足夠的能力。近似中文的「三心二意」。

อย่ามัวแต่ "จับปลาสองมือ"เลย ถ้าคุณชอบใครก็
เลือกเอาสักคน

[yàa mua dtàe · jàp bplaa sŏng meu · loie · tâa kun chôp krai gôr lêuak ao sàk kon]
你不要三心二意了，喜歡誰就選一個人吧！

● ใกล้น้ำรู้ปลา ใกล้ป่ารู้นก [glâi náam róo bplaa · glâi bpàa róo nók]：生活靠近水就會了解魚，靠近森林即了解鳥。指人要相處才會互相了解。

● ปลาหมอตายเพราะปาก [bplaa mŏr-dtaai prór bpàak]：魚被自己的嘴巴給害死（出自寓言：魚為了呼吸浮出水面，被人看到抓去吃的故事。）。比喻人經常講不好聽的話最後害到自己。部分近似中文的「禍從口出」。

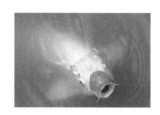

เขาเป็นพูดจาหยาบคายจนเคยชิน ครั้งหนึ่งเคยเผลอไปพูดกับหัวหน้า จนทำให้เสียงานเสียการไปหมด ปลาหมอตายเพราะปากจริง ๆ [kăo bpen pôot-jaa yàap kaai jon koie chin · kráng nèung koie plĕr bpai pôot gáp hŭa nâa· jon tam hâi sĭa ngaan-sĭa gaan-bpai-mòt · bplaa mŏr-dtaai prór bpàak jing jing] 他常常講粗話，有一次不小心脫口跟主管爆了粗口，工作上就害自己被修理了，這就是所謂的「禍從口出」。

● ปลาติดร่างแห [bplaa dtit râang hăe]：落網的魚。指明明沒有關係，但受遭受了無妄之災。近似中文的「殃及池魚」。

เพราะเขาไปเดินอยู่ใกล้ ๆ กลุ่มนักเลง พอเกิดเรื่องชกต่อยกัน เขาจึงเป็นปลาติดร่างแหโดนรุมไปด้วย [prór kăo bpai dern yòo glâi · glùm nák-layng · por gèrt rêuang chók dtòi gan · kăo jeungbpen bplaa dtit râang hăe dohn rum bpai dûay] 他走在路上的時候離一群流氓很近，所以發生衝突的時候才會殃及池魚。

● สมองปลาทอง [sà-mŏng bplaa tong]：金魚腦。指人的記憶力不好。近似於中文的「忘東忘西」、「貴人多忘事」。

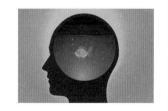

● เบี้ยน้อยหอยน้อย [bîa nói hŏi nói]：一些些的貝殼。貝殼在古時也是泰國人的一種貨幣，故少許的貝殼便是指持有的金錢很少很少，或是貧窮的意思。近似中文的「阮囊羞澀」、「身無分文」。

คนเบี้ยน้อยหอยน้อยอย่างฉัน อยากจะซื้อบ้านสักหลังคงเป็นไปได้ยาก [kon bîa nói hŏi nói yàang chăn · yàak jà séu bâan sàk lăng kong bpen bpai dâai yâak] 像我這樣的窮人，想要買棟房子應該是不可能的事。

常見的爬蟲有哪些？

08-04-11.MP3

ลูกอ๊อด
[lôok ót]
n. 蝌蚪

กบ
[gòp]
n. 青蛙

คางคก
[kaang-kók]
n. 蟾蜍

กบตาหนาม
[gòp dtaa nǎam]
n. 角蛙

เต่า
[dtào]
n. 烏龜

ตะพาบ
[dtà-pâap]
n. 鱉

งูเห่า
[ngoo hào]
n. 眼鏡蛇

กิ้งก่า
[gîng-gàa]
n. 蜥蜴

อีกัวน่า
[ee gua nâa]
n. 鬣蜥

กิ้งก่าเปลี่ยนสี
[gîng-gàa bplìan sěe]
n. 變色龍

จิ้งจก
[jîng-jòk]
n. 壁虎

นิวต์
[niw]
n. 蠑螈

爬蟲的外觀特徵及動作有哪些？

1. **พังผืด** [pang-pèut] n. 蹼

2. **เปลือก** [bplèuak] n. 殼

3. **ปุ่มดูด** [bpúm dòot] n.（腳趾的）吸盤

4. **กระโดด** [grà dòht] n. 跳

5. **ตวัดลิ้นจับเหยื่อ** [dtà-wàt lín jàp yèua] ph. 吐舌（捕食）

6. **หด** [hòt] v. 縮入（殼裡）

7. **กลืน** [gleun] v. 吞嚥（獵食）

8. **คลาน** [klaan] v. 爬行

9. **กัดแน่น** [gàt nâen] v. 緊咬（不放）

10. **ดำน้ำ** [dam náam] v. 潛入（水中）

Tips 與爬蟲相關的慣用語

● **งูเห่า** [ngoo hào]：眼鏡蛇。比喻惡毒的人。近似中文的「蛇蠍心腸」。

● **เฒ่าหัวงู** [tâo hŭa ngoo]：年長的男性頭上有長蛇。比喻年紀大的男性擅於對女生調情，有負面的語感。近似中文的「情場老手」。

● **สอนจระเข้ให้ว่ายน้ำ** [sŏn jor-rá-kây hâi wâai náam]：教鱷魚游泳。比喻教對方原本就會的事情，指「沒有必要」、「多此一舉」。

ลุงไปแนะนำนักแข่งรถเรื่องแต่งรถ ก็เหมือนกับการสอนจระเข้ว่ายน้ำ [lung bpai náe nam nák kàeng rót rêuang dtàeng rót · gôr mĕuan gàp gaan sŏn jor-rá-kây hâi wâai náam] 叔叔去教賽車手要怎麼改造車子，根本沒有必要多此一舉。

在泰國曼谷的倫披尼公園裡，棲息著一種體型碩大爬行動物，那就是 **เหี้ย** [hîa]（澤巨蜥），牠們的行蹤不時可見，體型長得像鱷魚，但體積比較小，性格溫順，無攻擊性。牠們一般喜歡成群結隊出沒在水澤的附件，雖說沒有攻擊性，但牠們經常去偷吃居民飼養的小動物或雞蛋，所以大部分的居民是不喜歡牠們的。因此 **เหี้ย** [hîa] 這個字也經常被當作髒話來用。而正因 **เหี้ย** [hîa] 這個字會給人有罵人的感覺，所以有些人使用全稱 **ตัวเงินตัวทอง** [dtua ngern dtua tong] 或 **ตัวกินไก่** [dtua gin gài] 來稱呼澤巨蜥。

05 陸生節肢、環節動物及昆蟲等

常見的節肢、環節動物及昆蟲等有哪些？

08-04-14.MP3

แมงมุม
[maeng mum]
n. 蜘蛛

หนอนไม้ไผ่
[nŏn mái pài]
n. 竹蟲

หนอนผีเสื้อ
[nŏn pĕe sêua]
n. 毛毛蟲

ดักแด้
[dàk-dâe]
n. 蛹

ผีเสื้อ
[pĕe sêua]
n. 蝴蝶

ผีเสื้อกลางคืน
[pĕe sêua glaang keun]
n. 蛾

จักจั่น
[jàk-gà-jàn]
n. 蟬

เต่าทอง
[dtào tong]
n. 瓢蟲

แมลงปอ
[má-laeng bpor]
n. 蜻蜓

แมงปอ
[maeng bpor]
n. 豆娘

ตั๊กแตนตำข้าว
[dták-gà-dtaen dtam kâao]
n. 螳螂

หิ่งห้อย
[hìng-hôi]
n. 螢火蟲

ต่อหัวเสือ
[dtòr hŭa-sĕua]
n. 虎頭蜂

ผึ้ง
[pêung]
n. 蜜蜂

ด้วง
[dûang]
n. 獨角仙

แมงคีม [maeng keem] /
ด้วงเขี้ยวกาง
[dûang kîeow gaang] /
ด้วงคีม
[dûang keem]
n. 鍬形蟲

ด้วงหนวดยาว
[dûang nùuat yaao]
n. 天牛

ตะขาบ
[dtà-kàap]
n. 蜈蚣

動物園 ★★★ unit4

ไส้เดือน
[sâi deuan]
n. 馬陸

แมงป่อง
[maeng bpòng]
n. 蠍子

ตั๊กแตนหนวดยาว
[dták-gà-dtaen nùuat yaao]
n. 螽斯

ตั๊กแตน
[dták-gà-dtaen]
n. 蝗蟲

ตั๊กแตนกิ่งไม้
[dták-gà-dtaen gìng mái]
n. 竹節蟲

จิ้งหรีด
[jîng-rèet]
n. 蟋蟀

แมลงสาบ
[má-laeng sàap]
n. 蟑螂

เห็บ
[hèp]
n. 臭蟲、壁蝨

หมัด
[màt]
n. 跳蚤

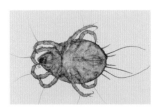

ไรฝุ่น
[rai fùn]
n. 塵蟎

แมลงวัน
[má-laeng wan]
n. 蒼蠅

ยุง
[yung]
n. 蚊子

มด
[mót]
n. 螞蟻

เพลี้ยอ่อน
[plíia òn]
n. 蚜蟲

ปลวก
[bplùuak]
n. 白蟻

ไส้เดือน
[sâi deuuan]
n. 蚯蚓

ปลิง
[bpling]
n. 水蛭

หอยทาก
[hŏi tâak]
n. 蝸牛

08-04-15.MP3

節肢動物及昆蟲的外觀特徵與動作有哪些？

1. ใย [yai] n. 絲

2. ใยแมงมุม [yai maeng mum] n. 蜘蛛網

3. ก้ามหนีบ [gâam nèep] n. 螯

4. เหล็กใน [lèk nai] n.（蜜蜂、黃蜂、蠍子的）毒針

5. เขาสัตว์ [kăo sàt] n. 角

6. หนวด [nùat] n. 鬚

7. ดักแด้ [dàk-dâe] n. 蛹

8. กระโดด [grà dòht] v. 跳

9. คลาน [klaan] v. 爬

10. บิน [bin] v. 飛

11. ดูดเลือด [dòot lêuat] ph. 吸血

12. พ่นใย [pôn yai] ph. 吐絲

13. ทำรังไหม [tam rang măi] ph. 結繭

\ 你知道嗎？/
昆蟲可是部分泰國人桌上的美食珍饌！

　　แมลงทอด [má-laeng tôt]（炸昆蟲）是泰國的特色小吃之一。在路邊經常可以看到賣炸昆蟲的餐車，擺著各式各樣的昆蟲，常見的有 ตั๊กแตน [dták-gà-dtaen]（蚱蜢）、หนอนไม้ไผ่ [nòn mái pài]（竹蟲）、จิ้งหรีด [jîng-rèet]（蟋蟀）、เขียด [kiat]（田雞）、ดักแด้ไหม [dàk-dâe măi]（蠶蛹）、แมงป่อง [maeng bpòng]（蠍子）、แมงมุม [maeng mum]（蜘蛛）。除了炸還可以泰國人們還會拿去涼拌、烤、甚至是生吃。

　　就科學上來說，吃昆蟲是一件對人體有益的事，這些昆蟲本身富含豐富的營養，可以像肉類和海鮮一樣提供高蛋白質，而且包含脂肪、維生素和其他礦物質。只可惜，在衛生方面可能就無法保證了。

สวนสนุก 遊樂園
[sŭan sà-nùk]

08-05-01.MP3

這些應該怎麼說？

遊樂園的擺設

1. **แผนที่สวนสนุก** [păen têe sŭan sà-nùk]
n. 遊樂園平面圖

2. **ทางเข้าหลัก** [taang kâo làk] n. 主要入口

3. **จุดจำหน่ายบัตร** [jùt jam-nàai bàt]
n. 售票亭

4. **ศูนย์บริการนักท่องเที่ยว** [sŏon bor-rí-gaan nák tông tîeow] n. 遊客中心

5. **สวนสนุกในร่ม** [sŭan sà-nùk nai rôm]
n. 室內遊樂場

6. **ชิงช้าสวรรค์** [ching-cháa sà-wăn]
n. 摩天輪

7. **รถไฟเหาะ** [rót fai hòr] n. 雲霄飛車

8. **กระเช้าหมุน** [grà-cháo mŭn] n. 旋轉鞦韆

9. **สวนน้ำ** [sŭan náam] n. 水上樂園

遊樂園 unit 5 ★★★

在遊樂園會做什麼呢？

01 搭乘遊樂器材

常見的遊樂設施有哪些？

08-05-02.MP3

ม้าหมุน
[máa mǔn]
n. 旋轉木馬

ชิงช้า
[ching cháa]
n. 鞦韆

ไม้กระดานหก
[mái grà-daan hòk]
n. 蹺蹺板

สไลเดอร์
[sà-lǎi-dêr]
n. 溜滑梯

บ่อลูกบอล
[bòr lôok bon]
n. 球池

รถบั๊ม
[rót bám]
n. 碰碰車

315

ถ้วยหมุน
[tûay mŭn]
n. 旋轉茶杯

รถจักรไอน้ำขนาดเล็ก
[rót jàk ai náam kà-nàat lék]
n. 蒸氣小火車

กระเช้าลอยฟ้า
[grà-cháo loi fáa]
n. 纜車

เกมโยนห่วง
[gaym yohn hùang]
n. 套圈圈遊戲

ยิงปืน
[ying bpeun]
n. 打靶

คณะละครสัตว์
[ká-ná lá-kon sàt]
n. 馬戲團

ขบวนพาเหรด
[kà-buan paa ràyt]
n. 遊行

หน้าผาจำลอง
[nâa păa jam long]
n. 室內攀岩

รถโกคาร์ท
[rót goh kâat]
n. 卡丁車

เพนท์บอล
[payn bon]
n. 打漆彈

เครื่องเล่นปลาหมึกยักษ์
[krêuang lâyn bplaa mèuk yák]
n. 八爪章魚

วัวกระทิงไฟฟ้า
[wua grà-ting fai fáa]
n. 機械公牛

ไวกิ้ง
[wai-gîng]
n. 海盜船

Free Fall
[Free Fall]
n. 自由落體

วงล้อหมุน
[wong lór mŭn]
n. 風火輪

ทอร์นาโด
[tor-naa-doh]
n. （終極）飛盤

แร็พเตอร์
[ráep-dtêr]
n. 快樂轉盤

บันจี้จัมพ์
[ban jêe jam]
n. 高空彈跳

เมืองหิมะ
[meuang hì-má]
n. 雪屋

ปราสาททราย
[bpraa-sàat saai]
n. 沙堡

สไลเดอร์น้ำ
[sà-lāi-dêr náam]
n. 滑水道

สายน้ำไหลเอื่อย
[sāai náam lāi èuay]
n. 漂漂河

พายเรือ
[paai reua]
n. 划船

เรือถีบ
[reua tèep]
n. 踩天鵝船

หาดทรายจำลอง
[hàat saai jam long]
n. 人造沙灘

เรือบั๊ม
[reua bám]
n. 碰碰船

คลื่นจำลอง
[klêun jam long]
n. 波浪池

โต้คลื่นจำลอง
[dtôh klêun jam long]
n. 巨浪灣

ซูเปอร์สแปลช
[soo-bper sà-bpláet]
n. 急流滑水道

แกรนด์แคนยอน
[graen-kaen-yon]
n. 激流旅程

บานานาโบ๊ท
[baa-naa-naa bóht]
n. 香蕉船

ห่วงยาง
[hùang yaang]
n. 甜甜圈

พาราเซล
[paa-raa sell]
n. 水上拖曳傘

เวคบอร์ด
[wêk bòt]
n. 水上滑板

ฟลายบอร์ด
[flaai bòt]
n. 水上飛板

โต้คลื่น
[dtôh klêun]
n. 衝浪

วินเซิร์ฟ
[win-sêrf]
n. 滑浪風帆

**ดำน้ำแบบสนอร์เกิล
ลิ่ง**
[dam náam bàep sà-nŏr
gêrn-lîng]
n. 浮潛

ดำน้ำแบบสกูบ้า
[dam náam bàep sà-goo
bâa]
n. 水肺潛水

ซีวอล์ค
[see wôk]
n. 海底漫步

เจ็ทสกี
[jèt sà-gee]
n. 水上摩托車

อาบแดด
[àap dàet]
n. 日光浴

ตกปลาทะเล
[dtòk bplaa tá-lay]
n. 海釣

วอลเลย์บอลชายหาด
[won-lây bon chaai
hàat]
n. 沙灘排球

ดูวาฬ
[doo waan]
n. 賞鯨

ล่องเรือ
[lông reuua]
n. 搭乘遊輪

หมวดที่ 9

กิจกรรมกีฬา [git-jà-gam gee-laa] 體育活動

สนามฟุตบอล 足球場

[sà-năam fút bon]

09-01-01.MP3

這些應該怎麼說？

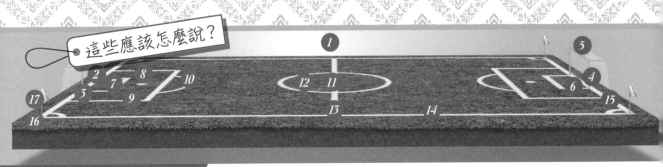

足球場的擺設

① **สนามฟุตบอล** [sà-năam fút bon] n. 足球場

② **ประตูฟุตบอล** [bprà-dtoo fút bon] n. 球門

③ **ตาข่ายประตูฟุตบอล** [dtaa kàai bprà-dtoo fút bon] n. 球門網

④ **เสาประตูฟุตบอล** [săo bprà-dtoo fút bon] n. 球門柱

⑤ **คานประตู** [kaan bprà-dtoo] n. 橫木

⑥ **เส้นประตู** [sâyn-bprà dtoo] n. 球門線

⑦ **เขตประตู** [kàyt bprà-dtoo] n.（小禁區）球門區

⑧ **จุดโทษ** [jùt tôht] n.（點球）罰球點

⑨ **เขตโทษ** [kàyt tôht] n.（禁區）罰球區

⑩ **ส่วนโค้งเขตโทษ** [sùan kóhng kàyt tôht] n. 罰球區弧線

⑪ **จุดกึ่งกลางสนาม** [jùt gèung glaang sà-năam] n. 中點

⑫ **วงกลมกลางสนาม** [wong glom glaang sà-năam] n. 中圈

⑬ **เส้นแบ่งแดนกลางสนาม** [sâyn bàeng daen glaang sà-năam] n. 中線

⑭ **เส้นข้าง** [sâyn kâang] n. 邊線

⑮ **เส้นขอบสนาม** [sâyn kòp sà-năam] n. 端線

⑯ **ส่วนโค้งมุมสนาม** [sùan kóhng mum sà-năam] n. 角球區弧線

⑰ **ธงมุมสนาม** [tong mum sà-năam] n. 角球旗

09-01-02.MP3

足球積分表上的泰語有哪些？

1. **เจ้าบ้าน** [jâo bâan] / **เหย้า** [yâo] n. 主場

2. **เยือน** [yeuan] n. 客場

3. **ได้** [dâai] n. 進球數

4. **เสีย** [sĭa] n. 失球數

5. **ประตูได้เสีย** [bprà-dtoo dâai sĭa] n. 淨勝球

\你知道嗎？/
足球比賽也要日新月異

09-01-03.MP3

時代一天天地進步，足球比賽也日新月異。在2014年世界盃在成為焦點，裁判用來劃清人牆位置的「泡沫噴霧劑」，泰語稱為「**สเปรย์ขีดเส้น** [sà-bpray kèet sâyn]」。

在2018年世界盃首度登場提供賽程影像給主審裁判，幫助他做出精準判斷的「影像助理裁判」，泰語則稱為「**ผู้ช่วยผู้ตัดสินวิดีโอ** [pôo chûay pôo dtàt sǐn wí-dee-oh]」或 VAR [VAR]。

在足球場會做什麼呢？

01 幫隊伍加油

> ### 在足球場上常做的事有哪些？

09-01-04.MP3

ร้องเพลงชาติ
[róng playng châat]
ph. 唱國歌

เพลงเชียร์ประจำทีม
[playng chia bprà-jam teem]
n. 隊歌

เชียร์
[chia]
ph. 為～鼓舞加油

โบกธง
[bòhk tong]
ph. 揮舞旗幟

แข่งกับ~
[kàeng gàp]
ph. 與～對戰

ขอบคุณแฟนบอล
[kòp kun faen bon]
ph. 感謝球迷

09-01-05.MP3

แตร
[dtrae]
n. 喇叭、號角

นกหวีด
[nók wèet]
n. 哨子

กระบองลม
[grà-bong lom]
n. 打氣棒

กล้องส่องทางไกล
[glông sòng taang glai]
n. 望遠鏡

มือตบ
[meu dtòp]
n. 鼓掌手拍

โทรโข่ง
[toh rà kòhng]
n. 大聲公

ธงขนาดเล็ก
[tong kà-nàat lék]
n. 手搖小國旗

พู่เชียร์กีฬา
[pôo chia gee-laa]
n. 彩球

02 比賽

關於足球球員的位置有哪些？

09-01-06.MP3

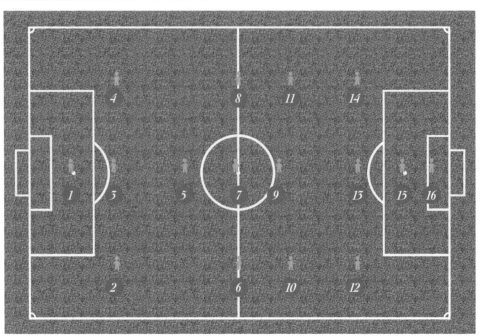

- 前鋒

① **กองหน้าตัวกลาง** [gong nâa dtua glaang]
n. 中前鋒

② **กองหน้าฝั่งซ้าย** [gong nâa fàng sáai]
n. 左前鋒

③ **กองหน้าตัวต่ำ** [gong nâa dtua dtàm]
n. 第二攻擊手

④ **กองหน้าฝั่งขวา** [gong nâa fàng kwăa]
n. 右前鋒

- 中場

⑤ **กองกลางตัวรุก** [gong glaang dtua rúk]
n. 進攻中場

⑥ **ปีกซ้าย** [bpèek sáai] n. 左中場

⑦ **กองกลางตัวกลาง** [gong glaang dtua glaang] n. 中間中場

⑧ **ปีกขวา** [bpèek kwăa] n. 右中場

⑨ **กองกลางตัวรับ** [gong glaang dtua ráp]
n. 防守中場

- 後衛

⑩ **วิงแบ็คซ้าย** [wing bàek sáai] n. 左鋒衛

⑪ **วิงแบ็คขวา** [wing bàek kwăa] n. 右鋒衛

⑫ **แบ็คซ้าย** [bàek sáai] n. 左後衛

⑬ **กองหลังตัวกลาง** [gong lăng dtua glaang] n. 中後衛

⑭ **แบ็คขวา** [bàek kwăa] n. 右後衛

⑮ **สวีปเปอร์** [sà-wêep-bper] / **ลีเบโร** [lee bay-roh] n. 清道夫、自由後衛

⑯ **ผู้รักษาประตู** [pôo rák-săa bprà-dtoo]
n. 守門員

⌐ 足球的基本有哪些？

09-01-07.MP3

เลี้ยงลูกบอล
[líang lôok bon]
ph. 盤球

ส่งลูกบอล
[sòng lôok bon]
ph. 傳球

เสียบสกัด
[siap sà-gàt]
ph. 鏟球

ทุ่มลูกบอล
[tûm lôok bon]
ph. 丟邊線球

ยิงประตู
[ying bprà-dtoo]
ph. 射門

โหม่ง
[mòhng]
v. 頭槌

ตีลังกาเตะ
[dtee lang-gaa dtè]
ph. 倒掛金鉤

ช่วงทดเวลาบาดเจ็บ
[chûang tót way-laa bàat jèp]
n. 傷停補時

การดวลลูกโทษ
[gaan duan lôok tôht]
n. PK戰

09-01-08.MP3

1 กรรมการ [gam-má-gaan] n. 裁判

2 โทษโดยอ้อม [tôht doi ôm]
ph. 間接自由球

3 โทษโดยตรง [tôht doi dtrong]
ph. 直接自由球

4 ใบเหลือง [bai lĕuang] n. 黃牌

5 ใบแดง [bai daeng] n. 紅牌

6 เล่นต่อไป [lâyn dtòr bpai] ph. 繼續比賽

7 การเตะลูกโทษ [gaan dtè lôok tôht]
n. 罰12碼球

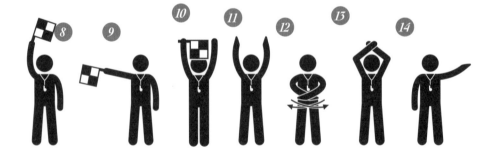

8 ล้ำหน้า [lám nâa] n. 越位

9 ตำแหน่งล้ำหน้า [dtam-nàeng lám nâa]
n. 越位位置

10 เปลี่ยนตัว [bplian dtua] ph. 更換球員

11 ทำประตูเข้า [tam bprà-dtoo kâo] ph. 進球

12 ทำประตูเข้าแต่ไม่นับ [tam bprà-dtoo kâo
dtàe mâi náp] ph. 進球無效

13 หยุดการเล่นชั่วคราว [yùt gaan lên chûua
kraao] ph. （比賽）暫停

14 เตะจากมุม [dtè jàak mum] n. 角球

Goal

⑮ **กระโดดใส่ฝ่ายตรงข้าม** [grà dòht sài fàai dtrong kâam] n. 跳向對方

⑯ **กีดขวาง** [gèet kwǎang] n. 阻擋

⑰ **ผลัก** [plàk] n. 推人

⑱ **แฮนด์บอล** [haen bon] n. 手球

⑲ **ใช้ศอกกระแทก** [chái sòk grà-tâek] n. 肘擊

⑳ **ทำให้ฝ่ายตรงข้ามสะดุดล้ม** [tam hâi fàai dtrong kâam sà-dùt lóm] n. 絆人

㉑ **เตะฝ่ายตรงข้าม** [dtè fàai dtrong kâam] n. 踢人

Tips 足球是泰國最受歡迎的運動

　　如果說棒球運動令多數台灣人為之瘋狂，那麼相對地令泰國人產生轟動的運動就是足球。在泰國，當泰國足球隊參加國際級的大型比賽期間，家家戶戶都會有人聚精會神地盯著電視螢幕專心觀看球賽，而這些往往也是街頭巷尾間閒聊的重要話題。

　　足球廣闊地融入泰國人的生活之中，甚至因為足球是全民最矚目的運動項目，所以很多人也利用足球賽的輸贏來 **พนัน** [pá-nan]（賭博）。賭贏了就不說，但賭輸賭到家破人亡的，卻也並非罕事。知道足球對泰國人的影響有多大了吧！

09-01-09.MP3

足球比賽相關的重要賽事及運動會

1. **โอลิมปิก** [oh-lim-bpik] n. 奧運
2. **เอเชี่ยนคัพ** [ay chîian káp] n. 亞洲盃
3. **ฟุตบอลโลก** [fút bon lôhk] n. 世界盃

สนามกรีฑา 田徑場
[sà-năam gree-taa]

09-02-01.MP3

這些應該怎麼說？

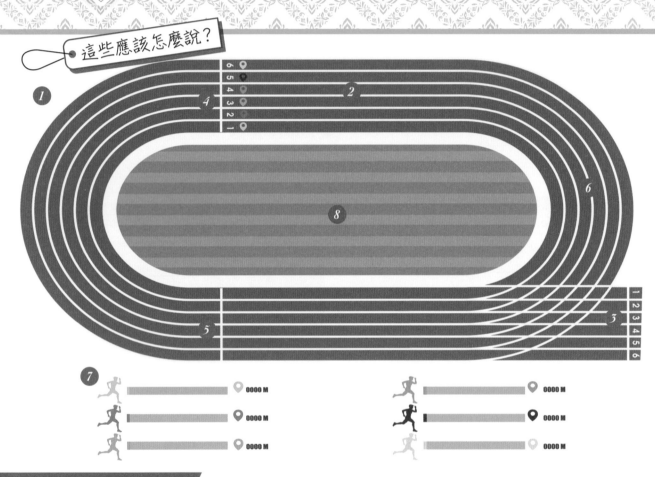

田徑場的擺設

1. **สนามกรีฑา** [sà-năam gree-taa] n. 田徑場

2. **ลู่วิ่ง** [lôo wîng] n. 跑道

3. **หมายเลขช่องวิ่ง** [măi lâyk chông wîng] n. 跑道號碼

4. **เส้นเริ่มต้น** [sâyn rêrm dtôn] n. 起跑線

5. **เส้นชัย** [sâyn chai] n. 終點線

6. **ทางโค้ง** [taang kóhng] n. 彎道

7. **นักกีฬา** [nák gee-laa] n. 運動員

8. **สนามหญ้า** [sà-năam yâa] n. 草皮

- **วอร์มอัพ** [wom àp] / **วอร์มอัพ** [wom râang gaai] / **อบอุ่นร่างกาย** [òp ùn râang gaai] n. 熱身運動

- **ผ้าขนหนู** [pâa kŏn nŏo] n. 毛巾

- **น้ำดื่ม** [náam dèum] n. 飲水

- **เครื่องดื่มเกลือแร่** [krêuang dèum gleua râe] n. 運動飲料

- **รองเท้าออกกำลังกาย** [rong táo òk gam-lang gaai] n. 運動鞋
- **เช็ดเหงื่อ** [chét ngèuua] v. 擦汗
- **หายใจลึกๆ** [hăai jai léuk léuk] v. 深呼吸
- **พักผ่อน** [pák pòn] v. 休息
- **ยิมนาสติก** [yim naa sà-dtik] n. 競技體操

在田徑場上會做什麼呢？

01 徑賽運動

常見的徑賽項目有哪些？

09-02-02.MP3

มาราธอน
[maa-raa-ton]
n. 馬拉松

ฮาล์ฟมาราธอน
[hâaf maa-raa-ton]
n. 半程馬拉松、半馬

การวิ่งข้ามรั้ว
[gaan wîng kâam rúa]
n. 跨欄

การวิ่งระยะสั้น
[gaan wîng rá-yá sân]
n. 短跑

การวิ่งระยะกลาง
[gaan wîng rá-yá glaang]
n. 中長跑

การวิ่งทางไกล
[gaan wîng taang glai]
n. 長跑

การแข่งขันวิ่งวิบาก
[gaan kàeng kăn wîng wí-bàak]
n. 障礙賽跑

กรีฑาประเภทเดิน
[gree-taa bprà-pâyt dern]
n. 競走

การวิ่งผลัด
[gaan wîng plàt]
n. 接力賽

327

09-02-03.MP3

นัก กีฬา
[nák gee-laa]
n. 運動員

โค้ช
[kóht]
n. 教練

กรรมการ
[gam-má-gaan]
n. 裁判

09-02-04.MP3

Tips 跟動作有關的慣用語

● **วิ่ง ไม่คิดชีวิต** [wîng mâi kít chee-wít]：用盡全身的力氣在奔跑。近似於中文的「一路狂奔」。

เขาวิ่ง ไม่คิดชีวิตหลัง โดนหมาวิ่ง ไล่กัดขณะกำลังเดินกลับบ้าน [kǎo wîng mâi kít chee-wít lǎng dohn mǎa wîng lâi gàt kà-nà gam-lang dern glàp bâan]
他在回家的路上被狗追著跑，讓他嚇得用盡全身的力氣奔跑。

02 田賽運動

常見的田賽項目有哪些？

09-02-05.MP3

กระ โดดค้ำถ่อ
[grà dòht kám tòr]
n. 撐竿跳高

การกระ โดดไกล
[gaan grà-dòht glai]
n. 跳遠

การกระ โดดสูง
[gaan grà-dòht sǒong]
n. 跳高

การขว้างค้อน
[gaan kwâang kón]
n. 擲鏈球

การพุ่งแหลน
[gaan pûng lǎen]
n. 擲標槍

การเขย่งก้าวกระโดด
[gaan kà-yàyng gâao grà-dòht]
n. 三級跳遠

การขว้างจักร
[gaan kwâang jàk]
n. 擲鐵餅

การทุ่มน้ำหนัก
[gaan tûm náam nàk]
n. 推鉛球

ไตรกีฬา
[dtrai gee-laa]
n. 鐵人三項

ปัญจกีฬาสมัยใหม่
[bpan-jà gee-laa sà-mǎi mài]
n. 現代五項全能

สัตตกรีฑา
[sàt dtà gree-taa]
n. 女子七項全能

ทศกรีฑา
[tót sà gree-taa]
n. 男子十項全能

在田徑場上，常見的競賽設備有哪些？

09-02-06.MP3

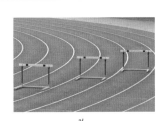

รั้ว
[rúa]
n. 跳欄

เบาะรองรับ
[bòr rong ráp]
n. 安全墊

บาร์เดี่ยว
[baa dìeow]
n. 單槓

บาร์คู่
[baa kôo]
n. 雙槓

พื้นทราย
[péun saai]
n. 沙坑

กล่องกระโดด
[glòng grà dòht]
n. 跳箱

ที่ยันเท้า
[têe yan táo]
n. 起跑器

นกหวีด
[nók wèet]
n. 哨子

ไม้วิ่งผลัด
[mái wîng plàt]
n. 接力棒

09-02-07.MP3

สเก็ตน้ำแข็ง
[sà-gèt náam kăeng] /
ไอซ์สเก็ต [ai sà-gèt]
n. 溜冰

รองเท้าสเก็ต
[rong táo sà-gèt]
n. 直排輪

สกี
[sà-gee]
n. 滑雪

โต้คลื่น
[dtôh klêun]
n. 衝浪

ยกน้ำหนัก
[yók náam nàk]
n. 舉重

โหนบาร์
[hŏhn baa]
n. 拉單槓

วิดพื้น
[wít péun]
n. 伏地挺身

ซิทอัพ
[sít àp]
n. 仰臥起坐

กระโดดตบ
[grà-dòht dtòp]
n. 開合跳

กระโดดเชือก
[grà dòht chêuak]
n. 跳繩

วิ่งช้า
[wîng cháa]
n. 慢跑

ขี่จักรยาน
[kèe jàk-grà-yaan]
n. 騎腳踏車

ฝึกกล้ามเนื้อ
[fèuk glâam néua]
n. 健身

คาร์ดิโอ
[kaa dì oh]
n. 有氧運動

โยคะ
[yoh-ká]
n. 瑜伽

ไทเก๊ก
[tai gèk]
n. 太極拳

ชกมวย
[chók muay]
n. 拳擊

เทควันโด
[tay-kwan-doh]
n. 跆拳道

ยูโด
[yoo-doh]
n. 柔道

เบสบอล
[bàyt bon]
n. 棒球

บาสเกตบอล
[bâat-gèt-bon]
n. 籃球

วอลเลย์บอล
[won-lây bon]
n. 排球

รักบี้
[rák bêe]
n. 橄欖球

ฮอกกี้น้ำแข็ง
[hók-gêe náam kǎeng]
n. 冰上曲棍球

เทนนิส
[ten-nít]
n. 網球

แบดมินตัน
[bàet-min-dtân]
n. 羽毛球

ตะกร้อ
[dtà-grôr]
n. 藤球

ปิงปอง
[bping-bpong]
n. 乒乓球

บิลเลียด
[bin-lîat]
n. 撞球

กอล์ฟ
[góf]
n. 高爾夫球

โบว์ลิ่ง
[boh-lîng]
n. 保齡球

ปีนหน้าผาหิน
[bpeen nâa pǎa hǐn]
n. 攀岩、抱石

มวยไทย 泰拳
[muay tai]

09-03-01.MP3

這些應該怎麼說？

拳擊舞台的擺設

1. **นักมวย** [nák muay] n. 拳擊手
2. **นวม** [nuam] n. 拳擊手套
3. **กรรมการ** [gam-má-gaan] n. 裁判
4. **สังเวียนมวย** [săng-wian muay] / **เวทีมวย** [way-tee muay] / **สนามมวย** [sà-năam muay] n. 拳擊擂台
5. **เชือกกั้น** [chêuak gân] n. 圍繩
6. **มุมสังเวียน** [mum săng-wian] n. 擂台角落
7. **พื้นเวที** [péun way-tee] n. 擂台地板
8. **มวยไทย** [muay tai] n. 泰拳
— **ระฆัง** [rá-kang] n. 鐘

泰拳手的服飾

1. **มงคล** [mong-kon] n.（頭飾）蒙坤

2. **ประเจียด** [bprà-jìat] n.（臂飾）巴加

3. **นวม** [nuam] n. 拳擊手套

4. **ปลอกรัดเท้า** [bplòk rát táo] n. 護腳踝

5. **กางเกงขาสั้น** [gaang-gayng kǎa sân] n. 短褲

6. **เครื่องป้องกันศีรษะ** [krêuang bpông gan sěe-sá] n. 護頭套

7. **ฟันยาง** [fan yaang] n. 護齒牙套

8. **ผ้าพันมือ** [pâa pan meu] n. 手綁帶

9. **กระจับ** [grà-jàp] n. 護襠

10. **สนับศอก** [sà-nàp sòk] n. 護肘

11. **ปลอกรัดเข่า** [bplòk rát kào] n. 護膝

\ 你知道嗎？ /
泰拳的由來

　　泰國人自古以來學習泰拳，是為了保護自身的安全並能夠回擊侵犯的敵人之用。然而隨時時間的推移，已經趨近和平時代的今日，泰拳已變成了一項強身健體的運動項目。

　　在古時候，城市裡都會有訓練泰拳 **สำนักเรียน** [sǎm-nák rian]（學院），也就是現代的 **ค่ายมวย** [kâai muay]（拳館）。學院裡則由武藝高強的 **ครูมวย** [kroo muay]（拳擊師傅）負責教導泰拳。另外，古時的泰國寺廟也像是跟學校一樣，不止一般知識的授課，有些廟也有教泰拳，因此除了戰鬥時會用到 **ต่อยมวย** [dtòi muay]（拳擊），舉辦廟會時也會有拳擊比賽，各個學院都會派出最厲害的學生前來參賽。另外，**ไหว้ครู** [wâai kroo]（拜師）的舞蹈（儀式）、服裝特色以及利用身體各個部位進行攻擊的部分皆是人們想了解泰拳的幾大特色，接下來也都會提到。

\你知道嗎？/
泰拳的護身符

在比賽正式開始之前，泰拳的拳手都會配戴護身符在身上，但每位拳手身上的護身符都不盡相同，其中有兩個護身符是每位泰拳拳手都一定會配戴的，那就是 **มงคล** [mong-kon]（蒙坤）和 **ประเจียด** [bprà-jìat]（巴加），那是一種以布編成圓形造型，經由泰拳師傅的加持之後便變成護身符，但不同的是蒙坤戴在頭上的（表示師傅對於徒弟的認同），並且會在表演完拜師拳舞之後取下；而巴加則是戴在手臂上（象徵祝福及信心上的鼓勵），可以只戴一條或加戴成兩條，此外，因為這兩樣護身符的意義重大，故對拳手而言，在表演拜師舞及在比賽的過程中都不會輕易取下。

在拳擊擂台上會做什麼呢？

01 鍛鍊

常見泰拳訓練用的道具有哪些？

09-03-03.MP3

กระสอบทราย	เป้าเตะ	นวม
[grà-sòp saai]	[bpâo dtè]	[nuam]
n. 沙包	n. 拳擊擋板	n. 拳擊手套

ผ้าพันมือ
[pâa pan meu]
n. 手綁帶

เครื่องป้องกันศีรษะ
[krêuang bpông gan sĕe-sà]
n. 拳擊護頭套

กระจับ
[grà-jàp]
n. 護襠

ฟันยาง
[fan yaang]
n. 護齒牙套

เชือกกระโดด
[chêuak grà-dòht]
n. 跳繩

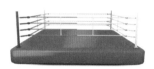

สังเวียนมวย
[săng-wian muay] /
เวทีมวย [way-tee muay] /
สนามมวย [sà-năam muay]
n. 擂台

นาฬิกาจับเวลา
[naa-lí-gaa jàp way-laa]
n. 計時器

ดัมเบล
[dam-bayn]
n. 啞鈴

กระจกเงาบานใหญ่
[grà-jòk ngao baan-yài]
n. 大面鏡子

泰拳 ★★★ Unit 3

\ 你知道嗎？ /
泰拳可是拳打腳踢樣樣來的一種武術

　　泰拳的泰語為「**มวยไทย** [muuay tai]」，即為「泰式拳擊」之意。由於泰拳上場在比試時，其擂台及拳手的服飾都與西洋拳相似，所以當看到選手用腳踢時，請不用憑藉西洋拳的規則而大感吃驚，因為泰拳本來就是一種拳打、腳踢、膝擊、肘擊等多種招式皆可自由應用的拳術，所以看到時不用大喊犯規！這些可不是不講武德的動作嘞！

02 比賽

09-03-04.MP3

หมัดตรง
[màt-dtrong]
n. 直拳

หมัดเสย
[màt sŏie]
n. 上鉤拳

ศอกตี
[sòk dtee]
n. 肘擊

ศอกงัด
[sòk ngát]
n.（用手肘由下往上擊）挑肘

ศอกกลับ
[sòk glàp]
n.（用手肘往背後擊）回肘

เข่าลอย
[kào loi]
n. 飛膝

เข่าตรง
[kào-drong]
n. 直膝

เข่าโค้ง
[kào-kóhng]
n. 彎膝

เตะตัด
[dtè dtàt]
n. 側踢

กลับหลังเตะ

[glàp lăng dtè]

n. 後踢

กระโดดถีบ

[grà-dòht tèep]

n. 飛踢

เตะตวัด

[dtè dtà-wàt]

n.（由上往下踢）勾踢、掃踢

\你知道嗎？/
泰拳的拜師拳舞

泰拳的比賽在開始之前，拳手會先在拳擊舞台上進行 ร่ายรำไหว้ครู [râai ram wâai kroo]（拜師拳舞）的表演，泰國拜師拳舞是一項歷史悠久，並且相當重要的儀式。

表演拜師拳舞的目的是向神明祈求平安，並向拳擊師傅和父母表示敬意，同時也具有向對手致意並帶有威嚇的意謂。每間拳拳學院所傳授的拜師拳舞都截然不同，但常見的舞步大致有 พรหมสี่หน้า [prom sèe-nâa]（四面梵天）、สาวน้อยประแป้ง [săao-nói-bprà-bpâeng]（少女抹粉）、หงส์เหิน [hŏng-hĕrn]（天鵝飛翔）、กวางเหลียวหลัง [gwaang lĭeow lăng]（鹿回頭）、สอดสร้อยมาลา [sòt sôi maa-laa]（抹面腿）、ลับหอกโมกขศักดิ์ [láp hòk môhk kà sàk]（勇士磨刀）、พระรามแผลงศร [prá raam plăeng sŏn]（羅摩射箭）、ยูงฟ้อนหาง [yoong fón hăang]（孔雀開屏）。圖中的動作皆是拜師拳舞中常見的舞蹈動作。

บทที่ 4 สระว่ายน้ำ 游泳池
[sà wâai náam]

09-04-01.MP3

這些應該怎麼說？

游泳池的擺設

① เก้าอี้ไลฟ์การ์ด [gâo-êe lai gàat]
n. 救生員椅

② เก้าอี้สระว่ายน้ำ [gâo-êe sà wâai náam]
n. 躺椅

③ สระว่ายน้ำ [sà wâai náam] n. 游泳池

④ เลนสำหรับว่ายช้า [layn sǎm-ràp wâai
cháa] n. 慢速道

⑤ เลนสำหรับว่ายเร็ว [layn sǎm-ràp wâai
reo] n. 快速道

⑥ บันได [ban-dai] n. 梯子

⑦ ลู่ตัดคลื่นสระว่ายน้ำ [lôo dtàt klêun sà
wâai náam] n. 水道繩

⑧ ผ้าขนหนู [pâa kǒn nǒo] n. 毛巾

⑨ พื้น [péun] n. 地板

⑩ ป้ายเตือนระวังพื้นลื่น [bpâai dteuan
rá-wang péun lêun] n. 地板濕滑標示

⑪ ราวจับสระว่ายน้ำ [raao jàp sà wâai náam]
n. 游泳池扶手

⑫ สระน้ำอุ่น [sà náam ùn] n. 溫水池

⑬ สระสำหรับเด็ก [sà sǎm-ràp dèk] n. 孩童池

⑭ ตู้เก็บของ [dtôo gèp kǒng] / ตู้ล็อกเกอร์
[dtôo lók gêr] n. 置物櫃

⑮ ห้องเปลี่ยนเสื้อผ้า [hông bplian sêua pâa]
n. 更衣室

338

01 換上泳具

常見的泳具有哪些？

09-04-02.MP3

1. **อุปกรณ์ว่ายน้ำ** [ù-bpà-gon wâai náam]
   n. 泳具

2. **ชุดว่ายน้ำ** [chút wâai náam] n. 泳衣

3. **ผ้าขนหนู** [pâa kǒn nǒo] n. 毛巾

4. **กระติกน้ำ** [grà-dtìk náam] n. 水壺

5. **นาฬิกาจับเวลา** [naa-lí-gaa jàp way-laa]
   n. 碼錶

6. **แว่นตาว่ายน้ำ** [wâen dtaa wâai náam]
   n. 泳鏡

7. **กางเกงว่ายน้ำ** [gaang-gayng wâai náam]
   n. 游泳褲

8. **นกหวีด** [nók wèet] n. 哨子

9. **รองเท้าแตะ** [rong táo dtàe] n. 拖鞋

10. **หมวกว่ายน้ำ** [mùak wâai náam] n. 泳帽

11. **ที่อุดหู** [têe ùt hǒo] n. 耳塞

12. **ที่หนีบจมูก** [têe nèep jà-mòok] n. 鼻夾

13. **อุปกรณ์ดำน้ำ** [ù-bpà-gon dam náam] n. 潛水設備

14. **ชุดดำน้ำ** [chút dam náam]
    n. 潛水衣

15. **หน้ากากดำน้ำ** [nâa gàak dam náam] n. 潛水目鏡

16. **ท่อหายใจ** [tôr hǎai jai]
    n. 潛水呼吸管

17. **ตีนกบ** [dteen gòp] n. 蛙鞋

游泳池 ★★★ unit4

339

常見的游泳輔具有哪些？

แพยางเป่าลม
[pae yaang bpào lom]
n. 氣墊床

ห่วงยางแบบปลอกแขน
[hùang yaang bàep bplòk kăen]
n. 充氣臂圈

สระน้ำเป่าลม
[sà náam bpào lom]
n. 充氣游泳池

เก้าอี้เป่าลม
[gâo-êe bpào lom]
n. 充氣椅

ลูกบอลชายหาด
[lôok bon chaai hàat]
n. 海灘球

กระดานลอยน้ำ
[grà-daan loi náam]
n. 浮板

ห่วงยาง
[hùang yaang]
n. 游泳圈

ของเล่นในสระน้ำ
[kŏng lâyn nai sà náam]
n. 泳池玩具

เสื้อชูชีพ
[sêua choo chêep]
n. 救生衣

游泳池的緊急狀況及處理？

ไลฟ์การ์ด
[lai gàat]
n. 救生員

จมน้ำ
[jom náam]
v. 溺水

การทำซีพีอาร์
[gaan tam see pee aa]
n. 心肺復甦術、CPR

02 游泳

09-04-05.MP3

ท่าฟรีสไตล์
[tâa free sà-dtai]
ph. 自由式

ท่ากรรเชียง
[tâa gan-chiang]
ph. 仰式

ท่าผีเสื้อ
[tâa pēe sêua]
ph. 蝶式

ท่ากบ
[tâa gòp]
ph. 蛙式

ท่าลูกหมาตกน้ำ
[tâa lôok mãa dtòk náam]
ph. 狗爬式

ท่าตะแคงข้าง
[tâa dtà-kaeng kâang]
ph. 側泳

09-04-06.MP3

＼你知道嗎？／

กีฬาทางน้ำ [gee-laa taang náam]（水上運動），有哪些比賽項目呢？

　　除了常見的 **ท่าฟรีสไตล์** [tâa free sà-dtai]（自由式）、**ท่ากรรเชียง** [tâa gan-chiang]（仰式）、**ท่ากบ** [tâa gòp]（蛙式）、**ท่าผีเสื้อ** [tâa pēe sêua]（蝶式）以外，還有 **การว่ายน้ำแบบผสม** [gaan wâai náam báep pà-sŏm]（混合泳）和 **การว่ายน้ำผลัด** [gaan wâai náam plàt]（接力）。

● 混合泳

　　การว่ายน้ำแบบผสม（混合泳）是指運動員需在一次比賽裡，完成四種不同的泳姿，包含自由式、仰式、蛙式和蝶式等四種，以總距離計算，每種泳姿皆需泳完四分之一的距離。

游泳池　★★★ unit 4

● 接力

　　การว่ายน้ำผลัด（接力）又可以再細分成 การว่าย
น้ำ ผลัดฟรีสไตล์ [gaan wâai náam plàt free sà-dtai]（自
由接力）以及 การว่ายน้ำผลัดผสม [gaan wâam
plàt pà-sŏm]（混合泳接力）兩種，每項比賽需以4位
選手以相同的游泳距離接力完成。

● 水球

　　โปโลน้ำ [bpoh loh náam]（水球）是一項結合了
ว่ายน้ำ [wâai náam]（游泳）、แฮนด์บอล [haen bon]
（手球）、บาสเกตบอล [bâat-gèt-bon]（籃球）和
รักบี้ [rák bêe]（橄欖球）的水上團體競賽，比賽的全
長時間為32分鐘，每個球隊需以13位球員組成。比賽
開始時，水中上場人數7人（包含一名守門員），另
外6位則需在場外待命，以便隨時替補水中的球員。

● 跳水

　　กระโดดน้ำ [grà dòht náam]（跳水）可分成
กระโดดน้ำจากกระดานโดด [grà dòht náam jàak grà-
daan dòht]（跳臺跳水）和 กระโดดน้ำ จากกระดาน
สปริง [grà dòht náam jàak grà-daan sà-bpring]（彈板跳
水），選手需在指定的彈板或跳臺上完成指定的動
作，才能得分。

● 花式游泳

　　ระบำใต้น้ำ [rá-bam dtâi náam]（花式游泳、水上芭
蕾）是一種結合 ว่ายน้ำ [wâai náam]（游泳）、เต้น
[dtâyn]（舞蹈）以及 ยิมนาสติก [yim naa sà-dtik]（體
操）的水中競賽項目，可分成單人、雙人和團體等項
目，選手需依序完成指定的動作，依動作的難易度及
美感度給予評分。

โอกาสสำคัญต่าง ๆ

[oh-gàat-săm-kan dtàang dtàang] 特殊場合

งานแต่งงาน 婚禮
[ngaan dtàeng ngaan]

10-01-01.MP3

這些應該怎麼說？

婚禮的擺設

貼心小提醒　更多與婚姻相關的內容，請翻閱 11 頁，01-01【家庭－02 婚姻】。

1 **งานแต่งงาน** [ngaan dtàeng ngaan] n. 婚禮

2 **ซุ้มประตูงานแต่ง** [súm bprà-dtoo ngaan dtàeng] n. 婚禮拱門

3 **ทางเดินสู่พิธีวิวาห์** [taang dern sòo pí-tee wí-waa] n. 婚禮步道

4 **เวทีงานแต่ง** [way-tee ngaan dtàeng] n. 婚禮舞台

5 **เค้กแต่งงาน** [káyk dtàeng ngaan] n. 結婚蛋糕

6 **กระเช้าดอกไม้** [grà-cháo dòk mái] n. 花籃

7 **เครื่องเสียง** [krêuang sĭang] n. 燈光音響系統

8 **โต๊ะเลี้ยงแขก** [dtó líang kàek] n. 婚宴桌

9 **แก้วมีก้าน** [gâew mee gâan] n. 高腳杯

10 **การจัดดอกไม้** [gaan jàt dòk mái] n. 花藝佈置

11 **แท่นบรรยาย** [tâen ban-yaai] / **โพเดียม** [poh diam] n. 司儀台

為什麼新娘在婚禮上要丟花呢？丟花的由來又是從何開始的呢？

據說在數百年前，人們認為只要觸碰到新娘，就能帶來好運，於是甚至有些人在觸碰新娘的同時，會撕開新娘的禮服做為幸運物，但是這樣的習俗不但帶給新娘許多不便，也讓新娘感到十分不適，為了避免人們觸碰到新娘，於是就想出讓新娘丟花束在人群裡的辦法，如此一來，新娘不但可以擁有自己的隱私，賓客也能收到新娘送的幸運花，這樣丟捧花的動作，泰語稱之為 **โยนดอกไม้** [yohn dòk mái]。早期的泰國並沒有欲樣的習俗，但這幾年來因為受到西方文化的影響，因此現在的泰國婚禮中也有 **โยนดอกไม้** 這個節目了。接花束的人都必須是還未婚的女性賓客，當誰接到新娘的花束後，接下來就輪到她有機會結婚了。

การ **โยนดอกไม้** ในงานแต่งงานเป็นประเพณีดั้งเดิมของหลายประเทศ [gaan yohn dòk mái nai ngaan dtàeng ngaan bpen bprà-pay-nee-dâng-derm kŏng lăai-bprà-tâyt]

在很多國家裡，婚禮上丟捧花是件傳統。

在婚禮會做什麼呢？

01 致詞、宣誓、丟捧花

10-01-02.MP3

婚禮中常見的人有哪些？

1 **เจ้าบ่าว** [jâo bàao] n. 新郎
2 **เจ้าสาว** [jâo săao] n. 新娘
3 **เพื่อนเจ้าบ่าว** [pêuan jâo bàao] n. 伴郎
4 **เพื่อนเจ้าสาว** [pêuan jâo săao] n. 伴娘
5 **เด็กโปรยดอกไม้** [dèk bproi dòk mái] / **เด็กถือดอกไม้** [dèk tĕu dòk mái] n. 女花童
6 **พิธีกรงานแต่งงาน** [pi-tee gon ngaan dtàeng ngaan] n. 主婚人
7 **เวดดิ้งแพลนเนอร์** [wàyt-ding plaen ner] n. 婚禮策劃人

8 **ช่างภาพ** [châang pâap] n. 攝影師
9 **แขก** [kàek] n. 賓客

345

คำอวยพร
[kam uay pon]
ph. 婚禮致詞

แลกแหวน
[lâek wăen]
ph. 交換戒指

คำสาบาน
[kam săa-baan]
ph. 宣讀結婚誓言

จูบเจ้าสาว
[jòop jâo săao]
ph. 親吻新娘

โยนดอกไม้
[yohn dòk mái]
ph. 丟捧花

ดื่มฉลองให้กับคู่บ่าวสาว
[dèum chà-lŏng hâi gàp kôo bàao săao]
ph. 向新人敬酒

รินแชมเปญ
[rin chaem-bpayn]
ph. 倒香檳

ตัดเค้กแต่งงาน
[dtàt káyk dtàeng ngaan]
ph. 切結婚蛋糕

คล้องแขนกันดื่ม
[klóng kăen gan dèum]
ph. 喝交杯酒

พิธีสงฆ์
[pí-tee-sŏng]
ph. (佛教儀式)僧侶誦經祈福

ตักบาตร
[dtàk bàat]
ph. 獻上供品（給僧侶）

แห่ขันหมาก
[hàe kăn màak]
ph. 迎娶遊行

ล้างเท้า
[láang táo]
ph. 洗腳

งานหมั้น
[ngaan mân]
ph. 訂婚儀式

นับสินสอด
[náp sĭn sòt]
ph. 數聘禮

พิธีไหว้ผู้ใหญ่
[pí-tee wâai pôo yài]
ph. 向長輩行禮

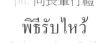

พิธีรับไหว้
[pí-tee ráp wâai]
ph. 接受晚輩的行禮

พิธีรดน้ำสังข์
[pí-tee rótnáam săng]
ph. 用聖水洗禮

พิธีส่งตัวเข้าหอ
[pí-tee sòng dtua kâo hŏr]
ph. 送入洞房

02 參加宴席

辦婚禮中常見的東西有哪些？

10-01-05.MP3

ผ้าคลุมผม
[pâa klum pŏm]
n. 頭紗

การ์ดแต่งงาน
[gàat dtàeng ngaan]
n. 喜帖

รถรับเจ้าสาว
[rót ráp jâo săao]
n. 婚禮車

สูทเจ้าบ่าว
[sòot jâo bàao]
n. 婚禮西裝

ซองงานแต่ง
[song ngaan dtàeng]
n. 禮金

ดอกไม้ติดหน้าอกผู้ชาย
[dòk mái dtìt nâa òk pôo chaai]
n. 男性胸花

ของชำร่วยงานแต่งงาน
[kŏng cham-rûay ngaan dtàeng ngaan]
n. 婚禮小物

ป้ายต้อนรับหน้างานแต่ง
[bpâai dtôn ráp nâa ngaan dtàeng]
n. 婚禮迎賓牌

ดอกไม้ผูกข้อมือผู้หญิง
[dòk mái pòok kôr meu pôo yĭng]
n. 女性腕花

ชุดแต่งงาน
[chút dtàeng ngaan]
n. 婚紗

สินสอด
[sĭn sòt]
n. 聘金

ทองหมั้น
[tong mân]
n. 聘禮

夫妻間的親密互動有哪些？

10-01-06.MP3

1. **มีความรัก** [mee kwaam rák] ph. 談情說愛

2. **จูบ** [jòop] v. 親吻

3. **จูบหน้าผาก** [jòop nâa pàak] ph. 親吻額頭

4. **กอดไหล่** [gòt lài] ph. 摟肩

5. **นั่งบนไหล่** [nâng bon lài] / **ขี่คอ** [kèe kor]
ph. 坐肩膀

6. **ชื่นชม** [chêun chom] v. 讚美

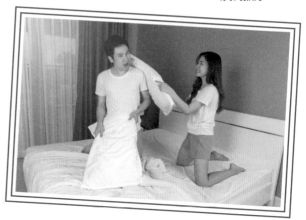

7. **แกล้ง** [glâeng] v. （趣味的）捉弄

8. **ซบไหล่** [sóp lài] ph. 靠肩、依偎

9. **จูงมือ** [joong meu] ph. 牽手

10. **กอด** [gòt] v. 擁抱

11. **กอดจากด้านหลัง** [gòt jàak dâan lǎng]
    ph. 從背後擁抱

12. **เป็นห่วง** [bpen hùang] v. 關心、擔心

13. **ปลอบใจ** [bplòp jai] v. 安慰

14. **ดูแล** [doo lae] v. 照顧

15. **การอยู่เคียงข้าง** [gaan yòo kiiang kâang]
    v. 陪伴

16. **สงครามหมอน** [sŏng-kraam mŏn]
    ph. 打枕頭戰

17. **ขี่หลัง** [kèe lǎng] v. 揹

婚禮 ★★★ unit 1

泰語的甜言蜜語

1. **ภรรยาของผมสวยที่สุด** [pan-rá-yaa kŏng pŏm sŭuay têe sùt] 我老婆最美了。

2. **ภรรยาของผมอบอุ่นที่สุด** [pan-rá-yaa kŏng pŏm òp ùn têe sùt] 我老婆最溫柔了。

3. **ภรรยาของผมสวยดั่งดอกไม้** [pan-rá-yaa kŏng pŏm sŭuay dàng dòk mái]
   我老婆美得像朵花似的。

4. **คุณสวยที่สุดในโลกเลย** [kun sŭuay têe sùt nai lôhk loiie] 全世界就妳最甜美。

5. **ผมเป่าผมให้นะ** [pŏm bpào pŏm hâi ná] 我幫妳吹頭髮。

6. **ผมมีเซอร์ไพรส์ พรุ่งนี้ไปกับผมนะ** [pŏm mee sêr-prai、prûng-née bpai gàp pŏm ná]
   要給妳個驚喜，明天跟著我走就好了。

7. **สามีของฉันหล่อที่สุดเลย** [sǎa-mee kŏng chǎn lòr têe sùt loiie] 我老公最帥了。

8. **สามีของฉันดีที่สุดเลย** [sǎa-mee kŏng chǎn dee têe sùt loiie] 我老公最棒了。

9. **มาขอจุ๊บหน่อย** [maa kŏr júp nòi] 讓人家親一下。

10. **มาขอกอดหน่อย** [maa kòk òt nòi] 人家要抱抱。

11. **ฉันรักคุณ** [chǎn rák kun] 我愛你。

12. **ฉันคิดถึงคุณจัง** [chǎn kít tĕung kun jang] 我好想妳。

13. **ที่รัก คิดถึงฉันไหม** [têe rák、kít tĕung chǎn mǎi]
    寶貝，有沒有想我呀？

14. **ฉันจะรักคุณตลอดไป** [chǎn jà rák kun dtà-lòt bpai] 我會永遠愛著你。

15. **ใจของฉันเป็นของคุณ** [jai kŏng chǎn bpen kŏng kun] 我的一顆心只屬於你。

16. **อยู่กับคุณแล้วฉันมีความสุขจัง** [yòo gàp kun láew chǎn mee kwaam sùk jang]
    跟你在一起我好幸福。

17. **คุณชอบฉันตรงไหน** [kun chôp chǎn dtrong nǎ] 你是喜歡我哪一點呀？

18. **ทั้งชีวิตนี้ฉันรักคุณคนเดียว** [táng chee-wit née chǎn rák kun kon diieow]
    這一生一世我只愛你一個。

泰國傳統習俗中的婚禮

對泰國人來說，婚禮是人生非常重要的一件大事。在泰國，男女雙方舉行婚禮前，都會舉行說媒、問婚、定親等習俗。當男女雙方交往了一段時間，決定廝守終生之後，男方就要請來德高望重的耆老或家族中的長輩去女方家說媒，女方家長同意這門婚事之後，雙方就會協商敲好一個 **วันมงคล** [wan-mong-kon]（良辰吉日），正式舉辦婚禮。在泰國的傳統文化觀念中，婚禮過程有許多儀式，而且依各地風俗不同，細節的文化面也各有所異，但是還是有部分極為重要的儀式，在泰國是幾乎全國都會進行的，例如：**พิธีสงฆ์** [pí-tee sŏng]（佛教儀式）。在泰國的重要日子裡幾乎都跟佛教的儀式有關，所以泰國人最一般的婚禮中（只要不是採西方宗教儀式），當天會請到9位僧人來家裡祈福、誦經。至於為什麼是「9」呢？那是因為「9」在泰語的發音裡是「**เก้า** [gâo]」，它的諧音很容易讓人聯想到「**ก้าวหน้า** [gâao nâa]（進步）」這個詞彙，進而衍生出家族繁榮、進步的吉祥之意。在婚禮中，新人也會一起 ❶ **ตักบาตร** [dtàk bàat] 齋僧（施布食品或物品給僧侶），泰國人相信只要一起行善、施布、積德的話，下輩子就能夠再度相會。

接下來，針對泰國的婚禮流程，做出一些基本的說明：

● ❷ **แห่ขันหมาก** [hàe kăn màak]（迎娶）：這是婚禮當中最熱鬧的環節，新郎會帶著 **เถ้าแก่** [tâo gàe]（耆老）、家人、親朋好友一起去迎娶新娘，迎娶隊伍在路途中會彈奏樂器，甚至於熱舞高歌，熱鬧的場面會讓整條路充滿了歡樂。此外，新郎會準備數個彩禮盤，分別有：**พานขันหมาก** [paan kăn màak]（迎娶盤。上面會放生檳榔、檳榔葉、生米、綠豆、黑芝麻等）、❸ **พานสินสอด** [paan sĭn

sòt]（聘禮盤）、**พานแหวน
หมั้น** [paan hăe won mân]（訂
婚戒指盤。通常訂婚和婚禮在
同一天時才會準備訂婚戒盤，若辦在不同
天時則不會有）、**พานผลไม้** [paan pŏn-lá-
mái]（水果盤）等等。接著來到新娘家之
後，一般

在傳統上，女方會派出小女孩和長輩來
ต้อนรับขบวนขันหมาก [dtôn ráp kà-buan
kăn màak]（接待迎娶團）。接下來新郎
方要通過各個 ❹ 有趣闖關遊戲，都順利
闖關完之後才可打開新娘房迎接新娘。

● **พิธีสู่ขอและนับสินสอด** [pí-tee sòo kŏr láe
náp sĭn sòt]（問婚禮、數聘金禮）：在新郎通過女方精心設計的層層關卡
之後，接著就是問婚儀式了。儀行持續進行，雙方都會派出耆老來進行
問婚儀式（聽雙方的耆老講話），代表新娘方的耆老一旦應允了這門婚
事之後，新郎將新娘牽進剛才問婚的儀式會場，此時雙方的家長會環坐
在客廳等公開空間的沙發或椅子上，新娘被新郎牽出來後會與新郎雙雙
盤坐（泰國式身體一邊傾斜的坐姿）在地毯上，為了要表示敬重，身體
的高度會低於坐著的長輩。接著新郎方就會迎娶盤、聘禮盤、訂婚戒指
盤獻給新娘的父母。新娘的父母會稍微數一下聘禮盤上的現金，然後再
將迎娶盤的綠豆、芝麻、生米及花灑於聘金上，象徵新人將會過上幸福
美滿的生活。隨後，新娘的母親會將聘禮金用布包起來，扛在肩膀上，
並表現出非常沉重的感覺，旨在表示聘
禮充滿份量，讓男方家庭感覺有面子。

● ❺ **พิธีสวมแหวน** [pí-tee sŭam wăen]（交
換婚戒）：由新郎幫新娘戴上戒指之
後，新娘會以泰式合掌對著新郎拜謝一
次，隨後便開始幫新郎戴上戒指。

● ⑥ พิธีรดน้ำสังข์ [pí-tee rót náam sǎng]
（聖水洗禮）：這項儀式可以說是整場
婚禮中最感人的部分，因為在這項儀式
中，新人將會接受來自家人及親朋好友祝福
的感動時刻。在此時，新人要坐在最前方
（新娘要坐在新郎的左邊），雙手靠在一個
小禮台上，⑦ 雙掌合十。由長輩（或是僧侶）幫新人在頭上戴上一組外形
為兩個白色圈圈，且中間有白色細繩相連的 ⑧ มงคลแฝด [mong-kon fàet]
（吉祥繩子），此儀式的意謂者祈求新人能夠生活美滿、白頭偕老。接著
⑨ 長輩（或僧侶）會在新人額頭點上三個白點，而這三個點在佛教裡的教
義裡，象徵著「佛、法、僧」，故引申出有招來吉祥美好的意思（若即使
由僧侶進行，礙於泰國僧侶不可接觸女性的戒律，也只會幫新郎進行儀
式。新娘依舊由長輩進行）。等白點點完後，接下來就是聖水洗禮的重頭
戲了，聖水通常是由高僧加持過的，對泰國人而言，極具充滿祝福的重大

意義，故而不能省略。首先，⑩ 由雙方父母
將聖水倒在新人手上，再由親朋好友陸續上
前幫新人前倒聖水，在此同時也是跟新人說
一些吉祥話的最佳時候，許多令人動容的真
摯親情、友情會在此時大大發酵，因此通常
整個場面會非常溫馨與感動。

● พิธีไหว้ผู้ใหญ่ [pí-tee wâai pôo yài]（向長輩行禮）／พิธีรับไหว้ [pí-tee ráp
wâai]（接受晚輩的行禮）：聖水洗禮之後，新人便回坐到地板上，為了表
達敬愛及感謝養育之恩，便向陸續坐到沙
發上的雙方父母及年長的親戚們依序進行
跪拜禮。此時，長輩們 รับไหว้ [ráp wâai]
（接受行禮），並在受禮的同時，在新人
的手腕上幫忙綁上 สายสิญจน์ [sǎai-sǐn]
（聖線。細白色的繩子），藉此表達祝福
之意。

●⑪ ส่งตัวเข้าหอ [sòng dtua kâo hŏr]（送入洞房）：泰式婚禮的
最後一個儀式便是「送入洞房」了。在洞房中，雙方的父母
會幫新人 ปูที่นอน [bpoo têe non]（鋪床）。但雖說是「鋪
床」，但形式上一般只是稍微打理或佈置一下床單、枕頭，不一定會大
動作地認真鋪床。接著由新娘母親把新
娘交給新郎，並交代新郎要好好照顧女
兒，爾後便讓所有人都離開洞房，讓新
人獨處約10~15分鐘時間，新人會利用這
個空檔換裝，改穿為適合宴客的服飾，
等一切準備就緒，新人出了洞房之後，
就可以開始進行宴客了。

　　早期泰國的婚禮都會以 ชุดไทย [chút-tai]（傳統服飾）盛裝出席。隨
著時代的改變，現代人開始喜歡穿西式 ชุดสูท [chút sòot]（西裝）和婚紗
進行婚禮，但一樣顯得隆重。然而至今仍然還是有許很多人選擇以傳統婚
禮的方式進行。但不論是參加何種婚禮，當泰國人參加婚禮時，都喜歡佩
戴首飾，此外不會穿著黑、白兩色的裝束（因為那是泰國出席喪禮的裝
束，在下一課亦會提到）！

　　由於現代人的生活型態相對忙碌，泰國的婚禮儀式開始逐漸從簡，開
始顯得沒有早期那麼地複雜了。甚至有時候，訂婚和婚禮都會辦在同一
天。婚禮也沒有一定要在家裡準備，在高級的飯店、餐廳都有婚禮服務，
既專業又方便。參加喜宴的客人一般也會送禮金給新郎新娘，禮金的數字
範圍不一，通常會看賓客跟新郎新娘的親疏關係及舉行婚宴餐廳的氣派度
而定，通常最少會在五百泰銖以上。

　　如果有機會參加泰國婚禮時，我們可以用一些簡
單的吉祥話來祝福新人。例如：**ขอให้รักกันจนแก่เฒ่า**
[kŏr hâi rák gan jon gàe tâo]（白頭偕老）、**ขอให้รักกัน**
ตลอดไป [kŏr hâi rák gan dtà-lòt bpai]（永浴愛河）、**ขอ**
ให้มีลูกเร็ว ๆ [kŏr hâi mee lôok reo reo]（早生貴子）等
等。

งานศพ 喪禮
[ngaan sòp]

10-02-01.MP3

這些應該怎麼說？

葬禮的擺設

1. **งานศพ** [ngaan sòp] n. 喪禮
2. **ห้องจัดงานศพ** [hông-jàt ngaan sòp] n. 殯葬廳
3. **โลงศพ** [lohng sòp] n. 靈柩；棺木
4. **ธูป** [tôop] n. 線香
5. **เทียน** [tian] n. 蠟燭
6. **พวงหรีด** [puang rèet] n. 殯葬花圈
7. **ชุดไว้ทุกข์** [chút wái túk] n. 喪服
8. **รูปผู้เสียชีวิต** [ròop pôo sĩa chee-wít] n. 遺照
9. **กระถางธูป** [grà-tãang tôop] n. 香爐
10. **ครอบครัว** [krôp krua] n. 家屬
11. **ผ้าม่าน** [pâa mâan] n. 布簾
12. **พาน** [paan] n. 泰式供盤
13. **แท่นบูชา** [tâen boo-chaa] n. 祭壇
14. **ของถวาย** [kõng tà-wãai] / **ของบูชา** [kõng boo-chaa] n. 祭禮

⑮ กล่องรับบริจาค [glòng ráp bor-rí-jàak]
　　n. 賻贈箱

⑯ แขก [kàek] n. （弔唁的）賓客

● พระสงฆ์ [prá sŏng] n. 僧侶

● ผู้ช่วยในงานศพ [pôo chûay nai ngaan sòp] n. 喪禮服務人員

在喪禮會做什麼呢？

01 參加告別式

在告別式中常見的人有哪些？

10-02-02.MP3

ผู้ร่วมไว้อาลัย
[pôo rûam wái aa-lai]
n. 送喪者；哀悼者

บาทหลวง
[bàat lŭang]
n. 神父

นักบวช
[nák bùat]
n. 道士

คณะสวดมนต์
[ká-ná sùat mon]
n. 誦經團

ผู้ที่หามโลงศพ
[pôo têe hăam lohng sòp]
n. 抬棺者

วงดนตรีในงานศพ
[wong don-dtree nai ngaan sòp]
n. 送葬樂儀隊

10-02-03.MP3

ร่วมพิธีไว้อาลัย
[rûam pí-tee wái aa-lai]
ph. 參加告別式

จุดธูป
[jùt tôop]
ph. 上香

ไหว้
[wâai]
v. 拜拜

ร้องไห้
[róng hâi]
v. 哭

สวดมนต์
[sùat mon]
ph. 誦經、念經

เผากระดาษเงินกระดาษทอง
[pǎo grà-dàat ngern grà-dàat tong]
ph. 燒紙錢

02 參加追思會

10-02-04.MP3

รูปภาพผู้เสียชีวิต
[rôop pâap pôo sǐa chee-wít]
n. 遺照

โกศ
[gòht]
n. 骨灰罈、骨灰甕

การ์ดงานศพ
[gàat ngaan sòp]
n. 白帖；訃聞

พวงหรีด
[puang rèet]
n. 喪禮花環

โลงศพ
[lohng sòp]
n. 靈柩；棺木

รถเคลื่อนย้ายศพ
[rót klêuan yáai sòp]
n. 靈車

喪禮 ★★★ บทที่

Tips　生活小常識：殯葬篇

　　依各個國家習俗的不同，往生者的殯葬方式也隨之不同。泰國是佛教國家，大多數國民都信仰國教，因此泰國人的喪葬儀式大都採取佛教儀式舉行。泰國人死後多半會進行 **เผาศพ** [pǎo sòp]（火葬），火葬一般都在寺廟中進行。在泰國，選擇埋葬的人通常是華人或是基督教徒。埋葬往生者遺體的方式也隨之不同，但這些埋葬的方式，泰語總稱之為 **การฝังศพ** [gaan fǎng sòp]（土葬）。

การเผาศพเป็นรูปแบบการจัดงานศพที่พบมากที่สุดในหลายประเทศ
[gaan pǎo sòp bpen rôop bàep gaan jàt ngaan sòp têe póp mâak têe sùt nai lǎai-bprà-tâyt]
在很多國家，火葬是最常見的殯葬方式。

置放亡者的地點有哪些？

10-02-05.MP3

วัด
[wát]
n. 寺廟

สุสาน
[sù-sǎan]
n. 公墓、墳場

สถานที่เก็บโกศ
[sà-tǎan têe gèp gòht]
n. 納骨塔

　　對於每個人來說，失去親人是最痛心疾首的一件事了。喪禮對泰國人來說是為了送往生者最後一程，也是為了提醒在世者生命的短暫。泰國有百分之九十的人口信仰佛教，因此大多人的喪禮都會依照佛教 ① 儀式舉行。因佛教注重靈魂甚過於肉身，故佛教式的喪禮主張火葬，佛教徒們相信人體在死後便毫無用處，僅需懷念在世時的積德行善即可。而佛教喪禮大致上可以分成以下主要步驟：

　　② การอาบน้ำศพ [gaan àap náam sòp]（浴屍禮）和 ③ พิธีรดน้ำศพ [pí-tee rót náam sòp]（浴屍聖水儀式）：「浴屍禮」是泰國喪禮的第一個步驟，親屬會幫遺體把身體清洗乾淨，代表死者前往另一個世界之前的一個「淨化」過程，之後給死者穿上一套乾淨的衣服，準備進行「浴屍聖水儀式」。儀式中人們會讓往生者化妝好的大體平躺在床上，並將其把右手放在床外，手心朝上。此時，死者的親朋好友可以一一上前，拿準備好的聖水倒在死者手上，此儀式為向死者表示尊敬，通常聖水儀式只會由家屬、親戚和非常親近的朋友來進行。

　　④ พิธีสวดอภิธรรม [pí-tee sùat à-pí tam]（誦經儀式）：此儀式目的是替死者祝禱，向死者表達愛和敬意，並讓在世者領悟「人人無法逃避生命的無常」。家屬會請四名和尚來念四篇經，多數會從晚上七點開始誦經，通常會舉行1天、3天、5

天、7天，時間長的則是100天。待念經儀式結束後，家屬會布施物品給和尚，布施的物品可以是飲食、用具、清水或是泰式袈裟。

พิธีฌาปณกิจ [pí-tee chaa bpà ná gìt]（火葬儀式）：在「誦經儀式」之後，家屬會將大體載送至墳場，等到適合的日子再進行火化。等到了舉行火葬儀式的日子，便會將遺體運送至火葬，早上先進行การเวียนศพ [gaan wian sòp] 的儀式，即由家屬抬棺材從右至左繞行火葬塔三圈，繞行完畢後，再將棺材放置在火葬塔裡準備進行火化。在那之前，會在塔前舉行追念儀式，目的為懷念往生者的美德，並讓在世者領悟生命的無常。

此時，參加的賓客可以拿一組檀木花、蠟燭和香，一一上前至塔前雙手合十與死者告別，⑤ 離開前將檀木花組放置在棺材下的盤子裡，等賓客都告別完後，就

會開始火化。火化完畢後，家屬可以取一部分的骨灰裝於骨灰罈，再將部分骨灰灑到大海或河流裡，泰國人相信這樣可以讓往生者安詳的離開。火化儀式可以說是泰國喪禮當中最重要的儀式，因為這是死者火化為骨灰之前的最後一次告別。

要安慰喪家時，可以跟家屬講這些用句：

ฉันขอแสดงความเสียใจกับคุณและครอบครัว
[chăn kŏr sà-daeng kwaam sĭa jai gàp kun láe krôp kruua]
我替你和家人感到難過。

ขอให้คุณแม่ของคุณไปสู่สุคติ
[kŏr hâi kun mâe kŏng kun bpai sòo sù-ká-dtì]
希望你的母親在九泉之下安息。

ชีวิตคนเราไม่มีอะไรแน่นอน ขอให้คุณหายเศร้าในเร็ววัน
[chee-wít kon rao mâi mee à-rai nâe non · kŏr hâi kun hăai sâo nai reo wan]
人世無常，請節哀順變，請不要太傷心了。

วัฒนธรรมและศาสนา
[wát-tá-ná-tam láe sàat-sà-năa]
文化與宗教

01 博物館

在博物館常見物品有哪些呢？

10-03-01.MP3

ของโชว์
[kŏng choh] n. 展示品

ของโบราณ
[kŏng boh-raan] n. 古物

รูปปั้น
[rôop bpân] n. 雕像

ภาพวาด
[pâap wâat] n. 畫作

อักษรภาพ
[àk-sŏn pâap] n. 象形文字

ฟอสซิล
[fôt-sin] n. 化石

เครื่องปั้นดินเผา
[krêuang bpân din păo]
n. 陶瓷

ภาพนูนต่ำ
[pâap noon dtàm] n. 淺浮雕
ภาพนูนสูง
[pâap noon sŏong] n. 高浮雕

โมเดล
[moh-dayn]
n. 模型

หุ่นขี้ผึ้ง
[hùn kêe pêung]
n. 蠟像

มัมมี่
[mam-mêe]
n. 木乃伊

แมลงสต๊าฟ
[má-laeng sà-dtáaf]
n. （昆蟲）標本

หุ่นขี้ผึ้ง
[hùn kêe pêung]
n. 蠟像

มัมมี่
[mam-mêe]
n. 木乃伊

แมลงสต๊าฟ
[má-laeng sà-dtáaf]
n. （昆蟲）標本

หุ่นขี้ผึ้ง
[hùn kêe pêung]
n. 蠟像

มัมมี่
[mam-mêe]
n. 木乃伊

แมลงสต๊าฟ
[má-laeng sà-dtáaf]
n. （昆蟲）標本

在博物館會做些什麼呢？

10-03-02.MP3

เข้าชม
[kâo chom]
v. 參觀

ฟังการแนะนำ
[fang gaan náe nam]
ph. 聽講解

ประมูล
[bprà-moon]
ph. 拍賣

在博物館常見的警告標語有哪些？

10-03-03.MP3

ห้ามจับ
[hâam jàp]
禁止觸碰

ห้ามส่งเสียงดัง
[hâam sòng sĭang dang]
禁止喧嘩

ห้ามถ่ายภาพหรือวิดีโอ
[hâam tàai pâap rĕu wí-dee-oh]
禁止攝影

**ห้ามนำอาหารเข้าภายใน
พิพิธภัณฑ์**
[hâam nam aa-hăan kâo paai nai pí-pit-tá-pan]
博物館內禁止攜帶飲食

**ห้ามนำสัตว์เข้าภายใน
พิพิธภัณฑ์**
[hâam nam sàt kâo paai nai pí-pit-tá-pan]
博物館內禁止攜帶動物

กรุณาอย่าใช้แฟลช
[gà-rú-naa yàa chái flâet]
攝影時禁止使用閃光燈

02 （華人）寺廟

這些應該怎麼說？

寺廟的擺設

① **วัด** [wát] n. 寺

② **พระพุทธเจ้า** [prá pút-tá- jâo] n. 佛

③ **พระพุทธรูป** [prá pút-tá-rôop]
n. 佛像

④ **แท่นบูชา** [tâen boo-chaa] n. 祭壇

⑤ **เครื่องบูชา** [krêuang boo-chaa]
n. 祭品

⑥ **กระถางธูป** [grà-tǎang tôop] n. 香爐

⑦ **กล่องรับบริจาค** [glòng ráp bor-rí-jàak]
n. 功德箱

⑧ **มู่อวี๋** [môo à-wěe] n. 木魚

⑨ **ขันทองแดง** [kǎn tong daeng]
n. 銅磬

⑩ **ไม้เคาะมู่อวี๋** [mái kór môo à-wěe]
n. 木魚錘

⑪ **พระคัมภีร์** [prá kam-pee]
n. 抄經本、佛經

⑫ **เบาะรองคุกเข่า** [bòr rong kúk kào]
n. 跪墊

⑮ **กระบอกเซียมซี** [grà-bòk siam-see] n. 籤筒

⑭ **เซียมซี** [siam-see] n. 籤

⑮ **ป๊วะปวย** [bpùa-bpuay] n. 筊杯

— **ศาสนาพุทธ** [sàat-sà-nãa pút] n. 佛教

— **ศาสนาพุทธนิกายมหายาน** [sàat-sà-nãa pút ni-gaai mà-hãa yaan] n. 大乘佛教

10-03-05.MP3

จุดธูป
[jùt tôop]
ph. 點香

กราบไหว้พระพุทธเจ้า
[gràap wâai prá pút-tá-jâo]
ph. 禮佛

อธิษฐาน
[à-tít-tãan]
ph. 祈求

เสี่ยงเซียมซี
[siang siam-see]
ph. 求籤

ป๊วะปวย
[bpùa-bpuay]
ph. 擲筊

แปลใบเซียมซี
[bplae bai-siam-see]
ph. 解籤

สวดมนต์
[sùat mon]
ph. 誦經

บริจาค
[bor-ri-jàak]
ph. 捐獻

ทำนายดวงชะตา
[tam naai duang chá-dtaa]
ph. 算命

文化與宗教 ★★★ unit 3

03 教堂

這些應該怎麼說？

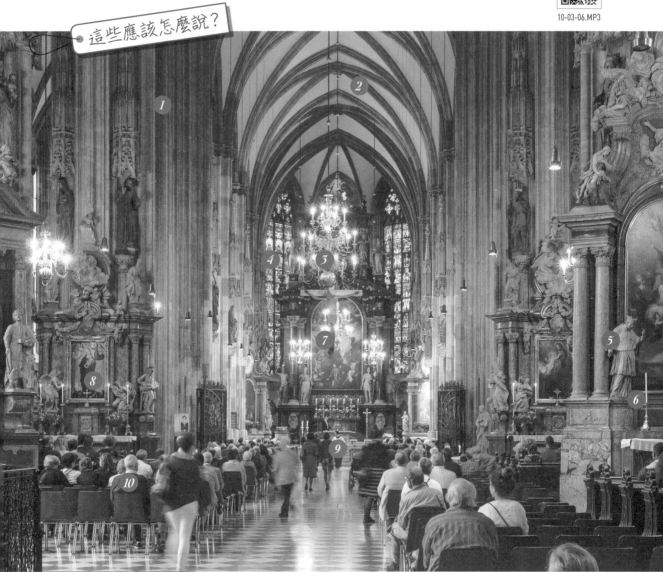

教堂的擺設

① **โบสถ์** [bòht] n. 教堂

② **เพดานโค้ง** [pay-daan kóhng] n. 拱頂

③ **โคมไฟระย้า** [kohm fai rá-yáa] n. 吊燈

④ **หน้าต่างกระจกสี** [nâa dtàang grà-jòk sěe] n. 花窗玻璃

⑤ **รูปปั้น** [rôop bpân] n. 雕像

⑥ **เทียนไข** [tian kǎi] n. 蠟燭

⑦ **พระเยซู** [prá yay-soo] n. 耶穌

⑧ **พระแม่มารีย์** [prá mâe maa ree] n. 聖母瑪利亞

⑨ **บาทหลวง** [bàat lǔang] n. 神父

⑩ **คริสต์ศาสนิกชน** [krít sǎa-sà-nìk-gà-chon] n. 基督教徒

— **ศีลมหาสนิท** [sěen má-hǎa sà-nìt] n. 聖餐禮

⑪ ขนมปังศักดิ์สิทธิ์ [kà-nŏm bpang sàk sìt] n. 聖餅

⑫ จอกศักดิ์สิทธิ์ [jòk sàk sìt] n. 聖杯

⑬ คัมภีร์ไบเบิล [kam-pee bai-bern] n. 聖經

⑭ ไม้กางเขน [mái gaang kăyn] n. 十字架

⑮ ขนมปัง [kà-nŏm bpang] n. 麵包

⑯ ข้าวสาลี [kâao săa-lee] n. 小麥

⑰ องุ่น [à-ngùn] n. 葡萄

— ศาสนาคริสต์ [sàat-sà-năa krit] n. 基督教

— นิกายโรมันคาทอลิก [ni-gaai roh-man kaa-tor-lik] n. 天主教

— นิกายโปรเตสแตนต์ [ni-gaai bproh-dtáyt-dtáen] n. 新教

在教堂裡常會做什麼呢？

อธิษฐาน
[à-tít-tăan]
ph. 祈禱

สารภาพบาป
[săa-rá-pâap bàap]
ph. 懺悔

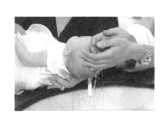

ล้างบาป
[láang bàap]
ph. 受洗

อ่านพระคัมภีร์
[àan prá kam-pee]
ph. 念聖經

จัดงานแต่งงาน
[jàt ngaan dtàeng ngaan]
ph. 舉辦婚禮

จัดงานศพ
[jàt ngaan sòp]
ph. 舉辦喪禮

文化與宗教

04 （小乘佛教）佛寺

這些應該怎麼說？

小乘佛教佛寺的擺設

① **วัด** [wát] n. 寺

② **พระพุทธรูป** [prá pút-tá-rôop] n. 佛像

③ **แท่นบูชา** [tâen boo-chaa] n. 祭壇

④ **เครื่องบูชา** [krêuang boo-chaa] n. 祭品

⑤ **เชิงเทียน** [cherng tian] n. 燭台

⑥ **พระบรมฉายาลักษณ์** [prá bor-rom-mà chăa-yaa lák] n. 國王的肖像

⑦ **พระฉายาลักษณ์** [prá chăa-yaa lák] n. 皇后的肖像

⑧ **เบาะรองคุกเข่า** [bòr rong kúk kào] n. 跪墊

⑨ **ขันน้ำมนต์** [kăn náam mon] n. （盛放僧侶祈福過的福水的）福水盆

⑩ **เชิงเทียน** [cherng tiian] n. 蠟燭架

⑪ **ตู้เก็บพระไตรปิฎก** [dtôo gèp prá-dtrai-bpi-dtòk] n. 經文櫃

⑫ **ภาพฝาผนัง** [pâap făa pà-năng] n. 壁畫

⑬ **เครื่องแขวนดอกไม้สด** [krêuuang kwăen dòk mái sòt] n. 鮮花裝飾

⑭ **ฉัตร** [chàt] n. 傘蓋

— **ศาสนาพุทธนิกายเถรวาท** [sàat-sà-năa pút ni-gaai tăy-rá-wâat] n. 小乘佛教

大乘佛教與小乘佛教的異同

泰國是佛教國家，由於泰國人口將近95%信仰佛教。在泰國，從建築、文化、藝術到生活瑣事都深受佛教的影響，各個重要的日子，皆可看到佛教儀式的盛行。佛教起源於印度，經過多年的流傳後，形成了各種不同的支派，主要分為 **ศาสนาพุทธนิกายมหายาน** [sàat-sà-nǎa pút ni-gaai má-hǎa yaan]（大乘佛教）以及 **ศาสนาพุทธนิกาย**

เถรวาท [sàat-sà-nǎa pút ní-gaai tǎy-rá-wâat]（小乘佛教）。นิกายเถรวาท（小乘宗派）的這個詞彙中 **เถร** 是指「雨居十次以上的僧侶（雨居指僧侶在進入雨季的三個月安居期間）」；**วาท** 則是指「話語、教義」；故 **เถรวาท** 則是指 **พระเถระ** [prá tǎy-rá]（得道高僧）的教諭。

大乘佛教主要盛行於北印度、尼泊爾、中國、日本、韓國、越南、蒙古等地區。小乘佛教則是流傳於泰國、柬埔寨、寮國、緬甸四國。小乘佛教認為釋迦摩尼佛是普通人，死後便不存在於世上；但大乘佛教認為釋迦摩尼佛是神，且永遠不絕滅。小乘佛教主張「自利才能利他」，即自己要先有能力，才能幫助他人，比如說看到別人溺水，自己要先會游泳才能去救助他人。小乘佛教信奉的 **อริยสัจ 4** [à-ri-yá-sàt sèe]（四聖諦）為重要教義，意為「崇高的真理」。四聖諦說四種真理：分別為 **ทุกข์** [túk]（苦）、**สมุทัย** [sà-mú-tai]（集）、**นิโรธ** [ni-rôht]（滅）、**มรรค** [mák]（道）。「苦」提出苦的事實，指世間生老病死為苦；「集」，提示苦的因果，指因有慾望而苦；「滅」，倡導的是滅除苦因；而「道」，則為提示滅苦的方法。四聖諦的目的是要世人了解苦因，並從苦中解脫。小乘佛教遵守舊佛教經典，且不得修改教義；而大乘佛教則反之，主張可以視情況修改教義。

接下來就跟大家介紹在泰國拜佛的三步驟：❶ **อัญชลี** [an-chá-lee] 指雙手合十置於胸前；❷ **วันทา** [wan-taa] 指雙手抬起置於額頭前，大拇指要置於眉心；❸ **อภิวาท** [à-pí-wâat] 彎下腰膜拜，雙手打開，手心朝地，即完成膜拜動作。這邊需要特別注意的是，拜佛像和僧侶要拜三次，並且雙手要打開朝地。拜父母或長輩，只要拜一次就好，雙手合十不用打開。如果有機會去泰國拜佛，不妨嘗試一下正確的拜法喔！

泰國民間傳說 I — 泰語字母 ย ยักษ์ 中的 ยักษ์ 背後的故事

回想當初開始學泰語，記到「**ย　ยักษ์**」這組發音及單字時，是不是都不太了解 **ยักษ์** 到底是什麼呢？

❶ ยักษ์ [yák]（夜叉）是泰國信仰中的巨人，常出現於泰國古典文學以及宗教傳說當中。一般人會覺得夜叉長相兇猛，但事實上也有笨拙的夜叉及個性善良喜歡幫助人類的夜叉。在傳說中，夜叉也是有分位階的，地位高貴的夜叉身軀亮麗、肌膚色澤偏黑亮，喜歡配戴飾品，平常不會露出獠牙，且有低階的夜叉服侍在側。反之，低階的夜叉外貌醜陋、頭髮捲曲、肌膚黝黑又粗糙，而且個性惡劣。在現實中，泰國人們普遍都相信只要有威武的夜叉在，妖魔鬼怪便不敢入侵、胡亂造次。因此，有些佛寺便會在大門前樹立起夜叉的雕像，作為守護和避邪之效。

曼谷的 **❷** 玉佛寺是全泰國擁有最多夜叉雕像的佛寺，寺內總共有12尊夜叉，每一尊的名字、肌膚色澤和表情都不同。其中一尊名為 **ทศกัณฐ์** [tót-sà-gan]（十面巨人）（**ทศ** [tót] 指「十」，**กัณฐ์** [gan] 則是「頸」的意思），接下來我們就要提一下與他有關的故事。

在泰國古典文學 **รามเกียรติ์** [raam-má-gian]（《拉瑪堅》）中，十面巨人是一個長了十張臉及二十隻手，全身綠色身軀，長相兇猛且個性好色的夜叉。因為祂唯一的弱點是心臟，所以祂使用神力將心臟取出後，交給了一位隱士保管，從此化身成為不死之身，天下無敵。在《拉馬堅》中，有一位神祉名為 **พระราม** [prá raam]（拉瑪王）。某一天，十面巨人看到了拉瑪王貌美如花的王妃，於是好色的十面巨人便綁架了她並占為己有。此舉致使天庭震怒，並引發了天庭和夜叉族兩方的戰爭，並導致了許多神祉及夜叉死於這場戰役之中。

爾後，天庭為了平息戰事，於是調動猴族前往助戰，聰明的猴王找到了看守十面巨人心臟的隱士後，利用詭計騙出了心臟的藏身之處，並在奪取之後立刻將其摧毀。因為心臟遭毀，十面巨人自知已經無力回天，但為了守護身為夜叉的榮耀，仍然奮戰到底，最後死於拉瑪王的飛箭之下。

時至今日，仍然可以在玉佛寺的門前看到十面巨人高大雄偉的雕像。十面巨人那驍勇善戰、不屈不撓的形象與在夜叉族裡的崇高地位，至今仍屹立不搖地烙印在泰國人們的信仰之中。

❶ 《แม่นาก [mâe-nâak]（幽魂娜娜）》是泰國家喻戶曉的知名真實鬼故事，據說故事是於現今卻克里王朝的拉瑪四世在位期間發生的。傳說當年在 พระโขนง [prá kà-nŏhng]（帕卡南）小鎮中有一對夫妻，小倆口相當地恩愛，然而在妻子 นางนาก [naang nâak]（娜娜）在剛懷孕不久時，丈夫 นายมาก [naai mâak]（麥克）卻收到徵兵令被派往曼谷，只留下娜娜一個人獨守空閨。

在麥克從軍遠行後的日子裡，娜娜非常地想念丈夫，於是經常到河邊去等待丈夫的歸來。隨著時間流逝，懷孕的娜娜即將臨盆，但她因為胎位不正造成難產，最後不幸母胎雙亡。娜娜在去世後，因為對麥克深摯的愛，靈魂仍停留在人間佇足不去，心中依舊惦念著心愛的丈夫，盼望能夠全家團聚。由於泰國人深信母胎雙亡的鬼魂非常兇惡，因此附近的村民都不敢再靠近娜娜的家。待麥克退伍回到家裡後，在不知情的情況下仍與娜娜過著一如往常的恩愛生活。雖然很多村民都私下地偷偷告訴麥克，娜娜已經死亡的事實，但麥克完全不信。直到有一天，娜娜在屋子裡煮飯時，不小心打翻了檸檬，檸檬滾落到泰式房舍的下層空間裡，娜娜一時之間忘記，便伸出很長很長的鬼手去撿檸檬，而這一幕卻不巧被麥克撞見，他才驚覺妻子是鬼，於是嚇得跑到廟裡躲起來。麥克的態度轉變致使娜娜誤以為是村民故意把真相告訴她的丈夫，想要拆散她眼下的幸福，於是施法作崇把整個村裡的人都嚇壞了，而在一位得道高僧施法將娜娜鎮壓下來後，這個故事才畫下句點。

從某些角度來看，娜娜對麥克這份超越生死的真摯的愛，令人感到無比憐惜、也無比淒美。此鬼故事雖為傳說，但真實性的色彩更強，至今在曼谷的 วัดมหาบุศย์ [wát-má-hǎa-bùt] 馬哈布寺還設有祭祀娜娜的祭壇，而且據說還相當靈驗呢！

泰國的其他宗教

10-03-09.MP3

ศาสนาอิสลาม
[sàat-sà-nǎa it-sà-laam]
n. 伊斯蘭教

ศาสนาฮินดู
[sàat-sà-nǎa hin-doo]
n. 印度教

ลัทธิขงจื๊อ
[lát-ti kŏng-jéu]
n. 儒教

文化與宗教 ★★★ บทที่ 3

ปาร์ตี้
[bpaa-dtêe]

派對

10-04-01.MP3

這些應該怎麼說？

派對的擺設

1 **ปาร์ตี้** [bpaa-dtêe] /
งานเลี้ยง [ngaan líang] n. 派對

2 **เค้กวันเกิด** [káyk wán gèrt] n. 生日蛋糕

3 **ของขวัญ** [kŏng kwăn] n. 禮物

4 **เทียนไข** [tian kăi] n. 蠟燭

5 **มีดตัดเค้ก** [mêet dtàt káyk] n. 蛋糕刀

6 **อาหาร** [aa-hăan] n. 食物

7 **จานกระดาษ** [jaan grà-dàat] n. 紙盤

8 **พลุกระดาษ** [plú grà-dàat] n. 拉炮

9 **เครื่องดื่ม** [krêuang dèum] n. 飲料

10 **นกหวีดกระดาษ** [nók wèet grà-dàat]
n. 派對吹笛

⑪ **ลูกโป่ง** [lôok bpòhng] n. 氣球

⑫ **หมวกปาร์ตี้** [mùak bpaa-dtêe] n. 派對帽

⑬ **เจ้าของงานเลี้ยง** [jâo kŏng ngaan líang] /
เจ้าของปาร์ตี้ [jâo kŏng bpaa-dtêe]
n. 派對主人

⑭ **แขก** [kàek] n. 客人

在派對上會做什麼呢？

01 跳舞

常見的舞蹈有哪些？

10-04-02.MP3

① **บัลเล่ต์** [ban-lây] n. 芭蕾舞

② **การเต้นแจ๊ส** [gaan dtâyn jáet] n. 爵士舞

③ **การเต้นแท็ป** [gaan dtâyn táep] n. 踢踏舞

④ **การเต้นระบำหน้าท้อง** [gaan dtâyn rá-bam nâa tóng] n. 肚皮舞

⑤ **การเต้นรำแบบบอลรูม** [gaan dtâyn ram bàep bon room] n. 國標舞；交際舞

⑥ **การเต้นสวิง** [gaan dtâyn sà-wing] n. 搖擺舞

⑦ **เบรกแดนซ์** [bràyk daen] n. 霹靂舞

⑧ **การเต้นสมัยใหม่** [gaan dtâyn sà-măi mài] n. 現代舞

⑨ **การเต้นลาติน** [gaan dtâyn laa-dtin] n. 拉丁舞

⑩ **การเต้นแทงโก้** [gaan dtâyn taeng gôh] n. 探戈舞

⑪ **การเต้นฟลาเมงโก** [gaan dtâyn flaa mayng goh] n. 佛朗明哥舞

⑫ **การเต้นไลน์** [gaan dtâyn laí] n. 排舞

02 玩遊戲

10-04-03.MP3

บอร์ดเกม
[bòt gaym]
n. 桌遊

เกมเศรษฐี
[gaym sàyt-tĕe]
n. 大富翁

เกมตกปลา
[gaym dtòk bplaa]
n. 釣魚遊戲

บิงโก
[bing-goh]
n. 賓果

น้ำเต้าปูปลา
[náam dtâo bpoo bplaa]
n. 魚蝦蟹

เป่ายิงฉุบ
[bpào ying chùp]
v. 剪刀石頭布

เล่นไพ่
[lâyn pâi]
ph. 玩撲克牌

เล่นไพ่นกกระจอก
[lâyn pâi nók grà-jòk]
ph. 打麻將

โดมิโน
[doh mí noh]
n. 骨牌

เกมตึกถล่ม
[gaym dtèuk tà-lòm]
n. 疊疊樂

ปาเป้า
[bpaa bpâo]
ph. 丟飛鏢

เกมหมุนขวด
[gaym mŭn kùat]
n. 轉瓶遊戲

10-04-04.MP3

ปาร์ตี้คริสต์มาส
[bpaa-dtêe krit-mâat]
n. 聖誕派對

ปาร์ตี้คอสเพลย์
[bpaa-dtêe kót-play]
n. 扮裝派對

ปาร์ตี้วันเกิด
[bpaa-dtêe wan gèrt]
n. 生日派對

งานฉลองเลื่อนตำแหน่ง
[ngaan châ-lŏng lêuan dtam-nàeng]
n. 升職派對

งานเลี้ยงส่งท้ายปีเก่า
[ngaan liang sòng táai bpee gào]
n. 尾牙

ปาร์ตี้บาร์บีคิว
[bpaa-dtêe baa bee kiw]
n. 烤肉派對

Tips 關於泰國的變性人

　　大家都知道，變性人在泰國的比例有稍微較多，而當提到俗稱「人妖」的泰國變性人時，想必腦海浮現的正是舞台上美艷得不像凡人、身材火辣的演員吧！他們通常精通歌舞，擅長表演，常常能在一些娛樂場合上看到他們的現身演出。

　　變性人是指經由手術變更原始性別的人。而早期在台灣，因為他們的出現在當代被認為是違反傳統自然法則，故在中文裡便被以有負面感語的俗稱「人妖」命名，一直沿用至今。

　　而在泰國，如果提到從男性變為女性的人，一般口語會說 กะเทย [gà-toie] 和 ตุ๊ด [dtút]。但有些人會認為 กะเทย 和 ตุ๊ด 就如同中文的「人妖」一樣有負面的歧視感，而時代在改變，人們開始給予他們尊重，這時候為了避免帶給他們不好的感受，我們可以用比較有禮貌的字眼，例如：เพศที่ 3 [pâyt têe săam]（第三性）、คนข้ามเพศ [kon kâam pâyt]（變性人）、เพศทางเลือก [pâyt taang lêuak]（性別轉換者）等。

派對 unit4

373

บทที่ 5 วันสำคัญ 紀念日
[wan săm-kan]

10-05-01.MP3

這些應該怎麼說？

政廳前的擺設

① **วันชาติ** [wan châat] n. 國慶日

② **วันพ่อ** [wan pòr] n. 父親節

③ **พระบรมฉายาลักษณ์** [prá bor-rom-mà chăa-yaa lák] n.（皇室用語）國王肖像

④ **รูปภาพ** [rôop pâap] n.（普通用語）照片

⑤ **ธงชาติ** [tong châat] n. 國旗

⑥ **พานพุ่มเงิน-ทอง** [paan pûmn gern · tong] n.（國王肖像旁金、銀色的樹）金銀桃

⑦ **ดอกไม้สด** [dòk mái sòt] n. 鮮花

⑧ **กำแพง** [gam-paeng] n. 圍牆

⑨ **ต้นไม้** [dtôn mái] n. 樹

⑩ **ท้องฟ้ากลางคืน** [tóng fáa glaang keun] n. 夜空

374

泰國目前有總共 16 個國定假日 (一般民間單位)

10-05-02.MP3

名稱	中文	日期	休假日數
วันขึ้นปีใหม่ [wan kêun bpee mài]	元旦	1 月 1 日	1
วันจักรี [wan jàk-gree]	卻克里王朝紀念日	4 月 6 日	1
วันสงกรานต์ [wan sŏng-graan]	潑水節	4 月 13 日～15 日	3
วันแรงงาน [wan raeng ngaan]	國際勞動節	5 月 1 日	1
วันเฉลิมฯ พระราชินี [wan chà-lĕrm prá chon-má-pan-săa prá raa-chi-nee]*①	（十世皇）皇后誕辰日 *②	6 月 3 日	1
วันเฉลิมฯ ร.10 [wan chà-lĕrm prá chon-má-pan-săa rát-chá-gaan-têe sìp]*③	十世皇誕辰日	7 月 28 日	1
วันแม่ [wan mâe]	九世皇皇后誕辰日、母親節	8 月 12 日	1
วันคล้ายวันสวรรคต ร.9 [wan kláai wan sà-wăn-kót rát-chá-gaan-têe gâo]*③	九世皇逝世紀念日	10 月 13 日	1
วันปิยมหาราช [wan bpi-yá-má-hăa-râat]	五世皇逝世紀念日	10 月 23 日	1
วันพ่อ [wan pôr]	九世皇誕辰日、父親節、國慶日	12 月 5 日	1
วันรัฐธรรมนูญ [wan rát-tà-tam-má-noon]	憲法紀念日	12 月 10 日	1
วันสิ้นปี [wan sîn bpee]	除夕	12 月 31 日	1
วันมาฆบูชา [wan maa-kà-boo-chaa]	萬佛節 *④	陰曆上弦月 3 月 15 日	1
วันวิสาขบูชา [wan wí-săa-kà-boo-chaa]	衛塞節 *④	陰曆上弦月 6 月 15 日	1
วันอาสาฬหบูชา [wan aa-săan-là-hà-boo-chaa]	三寶佛節 *④	陰曆上弦月 8 月 15 日	1
วันเข้าพรรษา [wan kâo pan-săa]	守夏節 *④	陰曆下弦月 8 月 1 日	1

*① 「ฯ」是縮寫，唸讀時的完整唸法是「พระชนมพรรษา [prá chon-má-pan-săa]」；*② 此節日名的泰文原意僅有「皇后誕辰日」的意思，但因為通常指的是現任皇后的誕辰。因本書出版之時間點正值十世皇在位期間，故中文加上「（十世皇）」的提示；*③ 「ร.」是縮寫，唸讀時「ร」的完整唸法要唸「รัชกาล [rat-cha-gaan]」，而「.」則是唸「ที่ [têe]」，此縮寫為「…世」的意思；*④ 佛教節日依照陰曆而定。

紀念日 ★★★ บทที่5

除了前頁的國定假日之外，泰國也慶祝這些節日（不放假）

名稱	中文	日期
วันเด็กแห่งชาติ [wan dèk hàeng châat]	泰國兒童節	1 月第 2 個禮拜六
วันครู [wan kroo]	教師節	1 月 16 日
วันวาเลนไทน์ [wan waa-layn-tai]	西洋情人節	2 月 14 日
วันพืชมงคล [wan pêut mong-kon]	春耕節 *	5 月 9 日
วันสุนทรภู่ [wan sŭn-ton pôo]	順通鋪詩人節	6 月 26 日
วันสตรีไทย [wan sàt-dtree tai]	泰國婦女節	8 月 1 日
วันประชาธิปไตย [wan bprà-chaa-típ-bpà-dtai]	泰國民主紀念日	10 月 14 日
วันคริสต์มาส [wan krít-mâat]	聖誕節	24 月 12 日
วันลอยกระทง [wan loi grà-tong]	水燈節	陰曆上弦月 12 月 15 日

*春耕節只有政府單位放假。

Tips 跟政治有關的慣用語

● ป่วยการเมือง [bpùay gaan meuang]：非關政治。泰國人認為政治（政壇人物的行為）都是很虛假的，因此這句話間接引申出「裝病」的意思。通常用在學生或上班族請病假，但事實上卻沒有生病。

เขาป่วยการเมืองขอลาหยุดกับครูเพื่อขอกลับบ้านก่อน แต่ดันบังเอิญเจอครูตอนเดินเที่ยว [kăo bpùay gaan meuang kŏr laa yùt gàp kroo pêua kòk láp bâan gòn · dtàe dan bang-ern jer kroo dton dern tîeow]

他為了早退裝病請假，但結果在外面逛街時卻碰上了老師。

376

在紀念日時常做的事有哪些？

เดินขบวน
[dern kà-buan]
v. 遊行

ชมการแสดงดอกไม้ไฟ
[chom gaan sà-daeng
dòk mái fai]
ph. 看煙火秀

ชมการแสดงศิลปะ
[chom gaan sà-daeng
sĭn-lá-bpà]
ph. 看藝術表演

在紀念日裡會做些什麼呢？

01 特殊節慶

常見的紀念節慶有哪些？

10-05-06.MP3

วันฮาโลวีน
[wan haa-loh-ween]
n. 萬聖節

วันครบรอบปี
[wan króp rôp bpee]
n. 周年紀念日

วันแม่
[wan mâe]
n. 母親節

วันพ่อ
[wan pòr]
n. 父親節

วันไหว้พระจันทร์
[wan wâai prá jan]
n. 中秋節

เทศกาลโคมไฟ
[tâyt-sà-gaan kohm fai]
n. 元宵節

เทศกาลไหว้บ๊ะจ่าง

[tâyt-sà-gaan wâai bá-jàang]

n. 端午節

วันตรุษจีน

[wan dtrùt jeen]

n. 農曆春節

วันสิ้นปี

[wan sîn bpee]

n. 跨年夜、除夕

วันสงกรานต์

[wan sŏng-graan]

n. 潑水節

วันลอยกระทง

[wan loi grà-tong]

n. 水燈節

วันออกพรรษา

[wan òk pan-sǎa]

n. 解夏節

10-05-07.MP3

Tips 生活小常識：泰國節慶送禮篇

送禮的泰語是 ให้ของขวัญ [hâi kŏng kwăn]，在泰國除了生日之外還有許多節日我們可以送禮物給別人。

- วันครู [wan kroo]（教師節）：在泰國，一年有兩個老師的節日，一個是在1月16日的教師節，這一天是全國的學校放假；另一個則是6月間由學校自行選擇的 วันไหว้ครู [wan wâai kroo]（拜師節）是一個學生對老師們報恩的節日。拜師節這一天，學生會製作捧花獻給老師，並唱讚頌老師的歌。

- วันพ่อ [wan pôr]（父親節）和 วันแม่ [wan mâe]（母親節）：在泰國，父親節和母親節會隨著國王的不同而浮動，具體的說便是現任國王、王后的生日。同時，這兩個日子是孩子向父母表達養育之恩的節日，所以孩子們會分別在這一天送卡片或禮物給父母。

● **วันตรุษจีน** [wan dtrut jeen]（農曆新年）：一般只有泰國華人會過農曆新年，每年這時大家都會回鄉並去探望親戚。除此之外，泰國人也會在新年時送 **อั่งเปา** [àng-bpao]（紅包），通常是成人送給孩童或是自己的父母，祝福大家新年福氣滿門，具有新希望。

02 生日

10-05-08.MP3

在慶生時常做的事有哪些？

ร้องเพลงวันเกิด
[róng playng wan gèrt]
ph. 唱生日歌

ขอพร [kŏr pon] /
อธิษฐาน [à-tít-tăan]
ph. 許願

เป่าเทียน
[bpào tian]
ph. 吹蠟燭

ตัดเค้ก
[dtàt káyk]
ph. 切蛋糕

แกะของขวัญ
[gàe kŏng kwăn]
ph. 拆禮物

อ่านการ์ด
[àan gáat]
ph. 唸卡片

常說的生日賀詞有哪些？

1. **สุขสันต์วันเกิด** [sùk-săn wan gèrt] 祝你生日快樂！
2. **ขอให้ความฝันเป็นจริง** [kŏr hâi kwaam făn bpen jing] 祝你美夢都能成真！
3. **ขอให้สุขภาพแข็งแรง** [kŏr hâi sùk-kà-pâap kăeng raeng] 祝你健康快樂！
4. **ขอให้สวยวันสวยคืน** [kŏr hâi sŭay wan sŭay keun] 祝你越來越漂亮！

泰國的潑水節

在一般的國度裡，如果突然被潑了一身的水，相信多數的人可能都會不由地火冒三丈吧！不過正所謂「千里不同風，百里不同俗」，到了泰國，這可能是別人善意的舉動喔！接下來就來認識一個在泰國與水的關係相當密切，且絕對不能忽略掉的重大

節日－① วันสงกรานต์ [wan sŏng-graan]（潑水節。一說：「宋干節」）吧！

近幾年因為泰劇或泰國電影的發達，相信人們對於潑水節的意象應不至於完全沒有畫面。人們會穿著輕便的衣裳，站在街道上，拿著水盆、水槍等各種盛水容器相互射擊、潑灑，萬人空巷的歡樂水戰場景相信並不陌生。但是，為什麼泰國人要過潑水節呢？

潑水節可謂是泰國的新年，也是一年之中最重要的節日之一，其重要程度相當於華人的春節。潑水節是泰國的國定假日，時間定於每年的4月13-15日，這段期間雖然是泰國最炎熱難耐的時節，但卻也泰國人民是最歡樂的日子。

สงกรานต์ [sŏng-graan]（宋干）一詞源自於梵文，意旨為「移動」，引申為「太陽的方角易位」之意，故泰語以此為節日定名，象徵新的一年全新開始的意思。而說到潑水節，大家腦中一定會浮出潑水的畫面。但至於為什麼要潑水呢？那是因為

自古以來，泰國的各個宗教節日或歷史文化都與「水」的關係密不可分。泰國是以佛教為主體的國家，而在佛教的教義裡，「水」代表著純淨之意，因此互相潑水即代表著祝福、清除厄運、重新開始的意含，由此呈現了泰國獨樹一格的的文化特色。在這幾天裡，泰國的人們除了會互相 สาดน้ำ [sàat náam]（潑水）玩樂之外，年輕人們也會紛紛回到自己老家裡進行 ❷ รดน้ำผู้ใหญ่ [rót náam pôo yài]（倒水在長輩手上）的儀式，藉以表示對長輩的敬愛、並祈求長輩身體健康，之後長輩也會獻上一些祝福的話。當然，在潑水節中，寺廟也會人聲鼎沸，因為人們也少不了會到寺廟裡進行相關的節慶活動，例如：❸ สรงน้ำพระ [sǒng náam prá]（浴佛）、ตักบาตร [dtàk bàat]（齋僧。指供奉物品或是食物給僧侶們）、ไหว้พระ [wâai prá]（拜佛）、❹ ปล่อยนกปล่อยปลา [bplòi nók bplòi bplaa]（放生鳥和魚）、❺ ก่อเจดีย์ทราย [gòr jay-dee saai]（堆沙造塔）等等虔誠儀式。

　　總而言之，潑水節是一個祈求來年平安順利，充滿祝福的節日，因此這段期間如果前往泰國旅遊的朋友，請務必記得入境隨俗，如果被潑水了，不但不要生氣，還請以笑容回禮，因為這是泰國人純善地在對你表達祝福，當然如果你不願意被淋得一身溼，可以避開潑水的激戰地區之外，在發現別人要對自己潑水前，先請出言婉拒。除此之外，歡樂之餘也不要忘記注意安全，穿著部分建議穿輕便衣裝和夾腳拖，重要物品可以放在密封防水袋裡。

另外還有一些禁忌也必須了解，那就是切記不要向僧侶、長輩及幼童潑水，且在進入寺廟和皇宮時也不得嬉鬧。那麼，這個重要又充滿特色的節慶日，請務必收入今生必體驗的旅遊清單之中喔！

泰國的水燈節

承續先前在談論潑水節時有提到過，泰國的重大節日，都與「水」密切相關。所以接下了來還要談另一個與水相關的重要節慶，一樣就如水般淵遠流長，且遠近馳名。若潑水節是在歡樂喧鬧的環境下百般盡興，而本篇談論的  วันลอยกระทง [wan loi grà-tong]（水燈節）則是在溫柔的情感下體驗泰國歷史文化中的知性之美。

若將水燈節的泰文 วันลอยกระทง [wan loi grà-tong] 拆解開來，วัน 是「節、日」、ลอย 是指「漂浮」，กระทง 則是「水燈」之意。在泰國每年的陰曆上弦月12月15日（約在公曆的11月）便是水燈節，時節上正處於河水開始高漲、天氣逐漸轉涼的季節。由於其為泰國自古以來便傳承至今的傳統節日，故於這一天泰國各地皆四處可見男女老少們群聚河邊並施放水燈，河面景觀因此碩大而美麗。特別是隨著夜幕漸漸低垂，河面上一盞盞明亮的水燈，

伴同著一輪皓潔的明月及萬點星芒，靜謐地向著遠方緩緩地流轉而去，如此光景是多麼地如詩如畫。請想像，若能夠身處河邊，與情人一同倘伴在此這似水柔情的氛圍中，如此浪漫的氣息怎能不叫人陶醉。因此，亦有人說水燈節可謂是泰國的情人節。

然而在泰國，放水燈的目的是為了消災解厄，並為過去一年所使用的水向 เจ้าแม่คงคา [jâo mâe kong-kaa]（水神）表達感謝且尋求寬恕。水燈節的起源眾說紛紜，並沒有一個最明確、最可靠的明確依據。但按照眾多說法當中流

傳最廣的說法來講，水燈節的發跡可追溯至 อาณาจักรสุโขทัย [aa-naa jàk sù-kõh-tai]（素可泰王朝。西元1238-1438年），當時一位名為 นางนพมาศ [naang nóp-mâat]（諾帕瑪）的王妃是第一位製作水燈的人，她以蓮花作為水燈基底，再放上蠟燭施放，國王見狀後感到非常喜歡，於是下令自彼之

後每年的陰曆上弦月12月15日將舉辦水燈節。自此，每當來到水燈節時，便可以看到各式各樣的水燈悠悠地飄流在河面上。早期的水燈是用香蕉葉、椰子殼或文殊蘭葉製成的，而現今有各種的 3 造型水燈，其設計多變，製作基底時，不但有用保麗龍的，也甚至於有用麵包鋪作的水燈。

在水燈節當天，許多地方都會舉辦活動，其中有幾個活動是絕對不能錯過的。首先是水燈設計比賽，每位參賽者將使用自製的水燈進行比賽，不只要具有創意、獨特、環保，更重要的是要能飄在水上，聽起來容易，很多人可是為了外觀好看，而忘了重

量這這個要點，到最後只能扼腕嘆息，錯過了比賽的獎項！再來就是水燈選美大賽，參賽的佳儷們在泰語稱為「 4 นางนพมาศ [naang nóp-pá mâat]（水燈小姐）」。每位佳儷會穿著自家出身的傳統服裝，在比賽中走台步展現魅力。除了上述的活動之外，在此傳統佳節裡，泰國各個地區都還有不同地方特色活動，舉例來說：在北部的清邁會進行知名的 ยี่เป็ง [yêe bpeng] 的傳統活動，簡單來說就是放天燈，成千上萬的人同時放天燈到空中，場面可是非常壯觀又震撼，其實這也不是台灣平溪的獨享專利喔！有機會的話不妨前往泰國清邁去朝聖看看！

台灣廣廈 國際出版集團
Taiwan Mansion International Group

國家圖書館出版品預行編目（CIP）資料

我的第一本圖解泰語單字/黃薰慧著. -- 初版. -- 新北市：國際學
村出版社, 2022.11
　　面；　公分
ISBN 978-986-454-247-5（平裝）

1.CST：泰語 2.CST：詞彙

803.752　　　　　　　　　　　　　　　111015448

 國際學村

我的第一本圖解泰語單字
全場景 1500 張實境圖解，讓生活中的人事時地物成為你的泰語老師！

作　　　者／黃薰慧 (นรมน หวง)　　編輯中心編輯長／伍峻宏・編輯／王文強
　　　　　　　　　　　　　　　　封面設計／張家綺・內頁排版／東豪印刷事業有限公司
　　　　　　　　　　　　　　　　製版・印刷・裝訂／東豪・承傑・秉成

行企研發中心總監／陳冠蒨　　　線上學習中心總監／陳冠蒨
媒體公關組／陳柔彣　　　　　　產品企製組／顏佑婷
綜合業務組／何欣穎

發　行　人／江媛珍
法 律 顧 問／第一國際法律事務所 余淑杏律師・北辰著作權事務所 蕭雄淋律師
出　　　版／國際學村
發　　　行／台灣廣廈有聲圖書有限公司
　　　　　　地址：新北市235中和區中山路二段359巷7號2樓
　　　　　　電話：（886）2-2225-5777・傳真：（886）2-2225-8052

代理印務・全球總經銷／知遠文化事業有限公司
　　　　　　地址：新北市222深坑區北深路三段155巷25號5樓
　　　　　　電話：（886）2-2664-8800・傳真：（886）2-2664-8801
郵 政 劃 撥／劃撥帳號：18836722
　　　　　　劃撥戶名：知遠文化事業有限公司（※單次購書金額未達1000元，請另付70元郵資。）

■出版日期：2023年01月
ISBN：978-986-454-247-5　　　版權所有，未經同意不得重製、轉載、翻印。